El Horla
Cuentos fantásticos y de horror

El más siniestro de los cementerios,
aquel en el que no hay tumbas.

—

Duro y cruel, sí, pero grita, aúlla,
es leal el mar abierto; mientras que el río
es silencioso y pérfido.

Guy de Maupassant

El Horla Cuentos fantásticos y de horror

Selección y traducción de Esther Benítez

Diseño de colección: Estudio de Manuel Estrada con la colaboración de Roberto Turégano y Lynda Bozarth
Diseño de cubierta: Manuel Estrada
Fotografía de Javier Ayuso

Calle Juan Ignacio Luca de Tena, 15
28027 Madrid
www.alianzaeditorial.es

ISBN: 978-84-1362-169-2
Depósito legal: M. 309-2021
Printed in Spain

Si quiere recibir información periódica sobre las novedades de Alianza Editorial, envíe un correo electrónico a la dirección: alianzaeditorial@anaya.es

Índice

Nota del editor

Esta nueva edición de los cuentos de Guy de Maupassant seleccionados en su día por la traductora Esther Benítez en la década de 1980 reagrupa, sin poder contar con ella (lamentablemente nos abandonó en 2001), los volúmenes primitivamente publicados en la colección El libro de bolsillo de Alianza Editorial, proponiendo una nueva ordenación que esperamos hubiera contado con su beneplácito[1].

1. Estos volúmenes son, por orden de publicación: *Mademoiselle Fifi y otros cuentos de guerra* (1979; reed. 2004), *El Horla y otros cuentos fantásticos* (1979; reed. 2001), *La vendetta y otros cuentos de horror* (1979; reed. 2002), *Mi tío Jules y otros seres marginales* (1980; reed. 2005), *Un día de campo y otros cuentos galantes* (1981; reed. 2007) y *La casa Tellier y otros cuentos eróticos* (1982; reed. 2005). Las referencias de página que figuran en las notas siguientes remiten a las respectivas reediciones.

Así, su selección –basada tanto en el criterio[2] como en el gusto personal en el caso de varias versiones de un mismo cuento[3]– viene a publicarse ahora en tres volúmenes según las que, a juicio de la propia Esther Benítez, «son las tres líneas maestras de la narración en Maupassant: la guerra, la vida galante, el horror»[4].

De este modo, ha parecido plausible reunir, en primer lugar, bajo el título *El Horla: Cuentos fantásticos y de horror,* los volúmenes *El Horla y otros cuentos fantásticos* y *La vendetta y otros cuentos de horror,* en los que se agruparon aquellos relatos que se podría decir que provocan una desazón en el lector. «¿Cómo deslindar lo fantástico del horror?», se preguntaba ya entonces la traductora[5]. Y si a *El Horla* fueron a parar en su día aquellos cuentos en que «prima el factor locura, lo irracional, el miedo, la neurosis y la obsesión de la soledad»[6], en *La vendetta* prevalecieron aquellos en que «domina el factor crimen, bien contra sí mismo: suicidio, bien contra los demás: asesinato»[7].

2. «En una década –de 1880 a 1890– [Maupassant] publicará más de trescientos cuentos. [...] Entre tan abundante producción, el material, como es lógico, es bueno y menos bueno [...] no todo Maupassant es excelente», *Mademoiselle Fifi...*, cit., pp. 7-8.
3. «Urgido por la necesidad de entregar un original para que lo devoren las prensas, Maupassant retoma más de una vez un viejo texto, lo reelabora mínimamente y lo da para su publicación», narrando prácticamente la misma historia en versiones ligeramente distintas. «En tales casos, me he quedado con aquel cuento al que mis preferencias personales me inclinaban, el que me parecía más logrado desde el punto de vista estilístico y narrativo» (ibídem, p. 8).
4. Ibídem, p. 9.
5. *La vendetta...,* cit., p. 8.
6. Ibídem, p. 9.
7. Ibídem.

Pero en todos ellos, en suma, se toca en último término un incidente de carácter extraordinario por inexplicable o anómalo, por arrebatado o por atroz, todo lo cual justifica el nuevo volumen.

El volumen *Bola de Sebo: Cuentos de guerra y de otros desastres* reúne, por su parte, los relatos de *Mademosiselle Fifi y otros cuentos de guerra* junto con los de *Mi tío Jules y otros seres marginales.* Si bien es verdad que en el primero de los libros mencionados era la guerra «el tema de todos los relatos, sea la guerra del 70 o la guerra colonial»[8], no lo es menos que en su prólogo al segundo la propia Esther Benítez expresaba que en los allí recogidos «el pesimismo maupassantiano bosqueja un cuadro en el cual la paz asemeja una guerra larvada. Guerra de una sociedad acomodada y biempensante contra los seres más desvalidos y débiles»[9]. Vienen a juntarse finalmente así los damnificados por los conflictos armados con otros personajes que son como «restos de un naufragio; los temporales que han arrojado a las playas de la infelicidad tantas ruinas humanas resultan muy diversos: la ambición, la pobreza, la invalidez»[10].

Finalmente, en *La mujer de Paul: Cuentos galantes* se han reunido los cuentos antes repartidos entre *Un día de campo y otros cuentos galantes* y *La casa Tellier y otros cuentos eróticos,* que tienen como común denominador

8. *Mademoiselle Fifi...,* cit., p. 10. Se refiere a la guerra franco-prusiana de 1870-1871, que terminó con la derrota francesa y la pérdida de las regiones de Alsacia y Lorena, y a otros conflictos en el escenario de África.
9. *Mi tío Jules...,* cit., pp. 7-8.
10. Ibídem, p. 7.

aquello que la cultura humana ha dado en etiquetar como «amor». En el caso de Maupassant, claro está, este «amor» está «al margen de las reglas en la mayoría de los casos»[11] y gira en torno al sexo o la aventura, ya tenga como escenario París y sus alrededores (con sus excursiones, sus remeros y sus establecimientos junto al río que tan bien retrataron los pintores impresionistas), o bien el ámbito provincial y rural. En los relatos aquí reunidos no es el escenario el que determina, sino la naturaleza humana, pues, como indicaba asimismo la traductora, es curioso y aleccionador apreciar la diferencia de perspectiva entre uno y otro mundos: «en el campesino hay una amoralidad natural que la sociedad, con sus convenciones, aspira a embotar o borrar. Si comparamos, por ejemplo, "Los zuecos" con "La seña" vemos cómo a la buena de Adélaïde no le quita el sueño acostarse repetidamente con su amo mientras que a la baronesa de la Grangerie la pone al borde de la histeria una relación sexual de una sola ocasión. Y al padre de la moza tampoco le preocupa lo ocurrido: le irrita la inconsciencia de su hija, que se acuesta con el amo al igual que le hace el café o le limpia la casa»[12].

En cuanto a la ordenación de los relatos para esta nueva edición, se ha seguido la pauta que marcó la preparadora en su momento: cronológico según su fecha primera de publicación –que, con alguna excepción, suele abarcar el periodo que va de 1880 a 1890–, y, en cuanto a la elección del texto original, sigue en lo posible «la

11. *Un día de campo...*, cit., p. 8.
12. *La casa Tellier...*, cit., p. 9.

magnífica edición de Louis Forestier en La Pléiade»[13] y, cuando no lo fue por razones de temporalidad –un desfase entre la edición de su traducción y la de Forestier no le permitió hacerlo en todos los casos–, la de Albert-Marie Schmidt[14].

Esta nota quedaría incompleta si no recogiera asimismo las palabras con que Benítez cerraba el prólogo al primero de los volúmenes publicados: «Por último, unas breves palabras sobre la traducción. Antes de poner manos a la obra examiné, como es natural, las anteriores. Nada me parece más inútil que repetir un esfuerzo que otro ha realizado ya con resultados satisfactorios. Mas por desgracia –o por fortuna para mí, pues me ha proporcionado el placer de traducir a Maupassant– la traducción más completa de las existentes resultaba insuficiente[15]: el criterio imperante parecía ser el del "embellecimiento" del texto, omitiendo las abundantes repeticiones de palabras, peinando el estilo cuando este le parecía desgreñado, solucionando los problemas por el sencillo método de eliminar las frases en los que se planteaban, y prescindiendo de algo muy importante en un cuentista como Maupassant, tan amigo del diálogo: las diferentes hablas

13. *Un día de campo...*, cit., p. 12. La edición a la que se hace referencia es Guy de Maupassant, *Contes et nouvelles,* prefacio de Armand Lanoux, introducción de Louis Forestier, texto establecido y anotado por Louis Forestier, vols. I y II, Bibliothèque de La Pléiade, París, Gallimard, 1974, 1979.
14. Guy de Maupassant, *Contes et nouvelles,* ed. de Albert-Marie Schmidt, 2 vols., París, Albin Michel, 1956-1957.
15. Se refiere a Guy de Maupassant, *Obras completas,* vol. II, ordenación, traducción y prólogo de Luis Ruiz Contreras, Madrid, Aguilar, 1948, 1965.

de los personajes, según se trate de personas cultas, campesinos o extranjeros. La lengua maupassantiana, diferenciada en cada cuento en distintos niveles de habla, estaba ausente en dicha traducción. Espero haberla respetado en la mía, ofreciendo al lector nueva ocasión de goce con la prosa, tan peculiar, de nuestro autor»[16].

16. *Mademoiselle Fifi...,* cit., pp. 13-14.

Sobre el agua*

Yo había alquilado, el verano pasado, una casita de campo a orillas del Sena, a varias leguas de París, e iba a dormir allí todas las noches. Al cabo de unos días, trabé conocimiento con uno de mis vecinos, un hombre de treinta a cuarenta años, que era el tipo más curioso que nunca había visto. Era un viejo remero, pero un remero empedernido, siempre cerca del agua, siempre sobre el agua, siempre en el agua. Debía de haber nacido en un bote, y seguramente morirá en la remadura final.

Una tarde que paseábamos a orillas del Sena, le pedí que me contara algunas anécdotas de su vida náutica. De inmediato mi buen hombre se animó, se transfiguró, se volvió elocuente, casi poeta. Albergaba en el pecho una gran pasión, una pasión devoradora, irresistible: el río.

* *Sur l'eau,* publicado en *Le Bulletin français,* 10 de marzo de 1876.

*

–¡Ah! –me dijo–, ¡cuántos recuerdos conservo de este río que ve usted deslizarse ahí, cerca de nosotros! Ustedes, los habitantes de las calles, no saben lo que es el río. Pero escuche a un pescador cuando pronuncia esa palabra. Para él, es una cosa misteriosa, profunda, desconocida, el país de los espejismos y las fantasmagorías, donde se ven, de noche, cosas que no existen, donde se oyen ruidos que no se conocen, donde se tiembla sin saber por qué, como al cruzar un cementerio; y en efecto, es el más siniestro de los cementerios, aquel en el cual no hay tumbas.

»Para el pescador la tierra tiene sus límites, mientras que en las sombras, cuando no hay luna, el río es ilimitado. Un marinero no experimenta lo mismo por el mar. Éste es a menudo duro y cruel, sí, pero grita, aúlla, es leal, el mar abierto; mientras que el río es silencioso y pérfido. No brama, sino que fluye siempre sin ruido, y ese movimiento eterno del agua que fluye me resulta más espantoso que las altas olas del Océano.

»Ciertos soñadores pretenden que el mar oculta en su seno inmensas regiones azuladas, donde los ahogados giran entre grandes peces, en medio de extraños bosques y en grutas de cristal. El río sólo tiene profundidades negras cuyo fondo es un pudridero. Sin embargo, es hermoso cuando brilla al sol naciente y chapotea suavemente entre sus riberas cubiertas de cañaverales susurrantes.

»Hablando del Océano dijo el poeta:

Ô flots, que vous savez de lugubres histoires!
Flots profonds, redoutés des mères à genoux,
Vous vous les racontez en montant les marées
Et c'est ce qui vous fait ces voix désespérées
Que vous avez, le soir, quand vous venez vers nous[1].

»Pues bien, creo que las historias susurradas por las frágiles cañas con sus vocecitas suaves deben ser aún más siniestras que los lúgubres dramas narrados por los aullidos de las olas.

»Pero ya que usted me pide algunos de mis recuerdos, voy a contarle una singular aventura que me ocurrió aquí, hace unos diez años.

»Yo vivía, como hoy, en casa de la señora Lafon, y uno de mis mejores camaradas, Louis Bernet, que ahora ha renunciado al remo, a sus pompas y su desaliño para ingresar en el Consejo de Estado, estaba instalado en el pueblo de C..., dos leguas río abajo. Cenábamos juntos todos los días, unas veces en su casa, otras en la mía.

»Una noche en que yo regresaba solo y bastante cansado, manejando penosamente mi gran bote, una chalupa de doce pies, que utilizaba siempre de noche, me detuve unos segundos para recobrar el aliento junto a la punta del cañaveral, allá abajo, unos doscientos metros antes del puente del ferrocarril. Hacía un tiempo magnífico: la luna resplandecía, el río brillaba, el aire en calma era sua-

1 «Olas, ¡cuántas historias lúgubres conocéis! / Profundas olas, temidas por las madres de hinojos, / os las contáis cuando sube la marea, / y eso es lo que os da esas desesperadas voces / que tenéis, por la noche al ascender hacia nosotros.» [Se trata de los últimos versos del poema «Oreano nox», de Victor Hugo.]

ve. Esta tranquilidad me tentó; me dije que sería estupendo fumar una pipa en aquel lugar. La acción siguió a la idea; cogí el ancla y la eché al río.

»El bote, que descendía con la corriente, tiró de la cadena hasta el final, y después se detuvo; y yo me senté en la popa sobre mi piel de carnero, lo más cómodamente posible. No se oía nada, nada de nada; sólo a veces creía distinguir un pequeño chapoteo, casi insensible, del agua contra la orilla, y divisaba grupos de cañas más altas que adoptaban figuras sorprendentes y a veces parecían agitarse.

»El río estaba completamente tranquilo, pero me sentí emocionado por el extraordinario silencio que me rodeaba. Todos los animales, ranas y sapos, esos cantores nocturnos de las ciénagas, callaban. De repente, a mi derecha, junto a mí, croó una rana. Me estremecí: se calló; no oí nada más, y decidí fumar un poco para distraerme. Sin embargo, pese a mi reputación de fumador de pipa, no pude hacerlo; a la segunda chupada me dio un vuelco el corazón y lo dejé. Me puse a canturrear: el sonido de mi voz me resultaba penoso; entonces, me tumbé en el fondo del bote y contemplé el cielo. Durante algún tiempo permanecí tranquilo, pero pronto los leves movimientos de la barca me inquietaron. Me pareció que daba gigantescos bandazos, tocando sucesivamente las dos riberas del río; después creí que un ser o una fuerza invisible la atraía suavemente al fondo del agua y la levantaba después para dejarla caer. Me sentía zarandeado como en medio de una tempestad, oí ruidos a mi alrededor; me alcé de un salto: el agua brillaba, todo estaba en calma.

»Comprendí que tenía los nervios un poco crispados y decidí marcharme. Tiré de la cadena; el bote se puso en marcha, después noté una resistencia, tiré con más fuerza, el ancla no subió; se había enganchado a algo en el fondo del agua y no podía sacarla; recomencé a tirar, aunque inútilmente. Entonces, con los remos, hice girar la barca y la llevé aguas arriba para cambiar la posición del ancla. Fue en vano, seguía resistiéndose; me asaltó la cólera y sacudí rabiosamente la cadena. Nada se movió. Me senté desalentado y me puse a reflexionar sobre mi situación. No podía pensar en romper la cadena ni en soltarla de la embarcación, pues era enorme y estaba remachada en la proa en un trozo de madera más grueso que mi brazo; pero como el tiempo seguía siendo muy bueno, pensé que no tardaría, sin duda, en encontrar algún pescador que acudiera en mi ayuda. El contratiempo me había tranquilizado; me senté y pude por fin fumar la pipa. Tenía una botella de ron, bebí dos o tres vasos, y mi situación me hizo reír. Hacía mucho calor, de modo que como último recurso podía, sin grandes problemas, pasar la noche al raso.

»De pronto, sonó un golpecito contra la borda. Me sobresalté, y un sudor frío me heló de pies a cabeza. El ruido procedía sin duda de algún pedazo de madera arrastrado por la corriente, pero había bastado para que me sintiera invadido de nuevo por una extraña agitación nerviosa. Agarré la cadena y me envaré en un esfuerzo desesperado. El ancla resistió. Volví a sentarme agotado.

»Entretanto, el río se había ido cubriendo poco a poco de una niebla blanca muy espesa que reptaba casi a flor de agua, de modo que, al levantarme, ya no veía el río, ni mis pies, ni mi barca, sino que distinguía solamente las puntas de las cañas, y además, más lejos, la llanura empalidecida por la luz de la luna, con grandes manchas negras que ascendían hacia el cielo, formadas por grupos de álamos de Italia. Yo estaba como sepultado hasta la cintura en una sábana de algodón de singular blancura, y me asaltaban ideas fantásticas. Me figuraba que alguien intentaba subir a mi barca, que yo ya no podía distinguir, y que el río, oculto por aquella niebla opaca, debía de estar lleno de seres extraños que nadaban a mi alrededor. Experimentaba un horrible malestar, sentía las sienes oprimidas, mi corazón latía hasta sofocarme; y, perdiendo la cabeza, pensé en escapar a nado; pero inmediatamente después la idea me hizo estremecer de espanto. Me vi perdido, yendo a la ventura en aquella bruma espesa debatiéndome entre las hierbas y las cañas que no podría eludir, bramando de miedo, sin ver la ribera, sin encontrar mi barca, y me parecía que alguien me arrastraría por los pies al fondo de aquella agua negra.

»En efecto, como hubiera tenido que remontar la corriente por lo menos cinco metros antes de encontrar un punto libre de hierbas y de juncos en el que pudiese hacer pie, tenía nueve probabilidades entre diez de no saber orientarme en la niebla y de ahogarme, por buen nadador que fuese.

»Intenté ser razonable. Mi voluntad estaba muy resuelta a no tener miedo, pero había en mí otra cosa que mi voluntad, y esa cosa tenía miedo. Me pregunté qué podía temer; mi *yo* valeroso se burló de mi *yo* cobarde, y jamás comprendí tan bien como ese día la oposición entre los dos seres que en nosotros hay, uno que quiere, otro que se resiste, y cada uno de los cuales triunfa por turno.

»Aquel pavor estúpido e inexplicable seguía creciendo y se convertía en terror. Yo permanecía inmóvil, con los ojos abiertos, los oídos aguzados y a la espera. ¿De qué? No sabía nada, pero debía de ser algo terrible. Creo que si a un pez se le hubiera ocurrido saltar fuera del agua, como a menudo sucede, no se hubiera necesitado más para hacerme desplomar rígido, sin conocimiento.

»Sin embargo, mediante un violento esfuerzo, acabé por recobrar más o menos la razón que se me escapaba. Cogí de nuevo la botella de ron y bebí a grandes tragos.

»Entonces se me ocurrió una idea y empecé a gritar con todas mis fuerzas, volviéndome sucesivamente hacia los cuatro puntos del horizonte. Cuando mi gaznate se quedó absolutamente paralizado, escuché. Un perro aullaba, muy lejos.

»Bebí un poco más, y me tendí cuan largo era en el fondo de la barca. Me quedé así quizás una hora, quizás dos, sin dormir, con los ojos abiertos, con pesadillas a mi alrededor. No me atrevía a levantarme y sin embargo lo deseaba violentamente; lo retrasaba de un minuto a otro. Me decía: "Vamos, ¡en pie!", y tenía miedo de hacer un movimiento. Al final, me alcé con infinitas precauciones, como si mi vida dependiera del menor ruido que hiciese, y miré por encima de la borda.

»Quedé deslumbrado por el más maravilloso, por el más sorprendente espectáculo que presenciarse pueda. Era una de esas fantasmagorías del reino de las hadas, una de esas visiones narradas por los viajeros que regresan de muy lejos y a los que escuchamos sin darles crédito.

»La niebla que, dos horas antes, flotaba sobre el agua se había retirado poco a poco, concentrándose en las orillas. Al dejar el río absolutamente despejado, había formado en cada ribazo una colina ininterrumpida, de seis o siete metros de alto, que brillaba bajo la luna con el soberbio resplandor de las nieves. De modo que no se veía otra cosa que un río laminado de fuego entre dos montañas blancas; y allá arriba, sobre mi cabeza, se desplegaba, llena y ancha, una gran luna brillante en medio de un cielo azulado y lechoso.

»Todos los animales del agua se habían despertado; las ranas croaban furiosamente, mientras que, a cada instante, ora a la derecha, ora a la izquierda, oía esa nota corta, monótona y triste, que lanza a las estrellas la voz metálica de los sapos. Cosa extraña, ya no tenía miedo; estaba en medio de un paisaje tan extraordinario que las más fuertes singularidades no hubieran podido sorprenderme.

»No sé cuánto tiempo duró esto, pues había acabado por amodorrarme. Cuando abrí los ojos, la luna se había ocultado, el cielo estaba lleno de nubes. El agua chapoteaba lúgubremente, el viento soplaba, hacía frío, la oscuridad era profunda.

»Bebí lo que me quedaba de ron, después escuché tiritando el rumor de las cañas y el ruido siniestro del río. Intentaba ver, pero no pude distinguir mi barca, ni siquiera mis manos, que me acercaba a los ojos.

»Poco a poco, sin embargo, disminuyó el espesor de la negrura. De pronto creí sentir una sombra que se deslizaba muy cerca de mí; lanzé un grito, una voz respondió; era un pescador. Lo llamé, se acercó y le conté mi contratiempo. Pegó la borda de su barca a la de la mía, y ambos tiramos de la cadena. El ancla no se movía. Llegaba el día, sombrío, gris, lluvioso, glacial, una de esas jornadas que os traen tristezas y desdichas. Distinguí otra barca, le dimos voces. El hombre que la tripulaba unió sus esfuerzos a los nuestros; entonces, poco a poco, el ancla cedió. Subía, pero despacio, despacito, y cargada con un peso considerable. Por fin percibimos una masa negra, y la subimos a bordo:

»Era el cadáver de una anciana que tenía una gran piedra al cuello.

Magnetismo*

Era al final de una cena de hombres solos, a la hora de los interminables cigarros y las incesantes copitas, entre el humo y el cálido embotamiento de las digestiones, con las cabezas ligeramente trastornadas después de tantas viandas y licores absorbidos y mezclados.

Llegó a hablarse del magnetismo, de los números de Donato[1] y de las experiencias del doctor Charcot. Y de pronto aquellos hombres escépticos, amables, indiferentes a toda religión, se pusieron a contar hechos extraños, historias increíbles pero ocurridas, según afirmaban, incurriendo bruscamente en creencias supersticiosas, aferrándose a un último resto de lo maravilloso, converti-

* *Magnetisme,* publicado en *Gil Blas,* 5 de abril de 1882.

1. Alfred Dhont, llamado Donato, un magnetizador belga que a comienzos de la década de 1880 vulgarizó ante el público parisiense experimentos de hipnosis análogos a los de Charcot.

dos en devotos de ese misterio del magnetismo, y defendiéndolo en nombre de la ciencia.

Sólo uno sonreía, un mozo vigoroso, gran perseguidor de muchachas y cazador de mujeres, en el cual una incredulidad por todo estaba tan fuertemente anclada que no admitía la menor discusión.

Repetía riendo burlonamente: «¡Patrañas! ¡Patrañas! ¡Patrañas! No discutiremos a Donato, que es simplemente un habilísimo autor de trucos. En cuanto al señor Charcot, de quien dicen que es un sabio notable, me hace el efecto de esos cuentistas del tipo de Edgar Poe, que acaban por volverse locos a fuerza de reflexionar sobre extraños casos de locura. Ha observado fenómenos nerviosos inexplicados y aún inexplicables, avanza por ese mundo desconocido que a diario se explora, y al no poder siempre comprender lo que ve, se acuerda quizá demasiado de las explicaciones eclesiásticas de los misterios. Y además, quisiera oírlo hablar, sería algo muy distinto de lo que ustedes repiten».

Se produjo alrededor del incrédulo una especie de movimiento de piedad, como si hubiera blasfemado en una asamblea de monjes.

Uno de aquellos señores exclamó:

–Sin embargo, antaño hubo milagros.

Pero el otro respondió:

–Lo niego. ¿Por qué no iba a haberlos ahora?

Entonces cada cual aportó un hecho, presentimientos fantásticos, comunicaciones anímicas a través de dilatados espacios, influencias secretas de un ser sobre otro. Y se afirmaba, declarábanse los hechos indiscutibles, mientras el empedernido negador repetía:

–¡Patrañas! ¡Patrañas! ¡Patrañas!

Al final se levantó, tiró su cigarro y, con las manos en los bolsillos:

–Pues bien, también yo voy a contarles dos historias, y después se las explicaré. Aquí las tienen:

*

»En el pueblecito de Étretat, los hombres, todos ellos marineros, van cada año al banco de Terranova a la pesca del bacalao. Ahora bien, una noche, el hijo de uno de esos marineros se despertó sobresaltado gritando que su "padre había muerto en la mar". Calmaron al crío, que se despertó de nuevo chillando que su "padre se había ahogado". Un mes después, se supo, en efecto, la muerte del padre, arrebatado del puente por un golpe de mar. Se habló de milagro, todos se emocionaron; compararon las fechas, resultó que el accidente y el sueño habían coincidido más o menos; de donde se dedujo que habían ocurrido la misma noche, a la misma hora. Y ahí tienen un misterio del magnetismo.

*

El narrador se interrumpió. Entonces uno de los oyentes, muy emocionado, preguntó:

–¿Y cómo explica usted eso?

–Perfectamente, señor mío, he encontrado el secreto. El hecho me había sorprendido e incluso inquietado vivamente; pero yo, ya ve usted, no creo por principio. Al igual que otros empiezan por creer, yo empiezo por dudar, y cuando no comprendo nada, sigo negando toda comunicación telepática de las almas, con la seguridad de que mi mera penetración es suficiente. Pues bien, busqué y busqué, y acabé, a fuerza de interrogar a todas las mujeres de los marineros ausentes, por convencerme de que no transcurrían ocho días sin que una de ellas o uno de los niños soñase y anunciase al despertar que el «padre había muerto en la mar». El miedo horrible y constante a ese accidente hace que hablen siempre de él, piensen en él sin cesar. Ahora bien, si una de esas frecuentes predicciones coincide, por un azar muy sencillo, con una muerte, en seguida se habla de milagro, pues se olvidan de pronto todos los demás sueños, todos los otros presagios, todas las demás profecías de desdichas que han quedado sin confirmación. Por lo que a mí me toca, examiné más de cincuenta, cuyos autores ni siquiera las recordaban al cabo de ocho días. Pero si el hombre, en efecto, hubiese muerto, el recuerdo se habría despertado de inmediato, y se habría celebrado la intervención de Dios, según unos, o del magnetismo según otros.

Uno de los fumadores declaró:

–Es bastante justo lo que usted está diciendo, pero veamos su segunda historia.

–¡Oh! Mi segunda historia es muy delicada de contar. Me ocurrió a mí mismo, así que desconfío una pizca de mi propia apreciación. Nunca se es, equitativamente, juez y parte. Pero ahí la tienen:

*

»Entre mis relaciones mundanas había una joven señora en la cual yo no pensaba para nada, a la que jamás había mirado atentamente, en la que no había reparado, como suele decirse.

»La clasificaba entre las insignificantes, aunque no fuera fea; en fin, me parecía que tenía ojos, nariz, boca, y cabellos vulgares, toda una fisionomía apagada; era de esos seres en los que el pensamiento sólo parece posarse por azar, sin poder detenerse, sobre los que el deseo no recae.

»Ahora bien, una noche, mientras yo escribía unas cartas al amor de la lumbre antes de meterme en cama sentí en medio de ese exceso de pensamientos, de esa procesión de imágenes que nos rozan el cerebro cuando nos quedamos unos minutos soñando despiertos, una especie de leve soplo que pasaba por mi mente, un ligerísimo estremecimiento del corazón, e inmediatamente, sin razón, sin el menor encadenamiento de ideas lógicas, vi con toda claridad, vi como si la tocara, vi de los pies a la cabeza, y sin ningún velo, a aquella joven en la que no había pensado jamás tres segundos seguidos, el tiempo necesario para que su nombre cruzase por mi cabeza. Y de pronto descubrí en ella un montón de cualidades que no había observado, un dulce encanto, un lánguido atractivo; despertó en mí esa especie de inquietud amorosa que impulsa a perseguir a una mujer. Pero no pensé mucho en ello. Me acosté, me dormí. Y soñé.

»Todos ustedes han tenido, ¿verdad?, esos sueños singulares, que les hacen dueños de lo imposible, que les abren puertas infranqueables, alegrías inesperadas, brazos impenetrables.

»¿Cuál de nosotros, en esos sueños turbados, nerviosos, jadeantes, no ha tenido, estrechado, sobado, poseído, con extraordinaria agudeza de sensaciones, a aquella que ocupaba su imaginación? ¿Y no se han fijado ustedes en las sobrehumanas delicias que aportan esas aventuras galantes del sueño? ¡En qué locas embriagueces nos arrojan, con qué fogosos espasmos nos sacuden, y qué ternura infinita, acariciadora, penetrante infunden en el corazón por aquella a quien se posee desfallecida y cálida, en esa ilusión adorable y brutal, que parece una realidad!

»Todo esto lo sentí yo con inolvidable violencia. Aquella mujer fue mía, tan mía que la tibia dulzura de su piel perduraba en mis dedos, el olor de su piel perduraba en mi cerebro, el sabor de sus besos perduraba en mis labios, el sonido de su voz perduraba en mis oídos, el cerco de su abrazo en torno a mis riñones, y el ardiente encanto de su ternura en toda mi persona, mucho tiempo después de mi exquisito y decepcionante despertar.

»Y tres veces se renovó durante esa noche el mismo sueño.

»Llegado el día, ella me obsesionaba, me poseía, ocupaba mi cabeza y mis sentidos, hasta el punto de que no pasaba un segundo sin pensar en ella.

»Al final, sin saber qué hacer, me vestí y fui a visitarla. En su escalera, estaba tan emocionado que temblaba, mi corazón latía: un vehemente deseo me invadía de pies a cabeza.

»Entré. Ella se levantó de un salto al oír pronunciar mi nombre, y de repente nuestros ojos se cruzaron con sorprendente fijeza. Me senté.

»Balbucí algunas trivialidades que ella no parecía escuchar. Yo no sabía qué decir ni qué hacer, entonces me arrojé bruscamente sobre ella, estrechándola entre mis brazos; y todo mi sueño se cumplió tan rápida, fácil y locamente, que de pronto dudé de si estaría despierto... Durante dos años fue mi amante...

*

–¿Qué concluye usted de eso? –dijo una voz.

El narrador parecía vacilar.

–Concluyo que... concluyo que fue una coincidencia, ¡pardiez! Y, además, ¿quién sabe? Acaso hubo una mirada de ella en la que yo no había reparado y que surgió esa noche por uno de esos misteriosos e inconscientes llamamientos de la memoria que nos vuelven a presentar cosas descuidadas por nuestra conciencia, que han pasado inadvertidas a nuestra inteligencia.

–Todo lo que usted quiera –concluyó un convidado–, pero si no cree en el magnetismo después de eso, ¡es usted un ingrato, mi querido señor!

Confesiones de una mujer*

Amigo mío, me ha pedido usted que le cuente los recuerdos más vivos de mi existencia. Soy muy vieja, sin parientes, sin hijos; puedo, pues, libremente confesarme con usted. Prométame sólo que jamás desvelará mi nombre.

He sido muy amada, usted lo sabe; y a menudo amé yo también. Era muy hermosa; puedo decirlo hoy, cuando ya nada queda. El amor era para mí la vida del alma, como el aire es la vida del cuerpo. Hubiera preferido morir a existir sin ternura, sin un pensamiento siempre clavado en mí. Las mujeres pretenden con frecuencia no amar sino una sola vez con todo el poder de su corazón; con frecuencia me ocurrió que amaba tan violentamente que me parecía imposible que aquellos transportes finalizasen. Y sin embargo se extinguían siempre de una forma natural, como un fuego falto de leña.

* *Confessions d'une femme,* publicado en *Gil Blas,* 28 de junio de 1882.

Le contaré hoy la primera de mis aventuras, en la que yo fui muy inocente, aunque determinó las otras.

La horrible venganza de ese espantoso farmacéutico de Le Pecq[1] me ha recordado el terrible drama al cual asistí muy a mi pesar.

Estaba casada desde hacía un año con un hombre rico, el conde Hervé de Ker..., un bretón de vieja cepa al cual, por supuesto, no amaba. El amor, el verdadero, necesita, o por lo menos así lo creo, libertad y obstáculos al mismo tiempo. El amor impuesto, sancionado por la ley, bendecido por el sacerdote, ¿es amor? Un beso legal nunca vale lo que un beso robado.

Mi marido era de elevada estatura, elegante y todo un gran señor de aspecto. Pero carecía de inteligencia. Hablaba de un modo terminante, emitía opiniones cortantes como cuchillos. Se le notaba una mente llena de ideas preconcebidas, infundidas en él por sus padres que a su vez las habían recibido de sus antepasados. No vacilaba jamás, daba sobre todo una opinión inmediata y limitada sin el menor embarazo y sin comprender que pudieran existir otros modos de ver. Se notaba que aquella cabeza estaba cerrada, que por ella no circulaban ideas, esas ideas que renuevan y sanean un espíritu como el viento que atraviesa una casa cuyas puertas y ventanas se abren.

El castillo donde vivíamos se encontraba en plena región desierta. Era un gran edificio triste, enmarcado por

1. Se trata de un crimen pasional que conmovió al público a finales de mayo de 1882: un farmacéutico de Le Pecq, el señor Aubert, tenía una amante, Gabrielle Fenayrou. Enterados el marido –también farmacéutico– y el padre de la señora, la obligaron a atraer a Aubert a una casita alquilada al efecto; lo mataron y lo arrojaron al Sena.

árboles enormes cuyo musgo hacía pensar en las blancas barbas de los ancianos. El parque, un verdadero bosque, estaba rodeado por un profundo foso de esos que llaman salto de lobo; y al final, del lado del páramo, teníamos dos grandes estanques llenos de cañas y de hierbas flotantes. Entre los dos, a orillas de un arroyo que los unía, mi marido había mandado construir una pequeña choza para tirar sobre los patos salvajes.

Teníamos, amén de nuestros criados normales, un guarda, una especie de bruto adicto a mi marido hasta la muerte, y una doncella, casi una amiga, locamente ligada a mí. Yo la había traído de España cinco años antes. Era una niña abandonada. Se la hubiera tomado por una gitana a causa de su tez morena, de sus ojos oscuros, de sus cabellos profundos como un bosque y siempre encrespados en torno a la frente. Contaba entonces dieciséis años, pero aparentaba veinte.

Comenzaba el otoño. Cazábamos mucho, unas veces en las propiedades de los vecinos, otras en la nuestra; y yo me fijé en un joven, el barón de C..., cuyas visitas al castillo se volvieron singularmente frecuentes. Después dejó de venir, y no pensé más en él; pero me di cuenta de que mi marido cambiaba de actitud conmigo.

Parecía taciturno, preocupado, ya no me abrazaba; y aunque casi no entraba en mi dormitorio, que yo había exigido separado del suyo con el fin de vivir un poco sola, a menudo oía, de noche, unos pasos furtivos que llegaban hasta mi puerta y se alejaban tras unos minutos.

Como mi ventana estaba en la planta baja, a menudo creí también oír merodeos en la sombra, en torno al castillo. Se lo dije a mi marido, que me miró fijamente durante unos segundos y después respondió:

–No es nada, es el guarda.

Ahora bien, una noche, cuando acabábamos de cenar, Hervé, que parecía muy alegre, contra su costumbre, con una alegría socarrona, me preguntó:

–¿Le gustaría a usted pasar tres horas al acecho para matar a un zorro que viene por las noches a comerse mis gallinas?

Me quedé sorprendida; vacilaba; pero como él me examinaba con singular obstinación, acabé respondiendo:

–Claro que sí, amigo mío.

Tengo que decirle que yo cazaba como un hombre lobos y jabalíes. Conque era muy natural que me propusiera aquel acecho.

Pero mi marido de repente adoptó un aire extrañamente nervioso, y durante toda la velada estuvo agitado, levantándose y volviéndose a sentar febrilmente.

Hacia las diez me dijo de pronto:

–¿Está usted preparada?

Me levanté. Y cuando él me trajo mi escopeta, pregunté:

–¿Hay que cargar con bala o con posta?

Pareció sorprendido, y después prosiguió:

–¡Oh!, sólo con posta, bastará, puede estar segura.

Después, tras unos segundos, agregó con singular tono:

–¡Puede usted alabarse de su sangre fría!

Me eché a reír:

–¿Yo? ¿Por qué? ¡Sangre fría para ir a matar un zorro! Pero ¡qué ideas tiene usted, amigo mío!

Y henos aquí en marcha, sin hacer ruido, a través del parque. Toda la casa dormía. La luna llena parecía teñir de amarillo el viejo edificio oscuro cuyo tejado de pizarra relucía. Las dos torrecillas que lo flanqueaban ostentaban en su cima dos placas de luz, y ningún ruido turbaba el silencio de aquella noche clara y triste, dulce y pesada, que parecía muerta. Ni el menor soplo de aire, ni un grito de un sapo, ni un gemido de lechuza, un lúgubre entorpecimiento se había abatido sobre todo.

Cuando estuvimos bajo los árboles del parque me asaltó su frescura, y un olor a hojas caídas. Mi marido no decía nada, pero escuchaba, espiaba, parecía olfatear en las sombras, poseído de pies a cabeza por la pasión de la caza.

Pronto llegamos al borde de los estanques.

Su cabellera de juncos permanecía inmóvil, ningún soplo la acariciaba; pero por el agua corrían movimientos apenas sensibles. A veces un punto se agitaba en la superficie, y de allí partían leves círculos, semejantes a arrugas luminosas, que se agrandaban sin fin.

Cuando llegamos a la choza donde debíamos emboscarnos, mi marido me dejó pasar delante, después armó lentamente su escopeta y el chasquido seco de las piezas me produjo un extraño efecto. Me sintió temblar y me preguntó:

–¿Es, acaso, que ya le basta a usted con esta prueba? Pues márchese.

Respondí, muy sorprendida:

–Nada de eso, no he venido para regresar. ¿Está usted de broma, esta noche?

Murmuró:

–Como usted quiera.

Y permanecimos inmóviles.

Al cabo de una media hora, como nada turbaba la pesada y clara tranquilidad de aquella noche de otoño, dije, en voz baja:

–¿Está usted seguro de que pasa por aquí?

Hervé tuvo una sacudida, como si le hubiera mordido, y, con la boca pegada a mi oído:

–Estoy seguro, escuche.

Y volvió a reinar el silencio.

Creo que empezaba a amodorrarme cuando mi marido me apretó el brazo; y su voz silbante, cambiada, pronunció:

–¿No lo ve usted, allá abajo, entre los árboles?

Por mucho que miraba, yo no distinguía nada. Y lentamente Hervé apuntó, mientras me miraba fijamente a los ojos. Yo misma estaba preparada para disparar, cuando de pronto, a treinta pasos de nosotros, apareció a plena luz un hombre que avanzaba a pasos rápidos, con el cuerpo inclinado, como si viniera huyendo.

Me quedé tan estupefacta que lancé un violenro grito; pero antes de que pudiera volverme, ante mis ojos pasó una llama, una detonación me aturdió, y vi al hombre rodar por el suelo como un lobo que recibe una bala.

Lancé agudos clamores, espantada, asaltada por la locura; y entonces una mano furiosa, la de Hervé, me asió por la garganta. Fui derribada, y después alzada en sus robustos brazos. Corrió, llevándome en vilo, hacia el cuerpo tendido sobre la hierba, y me arrojó sobre él, violentamente, como si hubiera querido romperme la cabeza.

Me sentí perdida; iba a matarme; y ya alzaba sobre mi frente su tacón, cuando a su vez fue sujetado y derribado, sin que yo hubiese entendido aún lo que estaba ocurriendo.

Me alcé bruscamente y vi, de rodillas sobre él, a Paquita, mi criada, que, aferrada a él como un gato furioso, crispada, enloquecida, le arrancaba la barba, el bigote y la piel del rostro.

Después, como asaltada bruscamente por otra idea, se levantó y, arrojándose sobre el cadáver, lo estrechó entre sus brazos, besándolo en los ojos, en la boca, abriendo con sus labios los labios muertos, buscando en ellos un hálito, y la profunda caricia de los amantes.

Mi marido, en pie, la miraba. Comprendió y, cayendo a mis pies:

–¡Oh! perdón, querida mía; sospeché de ti y he matado al amante de esta muchacha; mi guarda me ha engañado.

Yo, por mi parte, miraba los extraños besos de aquel muerto y aquella viviente; y los sollozos de ella, y sus sobresaltos de amor desesperado.

Y en ese momento comprendí que sería infiel a mi marido.

Un drama verdadero*

Le vrai peut quelquefois
n'être pas vraisemblable[1].

Decía yo el otro día, en este lugar, que la escuela literaria de ayer se servía, para sus novelas, de las aventuras o de las verdades excepcionales encontradas en la existencia; mientras que la escuela actual, al no preocuparse sino por la verosimilitud, establece una especie de media de los acontecimientos ordinarios.

Y aquí que me comunican toda una historia, ocurrida, al parecer, y que se diría inventada por algún novelista popular o algún dramaturgo delirante.

Es, en cualquier caso, pasmosa, bien urdida y muy interesante en su extrañeza.

*

* *Un drame vrai,* publicado en *Le Gaulois,* 6 de agosto de 1882.

1. «Lo verdadero puede a veces no ser verosímil.» (Boileau, *Art poétique,* III, 48.)

En una propiedad rural, mitad granja y mitad quinta, vivía una familia que tenía una hija a la que cortejaban dos jóvenes, hermanos.

Éstos pertenecían a una antigua y excelente casa, y vivían juntos en una propiedad vecina.

El preferido fue el mayor. Y el pequeño, a quien un amor tumultuoso le trastornaba el corazón, se tornó sombrío, soñador, errabundo. Salía durante días enteros o bien se encerraba en su habitación, y leía o meditaba.

Cuanto más se acercaba la hora de la boda, más receloso se volvía.

Aproximadamente una semana antes de la fecha fijada, el novio, que regresaba una noche de su cotidiana visita a la joven, recibió un disparo a quemarropa, en un rincón del bosque. Unos campesinos, que lo encontraron al nacer el día, llevaron el cuerpo a su hogar. Su hermano se sumió en una fogosa desesperación que duró dos años. Se creyó incluso que se metería cura o que se mataría.

Al cabo de esos dos años de desesperación, se casó con la novia de su hermano.

Entretanto no se había podido encontrar al homicida. No existía el menor rastro seguro; y el único objeto revelador era un trozo de papel casi quemado, negro de pólvora, que había servido de taco al fusil del asesino. En aquel jirón de papel estaban impresos unos versos, el final de una canción, sin duda, pero no se pudo descubrir el libro del que había sido arrancada aquella página.

Se sospechó que el asesino era un cazador furtivo de mala nota. Fue perseguido, encarcelado, interrogado, hostigado; pero no confesó, y fue absuelto, por falta de pruebas.

Tal es la exposición de este drama. Uno creería estar leyendo una horrible novela de aventuras. No falta nada: el amor de los dos hermanos, los celos de uno, la muerte del preferido, el crimen en un rincón del bosque, la justicia despistada, el acusado absuelto, y un leve hilo en manos de los jueces, el trozo de papel negro de pólvora.

Y, ahora, transcurren veinte años. El hermano menor, casado, es feliz, rico y considerado: tiene tres hijas. Una de ellas va a casarse a su vez. Se desposa con el hijo de un viejo magistrado, uno de los que formaron el tribunal antaño, cuando el asesinato del hermano mayor.

Y he aquí que se celebra la boda, una gran boda rural, una juerga. Los dos padres se estrechan las manos, los jóvenes son felices. Cenan en la larga sala de la quinta; beben, bromean, ríen, y, llegados a los postres, alguien propone cantar canciones, como se hacía en los viejos tiempos.

La idea agrada, y cada cual canta.

Al llegarle su turno, el padre de la desposada busca en su memoria antiguas coplas que tarareaba en tiempos, y poco a poco las encuentra.

Hacen reír, se aplauden; él prosigue, entona la última; después, cuando ha acabado, su vecino el magistrado le pregunta:

–¿De dónde diablos ha sacado usted esa canción? Conozco los últimos versos. E incluso me parece que están relacionados con alguna grave circunstancia de mi vida, pero no lo sé exactamente; estoy perdiendo la memoria.

Y, al día siguiente, los recién casados salen de viaje de bodas.

Sin embargo, la obsesión de los recuerdos imprecisos, ese prurito constante de recordar una cosa que se nos escapa sin cesar, acosaba al padre del joven. Tarareaba sin descanso el estribillo que había cantado su amigo, y seguía sin recordar de dónde le venían aquellos versos que sin embargo tenía grabados desde hacía mucho tiempo en la cabeza, como si hubiera sentido un serio interés por no olvidarlos.

Transcurren dos años más. Y he aquí que un día, hojeando unos viejos papeles, encuentra, copiadas por él, aquellas rimas que tanto ha buscado.

Eran los versos que habían quedado legibles en el taco del fusil de que se habían servido antaño para el asesinato.

Entonces vuelve a iniciar él solo la investigación. Interroga con astucia, registra los muebles de su amigo, tanto y tan bien que encuentra el libro cuya página había sido arrancada.

El drama se desarrolla ahora en ese corazón de padre. Su hijo es el yerno de aquel de quien sospecha tan violentamente; pero, si el sospechoso es culpable, ¡ha matado a su hermano para robarle la novia! ¿Hay crimen más monstruoso?

El magistrado triunfa sobre el padre. El proceso vuelve a abrirse. El verdadero asesino es, en efecto, el hermano. Lo condenan.

*

He aquí los hechos que me señalan. Afirman que son ciertos. ¿Podríamos utilizarlos en un libro sin dar la impresión de imitar servilmente a De Montépin y Du Boisgobey?

Así, pues, tanto en la literatura como en la vida, el axioma: «No todas las verdades se pueden decir» me parece perfectamente aplicable.

Insisto sobre este ejemplo, que me parece impresionante. Una novela compuesta con un dato semejante despertaría la incredulidad de todos los lectores, y escandalizaría a todos los verdaderos artistas.

¿Loco?*

¿Estoy loco? ¿O simplemente celoso? No lo sé, pero he sufrido horriblemente. He realizado un acto de locura, de locura furiosa, es cierto; pero los celos anhelantes, pero el amor exaltado, traicionado, condenado, pero el abominable dolor que soporto, ¿no basta todo eso para hacernos cometer crímenes y locuras sin ser un verdadero criminal de corazón o de cerebro?

¡Oh! He sufrido, sufrido, sufrido de una forma continua, aguda, espantosa. Amé a aquella mujer con frenético arrebato... Aunque, ¿será esto cierto? ¿La amé? No, no, no. Me poseyó en cuerpo y alma, se apoderó de mí, me ligó. He sido, soy, su cosa, su juguete. Pertenezco a su sonrisa, a su boca, a su mirada, a las líneas de su cuerpo, a la forma de su rostro; jadeo bajo la dominación de su apariencia externa; pero a Ella, a la mujer de todo eso, al

* *Fou?,* publicado en *Gil Blas,* 23 de agosto de 1882.

ser de ese cuerpo, la odio, la desprecio, la execro, y siempre la he odiado, despreciado, execrado; pues es pérfida, bestial, inmunda, impura; es la mujer de perdición, el animal sensual y falso en el cual el alma no existe, en quien el pensamiento no circula jamás como un aire libre y vivificante; es la bestia humana; menos que eso: no es sino un seno, una maravilla de carne suave y redonda donde habita la infamia.

Los primeros tiempos de nuestra relación fueron extraños y deliciosos. Entre sus brazos siempre abiertos, yo me agotaba en un furor de deseos insaciables. Sus ojos, como si me hubiesen dado sed, me hacían abrir la boca. Eran grises al mediodía, se teñían de verde al caer la noche, y de azul al nacer el sol. No estoy loco: juro que tenían esos tres colores.

En las horas de amor eran azules, como fatigados, con pupilas enormes y nerviosas. Sus labios, agitados por un temblor, dejaban asomar a veces la punta rosada y húmeda de su lengua, que palpitaba como la de un reptil, y sus pesados párpados se alzaban lentamente, descubriendo aquella mirada ardiente y anonadada que me enloquecía. Al estrecharla entre mis brazos yo miraba sus ojos y me estremecía, tan sacudido por la necesidad de matar a aquella bestia como por el imperioso deseo de poseerla sin cesar.

Cuando ella cruzaba mi habitación, el rumor de cada uno de sus pasos producía una conmoción en mi alma; y cuando empezaba a desnudarse, dejando caer su vestido y saliendo, infame y radiante, de las ropas que se aplastaban a su alrededor, yo sentía a lo largo de mis miembros, a lo largo de los brazos, a lo largo de las piernas, en mi pecho sofocado, un desfallecimiento infinito y cobarde.

Un día, me di cuenta de que estaba harta de mí. Lo vi en sus ojos, al despertar. Inclinado sobre ella, yo esperaba cada mañana esa primera mirada. La esperaba, lleno de rabia, de odio, de desprecio hacia aquel animal dormido cuyo esclavo era. Pero cuando el azul pálido de las niñas, ese azul líquido como el agua, se descubría, aún languideciente, aún fatigado, aún enfermo de las caricias recientes, era como una rápida llama que me quemaba exasperando mis ardores. Aquel día, cuando sus párpados se abrieron, percibí una mirada indiferente y triste que ya no deseaba nada.

¡Oh! Lo vi, lo supe, lo sentí, lo comprendí al punto. Se había acabado, acabado, para siempre. Y tuve la prueba de ello a cada hora, a cada segundo.

Cuando la llamaba con los brazos y los labios, se volvía hacia otro lado molesta, murmurando: «¡Déjeme en paz!», o bien: «¡Es usted odioso!», o bien: «¿No podré estar tranquila?».

Entonces me sentí celoso, pero celoso como un perro y astuto, desconfiado, disimulado. Sabía perfectamente que pronto ella volvería a empezar, que algún otro vendría a reavivar sus sentidos.

Tuve unos celos frenéticos; pero no estoy loco; no, desde luego que no.

Esperé; ¡oh!, la espiaba; no habría podido engañarme; pero permanecía fría, indolente. Decía a veces: «Los hombres me asquean». Y era cierto.

Entonces tuve celos de ella misma, celos de su indiferencia, celos de la soledad de sus noches; celos de sus gestos, de su pensamiento, que seguía siendo infame, celos de todo lo que adivinaba. Y cuando tenía a veces, al levantarse, aquella mirada muelle que seguía antaño a nuestras noches ardientes, como si alguna concupiscencia hubiera atormentado su alma y removido sus deseos, me acometían ahogos de cólera, temblores de indignación, pruritos de estrangularla, de derribarla bajo mis rodillas y de hacerle confesar, apretándole la garganta, todos los vergonzosos secretos de su corazón.

¿Estoy loco? No.

He aquí que una noche la noté feliz. Sentí que una nueva pasión la embargaba. Estaba seguro, indudablemente seguro. Ella palpitaba como después de mis abrazos; sus ojos llameaban, sus manos estaban calientes, toda su vibrante persona desprendía ese vaho de amor del que provenía mi enloquecimiento.

Fingí no comprender nada, pero mi atención la envolvía como una red.

Nada descubrí, empero.

Esperé una semana, un mes, una estación. Ella florecía en el brote de un incomprensible ardor; se apaciguaba en la felicidad de una inasible caricia.

Y, de repente, ¡adiviné! No estoy loco. Lo juro, ¡no estoy loco!

¿Cómo decirlo? ¿Cómo hacerme entender? ¿Cómo expresar esta cosa abominable e incomprensible?

He aquí la forma en que me enteré.

Una tarde, ya lo he dicho, una tarde, cuando ella regresaba de un largo paseo a caballo, se dejó caer, con los pómulos rojos, el pecho anhelante, las piernas flojas, los ojos fatigados, en una silla baja, frente a mí. ¡Yo la había visto ya así! ¡Ella amaba! ¡No podía equivocarme!

Entonces, perdiendo la cabeza, para no contemplarla más, me volví hacia la ventana, y divisé a un criado que conducía de la brida hacia la cuadra su gran caballo, que se encabritaba.

También ella seguía con los ojos al animal fogoso y retozón. Después, cuando hubo desaparecido, se adormeció de pronto.

Pensé en ello toda la noche; y me pareció calar en misterios que jamás había sospechado. ¿Quién sondeará jamás las perversiones de la sensualidad de las mujeres? ¿Quién comprenderá sus inverosímiles caprichos y el sometimiento extraño a las más extrañas fantasías?

Todas las mañanas, con la aurora, ella partía al galope por llanuras y bosques; y todas las veces regresaba lánguida, como después de frenesíes de amor.

¡Había comprendido! Ahora estaba celoso del caballo nervioso y galopante; celoso del viento que le acariciaba el rostro cuando ella se abandonaba a una loca carrera, celoso de las hojas que besaban, al pasar, sus orejas; de las gotas de sol que caían sobre su frente a través de las ramas; celoso de la silla que la llevaba y que ella oprimía con sus muslos.

Todo eso era lo que la hacía feliz, lo que la exaltaba, la saciaba, la agotaba, y después me la devolvía insensible y casi desfallecida.

Resolví vengarme. Me mostré dulce y lleno de atenciones con ella. Le tendía la mano cuando iba a saltar a tierra tras sus carreras desenfrenadas. El furioso animal coceaba hacia mí, ella le acariciaba el cuello curvado, besaba sus ollares temblorosos sin limpiarse luego los labios; y el perfume de su cuerpo, sudoroso como tras la tibieza del lecho, se mezclaba en mi nariz con el olor acre y bravío del animal.

Esperé mi día y mi hora. Ella pasaba todas las mañanas por el mismo sendero, en un bosquecillo de abedules que se internaba en la selva.

Salí antes del alba, con una cuerda en la mano y mis pistolas ocultas sobre el pecho, como si fuera a batirme en duelo.

Corrí hacia el camino que le gustaba; tensé la cuerda entre dos árboles; y después me oculté entre las hierbas.

Pegué la oreja al suelo, oí su galope lejano; después la distinguí allá al fondo, bajo las hojas, como al final de una bóveda, llegando a todo correr. ¡Oh!, no me había equivocado, ¡era eso! Parecía arrebatada de alegría, la sangre le subía a las mejillas, había locura en su mirada; y el movimiento precipitado de la carrera hacía vibrar sus nervios con un gozo solitario y furioso.

El animal tropezó en mi trampa con las dos patas delanteras, y rodó con los huesos rotos. ¡A Ella, la recibí en mis brazos! Tengo fuerzas como para cargar un buey. Después, cuando la deposité en el suelo, me acerqué a Él, que nos miraba; y entonces, mientras intentaba morderme aún, acerqué una pistola a su oreja... y lo maté... como a un hombre.

Pero caí a mi vez, con la cara cruzada por dos latigazos; y cuando ella se abalanzaba de nuevo sobre mí, le disparé mi otra bala en el vientre.

Díganme, ¿estoy loco?

Una viuda*

Era durante la temporada de caza, en el castillo de Banneville. El otoño era lluvioso y triste. Las hojas rojas, en lugar de crujir bajo los pies, se pudrían en las rodadas, bajo los abundantes aguaceros.

El bosque, casi desnudo, estaba húmedo como un cuarto de baño. Cuando se entraba en él, bajo los grandes árboles azotados por los chaparrones, un olor a moho, un vaho de agua caída, de hierbas empapadas, de tierra mojada os envolvía, y los tiradores, encorvados bajo esta inundación continua, y los perros tristes, con el rabo gacho y el pelaje pegado a las costillas, y las jóvenes cazadoras con sus chaquetas de paño ajustado y calado por la lluvia, regresaban cada noche fatigados de cuerpo y de alma.

En el gran salón, después de cenar, se jugaba a la lotería, sin animación, mientras el viento empujaba ruidosa-

* *Une veuve,* publicado en *Le Gaulois,* 1 de septiembre de 1882.

mente los postigos y hacía girar las viejas veletas como si fueran trompos. Se pretendió entonces contar historias, como dicen en los libros; pero nadie inventaba nada divertido. Los cazadores narraban aventuras de escopetazos, matanzas de conejos; y las mujeres se devanaban la cabeza sin descubrir jamás en ella la imaginación de Scherezada.

Iban a renunciar a esta diversión cuando una joven, jugando, sin fijarse mucho, con la mano de una anciana tía que se había quedado soltera, observó una pequeña sortija hecha de pelo rubio, que había visto a menudo sin reflexionar sobre ella.

Entonces, dándole vueltas suavemente en torno al dedo, preguntó:

–Dime, tía, ¿qué es esta sortija? Parece pelo de niño...

La vieja señorita se ruborizó, luego palideció; y después, con voz trémula:

–Es algo tan triste, tan triste, que nunca quiero hablar de ello. Todas las desgracias de mi vida proceden de ahí. Yo era joven entonces, y he guardado un recuerdo tan doloroso que lloro cada vez que pienso en ello.

En seguida quisieron saber la historia; pero la tía se negaba a contarla; tanto se lo rogaron, que al final se decidió.

*

–Ustedes me han oído hablar a menudo de la familia de Santèze, hoy extinguida. Conocí a los tres últimos varones de la casa. Los tres murieron de la misma manera; éste es el pelo del último. Tenía quince años cuando se mató por mí. Les parece raro, ¿verdad?

»¡Oh!, era una raza singular, de locos, si se quiere, pero de locos encantadores, locos por amor. Todos, de padres a hijos, tenían pasiones violentas, grandes arrebatos de todo su ser que los empujaban a las cosas más exaltadas, a fanáticos sacrificios, incluso al crimen. Eso era, en ellos, lo mismo que la devoción ardiente es en ciertas almas. Los que se hacen trapenses no tienen la misma naturaleza que los asiduos de los salones. Se decía entre la parentela: "Enamorado como un Santèze". Se adivinaba sólo con verlos. Tenían todos el pelo ensortijado, caído sobre la frente, barba rizada y ojos rasgados, rasgados, cuyo rayo penetraba en ustedes, y les turbaba sin saber por qué.

»El abuelo de aquel cuyo único recuerdo es éste, tras muchas aventuras, duelos y raptos de mujeres, se prendó apasionadamente, hacia los sesenta y cinco años, de la hija de un arrendatario suyo. Los conocí a los dos. Ella era rubia, pálida, distinguida, con un habla lenta, una voz perezosa y una mirada tan dulce, tan dulce, que hubiérase dicho de una Virgen. El anciano caballero se la llevó a su casa, y pronto quedó tan cautivado que no podía prescindir de ella ni un minuto. Su hija y su nuera, que vivían en el castillo, lo juzgaban muy natural, hasta tal punto era el amor una tradición en la casa. Cuando se trataba de pasión, nada les extrañaba, y, si se hablaba delante de ellas de inclinaciones contrariadas, de amantes desunidos, y hasta de venganzas después de una traición, decían ambas, con idéntico tono desolado: "¡Oh! ¡Cuánto tuvo que sufrir él (o ella) para llegar a eso!". Nada más. Se apiadaban de los dramas del corazón y jamás las indignaban, incluso cuando eran criminales.

»Ahora bien, un otoño, un joven, el señor de Gradelle, invitado a cazar, raptó a la joven.

»El señor de Santèze conservó la calma, como si no hubiera pasado nada; pero una mañana lo encontraron ahorcado en la perrera, entre sus canes.

»Su hijo murió de la misma manera, en un hotel, en París, durante un viaje que hizo en 1841, tras haber sido engañado por una cantante de la Ópera.

»Dejaba un hijo de doce años de edad, y una viuda, hermana de mi madre. Ésta vino con el niño a vivir a casa de mi padre, en nuestras tierras de Bertillon. Yo contaba entonces diecisiete años.

»No pueden figurarse ustedes qué asombrosa y precoz criatura era el pequeño Santèze. Hubiérase dicho que toda la capacidad de ternura, todas las exaltaciones de su raza, habían recaído sobre él, el último. Soñaba siempre y se paseaba solo durante horas, por una gran avenida de olmos que iba desde el castillo al bosque. Yo miraba desde mi ventana a aquel chiquillo sentimental, que caminaba a pasos graves, con las manos a la espalda, la frente inclinada, y que a veces se detenía para alzar los ojos como si viera y comprendiera y sintiera cosas que no eran propias de su edad.

»Con frecuencia, después de cenar, en las noches claras, me decía: "Vámonos a soñar, prima...". Y salíamos juntos al parque. Se detenía bruscamente ante los claros donde flotaba ese vapor blanco, ese algodón con que la luna engalana los calveros del bosque; y me decía, apretándome la mano: "Mira eso, mira eso. Pero tú no me comprendes, lo noto. Si me comprendieras, seríamos felices. Es preciso amar para saber". Yo me reía y besaba al chiquillo, que me adoraba hasta morir.

»También a menudo, después de la cena, iba a sentarse en las rodillas de mi madre: "Vamos, tía, le decía, cuéntanos historias de amor". Y mi madre, en broma, le contaba todas las leyendas de su familia, todas las aventuras apasionadas de sus padres, pues se referían a miles, verdaderas y falsas. Lo que perdió a todos aquellos hombres fue su reputación; se les subía a la cabeza y a continuación se gloriaban de no desmentir el renombre de su casa.

»El crío se exaltaba con estos relatos tiernos o terribles, y a veces palmoteaba repitiendo: "También yo, también yo, ¡sé amar mejor que todos ellos!".

»Entonces empezó a hacerme la corte, una corte tímida y profundamente tierna, con la que nos reíamos, tan divertida era. Todas las mañanas yo tenía flores cortadas por él, y todas las noches, antes de subir a su habitación, me besaba la mano murmurando: "¡Te amo!".

»Fui culpable, muy culpable, y todavía lloro sin cesar, y he hecho penitencia durante toda mi vida, y me he quedado soltera –o mejor dicho, no, me quedé como novia-viuda de él–. Me divertía aquella pueril ternura, la excitaba incluso; fui coqueta, seductora, como con un hombre, acariciadora y pérfida. Enloquecí a aquel niño. Era un juego para mí, y una alegre diversión para su madre y la mía. ¡Tenía doce años! ¡Imagínense! ¿Quién hubiera tomado en serio esta pasión de un renacuajo? Lo besaba todo lo que él quería; y hasta le escribí esquelas amorosas que leían nuestras madres; me respondía con cartas, cartas inflamadas, que he conservado. Él creía secreta nuestra intimidad amorosa, juzgándose un hombre. ¡Habíamos olvidado que era un Santèze!

»Aquello duró cerca de un año. Una noche, en el parque, cayó a mis pies y, besando el borde de mi traje con furioso arrebato, repetía: "¡Te amo, te amo, te amo con locura! Si alguna vez me engañas, óyelo bien, si me abandonas por otro, haré como mi padre...". Y agregó con una voz tan profunda que me estremeció: "¡Ya sabes lo que hizo!".

»Después, como me quedé cortada, se levantó, y poniéndose de puntillas para llegar a mi oído, pues yo era más alta que él, moduló mi nombre, mi nombre de pila: "¡Geneviève!", con un tono tan dulce, tan lindo, tan tierno, que temblé de pies a cabeza.

»Balbucí: "¡Vámonos, vámonos!". Él no dijo nada más, y me siguió; pero, cuando íbamos a subir los peldaños de la escalinata, me detuvo: "Ya lo sabes, si me abandonas, me mato".

»Comprendí, en ese momento, que había llegado demasiado lejos, y empecé a mostrarme reservada. Un día que me hacía reproches, le respondí: "Ya eres demasiado mayor para bromear, y demasiado joven para un amor serio. Te esperaré".

»Y así me creí en paz con él.

»En otoño lo metieron en un internado. Cuando regresó al verano siguiente, yo estaba prometida. Él comprendió al punto, y durante ocho días adoptó un aire tan reflexivo que me inquieté mucho.

»Al noveno día, por la mañana, vi, al levantarme, un papelito deslizado por debajo de mi puerta. Lo cogí, lo abrí, leí: "Me has abandonado, y ya sabes lo que te dije. Has ordenado mi muerte. Como no quiero que me encuentre nadie más que tú, ven al parque, al sitio exacto donde te dije, el año pasado, que te amaba, y mira hacia arriba".

»Me sentí enloquecer. Me vestí a toda prisa, y corrí, corrí hasta caer exhausta, al lugar designado. Su gorrita de colegial estaba en el suelo, entre el barro. Había llovido toda la noche. Alcé los ojos y percibí algo que se mecía entre las hojas, pues hacía viento, mucho viento.

»Ya no sé, después de eso, lo que hice. Debí de gritar primero, de desmayarme quizás, y caer, y después de correr al castillo. Recobré la razón en mi cama, con mi madre a la cabecera.

»Creí haber soñado todo aquello en un espantoso delirio. Balbucí: "¿Y él, él, Gontran?". No me respondieron. Era cierto.

»No me atreví a verlo otra vez; pero pedí un largo mechón de su pelo rubio. Éste... éste... es...

*

Y la anciana señorita tendía su mano temblorosa con un gesto desesperado.

Después se sonó varias veces, se enjugó los ojos y prosiguió:

–Rompí mi compromiso... sin decir por qué... Y... he sido siempre... la... la viuda de aquel niño de trece años.

Luego su cabeza cayó sobre su pecho y lloró mucho tiempo con lágrimas pensativas.

Cuando nos dirigíamos a las habitaciones para acostarnos, un grueso cazador cuya tranquilidad había perturbado ella susurró al oído de su vecino:

–¿No es una desgracia ser sentimental hasta ese punto?

Un parricida*

El abogado había alegado locura. ¿Cómo explicar de otro modo aquel extraño crimen?

Habían aparecido una mañana, en un cañaveral, cerca de Chatou, dos cadáveres abrazados, una mujer y un hombre, de la buena sociedad, conocidos, ricos, ya no muy jóvenes, y casados solamente desde el año anterior, pues la mujer se había quedado viuda tres años antes.

No se les conocían enemigos, nadie les había robado. Parecía que los hubieran arrojado al río desde la ribera tras haberlos herido, uno tras otro, con un largo punzón de hierro.

La investigación no aclaraba nada. Los marineros interrogados nada sabían; ya se iba a abandonar el asunto cuando un joven carpintero de un pueblo vecino, llama-

* *Un parricide,* publicado en *Le Gaulois,* 25 de septiembre de 1882.

do Georges Louis y apodado el Burgués, se entregó a la justicia.

En todos los interrogatorios, sólo respondió esto:

–Conocía al hombre desde hace dos años, a la mujer desde hace seis meses. Venían con frecuencia a encargarme la restauración de muebles antiguos, porque soy hábil en mi oficio.

Y cuando le preguntaban:

–¿Por qué los mató?

Respondía obstinadamente:

–Los maté porque quise matarlos.

Y no hubo manera de sacarle otra cosa.

Aquel hombre era un hijo natural, sin duda, dado a criar en tiempos en la región, y después abandonado. No tenía más nombre que Georges Louis, pero como, al crecer, resultó singularmente inteligente, con gustos y delicadezas congénitas que sus camaradas no tenían, le apodaron el Burgués y nadie lo llamaba de otro modo. Se le tenía por notablemente diestro en el oficio de carpintero que había adoptado. E incluso trabajaba un poco como tallista. También se decía que era muy exaltado, partidario de las doctrinas comunistas e incluso nihilistas[1], gran lector de novelas de aventuras, de novelas con sangrientos dramas, elector influyente y hábil orador en las reuniones públicas de obreros o campesinos.

1. Lo que en 1882 –fecha de este cuento– se llama genéricamente «communistes» son los socialistas partidiarios de la Comuna o de las tesis de Blanqui. Los «nihilistas» son los anarquistas, término que Maupassant toma de Turguéniev.

El abogado había alegado locura.

¿Cómo podía admitirse, en efecto, que aquel obrero hubiese matado a sus mejores clientes, clientes ricos y generosos (él mismo lo reconocía), que le habían encargado desde hacía dos años tres mil francos de trabajos (sus libros daban fe de ello)? Una sola explicación aparecía: la locura, la idea fija del desclasado que se venga en dos burgueses de todos los burgueses, y el abogado hizo una hábil alusión al mote EL BURGUÉS, dado por el pueblo al niño abandonado; exclamaba:

–¿No es acaso una ironía, y una ironía capaz de exaltar aún más a este desdichado muchacho que no tiene padre ni madre? Es un ardiente republicano. ¿Qué digo? Hasta pertenece a ese partido político al que la República fusilaba y deportaba antaño, que acoge hoy con los brazos abiertos, a ese partido para el cual el incendio es un principio y el asesinato un método muy sencillo.

»Esas tristes doctrinas, aclamadas ahora en las reuniones públicas, han perdido a este hombre. Ha oído a republicanos, a mujeres incluso, sí, ¡a mujeres!, pedir la sangre de Gambetta, la sangre de Grévy; su espíritu enfermo ha zozobrado; ha querido sangre, ¡sangre de burgués!

»No es a él a quien hay que condenar, señores, ¡es a la Comuna!

Corrieron murmullos de aprobación. Se notaba perfectamente que el abogado había ganado su causa. El fiscal no replicó.

Entonces el presidente le hizo al procesado la pregunta de rigor:

–Acusado, ¿tiene usted algo que añadir en su defensa?

El hombre se levantó.

Era de pequeña estatura, de un rubio de lino, con ojos grises, fijos y brillantes. Una voz fuerte, franca y sonora salía de aquel frágil muchacho y cambiaba bruscamente, con las primeras palabras, la opinión que se habían hecho de él.

Habló vivamente, en tono declamatorio, pero tan claro que sus menores palabras se hacían oír en el fondo de la gran sala:

–Señor presidente, como no quiero ir a una casa de locos, y prefiero incluso la guillotina, voy a decirle todo.

»Maté a ese hombre y a esa mujer porque eran mis padres.

»Y ahora, escúcheme y júzgueme.

*

»Una mujer, tras haber parido un hijo, lo envió a cierto lugar para que lo criaran. Acaso ni supo a qué pueblo había llevado su cómplice al pequeño ser inocente, pero condenado a la miseria eterna, a la vergüenza de un nacimiento ilegítimo, y aun más que a eso: a la muerte, pues lo abandonaron, pues la nodriza, al no recibir ya la pensión mensual, podría, como hacen a menudo, dejarlo debilitarse, padecer hambre, morir de desamparo.

»La mujer que me amamantaba fue honrada, más honrada, más mujer, más grande, más madre que mi madre. Me crio. Se equivocó al cumplir con su deber. Más vale dejar perecer a esos miserables arrojados a los pueblos de las afueras, como se arroja una basura.

»Crecí con la vaga impresión de que sobre mí recaía un deshonor. Los otros niños me llamaron un día "bastardo". No sabían lo que significaba esa palabra, oída por uno de ellos a sus padres. Yo lo ignoraba también, pero me dolió.

»Yo era, puedo decirlo, uno de los más inteligentes de la escuela. Hubiera sido un hombre de bien, señor presidente, quizás un hombre superior, si mis padres no hubiesen cometido el crimen de abandonarme.

»Ese crimen lo cometieron contra mí. Yo fui la víctima, ellos fueron los culpables. Yo carecía de defensa, ellos se mostraron despiadados. Hubieran debido amarme: me rechazaron.

»Yo les debía la vida, aunque, ¿es la vida un presente? La mía, en cualquier caso, no era sino una desgracia. Tras su vergonzoso abandono, yo no les debía más que la venganza. Cometieron contra mí el acto más inhumano, más infame, más monstruoso que se puede cometer contra un ser.

»Un hombre insultado golpea; un hombre robado recupera lo suyo por la fuerza. Un hombre engañado, burlado, martirizado, mata; un hombre abofeteado mata; un hombre deshonrado mata. Yo he sido más robado, engañado, martirizado, abofeteado moralmente, deshonrado, que todos esos cuya cólera ustedes absuelven.

»Me he vengado, he matado. Estaba en mi legítimo derecho. Les arrebaté su vida feliz a cambio de la vida horrible que me habían impuesto.

»¿Hablarán ustedes de parricidio? ¿Eran mis padres esas personas para las que fui un fardo abominable, un terror, una mancha infamante? ¿Para quienes mi nacimiento fue una calamidad y mi vida una amenaza de vergüenza? Buscaban un placer egoísta: tuvieron un hijo imprevisto. Suprimieron al niño. Me llegó el turno de hacer lo mismo con ellos.

»Y sin embargo, aún poco tiempo atrás, yo estaba dispuesto a amarlos.

»Hace dos años, ya se lo he dicho, el hombre, mi padre, entró en mi casa por primera vez. Yo no sospechaba nada. Me encargó dos muebles. Se había informado, después lo supe, por el cura, bajo secreto, por supuesto.

»Regresó a menudo; me daba trabajo y me pagaba bien. A veces incluso conversaba un poco de esto y de aquello. Yo sentía cariño por él.

»A comienzos de este año trajo a su mujer, mi madre. Cuando entró, temblaba con tal fuerza que la creí afectada por una enfermedad nerviosa. Después pidió una silla y un vaso de agua. No dijo nada; miraba mis muebles con aire enloquecido, y no respondía más que sí y no, a tontas y a locas, a todas las preguntas que él le hacía. Cuando se marchó la creí algo chiflada.

»Regresó al mes siguiente. Estaba tranquila, dueña de sí. Se quedaron, ese día, bastante tiempo charlando, y me hicieron un importante encargo. Volví a verla tres veces más, sin adivinar nada; hasta que un día se puso a hablar de mi vida, de mi infancia, de mis padres. Le respondí: "Mis padres, señora, eran unos miserables que me abandonaron". Entonces se llevó la mano al corazón, y cayó sin conocimiento. Pensé en seguida: "¡Es mi madre!", pero me guardé bien de dejarlo adivinar. Quería verla venir.

»Por ejemplo, me informé a mi vez. Supe que sólo se habían casado en el mes de julio anterior, pues mi madre había enviudado hacía tres años. Se había murmurado, sí, que se habían amado en vida del primer marido, pero no existía la menor prueba. La prueba era yo, la prueba que al principio habían ocultado, y esperado destruir después.

»Aguardé. Reapareció ella una tarde, siempre acompañada por mi padre. Ese día parecía muy emocionada, no sé por qué. Después, en el momento de irse, me dijo: "Le tengo a usted afecto, porque parece un muchacho honrado y trabajador; sin duda pensará usted en casarse algún día; voy a ayudarle a elegir libremente la mujer que le convenga. A mí me casaron una vez contra mi gusto, y sé cuánto se sufre. Ahora soy rica, no tengo hijos, soy libre y dueña de mi fortuna. Ahí tiene su dote".

»Y me tendió un gran sobre lacrado.

»Yo la miré fijamente, y después le dije: "¿Es usted mi madre?".

»Retrocedió tres pasos y se tapó los ojos con la mano para no verme. Él, el hombre, mi padre, la sostuvo en sus brazos y me gritó: "¿Está usted loco?".

Respondí: "Nada de eso. Sé perfectamente que ustedes son mis padres. No se me engaña así como así. Confiésenlo y les guardaré el secreto; no estaré resentido; y seguiré siendo lo que soy, un carpintero".

»Él retrocedía hacia la salida sin dejar de sostener a su mujer, que empezaba a llorar. Corrí a cerrar la puerta, me metí la llave en el bolsillo y proseguí: "Mírela ahora, y vuelva a negar que es mi madre".

»Entonces se enfureció, se puso muy pálido, asustado por la idea de que el escándalo evitado hasta el momento podía estallar de pronto; de que su posición, su buena fama, su honor se perderían de una sola vez; balbucía:

"Es usted un canalla que pretende sacarnos dinero. ¡Haga usted el bien al pueblo, ayude, socorra a semejante gentuza!".

»Mi madre, enloquecida, repetía una y otra vez: "¡Vámonos, vámonos!".

»Entonces, como la puerta estaba cerrada, él gritó: "Si no me abre usted ahora mismo, ¡lo haré meter en la cárcel por chantaje y violencia!".

»Yo seguía siendo dueño de mí; abrí la puerta y los vi hundirse en las sombras.

»Entonces me pareció de repente que acababa de quedarme huérfano, de ser abandonado, lanzado al arroyo. Una espantosa tristeza, mezclada con cólera, con odio, con asco, me invadió; sentía como una sublevación de todo mi ser, una sublevación de la justicia, de la rectitud, del honor, del cariño rechazado. Eché a correr para alcanzarlos a lo largo del Sena, que tenían que seguir para llegar a la estación de Chatou.

»Pronto les di alcance. Había caído la noche, muy negra. Yo iba a pasos de lobo sobre la hierba, de modo que no me oyeron. Mi madre seguía llorando. Mi padre decía: "¡La culpa es de usted! ¿Por qué se empeñó en verlo? Era una locura, en nuestra situación. Habríamos podido hacerle el bien desde lejos, sin mostrarnos. Puesto que no podemos reconocerlo, ¿de qué servían esas peligrosas visitas?".

»Entonces me lancé hacia ellos, suplicante. Balbucía. "Ya ven ustedes que son mis padres. Ya me han abandonado una vez, ¿me rechazarán ahora?"

»Entonces, señor presidente, él alzó la mano contra mí, se lo juro por mi honor, por la ley, por la República.

Me golpeó y, al cogerlo yo por el cuello de la camisa, sacó un revólver del bolsillo.

»Lo vi todo rojo, no sé más, tenía mi compás en el bolsillo; lo golpeé, lo golpeé cuanto pude.

»Entonces ella se puso a gritar: "¡Auxilio! ¡Asesino!", arrancándome la barba. Parece que la maté también. ¿Acaso sé, yo, lo que hice, en ese momento?

»Después, cuando los vi a los dos en el suelo, los arrojé al Sena, sin pensar en más.

»Eso es todo. Y ahora, júzgueme.

*

El acusado volvió a sentarse. Ante esta revelación, el asunto se aplazó para una sesión posterior. Va a celebrarse muy pronto. Si fuéramos jurados, ¿qué haríamos con este parricida?

El miedo*

A. J-K. Huysmans

Volvimos a subir al puente después de cenar. Ante nosotros, el Mediterráneo no presentaba el menor estremecimiento en toda su superficie, que una gran luna tranquila tornasolaba. El gran barco se deslizaba, lanzando al cielo, que parecía sembrado de estrellas, una gran serpiente de humo negro, y, detrás de nosotros, el agua blanquísima, agitada por el rápido paso de la pesada embarcación, batida por la hélice, espumeaba, parecía retorcerse, removía tantas claridades que daba la impresión de un hervor de luz de luna.

Allá estábamos, seis u ocho, silenciosos, admirativos, con los ojos vueltos hacia el África lejana adonde nos dirigíamos. El capitán, que fumaba un cigarro con nosotros, reanudó de pronto la conversación de la cena.

* *La Peur,* publicado en *Le Gaulois,* 23 de octubre de 1882.

–Sí, ese día tuve miedo. Mi navío permaneció seis horas con aquella roca en la barriga, batido por el mar. Felizmente fuimos recogidos, hacia el anochecer, por un carbonero inglés que nos divisó.

Entonces un hombre alto de rostro tostado, de aspecto grave, uno de esos hombres que se nota que han cruzado grandes regiones desconocidas, entre peligros incesantes, y cuyos ojos tranquilos parecen conservar, en sus profundidades, algo de los paisajes extranjeros que han visto, uno de esos hombres que se adivinan templados en el valor, habló por primera vez:

–Dice usted, capitán, que tuvo miedo; no lo creo. Se equivoca usted de palabra, y sobre la sensación que experimentó. Un hombre enérgico jamás tiene miedo ante el peligro presente. Está emocionado, agitado, ansioso; pero el miedo es otra cosa.

El capitán prosiguió, riendo:

–¡Caray! Puedo asegurarle que fue miedo, lo que tuve.

Entonces el hombre de tez bronceada pronunció con voz lenta:

*

–¡Permítame explicarme! El miedo (y hasta los hombres más osados pueden tener miedo) es algo espantoso, una sensación atroz, como una descomposición del alma, un horrible espasmo del pensamiento y del corazón, cuyo mero recuerdo provoca estremecimientos de angustia. Pero eso no se produce, cuando uno es valiente, ni ante un ataque, ni ante la muerte inevitable, ni ante todas las formas conocidas de peligro; se produce en ciertas circunstancias anormales, bajo ciertas misteriosas influencias, frente a riesgos vagos. El verdadero miedo es algo así como una reminiscencia de los terrores fantásticos de otros tiempos. Un hombre que cree en los aparecidos, y que se imagina distinguir un espectro en la noche, debe experimentar el miedo en todo su tremendo horror.

»Por mi parte, supe lo que es el miedo en pleno día, hace unos diez años. Y volví a sentirlo, el invierno pasado, en una noche de diciembre.

»Y sin embargo he pasado por muchos riesgos, por muchas aventuras que parecían mortales. He luchado muchas veces. Unos ladrones me han dejado por muerto. Fui condenado a la horca, por insurrecto, en América, y arrojado al mar desde el puente de una embarcación en las costas de China. Cada una de esas veces me creí perdido, y de inmediato tomé una decisión, sin enternecimientos e incluso sin quejas.

»Pero el miedo no es eso.

»Lo presentí en África. Y sin embargo es hijo del Norte; el sol lo disipa como a la niebla. Fíjense bien en esto, señores. Entre los orientales, la vida no importa gran cosa; en seguida se resignan, las noches son claras y vacías de leyendas, las almas también están vacías de las sombrías inquietudes que acosan a los cerebros en los países fríos. En Oriente se puede conocer el pánico, pero se ignora el miedo.

»Pues bien: he aquí lo que me ocurrió en esta tierra de África:

»Cruzaba las grandes dunas del sur de Uargla. Es una de las tierras más extrañas del mundo. Ustedes conocen la arena lisa, la arena recta de las interminables playas del Océano. ¡Pues bien!: imagínense el propio Océano convertido en arena en pleno huracán; figúrense una silenciosa tempestad de olas inmóviles de polvo amarillo. Son altas como montañas, esas olas desiguales, diferentes, agitadas al igual que mareas desencadenadas, pero aún mayores y estriadas como el moaré. Sobre esa mar furiosa, muda y sin movimiento, el devorante sol del sur vierte su llama implacable y directa. Es preciso subir esas láminas de cenizas de oro, volver a bajar, subir de nuevo, subir sin cesar, sin tregua y sin una sombra. Los caballos resuellan, se hunden hasta las rodillas, resbalan al bajar la otra vertiente de esas sorprendentes colinas.

»Éramos dos amigos, seguidos por ocho espahíes y por cuatro camellos con sus camelleros. Ya no hablábamos, abrumados por el calor, la fatiga, y tan muertos de sed como aquel desierto ardiente. De repente uno de los hombres lanzó una especie de grito; todos se detuvieron; y nos quedamos inmóviles, sorprendidos por un inexplicable fenómeno conocido por los viajeros de esas comarcas perdidas.

»En alguna parte, cerca de nosotros, en una dirección indeterminada, sonaba un tambor, el misterioso tambor de las dunas; sonaba claramente, unas veces más vibrante, otras debilitado, se detenía, y después proseguía su redoble fantástico.

»Los árabes, espantados, se miraban; y uno dijo, en su lengua: “La muerte está cerca”. Y he aquí que de repente mi compañero, mi amigo, casi mi hermano, cayó del caballo, de cabeza, fulminado por una insolación.

»Y durante dos horas, mientras yo intentaba en vano salvarlo, aquel tambor inasible me llenó los oídos con su ruido monótono, intermitente e incomprensible, y yo sentía deslizarse por mis huesos el miedo, el verdadero miedo, el repelente miedo, ante aquel cadáver amado, en aquel agujero incendiado por el sol entre cuatro montes de arena, mientras el eco desconocido nos lanzaba, a doscientas leguas de todo pueblo francés, el rápido sonido del tambor.

»Ese día comprendí lo que era tener miedo; pero lo supe aún mejor en otra ocasión...

*

El capitán interrumpió al narrador:

–Perdón, caballero, pero ¿aquel tambor? ¿Qué era?

El viajero respondió:

*

–No lo sé. Nadie lo sabe. Los oficiales, sorprendidos a menudo por ese ruido singular, lo atribuyen generalmente al eco agrandado, multiplicado, desmesuradamente reforzado por las ondulaciones de las dunas, de una lluvia de granos de arena arrastrados por el viento y que tropiezan con una mata de hierbas secas, pues se ha observado siempre que el fenómeno se produce en las cercanías de pequeñas plantas abrasadas por el sol y duras como el pergamino.

»Ese tambor no sería, pues, más que una especie de espejismo del sonido. Eso es todo. Pero sólo me enteré de ello más adelante.

»Llego ya a mi segunda emoción.

»Era el pasado invierno, en un bosque del nordeste de Francia. La noche cayó dos horas antes, tan oscuro estaba el cielo. Llevaba de guía a un campesino que marchaba a mi lado, por un caminito, bajo una bóveda de abetos de los que el viento desencadenado arrancaba aullidos. Entre las copas, yo veía correr nubes en desorden, nubes enloquecidas que parecían huir de algo espantoso. A veces, bajo una inmensa ráfaga, todo el bosque se inclinaba en el mismo sentido con un gemido sufriente; y el frío me invadía, pese a mi paso rápido y mis pesadas ropas.

»Teníamos que cenar y dormir en casa de un guarda forestal cuya morada ya no estaba muy lejos. Yo iba allí a cazar.

»Mi guía, a veces, alzaba los ojos y murmuraba: "¡Qué tiempo más malo!". Después me habló de la gente a cuya casa íbamos. El padre había matado a un cazador furtivo hacía dos años, y desde entonces se mostraba taciturno, como obsesionado por un recuerdo. Sus dos hijos, casados, vivían con él.

»Las tinieblas eran profundas. Yo no veía nada frente a mí, ni a mi alrededor, y todo el ramaje de los árboles al chocar entre sí llenaba la noche de un incesante rumor. Por fin divisé una luz, y pronto mi compañero topó con una puerta. Nos respondieron unos agudos gritos femeninos. Después, una voz de hombre, una voz estrangulada, preguntó: "¿Quién va?". Mi guía dijo su nombre. Entramos. Fue un cuadro inolvidable.

»Un anciano de pelo blanco con ojos enloquecidos, un fusil cargado en la mano, nos esperaba de pie en el centro de la cocina, mientras dos altos mocetones, armados con hachas, guardaban la puerta. Distinguí en los rincones oscuros a dos mujeres de rodillas, con la cara pegada a la pared.

»Nos explicamos. El viejo depositó su arma contra la pared y ordenó que preparasen mi cuarto; después, como las mujeres no se movían, me dijo bruscamente:

»–Mire usted, caballero, he matado a un hombre, esta noche hace dos años. El año pasado, vino a buscarme. Y lo espero de nuevo hoy.

»Después agregó con un tono que me hizo sonreír:

»–Por eso no estamos nada tranquilos.

»Lo calmé como pude, feliz de haber llegado justamente esa noche, y de asistir al espectáculo de aquel terror supersticioso. Conté algunas historias, y conseguí tranquilizar más o menos a todo el mundo.

»Cerca del hogar, un viejo perro, casi ciego y bigotudo, uno de esos perros que se parecen a personas que conocemos, dormía con el morro entre las patas.

»En el exterior, la tempestad desatada azotaba la casita, y por un estrecho cuadrado, una especie de mirilla colocada junto a la puerta, yo veía de pronto todo un revoltijo de árboles zarandeados por el viento a la luz de grandes relámpagos.

»Pese a mis esfuerzos, notaba perfectamente que un profundo terror dominaba a aquella gente, y cada vez que yo dejaba de hablar, todas las orejas escuchaban a lo lejos. Harto de presenciar aquellos temores imbéciles, iba ya a proponer acostarme, cuando el viejo guarda dio de pronto un salto en su silla, cogió de nuevo su fusil, tartamudeando con voz extraviada: "¡Ahí está, ahí está! ¡Lo oigo!”. Las dos mujeres volvieron a caer de rodillas en sus rincones tapándose la cara; y los hijos recogieron sus hachas. Me disponía a apaciguarlos de nuevo, cuando el perro dormido se despertó bruscamente y, alzando la cabeza, tensando el cuello, mirando al fuego con sus ojos casi apagados, lanzó uno de esos lúgubres aullidos que hacen estremecerse a los viajeros, por la noche, en el campo. Todos los ojos se clavaron en él; ahora permanecía inmóvil, erguido sobre las patas como acosado por una visión, y volvió a aullar hacia algo invisible, desconocido, espantoso sin duda, pues todo su pelaje se erizaba. El guarda, lívido, gritó: “¡Lo huele! ¡Lo huele! ¡Estaba allí cuando lo maté!”. Y las mujeres enloquecidas se pusieron, ambas, a aullar con el perro.

»A mi pesar, un gran escalofrío me corrió por la espalda. La visión del animal en aquel lugar, a aquellas horas, entre aquella gente enloquecida, era terrible.

»Entonces, durante una hora, el perro aulló sin moverse; aulló como en la angustia de un sueño; y el miedo, un espantoso miedo me penetraba. ¿Miedo a qué? ¿Acaso lo sé? Era el miedo, y eso es todo.

»Permanecimos inmóviles, lívidos, a la espera de un acontecimiento horroroso, con los oídos aguzados, el corazón palpitante, trastornados por el menor ruido. Y el perro empezó a dar vueltas alrededor de la pieza, oliendo las paredes y sin dejar de gemir. ¡Aquel animal nos volvía locos! Entonces, el campesino que me había llevado se lanzó sobre él, en una especie de paroxismo de furioso terror, y, abriendo una puerta que daba a un pequeño patio, echó fuera al animal.

»Éste se calló de inmediato; y nos quedamos sumidos en un silencio aún más aterrador. Y de pronto, todos a un tiempo, tuvimos una especie de sobresalto: un ser se deslizaba pegado al muro de fuera hacia el bosque; después pasó junto a la puerta, que pareció tantear, con mano vacilante; luego no se oyó nada más durante dos minutos, que nos convirtieron en insensatos; después regresó, sin dejar de rozar el muro; y arañó ligeramente, como lo haría un niño con las uñas; después, de repente, apareció una cabeza pegada al vidrio de la mirilla, una cabeza blanca con ojos luminosos como los de las fieras. Y un sonido salió de su boca, un sonido indistinto, un murmullo quejumbroso.

»Entonces resonó en la cocina un formidable estruendo. El viejo guarda había disparado. Y al punto los hijos se abalanzaron, taparon la mirilla levantando la gran mesa, que sujetaron en el aparador.

»Y les juro que ante el ruido del disparo que no me esperaba, sentí tal angustia en el corazón, el alma y el cuerpo, que me sentí desfallecer, a punto de morir de miedo.

»Nos quedamos allí hasta el alba, incapaces de movernos, de decir una palabra, crispados en un enloquecimiento indecible.

»Sólo nos atrevimos a desatrancar la salida al vislumbrar, por la rendija de un sobradillo, un delgado rayo de luz.

»Al pie del muro, pegado a la puerta, yacía el viejo perro, con el hocico destrozado por una bala.

»Había salido del patio haciendo un agujero bajo una empalizada.

El hombre de la cara morena enmudeció; después añadió:

–Esa noche, sin embargo, no corrí el menor peligro; pero preferiría volver a empezar todas las horas en que he afrontado los más terribles riesgos, que el único minuto del disparo sobre la cabeza barbuda de la mirilla.

Cuento de Navidad*

El doctor Bonenfant buscaba en su memoria, repitiendo a media voz: «¿Un recuerdo de Navidad?... ¿Un recuerdo de Navidad?...».

Y de pronto exclamó:

–Claro, tengo uno, y por cierto muy extraño; es una historia fantástica. ¡Vi un milagro! Sí, señoras, un milagro de Nochebuena.

*

»Acaso les extrañe oírme hablar así, a mí que no creo en casi nada. ¡Y sin embargo vi un milagro! Lo vi, digo, lo vi con mis propios ojos, lo que se dice verlo.

»¿Quedé muy sorprendido? Nada de eso; pues, aunque no tengo las creencias de ustedes, creo en la fe, y sé

* *Conte de Nöel,* publicado en *Le Gaulois,* 25 de diciembre de 1882.

que mueve montañas. Podría citar muchos ejemplos; pero las indignaría y me expondría así a disminuir el efecto de mi historia.

»Les confesaré ante todo que si no me convenció y convirtió lo que vi, al menos me emocionó mucho, y voy a tratar de contarles la cosa ingenuamente, como si tuviera la credulidad de un auvernés.

»Yo era entonces médico rural, y vivía en la aldea de Rolleville, en plena Normandía.

»El invierno de aquel año fue terrible. Ya a finales de noviembre llegaron las nieves, tras una semana de heladas. Desde lejos se veían venir del norte densas nubes; y el blanco descenso de los copos se inició.

»En una noche, toda la llanura quedó sepultada.

»Las granjas, aisladas con sus corrales cuadrados, tras sus cortinas de grandes árboles empolvados de escarcha, parecían dormir bajo la acumulación de aquella espuma espesa y ligera.

»Ni el menor ruido cruzaba por la campiña inmóvil. Sólo los cuervos, en bandadas, describían largos festones en el cielo, buscándose inútilmente la vida, cayendo todos juntos sobre los campos lívidos y escarbando en la nieve con sus grandes picos.

»Sólo se oía el roce vago y continuo de aquel polvo que caía sin parar.

»Esto duró ocho días enteros, después el alud se detuvo. La tierra estaba cubierta por un espeso manto de cinco pies.

»Y a continuación, durante tres semanas, un cielo, claro como un cristal azul de día, y de noche totalmente sembrado de estrellas que hubiéranse creído de escarcha, tan crudo era el vasto espacio, se desplegó sobre la sábana lisa, dura y reluciente de las nieves.

»La llanura, los setos, los olmos de las cercas, todo parecía muerto, matado por el frío. Ni hombres ni animales salían ya: sólo las chimeneas de las chozas de camisas blancas revelaban la vida escondida, mediante los débiles hilillos de humo que ascendían rectos en el aire glacial.

»De vez en cuando se oían crujir los árboles, como si sus miembros de madera se hubieran roto bajo la corteza; y, a veces, una gruesa rama se desprendía y caía, al petrificar la savia y romper las fibras la invencible helada.

»Las viviendas diseminadas aquí y allá por los campos parecían alejadas entre sí por cien leguas. Se vivía como mejor se podía. Sólo yo trataba de visitar a mis clientes más próximos, exponiéndome sin cesar a quedar sepultado en alguna cavidad.

»Pronto advertí que un misterioso terror se cernía sobre la región. Semejante azote, pensaban, no era natural. Pretendían que por la noche se oían voces, agudos silbidos, gritos que pasaban.

»Esos gritos y silbidos procedían sin duda de las aves migratorias que viajan con el crepúsculo, y que huían en masa hacia el sur. Pero vayan ustedes con razones a gente asustada. El espanto invadía los ánimos y se esperaba un acontecimiento extraordinario.

»La fragua del abuelo Vatinel estaba situada al final del caserío de Épivent, junto al camino real, ya invisible y desierto. Ahora bien, como aquella gente carecía de pan, el herrero decidió llegarse al pueblo. Se quedó unas horas charlando en las seis casas que formaban el núcleo de la aldea, recogió el pan y noticias, y un poco de aquel miedo difundido en la campiña.

»Y se puso en camino antes de anochecer.

»De repente, al bordear un seto, creyó ver un huevo en la nieve; sí, un huevo depositado allí, blanquísimo, como el resto del mundo. Se inclinó, y en efecto, era un huevo. ¿De dónde procedía? ¿Qué gallina había podido salir del gallinero e ir a ponerlo en aquel lugar? El herrero se asombró, no entendió nada; pero recogió el huevo y se lo llevó a su mujer.

»–¡Mira, parienta, aquí ties un güevo que encontré en el camino!

»La mujer meneó la cabeza:

»–¿Un güevo en el camino? ¡Con este tiempo! ¡T'as emborrachao, claro!

»–De eso na, jefa, y hasta que estaba pegao a un seto, todavía calentito, nada helao. Ahí lo ties, me lo puse en el estómago pa que no s'enfriase. Te lo tomarás en la cena.

»Echaron el huevo en la olla donde cocía la sopa, y el herrero se puso a contar lo que se decía en la comarca.

»La mujer escuchaba, muy pálida.

»–Pues estar seguro de que oí silbidos la otra noche, manque paecían venir de la chimenea.

»Se sentaron a la mesa, tomaron primero la sopa, y después, mientras el marido untaba su pan con manteca, la mujer cogió el huevo y lo examinó con ojos desconfiados.

»–¿Y si hubiera algo en este güevo?

»–¿Qué quies que haya?

»–¿Y yo qué sé, yo?

»–Vamos, cómetelo, y no seas lela.

»Ella abrió el huevo. Era como todos los huevos, y muy fresco.

»Empezó a comerlo vacilando, probándolo, dejándolo, volviéndolo a coger. El marido decía:

»–¿Qué? ¿A qué sabe, ese güevo?

»Ella no respondió y acabó de tragarlo; después, de pronto, clavó en su hombre una mirada fija, despavorida, asustada; alzó los brazos, los retorció y, convulsa de pies a cabeza, rodó por el suelo lanzando horribles gritos.

»Toda la noche se debatió entre espasmos espantosos, sacudida por horribles temblores, deformada por repelentes convulsiones. El herrero, impotente para sujetarla, se vio obligado a atarla.

»Y ella aullaba sin tregua, con voz infatigable:

»–¡Me se metió en el cuerpo! ¡Me se metió en el cuerpo!

»Me llamaron al día siguiente. Receté todos los calmantes conocidos sin obtener el menor resultado. Estaba loca.

»Entonces, con increíble rapidez, pese al obstáculo de las altas nieves, la noticia, una noticia extraña, corrió de granja en granja: "¡La mujer del herrero está endemoniá!". Y acudían de todas partes, aunque sin atreverse a entrar en la casa; oían de lejos sus terribles gritos, lanzados por una voz tan fuerte que no parecían de criatura humana.

»Avisaron al cura del pueblo. Era un viejo sacerdote ingenuo. Acudió con sobrepelliz, como para sacramentar a un moribundo, y pronunció, extendiendo las manos, las fórmulas de exorcismo, mientras cuatro hombres mantenían en la cama a la mujer espumeante y retorcida.

»Pero el espíritu no fue expulsado.

»Y llegó Navidad sin que el tiempo hubiese cambiado.

»La víspera, por la mañana, el sacerdote vino a verme:

»–Me dan ganas –dijo– de hacer que esa desdichada asista a los oficios de esta noche. Acaso Dios obre un milagro en su favor, a la misma hora en que nació de una mujer.

»Le respondí al cura:

»–Me parece muy bien, padre. Si su espíritu se impresiona con la ceremonia (y nada más propicio para emocionarlo), puede salvarse sin necesidad de otros remedios.

»El anciano sacerdote murmuró:

»–Usted no es creyente, doctor, pero me ayudará, ¿verdad? ¿Se encargará de traerla?

»Le prometí mi ayuda.

»Llegó la tarde, después la noche; y la campana de la iglesia empezó a tocar, lanzando su voz quejumbrosa a través del lúgubre espacio, sobre la extensión blanca y helada de la nieve.

»Unos seres negros acudían lentamente, en grupos, dóciles al grito de bronce del campanario. La luna iluminaba con un resplandor vivo y macilento todo el horizonte, hacía más visible la pálida desolación de los campos.

»Yo había cogido cuatro hombres robustos y me dirigí a la fragua.

»La endemoniada seguía aullando, atada a su cama. La vestimos decentemente pese a su exagerada resistencia, y nos la llevamos.

»La iglesia estaba ahora llena de gente, iluminada y fría; los cantores lanzaban sus notas monótonas; roncaba el serpentón; la campanilla del monago tintineaba, regulando los movimientos de los fieles.

»Encerré a la mujer y a sus guardianes en la cocina de la rectoral, y esperé el momento que consideraba más favorable.

»Elegí el instante que sigue a la comunión. Todos los campesinos, hombres y mujeres, habían recibido a su Dios para doblegar su rigor. Un gran silencio reinaba mientras el sacerdote acababa el misterio divino.

»A una orden mía, se abrió la puerta y mis cuatro ayudantes trajeron a la loca.

»En cuanto percibió las luces, la muchedumbre arrodillada, el coro hecho un ascua y el tabernáculo dorado, se debatió con tal vigor que a punto estuvo de escapársenos, y lanzó clamores tan agudos que un estremecimiento de espanto cruzó por la iglesia; todas las cabezas se alzaron; alguna gente huyó.

»Ya no tenía figura de mujer, crispada y retorcida en nuestras manos, con el rostro deformado, los ojos enloquecidos.

»La arrastraron hasta las gradas del coro y después la sujetaron con fuerza, acuclillada en el suelo.

»El sacerdote se había levantado; esperaba. En cuanto la vio inmovilizada, cogió en sus manos la custodia rodeada de rayos de oro, con la hostia blanca en el centro y, adelantándose unos pasos, la alzó con los dos brazos extendidos por encima de su cabeza, ofreciéndola a la mirada extraviada de la endemoniada.

»Ella seguía aullando, los ojos fijos, clavados en aquel objeto resplandeciente.

»Y el sacerdote permanecía tan inmóvil que se le hubiera tomado por una estatua.

»Esto duró mucho tiempo, mucho tiempo.

»La mujer parecía asaltada por el miedo, fascinada; contemplaba fijamente la custodia, sacudida aún por temblores terribles, aunque ya pasajeros, y sin dejar de gritar, pero con una voz menos desgarradora.

»Y eso duró todavía mucho tiempo.

»Hubiérase dicho que no podía bajar los ojos, que estaban remachados a la hostia; no hacía sino gemir; y su cuerpo rígido se ablandaba, se postraba.

»Toda la muchedumbre estaba prosternada, con las frentes en el suelo.

»La endemoniada bajaba ahora rápidamente los párpados, después los alzaba al punto, como impotente para soportar la vista de su Dios. Había enmudecido. Y después, de pronto, me di cuenta de que sus ojos seguían cerrados. Dormía con el sueño de los sonámbulos, hipnotizada, ¡perdón!, vencida por la contemplación persistente de la custodia de rayos de oro, abatida por el Cristo victorioso.

»Se la llevaron, inerte, mientras el sacerdote volvía a subir hacia el altar.

»La concurrencia, trastornada, entonó un tedeum de acción de gracias.

»Y la mujer del herrero durmió cuarenta horas seguidas, al cabo de las cuales se levantó sin el menor recuerdo de la posesión ni de la liberación.

»Y ahí tienen, señoras, el milagro que vi.

*

El doctor Bonenfant calló, y después agregó con voz contrariada:

–No pude negarme a atestiguarlo por escrito.

El tío Judas*

Toda la región era sorprendente, estaba marcada por un carácter de grandeza casi religiosa y de siniestra desolación.

En el centro de un vasto círculo de colinas yermas donde no crecían más que aliagas, y, en algunos sitios, un extraño roble torcido por el viento, se extendía una vasta laguna salvaje, de agua negra y dormida, donde temblaban millares de cañas.

Una sola casa a orillas de aquel lago sombrío, una casita baja habitada por un viejo barquero, el tío Joseph, que vivía del producto de la pesca. Todas las semanas llevaba sus peces a los pueblos vecinos, y regresaba con las sencillas provisiones que necesitaba para vivir.

Quise ver a aquel solitario, y él se ofreció a llevarme a retirar sus nasas. Acepté.

* *Le père Judas,* publicado en *Le Gaulois,* 28 de febrero de 1883.

Su barca era vieja, carcomida y tosca. Y él, huesudo y flaco, remaba con un movimiento monótono y suave que acunaba el espíritu, cercado ya por la tristeza del horizonte.

Me creía transportado a los primeros tiempos del mundo, en medio de aquel paisaje antiguo, en aquella embarcación primitiva que manejaba aquel hombre de otra época.

Levantó sus redes, y arrojaba los peces a sus pies con ademanes de pescador bíblico. Después quiso pasearme hasta el final de la ciénaga, y de pronto divisé, en la otra orilla, una ruina, una choza despanzurrada cuya pared tenía una cruz, una cruz enorme, que parecía trazada con sangre, bajo los últimos resplandores del sol poniente.

Pregunté:

–¿Qué es eso?

El hombre se persignó al punto, y después respondió:

–Allí es donde murió Judas.

No me sorprendí, como si hubiera podido esperarme tan extraña respuesta.

Insistí, sin embargo:

–¿Judas? ¿Qué Judas?

Él agregó:

–El Judío errante, señor.

Le rogué que me contase aquella leyenda. Pero era más que una leyenda; era una historia, y casi reciente, pues el tío Joseph había conocido al hombre.

Antaño aquella cabaña estaba ocupada por una mujer muy alta, una especie de mendiga, que vivía de la pública caridad. El tío Joseph ya no se acordaba de quién le había dado la choza. Ahora bien, una noche, un viejo de barba blanca, un viejo que parecía dos veces centenario, y que se arrastraba con dificultad, pidió al pasar limosna a aquella miserable.

Ella respondió:

–Siéntese, abuelo; todo lo que hay aquí es de todos, porque de todos procede.

Él se sentó en una piedra delante de la puerta. Compartió el pan de la mujer, y su cama de hojas, y su casa.

Ya no se separó de ella. Habían acabado sus viajes.

El tío Joseph agregó:

–Fue la Virgen Nuestra Señora la que lo permitió, señor, en vista de que una mujer había abierto su puerta a Judas.

Pues el viejo vagabundo era el Judío errante.

En la región no se supo en seguida, pero pronto se sospechó, pues caminaba sin parar, tan acostumbrado estaba a hacerlo.

Otra razón hizo nacer las sospechas. La mujer que albergaba en su casa al desconocido pasaba por judía, pues nunca se la había visto en la iglesia.

En diez leguas a la redonda sólo la llamaban «la Judía». Cuando los niños pequeños de la región la veían llegar mendigando, gritaban: «¡Mamá, mamá, es la Judía!».

El viejo y ella empezaron a vagar por los pueblos vecinos, tendiendo la mano en todas las puertas, balbuciendo súplicas a espaldas de todos los transeúntes. Se les vio a cualquier hora del día, por senderos perdidos, a lo largo de los pueblos, o bien comiendo un pedazo de pan a la sombra de un árbol solitario, con el gran calor del mediodía.

Y en la comarca empezaron a llamarle al mendigo «el tío Judas».

Ahora bien, un día, trajo en sus alforjas dos cerditos vivos que le habían dado en una granja, porque había curado al granjero de un mal.

Y pronto dejó de mendigar, muy ocupado en conducir a sus cerdos para alimentarlos, paseándolos a lo largo de la laguna, bajo los robles aislados de los vallecitos vecinos. La mujer, en cambio, vagaba sin cesar en busca de limosnas, pero se reunía con él todas las noches.

Tampoco él iba nunca a la iglesia, y nunca lo habían visto hacer la señal de la cruz delante de los cruceros. Todo ello provocaba muchos cotilleos.

Una noche, a su compañera le dio la fiebre y empezó a temblar como una tela agitada por el viento. Él se acercó a la aldea a buscar medicinas, después se encerró a su lado, y durante seis días no se le volvió a ver.

Pero el cura, habiendo oído decir que «la Judía» iba a morir, acudió a llevar los consuelos de su religión a la moribunda, y a ofrecerle los últimos sacramentos. ¿Era judía? Él no lo sabía. Deseaba, en cualquier caso, intentar salvar su alma.

En cuanto llamó a la puerta, el tío Judas apareció en el umbral, jadeante, con los ojos encendidos, con toda la gran barba agitada como un agua que chorrea, y gritó en una lengua desconocida palabras blasfemas, extendiendo sus flacos brazos para impedir que el sacerdote entrase.

El cura quiso hablar, ofrecer su bolsa y sus cuidados, pero el viejo seguía insultándolo, haciendo con las manos el ademán de tirarle piedras. Y el sacerdote se retiró, perseguido por las maldiciones del mendigo.

Al día siguiente la compañera del tío Judas murió. Él mismo la enterró ante su puerta. Era una gente tan insignificante que nadie se ocupó del asunto.

Y se volvió a ver al hombre guiando a sus cerdos a lo largo de la laguna y por las laderas de las colinas. A menudo también él volvía a mendigar para comer. Pero ya no le daban casi nada, tantas eran las historias que sobre él circulaban. Y cada cual sabía también de qué manera había recibido al cura.

Desapareció. Era durante la Semana Santa. Nadie se preocupó.

Pero el lunes de Pascua, unos chicos y chicas que habían ido de paseo hasta la laguna oyeron un gran ruido en la choza. La puerta estaba cerrada; los chicos la derribaron y los dos cerdos escaparon saltando como machos cabríos. Nadie los volvió a ver.

Entonces, al entrar toda aquella gente, descubrieron en el suelo algunas ropas viejas, el sombrero del mendigo, unos huesos, sangre seca y restos de carne en las cavidades de una calavera.

Sus cerdos lo habían devorado.

Y el tío Joseph agregó:

–Eso ocurrió, señor, el Viernes Santo, a las tres de la tarde.

Pregunté:

–¿Cómo lo sabe?

Respondió:

–No cabe la menor duda.

Traté de hacerle comprender que era muy natural que los animales hambrientos se hubieran comido a su dueño, muerto de repente en su choza.

En cuanto a la cruz de la pared, había aparecido una mañana, sin que se supiera qué mano la había trazado de aquel extraño color.

A partir de entonces, nadie dudó que el Judío errante había muerto en aquel lugar.

Yo mismo lo creí durante una hora.

Aparición*

Se hablaba de secuestros a propósito de un reciente proceso. Era al final de una velada íntima, en la calle de Grenelle, en una antigua mansión, y cada cual tenía su historia, una historia cuya autenticidad afirmaba.

Entonces el viejo marqués de La Tour-Samuel, de ochenta y dos años de edad, se levantó y fue a apoyarse en la chimenea. Dijo con su voz algo temblona:

*

–También yo sé una cosa extraña, tan extraña que ha sido la obsesión de mi vida. Hace ya cincuenta y seis años que me ocurrió esa aventura, y no pasa un mes sin que la vuelva a ver en sueños. De ese día me ha quedado una marca, una impronta de miedo, ¿entienden ustedes? Sí, padecí

* *Apparition,* publicado en *Le Gaulois,* 4 de abril de 1883.

un horrible espanto, durante diez minutos, y con tal intensidad que a partir de esa hora perdura en mi alma una especie de terror constante. Los ruidos inesperados me hacen estremecerme hasta la médula, los objetos que distingo mal en las sombras del atardecer me dan unas ganas locas de escapar. En fin, tengo miedo de noche.

»¡Oh! No habría confesado esto antes de llegar a la edad que tengo. Ahora puedo decirlo todo. Cuando uno tiene ochenta y dos años, está permitido no ser valiente ante peligros imaginarios. Ante los peligros reales no he retrocedido nunca, señoras.

»Esta historia trastornó tanto mi espíritu, me infundió una turbación tan honda, tan misteriosa, tan horrible, que ni siquiera la conté nunca. La guardé en el íntimo fondo de mí, en ese fondo donde se guardan los secretos penosos, los secretos vergonzosos, todas las inconfesables debilidades que tenemos en nuestra existencia.

»Voy a contarles la aventura tal cual, sin tratar de explicarla. Con toda seguridad es explicable, a menos que haya tenido yo una hora de locura. Pero no, no he estado loco, y les daré una prueba. Imagínense lo que quieran. He aquí los simples hechos.

»Era en 1827, en el mes de julio. Yo me encontraba de guarnición en Ruán.

»Un día, cuando me paseaba por el muelle, tropecé con un hombre al que creí reconocer aunque sin recordar exactamente quién era. Hice, instintivamente, ademán de detenerme. El extraño se dio cuenta del gesto, me miró y cayó en mis brazos.

»Era un amigo de la juventud a quien había querido mucho. Durante los cinco años que no lo había visto, parecía haber envejecido medio siglo. Su pelo era completamente blanco; y andaba encorvado, como agotado. Comprendió mi sorpresa y me contó su vida. Una horrible desgracia lo había destrozado.

»Locamente enamorado de una joven, se casó con ella entre una especie de éxtasis de felicidad. Tras un año de dicha sobrehumana y de pasión inextinguible, ella había muerto repentinamente de una enfermedad del corazón matada por el propio amor, sin duda.

»Él abandonó su quinta el mismo día del entierro, y había venido a habitar en su mansión de Ruán. Y allí vivía, solitario y desesperado, roído por el dolor, tan infeliz que sólo pensaba en el suicidio.

»–Ya que te encuentro así –me dijo–, te pediría que me hicieras un gran favor, y es ir a buscar en el escritorio de mi habitación, de nuestra habitación, unos papeles que necesito con urgencia. No puedo encargar de esa diligencia a un subalterno o a un hombre de negocios, pues es menester una impenetrable discreción y un silencio absoluto. Por mi parte, por nada del mundo entraría en esa casa.

»"Te daré la llave de esa habitación, que cerré yo mismo al marcharme, y la llave del escritorio. Le entregarás además una nota mía al jardinero, que te abrirá la quinta.

»"Pero ven a almorzar conmigo mañana, y hablaremos de ello.

»Prometí hacerle aquel pequeño favor. Por lo demás, para mí era un simple paseo, pues su posesión estaba situada a unas cinco leguas de Ruán. Tardaría una hora a caballo.

»A las diez, al día siguiente, estaba en su casa. Almorzamos los dos solos; pero él no pronunció ni veinte palabras. Me rogó que lo disculpase; la idea de la visita que yo iba a hacer a aquella habitación, donde yacía su felicidad, le trastornaba, me dijo. Y en efecto, me pareció singularmente agitado, preocupado, como si en su alma se librase un misterioso combate.

»Por último me explicó exactamente lo que debía hacer. Era muy sencillo. Debía coger dos paquetes de cartas y un fajo de papeles guardados en el primer cajón de la derecha del mueble cuya llave tenía. Agregó:

»–No necesito rogarte que no pases los ojos por ellos.

»Casi me hirió esta frase, y se lo dije un poco vivamente. Balbució:

»–Perdóname, sufro demasiado.

»Y se echó a llorar.

»Lo dejé hacia la una para cumplir mi misión.

»Hacía un tiempo radiante, y yo marchaba a trote largo a través de las praderas, escuchando cantos de alondras y el rítmico ruido del sable sobre mi bota.

»Después entré en el bosque y puse mi caballo al paso. Las ramas de los árboles me acariciaban el rostro y a veces atrapaba una hoja con los dientes y la masticaba ávidamente, con una de esas alegrías de vivir que os llenan sin saber por qué, una felicidad tumultuosa y como inaprensible, una especie de embriaguez de fuerza.

»Al aproximarme a la quinta, busqué en el bolsillo la carta que llevaba para el jardinero, y advertí con extrañeza que estaba lacrada. Me sorprendí e irrité tanto que a punto estuve de regresar sin realizar el encargo. Después pensé que iba a demostrar con eso una susceptibilidad de mal gusto. Mi amigo había podido, además, cerrar la nota sin fijarse, turbado como estaba.

»La morada parecía abandonada desde hacía veinte años. La barrera, abierta y podrida, se mantenía en pie no se sabe cómo. La hierba llenaba las avenidas; los arriates se confundían ya con el césped.

»Al ruido que hice dando patadas contra un postigo, salió un viejo por una puerta lateral y pareció estupefacto al verme. Salté a tierra y le entregué mi carta. La leyó, la releyó, le dio vueltas, me examinó de soslayo, se metió el papel en el bolsillo y pronunció:

»–¡Bueno! ¿Y qué desea?

»Respondí bruscamente:

»–Usted debe saberlo, puesto que ha recibido en ese papel las órdenes de su amo; quiero entrar en la casa.

»Parecía aterrado. Declaró:

»–Entonces, ¿va usted a... a su habitación?

»Yo empezaba a impacientarme.

»–¡Pardiez! ¿Es que tiene usted la intención de interrogarme, por casualidad?

»Balbució:

»–No... señor... pero es que... es que no se ha abierto desde... desde la... muerte. Si quiere usted esperar cinco minutos, voy a ir... ir a ver si...

»Le interrumpí con cólera:

»–¡Ah! Vamos, ¿se burla de mí? No puede usted entrar, tengo yo la llave.

»Ya no sabía qué decir.

»–Entonces, señor, le enseñaré el camino.

»–Enséñeme la escalera y déjeme solo. La encontraré sin usted.

»–Pero... señor... sin embargo...

»Esta vez me enfurecí de veras:

»–Y ahora, cállese, ¿no?, o tendrá que vérselas conmigo.

»Lo aparté violentamente y penetré en la casa.

»Atravesé primero la cocina, después dos pequeñas piezas donde el hombre vivía con su mujer. Salvé a continuación un gran vestíbulo, subí la escalera y reconocí la puerta indicada por mi amigo.

»La abrí sin dificultad y entré.

»El aposento estaba tan oscuro que al principio no distinguí nada. Me detuve, asaltado por ese insulso olor a moho de las piezas deshabitadas y condenadas, de las habitaciones muertas. Después, poco a poco, mis ojos se habituaron a la oscuridad, y vi con bastante nitidez una gran pieza desordenada, con una cama sin sábanas, pero con colchones y almohadas, una de las cuales tenía la huella profunda de un codo o de una cabeza, como si alguien acabara de apoyarse.

»Las sillas parecían en desorden. Observé que una puerta, la de un armario sin duda, se había quedado entreabierta.

»Me dirigí ante todo a la ventana para dar luz y la abrí; pero los herrajes de las contraventanas estaban tan herrumbrosos que no pude hacerlos ceder.

»Intenté incluso romperlos con el sable, sin conseguirlo. Como me irritaban estos esfuerzos inútiles, y como mis ojos al final se habían acostumbrado perfectamente a la penumbra, renuncié a la esperanza de ver con más claridad y fui hacia el escritorio.

»Me senté en un sillón, bajé la tapa, abrí el cajón indicado. Estaba lleno hasta los topes. Sólo necesitaba tres paquetes, que sabía cómo reconocer, y me puse a buscarlos.

»Abría desmesuradamente los ojos para descifrar los sobrescritos, cuando creí oír o mejor dicho sentir un roce a mis espaldas. No le di importancia, pensando que una corriente de aire había movido alguna tela. Pero al cabo de un minuto, otro movimiento, casi indistinto, hizo correr por mi piel un singular estremecimiento de desagrado. Era tan idiota alterarse, aunque fuera un poco, que no quise volverme, por pudor de mí mismo. Acababa entonces de descubrir el segundo de los fajos que necesitaba; y en el mismo momento en que encontraba el tercero, un grande y penoso suspiro, lanzado contra mi espalda, me hizo dar un salto a dos metros de allí. En mi impulso me había vuelto, con la mano en el puño del sable, y con seguridad, de no haberlo sentido a mi costado, habría huido como un cobarde.

»Una mujer alta, vestida de blanco, me miraba, en pie tras el sillón donde estaba sentado un segundo antes.

»¡Corrió por mis miembros una sacudida tal que a punto estuve de caerme de espaldas! ¡Oh! Nadie puede entender, a menos que los haya sentido, esos espantosos y estúpidos terrores. El alma se funde; ya no se nota el corazón; el cuerpo entero se vuelve blando como una esponja; diríase que todo nuestro interior se derrumba.

»No creo en fantasmas; pues bien: ¡desfallecí con el horrible miedo a los muertos!, y sufrí, ¡oh!, sufrí en unos instantes más que en todo el resto de mi vida, con la angustia irresistible de los espantos sobrenaturales.

»¡Si ella no hubiera hablado, tal vez yo habría muerto! Pero habló; habló con una voz dulce y dolorida que hacía vibrar los nervios. No me atreveré a decir que recobré el dominio de mí y que recuperé la razón. No. Estaba tan enloquecido que no sabía lo que hacía; pero esa especie de íntimo orgullo que hay en mí, y en parte también el orgullo de mi oficio, me hacían conservar, casi a mi pesar, una compostura honorable. Fingía ante mí, y ante ella sin duda, ante ella, fuese quien fuese, mujer o espectro. Me di cuenta de esto más adelante, pues les aseguro que, en el instante de la aparición, no pensaba en nada. Tenía miedo.

»Ella dijo:

»–¡Oh!, caballero, ¡puede usted hacerme un favor muy grande!

»Quise responder, pero me fue imposible pronunciar una palabra. Un vago ruido salió de mi garganta.

»Ella prosiguió:

»–¿Quiere usted? Puede salvarme, curarme, sufro atrozmente. Sufro, ¡oh!, ¡cuánto sufro!

»Y se sentó suavemente en mi sillón. Me miraba:

»–¿Quiere usted?

»Dije que "sí" con la cabeza, pues aún tenía la voz paralizada.

»Entonces ella me tendió un peine de carey y murmuró:

»–Péineme, ¡oh!, péineme; eso me curará, es preciso que me peinen. Fíjese en mi cabeza... ¡Cómo sufro! ¡Y qué daño me hace el pelo!

»Sus cabellos sueltos, muy largos, muy negros, me parecía, colgaban sobre el respaldo del sillón y llegaban al suelo.

»¿Por qué lo hice? ¿Por qué recibí temblando aquel peine, y por qué cogí en mis manos sus largos cabellos que me dieron en la piel una sensación de frío atroz, como si hubiese manejado serpientes? No lo sé.

»Esa sensación se me ha quedado en los dedos y me estremezco al pensar en ella.

»La peiné. Manejaba no sé cómo aquella cabellera de hielo. La retorcí, la até y la desaté, la trencé como se trenzan las crines de un caballo. Ella suspiraba, inclinaba la cabeza, parecía feliz.

»De pronto me dijo: "¡Gracias!", me arrebató el peine de las manos y escapó por la puerta que yo había visto entreabierta.

»Al quedarme solo sentí, durante unos segundos, esa confusa turbación de quien despierta tras una pesadilla.

»Después recobré por fin mis sentidos; corrí a la ventana y rompí las contraventanas de un furioso empujón.

»Una oleada de luz entró. Me lancé hacia la puerta por donde aquel ser se había marchado. La encontré cerrada e inquebrantable.

»Entonces me invadió una fiebre de huir, un pánico, el verdadero pánico de las batallas. Aferré bruscamente los tres paquetes de cartas sobre el escritorio abierto; crucé el aposento corriendo, salté los peldaños de la escalera de cuatro en cuatro, me encontré fuera sin saber por dónde, y, viendo mi caballo a diez pasos, lo monté de un brinco y partí al galope.

»Sólo me detuve en Ruán, y ante mi casa. Tras haber arrojado las bridas a mi ordenanza, me refugié en mi cuarto, donde me encerré para reflexionar.

»Entonces, durante una hora, me pregunté ansiosamente si no habría sido juguete de una alucinación. Seguramente, había tenido una de esas incomprensibles conmociones nerviosas, uno de esos trastornos cerebrales que engendran los milagros, y a los que debe su poderío lo Sobrenatural.

»Y ya iba a creer en una visión, en un error de mis sentidos, cuando me acerqué a la ventana. Mis ojos, por casualidad, descendieron sobre mi pecho. ¡Mi dormán estaba lleno de largos cabellos femeninos que se habían enredado en los botones!

»Los cogí uno por uno y los tiré con dedos temblorosos.

»Después llamé a mi ordenanza. Me sentía demasiado emocionado, demasiado turbado, para ir ese mismo día a casa de mi amigo. Y además deseaba reflexionar detenidamente sobre lo que debía decirle.

»Mandé que le llevaran sus cartas, de las que entregó un recibo al soldado. Se interesó mucho por mí. Le dijeron que estaba indispuesto, que había cogido una insolación, no sé qué. Pareció inquieto.

»Me dirigí a su casa al día siguiente, en cuanto amaneció, resuelto a decirle la verdad. Había salido la noche anterior y no había regresado.

»Regresé durante el día, no lo habían vuelto a ver. Esperé una semana. No reapareció. Entonces avisé a la justicia. Lo buscaron por todas partes, sin descubrir un rastro de su paso o de su retiro.

»Se hizo una minuciosa visita a la quinta abandonada. No se descubrió nada sospechoso.

»Ningún indicio reveló que allí hubiese estado escondida una mujer.

»Como la investigación no desembocaba en nada, se interrumpieron las pesquisas.

»Y, al cabo de cincuenta y seis años, nada he averiguado. No sé nada más.

El huérfano*

La señorita Source había adoptado a aquel muchacho, en tiempos, en circunstancias muy tristes. Contaba entonces ella treinta y seis años y su deformidad (había resbalado de las rodillas de una criada a la chimenea, siendo niña, y todo su rostro, espantosamente quemado, había quedado horrible), su deformidad la había decidido a no casarse, pues no quería que nadie la tomara en matrimonio por su dinero.

Una vecina, que se quedó viuda estando embarazada, murió de parto, sin dejar un céntimo. La señorita Source recogió al recién nacido, le buscó una nodriza, lo crio, lo envió a un internado, y después lo sacó de él a la edad de catorce años, con el fin de tener en su casa vacía alguien que la amase, que se ocupase de ella, que dulcificara su vejez.

* *L'orphelin,* publicado en *Le Gaulois,* 15 de junio de 1883.

Habitaba en una pequeña propiedad rural a cuatro leguas de Rennes, y vivía ahora sin sirvienta. Como los gastos habían aumentado en más del doble desde la llegada del huérfano, sus tres mil francos de renta no podían bastar para alimentar a tres personas.

Se ocupaba ella misma de las faenas de la casa y la cocina, y mandaba a los recados al chico, que también tenía a su cargo el cultivo del huerto. Era dulce, tímido y cariñoso. Y ella experimentaba un profundo gozo, un gozo nuevo, cuando él la besaba, sin parecer sorprendido o asustado por su fealdad. La llamaba tía y la trataba como a una madre.

Por la noche, ambos se sentaban al amor de la lumbre y ella le preparaba golosinas. Calentaba vino y tostaba una rebanada de pan, y tomaban un delicioso tentempié antes de irse a la cama. Con frecuencia ella lo sentaba en sus rodillas y lo cubría de caricias y le susurraba al oído frases tiernamente apasionadas. Lo llamaba: «mi florecita, mi querubín, mi ángel adorado, mi alhajita». Él se abandonaba dulcemente, escondiendo la cabeza en el hombro de la vieja señorita.

Aunque contaba ahora cerca de quince años, seguía siendo endeble y bajo, de aspecto un poco enfermizo.

A veces la señorita Source lo llevaba a la ciudad a visitar a dos parientas que tenía, primas lejanas, casadas, en los arrabales, su única familia. Las dos mujeres estaban resentidas con ella por haber adoptado al niño, a causa de la herencia; pero de todas formas la recibían con solicitud, esperando aún su parte, un tercio sin duda, si se repartía equitativamente la sucesión.

Era feliz, muy feliz, ocupada a todas horas con su niño. Le compró libros para cultivar su ingenio, y él empezó a leer apasionadamente.

Por la noche, ahora, ya no se sentaba en sus rodillas para mimarla como antes; se acomodaba rápidamente en su sillita cerca del fuego, y abría un volumen. La lámpara colocada al borde de la repisa de la chimenea, por encima de su cabeza, iluminaba su pelo ensortijado y un trozo de la piel de la frente; no se movía, no alzaba los ojos, no hacía un gesto, leía, por entero metido, desaparecido, en la aventura del libro.

Ella, sentada enfrente, lo contemplaba con una mirada ardiente y fija, asombrada de su atención, a menudo a punto de llorar.

Le decía a veces: «¡Te cansarás, tesoro mío!», esperando que él levantaría la cabeza y vendría a abrazarla, pero él ni siquiera respondía, no había oído, no había entendido; no sabía nada más que lo que veía en las páginas.

Durante dos años devoró volúmenes en número incalculable. Su carácter cambió.

A continuación, en varias ocasiones pidió a la señorita Source dinero, que ella le dio. Pero como cada vez necesitaba más, acabó por negárselo, pues era persona ordenada y enérgica y sabía ser razonable cuando era preciso.

A fuerza de súplicas, obtuvo de ella todavía, una tarde, una gruesa suma, pero cuando se la suplicó de nuevo, unos días después, ella se mostró inflexible, y no cedió, en efecto.

Él pareció tomar una decisión.

Volvió a mostrarse tranquilo, como antaño, y le gustaba quedarse sentado horas enteras sin hacer un movimiento, con los ojos bajos, sumido en ensoñaciones. Ya ni siquiera hablaba con la señorita Source, respondiendo apenas a lo que ella le decía, con frases breves y concretas.

Era amable con ella, sin embargo, y la cubría de atenciones; pero ya no la abrazaba nunca.

Por la noche, ahora, cuando permanecían frente a frente, a los dos lados de la chimenea, inmóviles y silenciosos, a veces él le daba miedo. Ella quería despertarlo, decirle algo, cualquier cosa, para huir de aquel silencio tan espantoso como las tinieblas de un bosque. Pero él no parecía oírla, y ella se estremecía con un terror de pobre mujer débil cuando le había hablado cinco o seis veces seguidas sin obtener una palabra.

¿Qué tenía? ¿Qué pasaba en aquella cabeza cerrada? Cuando había permanecido así dos o tres horas frente a él, se sentía enloquecer, dispuesta a huir, a escaparse al campo, para evitar aquel mudo y eterno mano a mano, y también un vago peligro que ella no sospechaba, pero que sentía.

A menudo lloraba, a solas.

¿Qué tenía? Si ella mostraba un deseo, él lo ejecutaba sin murmurar. Si necesitaba algo de la ciudad, al punto él se dirigía allí. No tenía quejas de él, ¡desde luego! Y sin embargo...

Transcurrió un año más, y le pareció que una nueva modificación se había producido en el ánimo del joven. Se dio cuenta, lo notó, lo adivinó. ¿Cómo? ¡No importa! Estaba segura de no haberse equivocado; pero no hubiera podido decir en qué habían cambiado los ignorados pensamientos de aquel extraño muchacho.

Le parecía que había sido hasta entonces como un hombre vacilante que de pronto hubiera tomado una resolución. Esa idea se le ocurrió una noche al encontrar su mirada, una mirada fija, singular, que ella no conocía. Entonces él empezó a contemplarla a cada momento, y a ella le daban ganas de esconderse para eludir aquellos ojos fríos, clavados en ella.

La miraba de hito en hito durante noches enteras, apartando la vista sólo cuando ella le decía, agotada:

–¡No me mires así, hijo mío!

Entonces él bajaba la cabeza.

Pero en cuanto le daba la espalda, sentía de nuevo sus ojos sobre ella. Fuera donde fuera, la perseguía su mirada obstinada.

A veces, cuando paseaba por su jardincito, lo divisaba de repente agazapado tras un macizo como si se hubiera emboscado allí; o bien, cuando se instalaba ante la casa a zurcir medias, y él cavaba un cuadro de verduras, la acechaba, mientras trabajaba, de forma solapada y continua.

En vano le preguntaba:

–¿Qué tienes, hijo mío? Desde hace tres años te has vuelto muy diferente. Ya no te reconozco. Dime lo que tienes, lo que piensas, te lo suplico.

Él pronunciaba invariablemente, en tono tranquilo y cansado:

–¡No tengo nada, tía!

Y cuando ella insistía, suplicándole:

–Vamos, hijo mío, respóndeme cuando te hablo. Si supieras la pena que me causas, me responderías siempre y no me mirarías así. ¿Tienes algún pesar? Dímelo, te consolaré...

Él se marchaba con aire fatigado, murmurando:

–Te aseguro que no tengo nada.

No había crecido mucho, seguía teniendo un aspecto infantil, aunque los rasgos de su cara fuesen los de un hombre. Sin embargo, eran duros y como inacabados. Parecía incompleto, nacido mal, meramente esbozado, e inquietante como un misterio. Era un ser cerrado, impenetrable, en quien parecía obrarse un incesante trabajo mental, activo y peligroso.

La señorita Source percibía perfectamente todo esto y la angustia no la dejaba dormir. La asaltaban espantosos terrores, horribles pesadillas. Se encerraba en su habitación y atrancaba la puerta, torturada por el espanto.

¿De qué tenía miedo?

No lo sabía.

Miedo de todo, de la noche, de las paredes, de las formas que la luna proyecta a través de las blancas cortinas de las ventanas, ¡y sobre todo miedo de él!

¿Por qué?

¿Qué tenía que temer? ¡Si lo supiera!...

¡No podía vivir así! Estaba segura de que la amenazaba una desgracia, una terrible desgracia.

Una mañana salió, en secreto, y se dirigió a la ciudad a casa de sus parientas. Les contó el asunto con voz jadeante. Las dos mujeres pensaron que se estaba volviendo loca y trataron de tranquilizarla.

Ella decía:

–¡Si supierais cómo me mira de la mañana a la noche! ¡No me quita ojo! A veces me dan ganas de pedir auxilio, de llamar a los vecinos, ¡de miedo que tengo! Pero ¿qué les diría? No me hace nada, salvo mirarme.

Las dos primas preguntaban:

–¿Se muestra alguna vez brutal con usted? ¿Le responde con dureza?

Ella proseguía:

–No, nunca; hace todo lo que quiero; trabaja bien, es muy formal; pero ya no aguanto el miedo. Algo se le pasa por la cabeza, estoy segura, segurísima. Y no quiero quedarme sola con él, en el campo.

Las parientas, pasmadas, le indicaron que la gente se extrañaría, que no lo entenderían; y le aconsejaron callar sus temores y proyectos, aunque sin disuadirla empero de ir a vivir en la ciudad, esperando así recuperar la herencia entera.

Incluso le prometieron ayudarle a vender la casa y a encontrar otra cerca de ellas.

La señorita Source regresó a su hogar. Pero su ánimo estaba tan trastornado que se estremecía al menor ruido y sus manos empezaban a temblar a la más leve emoción.

Regresó en otras dos ocasiones a entenderse con sus parientas, muy resuelta ya a no quedarse en su aislada morada. Por fin descubrió en los arrabales un hotelito que le convenía y lo compró en secreto.

La firma del contrato tuvo lugar un martes por la mañana, y la señorita Source ocupó el resto del día en los preparativos de la mudanza.

Cogió, a las ocho de la noche, la diligencia que pasaba a un kilómetro de su casa; y mandó parar en el sitio donde el conductor tenía la costumbre de dejarla. El hombre le gritó, azotando sus caballos:

–Adiós, señorita Source, buenas noches.

Ella respondió al alejarse:

–Buenas noches, tío Joseph.

Al día siguiente, a las siete y media de la mañana, el cartero que lleva las cartas al pueblo observó en el camino transversal, no lejos de la carretera, un gran charco de sangre todavía fresca. Se dijo: «¡Vaya!, algún borracho que ha sangrado por la nariz». Pero vio diez pasos después un pañuelo de bolsillo manchado de sangre. Lo recogió. La tela era fina, y el peatón, sorprendido, se acercó a la cuneta, donde le pareció ver un objeto extraño.

La señorita Source estaba tendida sobre la hierba del fondo, con la garganta cortada de un navajazo.

Una hora después los gendarmes, el juez de instrucción y muchas autoridades hacían suposiciones en torno al cadáver.

Las dos parientas, llamadas de testigos, acudieron a contar los temores de la vieja señorita y sus últimos proyectos.

El huérfano fue detenido. Desde la muerte de su madre adoptiva, lloraba de la mañana a la noche, sumido, al menos en apariencia, en la más violenta de las penas.

Probó que había pasado la velada, hasta las once, en un café. Diez personas lo habían visto, se habían quedado hasta que se marchó.

Ahora bien, el cochero de la diligencia declaró haber dejado en la carretera a la asesinada entre nueve y media y diez. El crimen sólo había podido producirse en el trayecto desde la carretera a la casa, como muy tarde a las diez.

El acusado fue absuelto.

Un testamento, ya antiguo, depositado en un notario de Rennes, lo nombraba legatario universal, y heredó.

La gente del pueblo, durante mucho tiempo, lo tuvo en cuarentena, sospechando de él. Su casa, la de la muerta, pasaba por maldita. En la calle se le evitaba.

Pero se mostró tan buen chico, tan abierto, tan familiar, que poco a poco se olvidó la horrible duda. Era generoso, atento, charlaba con los más humildes, de todo, cuanto querían.

El notario, el señor Rameau, fue uno de los primeros en cambiar de opinión sobre él, seducido por su sonriente locuacidad. Declaró una noche, en una cena en casa del recaudador:

–Un hombre que habla con tanta facilidad y que está siempre de buen humor no puede tener semejante crimen sobre su conciencia.

Impresionados por este argumento, los asistentes reflexionaron, y recordaron, en efecto, las largas conversaciones de aquel hombre que los detenía, casi a la fuerza, en un recodo del camino, para comunicarles sus ideas, que los obligaba a entrar en su casa cuando pasaban ante su jardín, que tenía más labia que el propio teniente de la gendarmería, y una alegría tan comunicativa que, pese a la repugnancia que inspiraba, no había manera de dejar de reírse en su compañía.

Todas las puertas se le abrieron.

Es el alcalde de su pueblo, hoy.

Denis*

A Léon Chapron

1

El señor Marambot abrió la carta que le entregaba Denis, su criado, y sonrió.

Denis, que llevaba veinte años en la casa, un hombrecillo rechoncho y jovial, al que se citaba en toda la comarca como modelo de domésticos, preguntó:

–¿El señor está contento? ¿El señor ha recibido una buena noticia?

El señor Marambot no era rico. Ex farmacéutico de pueblo, soltero, vivía de unas pequeñas rentas ganadas penosamente vendiendo drogas a los campesinos.

–Sí, hijo mío. Malois se echa para atrás ante el proceso con que le amenazo; mañana recibiré mi dinero. Cinco mil francos no vienen mal en la caja de un solterón.

* *Denis,* publicado en *Le Gaulois,* 28 de junio de 1883.

Y el señor Marambot se frotaba las manos. Era un hombre de carácter resignado, más triste que alegre, incapaz de un esfuerzo prolongado, descuidado en sus negocios.

Ciertamente habría podido alcanzar una holgura más considerable aprovechando la defunción de los colegas establecidos en centros importantes, para ir a ocupar su lugar y recoger su clientela. Pero la molestia de las mudanzas, y la idea de todos los pasos que habría que dar, lo habían disuadido siempre, y se contentaba con decir tras dos días de reflexión:

–¡Bah!, la próxima vez será. No pierdo nada esperando. Acaso encuentre algo mejor.

Denis, por el contrario, empujaba a su amo a la acción. De carácter dinámico, repetía sin cesar:

–¡Oh! Lo que es yo, si hubiera tenido el capital inicial, habría hecho fortuna. Sólo mil francos, y asunto concluido.

El señor Marambot sonreía sin responder y salía a su jardincito, por donde se paseaba, con las manos a la espalda, soñando despierto.

Denis estuvo cantando todo el día, como un hombre satisfecho, coplas y romances del país. Desplegó incluso una actividad inusitada, pues limpió rodos los cristales de la casa, secando los vidrios con ardor, entonando a pleno pulmón sus estribillos.

El señor Marambot, asombrado por su celo, le dijo en varias ocasiones, sonriente:

–Si trabajas así, hijo mío, no te dejarás nada para mañana.

Al día siguiente, hacia las nueve de la mañana, el cartero entregó a Denis cuatro cartas para su amo, una de ellas muy pesada. El señor Marambot se encerró en seguida en su habitación hasta media tarde. Confió entonces a su criado cuatro sobres para el correo. Uno de ellos iba dirigido al señor Malois, era sin duda un recibo del dinero.

Denis no hizo preguntas a su amo; ese día parecía tan triste y sombrío como la víspera había estado alegre.

Llegó la noche. El señor Marambot se acostó a la hora de costumbre y se durmió.

Lo despertó un ruido singular. Se sentó de inmediato en la cama y escuchó. Pero su puerta se abrió bruscamente, y Denis apareció en el umbral, con una vela en una mano, un cuchillo de cocina en la otra, los ojos muy abiertos y fijos, los labios y las mejillas contraídos como los de alguien agitado por una horrible emoción, y tan pálido que semejaba un aparecido.

El señor Marambot, sobrecogido, lo creyó sonámbulo, e iba a levantarse para correr a su encuentro, cuando el criado sopló la vela lanzándose hacia la cama. Su amo extendió las manos para protegerse del choque que lo derribó de espaldas; y trataba de agarrar las manos de su criado, a quien creía ahora víctima de un ataque de locura, con el fin de evitar los precipitados golpes que le asestaba.

El cuchillo le alcanzó la primera vez en el hombro, la segunda en la frente, por tercera vez en el pecho. Se debatía enloquecido, agitando las manos en la oscuridad lanzando también patadas y gritando:

–¡Denis! ¡Denis! ¿Estás loco? ¡Vamos, Denis!

Pero el otro, jadeante, se encarnizaba, seguía golpeando, rechazado ya por una patada, ya por un puñetazo, e insistiendo furiosamente. El señor Marambot fue herido aún dos veces en la pierna y una vez en el vientre. Pero de pronto una rápida idea cruzó por su mente y empezó a gritar:

–Déjalo, déjalo, Denis, no he recibido el dinero.

El hombre se detuvo al punto; y su amo oía, en la oscuridad, su respiración sibilante.

El señor Marambot prosiguió en seguida:

–No he recibido nada. El señor Malois se vuelve atrás, el proceso se celebrará; por eso llevaste las cartas al correo. Puedes leer las que están en mi escritorio.

Y, con un último esfuerzo, cogió las cerillas en su mesa de noche y encendió su vela.

Estaba cubierto de sangre. Ardientes chorros habían salpicado la pared. Las sábanas, las cortinas, todo estaba rojo. Denis, también ensangrentado de pies a cabeza, permanecía en pie en el centro de la habitación.

Cuando vio aquello, el señor Marambot se creyó muerto, y perdió el conocimiento.

Se reanimó al despuntar el día. Estuvo algún tiempo sin recobrar sus sentidos, sin entender, sin acordarse. Pero de pronto el recuerdo del atentado y de sus heridas volvió a él, y lo invadió un miedo tan vehemente que cerró los ojos para no ver nada. Al cabo de unos minutos su espanto se calmó, y reflexionó. No había muerto en el acto, y por lo tanto podría reponerse. Se sentía débil, muy débil, pero no sufría mucho, aunque experimentaba en diversos puntos del cuerpo una sensible molestia, como pellizcos. Se sentía también helado, y completamente mojado, y oprimido, como enrollado en vendajes. Pensó que la humedad procedía de la sangre derramada; y lo sacudían estremecimientos de angustia ante el espantoso pensamiento de aquel líquido rojo brotado de sus venas y que cubría la cama. La idea de volver a ver tan horroroso espectáculo lo trastornaba y cerraba los ojos con fuerza, como si fueran a abrirse a su pesar.

¿Qué sería de Denis? Se había escapado, probablemente.

Pero ¿qué iba a hacer ahora él, Marambot? ¿Levantarse? ¿Pedir auxilio? Ahora bien, si hacía un solo movimiento, sus heridas sin duda volverían a abrirse; y caería muerto, desangrado.

De repente, oyó que empujaban la puerta de la habitación. Su corazón casi dejó de latir. Era Denis que venía a rematarlo, ciertamente. Contuvo la respiración para que el asesino lo creyera muerto, y terminara su obra.

Sintió que le quitaban las sábanas, después que le palpaban el vientre. Un vivo dolor, junto a la cadera, lo hizo estremecerse. Ahora lo lavaban con agua fresca, muy suavemente. Así, pues, alguien había descubierto la fechoría y lo estaban cuidando, lo salvaban. Le asaltó una alegría loca; pero, por un resto de prudencia, no quiso mostrar que había recobrado el conocimiento, y entreabrió un ojo, sólo uno, con las mayores precauciones.

Reconoció a Denis de pie a su lado, ¡a Denis en persona! ¡Misericordia! Volvió a cerrar el ojo con precipitación.

¡Denis! ¿Qué estaba haciendo ahora? ¿Qué quería? ¿Qué espantoso proyecto alimentaba aún?

¿Qué hacía? ¡Lo estaba lavando para borrar las huellas! ¿Iría ahora a enterrarlo en el jardín, a diez pies bajo tierra, para que no lo descubriesen? ¿O a lo mejor en el sótano, bajo las botellas de vino fino?

Y el señor Marambot se puso a temblar tan intensamente que todos sus miembros palpitaban.

Se decía: «Estoy perdido, ¡perdido!». Y apretaba desesperadamente los párpados para no ver llegar la última cuchillada. No la recibió. Denis, ahora, lo levantaba y lo vendaba con un lienzo. Después se puso a curar la herida de la pierna con cuidado, como había aprendido a hacerlo cuando su amo era farmacéutico.

No cabía la menor duda para un hombre del oficio: su criado, tras haber querido matarlo, intentaba salvarlo.

Entonces el señor Marambot, con voz desfallecida, le dio este consejo práctico:

–¡Añade al agua de los lavados y las curas un poco de carbol!

Denis respondió:

–Es lo que hago, señor.

El señor Marambot abrió los dos ojos.

Ya no quedaban rastros de sangre en la cama, ni en la habitación, ni sobre el asesino. El herido estaba tendido entre sábanas blanquísimas.

Los dos hombres se miraron.

Por fin, el señor Marambot pronunció con suavidad:

–Has cometido un gran crimen.

Denis respondió:

–Estoy reparándolo, señor. Si usted no me denuncia, le serviré fielmente como en el pasado.

No era el momento de disgustar a su criado. El señor Marambot articuló, volviendo a cerrar los ojos:

–Te juro que no te denunciaré.

2

Denis salvó a su amo. Pasó noches y días sin dormir, no salió de la habitación del enfermo, le preparó drogas, tisanas, pociones, le tomaba el pulso, contaba ansiosamente las pulsaciones, lo manejaba con una habilidad de enfermero y una abnegación de hijo.

Le preguntaba a cada momento:

–¿Qué, señor? ¿Cómo se encuentra?

El señor Marambot respondía con voz débil:

–Un poco mejor, hijo mío, muchas gracias.

Y cuando el herido se despertaba, por la noche, veía a menudo a su guardián que lloraba en un sillón y se enjugaba los ojos en silencio.

Nunca el ex farmacéutico había estado tan bien cuidado, tan mimado, tan atendido. Al principio se había dicho: «Cuando esté curado, me desembarazaré de este granuja».

Entraba ahora en la convalecencia y retrasaba de un día para otro el momento de separarse de su asesino. Pensaba que nadie tendría con él tantas consideraciones y atenciones, que dominaba a aquel hombre gracias al miedo; y lo previno de que había depositado en un notario un testamento en el que lo denunciaba a la justicia si le ocurría algún nuevo accidente.

Esta precaución le parecía suficiente para preservarlo en el futuro de todo nuevo atentado; y se preguntaba entonces si no sería incluso más prudente conservar al criado a su lado, para vigilarlo atentamente.

Como antaño, cuando vacilaba entre adquirir o no alguna farmacia más importante, no podía decidirse a adoptar una resolución: «Siempre habrá tiempo», se decía.

Denis seguía mostrándose un incomparable servidor. El señor Marambot estaba curado. Y lo conservó.

Ahora bien, una mañana, cuando acababa de almorzar, oyó de pronto un gran ruido en la cocina. Corrió a ella. Denis se debatía, agarrado por dos gendarmes. El sargento tomaba gravemente unas notas en un cuaderno

En cuanto vio a su amo, el sirviente empezó a sollozar, gritando:

–Me ha denunciado usted, señor; eso no está bien, después de lo que me prometió. ¡Ha faltado usted a su palabra de honor, señor Marambot! ¡No está bien, no está nada bien!...

El señor Marambot, estupefacto y desolado al ver que sospechaba de él, alzó la mano:

–Juro ante Dios, hijo mío, que no te he denunciado. Ignoro totalmente cómo han podido enterarse los gendarmes de tu intento de asesinato contra mí.

El sargento tuvo un sobresalto:

–¿Dice usted que ha querido matarlo, señor Marambot?

El farmacéutico, aturdido, respondió:

–Pues, sí... pero yo no lo he denunciado... No he dicho nada... Juro que no he dicho nada... Me servía muy bien desde ese momento...

El sargento articuló severamente:

–Tomo nota de su deposición. La justicia apreciará ese nuevo motivo que ignoraba, señor Marambot. Estoy encargado de detener a su criado por el robo de dos patos hurtados subrepticiamente por él en casa del señor Duhamel, de cuyo delito hay testigos. Le pido perdón, señor Marambot. Daré cuenta de su declaración.

Y, volviéndose hacia sus hombres, ordenó:

–¡Vamos, en marcha!

Los dos gendarmes se llevaron a Denis.

3

El abogado acababa de alegar locura, relacionando los dos delitos entre sí para reforzar su argumentación. Había probado claramente que el robo de los dos patos provenía del mismo estado mental que las ocho cuchilladas inferidas a Marambot. Había analizado finamente todas las fases de este estado transitorio de enajenación mental, que cedería, sin la menor duda, ante un tratamiento de unos meses en una excelente casa de salud. Había hablado en términos entusiastas de la continua abnegación de aquel honrado servidor, de los incomparables cuidados que prodigó a su amo herido por él en un instante de extravío.

Enternecido profundamente con aquel recuerdo, el señor Marambot sintió que se le humedecían los ojos.

El abogado se dio cuenta, abrió los brazos en un amplio gesto, desplegando sus largas mangas negras como las alas de un murciélago. Y, con tono vibrante, exclamó:

–Miren, miren, miren, señores del jurado; miren esas lágrimas. ¿Qué me queda por decir sobre mi cliente? ¿Qué discurso, qué argumento, qué razonamiento valdrían lo que esas lágrimas de su amo? ¡Hablan con más elocuencia que yo, con más elocuencia que la ley! Están gritando: «¡Perdón para el insensato de una hora!». ¡Imploran, absuelven, bendicen!

Se calló, y se sentó.

El presidente, entonces, volviéndose hacia Marambot, cuya deposición había sido excelente para su criado, le preguntó:

–Pero, vamos a ver, señor, aun admitiendo que usted haya considerado demente a este hombre, eso no explica que lo haya conservado a su lado. No dejaba de ser peligroso.

Marambot respondió, enjugándose los ojos:

–¿Qué quiere usted, señor presidente? ¡Es tan difícil encontrar un criado con los tiempos que corren... No habría hallado ninguno mejor.

Denis fue absuelto e internado, a expensas de su amo, en una casa dc locos.

¿Él?*

A Pierre Decourcelle

Mi querido amigo, ¿no entiendes nada? Lo concibo. ¿Crees que me volví loco? Acaso lo esté un poco, pero no por las razones que supones.

Sí. Me caso. Ahí tienes.

Y sin embargo mis ideas y convicciones no han cambiado. Considero una tontería el ayuntamiento legal. Estoy seguro de que ocho maridos de cada diez son cornudos. Y no merecen otra cosa por haber cometido la imbecilidad de encadenar su vida, de renunciar al amor libre, única cosa alegre y buena del mundo, de cortar las alas a la fantasía que nos empuja sin cesar hacia todas las mujeres, etc., etc. Me siento más incapaz que nunca de amar a una mujer, porque siempre amaré demasiado a todas las demás. Quisiera tener mil brazos, mil labios y mil... temperamentos para poder abrazar al mismo tiem-

* *Lui?*, publicado en *Gil Blas*, 3 de julio de 1883.

po a un ejército de esos seres encantadores y sin importancia.

Y sin embargo me caso.

Agrego que apenas conozco a mi esposa de mañana. La he visto solamente cuatro o cinco veces. Sé que no me desagrada; y eso me basta para lo que quiero hacer con ella. Es bajita, rubia y regordeta. Pasado mañana, desearé ardientemente una mujer alta, morena y esbelta.

No es rica. Pertenece a una familia media. Es una joven como se encuentran a miles, buenas para casarse sin cualidades ni defectos aparentes, entre la burguesía normal. Se dice de ella: «La señorita Lajolle es muy graciosa». Mañana dirán: «La señora Raymon es encantadora». Pertenece, por último, a esa legión de jovencitas honestas «que pueden labrar la felicidad de un hombre» hasta el día en que uno descubre que prefiere justamente todas las demás mujeres a la que ha escogido.

Entonces, ¿por qué casarme?, dirás.

Apenas me atrevo a confesarte la extraña e inverosímil razón que me impulsa a este acto insensato.

¡Me caso para no estar solo!

No sé cómo decirlo, cómo hacerme entender. Te compadecerás de mí, y me despreciarás, pues mi estado de ánimo es miserable.

No quiero volver a estar solo, de noche. Quiero sentir un ser a mi lado, pegado a mí, un ser que pueda hablar, decir algo, lo que sea.

Quiero poder interrumpir su sueño; hacerle bruscamente una pregunta cualquiera, una pregunta estúpida para oír una voz, para sentir habitada mi casa, para sentir un alma despierta, un razonamiento trabajando, para ver, al encender bruscamente mi vela, una figura humana a mi lado... porque... porque... (no me atrevo a confesar esta vergüenza)... porque tengo miedo, al estar solo.

¡Oh!, aún no me comprendes.

No tengo miedo a un peligro. Si entrase un hombre, lo mataría sin pestañear. No tengo miedo a los aparecidos; no creo en lo sobrenatural. No tengo miedo a los muertos; creo en la aniquilación definitiva de cada ser que desaparece.

¡Entonces!... sí. ¡Entonces!... ¡Pues bien: tengo miedo de mí! Tengo miedo del miedo; miedo de los espasmos de mi espíritu que se aterra, miedo de esta horrible sensación del terror incomprensible.

Ríete si quieres. Esto es espantoso, incurable. Tengo miedo a las paredes, a los muebles, a los objetos familiares que se animan, para mí, con una especie de vida animal. Y tengo miedo sobre todo de una perturbación horrible de mi pensamiento, de mi razón que se me escapa enredada, dispersada por una misteriosa e invisible angustia.

Al principio siento una vaga inquietud que pasa por mi alma y hace correr un escalofrío por mi piel. Miro a mi alrededor. ¡Nada! ¡Y me gustaría que hubiese algo! ¿Qué? Algo comprensible. Ya que tengo miedo únicamente porque no comprendo mi miedo.

¡Hablo!, tengo miedo de mi voz. ¡Ando!, tengo miedo a lo desconocido de detrás de la puerta, de detrás de la cortina, del armario, de debajo de la cama. Y sin embargo sé que no hay nada en ninguna parte.

Me vuelvo bruscamente porque tengo miedo de lo que hay detrás de mí, aunque no haya nada y yo lo sepa.

Me agito, siento aumentar mi espanto; y me encierro en mi habitación; y me meto en la cama, y me escondo bajo las sábanas; y acurrucado, aovillado como una bola, cierro los ojos desesperadamente, y me quedo así durante un tiempo infinito con la idea de que mi vela está encendida en la mesa de noche y que habría que apagarla. Y no me atrevo.

¿No es espantoso vivir así?

Antaño no experimentaba nada de esto. Volvía a casa tranquilamente. Iba y venía por mi hogar sin que nada turbase la serenidad de mi alma. Si me hubieran dicho qué enfermedad de miedo inverosímil, estúpido y terrible, iba a asaltarme un día, me habría reído con ganas; abría las puertas en la oscuridad con confianza; me acostaba lentamente, sin correr los cerrojos, y nunca me levantaba en plena noche para asegurarme de que todas las salidas de mi habitación estaban perfectamente cerradas.

Esto comenzó el año pasado de forma singular.

Era en otoño, una noche húmeda. Cuando mi criada se marchó, después de la cena, me pregunté qué iba a hacer. Caminé durante un rato a través de mi habitación. Me sentía cansado, abrumado sin motivo, incapaz de trabajar, incluso sin fuerzas para leer. Una fina lluvia mojaba los cristales; estaba triste, totalmente impregnado de una de esas tristezas sin causa que dan ganas de llorar, que hacen desear hablar con quien sea para sacudir la pesadez de nuestros pensamientos.

Me sentía solo. Mi casa me parecía más vacía que nunca. Una soledad infinita y desconsoladora me rodeaba. ¿Qué hacer? Me senté. Entonces una nerviosa impaciencia corrió por mis piernas. Me levanté y volví a caminar. Quizás tenía también un poco de fiebre, pues mis manos, que llevaba enlazadas a la espalda como cuando se pasea despacio, se abrasaban una contra otra, y yo lo noté. Después, de pronto, un escalofrío corrió por mi espalda. Pensé que la humedad de fuera penetraba en mi casa, y se me ocurrió la idea de encender un fuego. Lo hice: era la primera vez del año. Y me senté de nuevo mirando las llamas. Pero pronto la imposibilidad de quedarme quieto me hizo levantar de nuevo, y sentí que tenía que irme, que sacudirme, que encontrar un amigo.

Salí. Fui a casa de tres camaradas, a los que no encontré; y después me encaminé al bulevar, decidido a descubrir una cara conocida.

Todo estaba triste. Las aceras mojadas relucían. Una tibieza de agua, una de esas tibiezas que nos hielan con bruscos estremecimientos, una pesada tibieza de lluvia impalpable gravitaba sobre la calle, parecía cansar y oscurecer la llama del gas.

Yo avanzaba a pasos lánguidos, repitiéndome: «No encontraré a nadie con quien charlar».

Inspeccioné varias veces los cafés, desde la Madeleine hasta el *faubourg* Poissonnière. Gente triste, sentada ante los veladores, parecía no tener ni siquiera fuerzas para acabar sus consumiciones.

Vagué así durante mucho tiempo y, hacia la medianoche, me puse en camino para regresar a casa. Estaba muy tranquilo, pero bastante fatigado. Mi portero, que se acuesta antes de las once, me abrió en seguida, en contra de su costumbre; y pensé: «Vaya, sin duda acaba de subir otro inquilino».

Cuando salgo de casa, siempre doy dos vueltas a la llave de la puerta. La encontré simplemente entornada, y eso me sorprendió. Supuse que me habrían subido algunas cartas por la noche.

Entré. Aún estaba encendido el fuego e incluso iluminaba un poco la estancia. Cogí una vela para ir a prenderla en la chimenea, cuando, al alzar la vista, distinguí a alguien sentado en mi sillón, que se calentaba los pies dándome la espalda.

No tuve miedo, ¡oh!, nada de eso. Cruzó por mi mente una suposición muy verosímil; la de que uno de mis amigos había venido a verme. La portera, avisada por mí a la salida, había dicho que iba a volver, le había prestado su llave. Y todas las circunstancias de mi regreso retornaron, en un segundo, a mi mente: el cordón del que tiraron en seguida, mi puerta sólo entornada.

Mi amigo, de quien sólo veía el pelo, se había dormido al amor de la lumbre mientras me esperaba, y me adelanté para despertarlo. Lo veía perfectamente, uno de sus brazos colgaba a la derecha; tenía los pies cruzados uno sobre otro; su cabeza, inclinada un poco hacia el lado izquierdo del sillón, indicaba que estaba durmiendo. Me pregunté: «¿Quién será?». En la pieza no se veía muy bien. ¡Alargué la mano para tocarle en el hombro!...

¡Encontré la madera del asiento! No había nadie. ¡El sillón estaba vacío!

¡Qué sobresalto! ¡Misericordia!

Retrocedí ante todo como si un terrible peligro hubiera aparecido delante de mí.

Luego me volví, sintiendo alguien a mi espalda; después, al punto, una imperiosa necesidad de volver a ver el sillón me hizo girar una vez más. Y me quedé de pie, jadeando de espanto, tan enloquecido que no tenía ya ni un pensamiento, a punto de desplomarme.

Pero soy una persona de sangre fría y en seguida recobré la razón. Pensaba: «Acabo de tener una alucinación, eso es todo». Y reflexioné inmediatamente sobre ese fenómeno. El pensamiento marcha muy de prisa en esos momentos.

Había tenido una alucinación –era un hecho indudable–. Ahora bien, mi mente había conservado su lucidez todo el tiempo, había funcionado regular y lógicamente. No había, pues, ningún trastorno del cerebro. Sólo los ojos se habían equivocado, habían confundido a mi espíritu. Los ojos habían tenido una visión, una de esas visiones que hacen que los ingenuos crean en los milagros. Se trataba de un accidente nervioso del aparato óptico, nada más, acaso un poco de congestión.

Y encendí mi vela. Me di cuenta, al bajarme hacia el fuego, de que temblaba, y me levanté con una sacudida como si me hubieran tocado por detrás.

No estaba nada tranquilo, con toda seguridad.

Di unos pasos; hablé en voz alta. Canté a media voz unos estribillos.

Después cerré la puerta de mi habitación con doble vuelta, y me sentí un poco más tranquilo. Nadie podría entrar, por lo menos.

Volví a sentarme y reflexioné largamente sobre mi aventura; después me acosté, y apagué la luz.

Durante unos minutos todo fue bien. Me quedé tendido, pacíficamente. Después me dieron ganas de mirar en torno; y me tumbé de un lado.

Mi fuego ya no tenía más que dos o tres tizones rojos que iluminaban precisamente las patas del sofá; y creí volver a ver al hombre sentado en él.

Encendí una cerilla con un rápido movimiento. Me había equivocado, ya no veía nada.

Me levanté, sin embargo, y escondí el sillón detrás de la cama.

Después volví a quedarme a oscuras y traté de dormirme. No hacía más de cinco minutos que había perdido conciencia, cuando vi, en sueños, y tan claramente como en la realidad, toda la escena de antes de acostarme. Me desperté enloquecido, y, habiendo encendido la luz, me quedé sentado en la cama, sin atreverme siquiera a intentar dormirme.

Sin embargo dos veces me invadió el sueño, a mi pesar, durante unos segundos. Dos veces volví a ver la cosa. Creí que me había vuelto loco.

Cuando se hizo de día, me sentí curado y dormité apaciblemente hasta mediodía.

Se había acabado, acabado del todo. Había tenido fiebre, una pesadilla, ¡yo qué sé! Había estado enfermo, en fin. Sin embargo, me encontraba bastante idiota.

Ese día estuve muy alegre. Cené en una taberna, fui a un espectáculo, y después me puse en camino para regresar. Pero he aquí que al acercarme a mi casa me asaltó una extraña inquietud. Tenía miedo de volverlo a ver, a él. No miedo de él, no miedo de su presencia, en la cual no creía, pero tenía miedo de un nuevo trastorno de mis ojos, miedo de la alucinación, miedo del espanto que me asaltaría.

Durante más de una hora vagué de un lado a otro por la acera; después, juzgándome demasiado imbécil a fin de cuentas, entré. Jadeaba tanto que no podía subir la escalera. Me quedé aún más de diez minutos delante de mi piso, en el descansillo, y luego, bruscamente, tuve un impulso de valor, un endurecimiento de la voluntad. Metí la llave; me precipité hacia adelante con una vela en la mano, empujé de un puntapié la puerta entreabierta de mi habitación, y lancé una mirada asustada hacia la chimenea. No vi nada. ¡Ah!...

¡Qué alivio! ¡Qué alegría! ¡Qué liberación! Iba y venía con aire atrevido. Pero no me sentía tranquilo; me daba vuelta sobresaltado; las sombras de los rincones me inquietaban.

Dormí mal, despertado sin cesar por ruidos imaginarios. Pero no lo vi. No. ¡Se había acabado!

A partir de ese día me da miedo estar solo, de noche. La siento allí, cerca de mí, a mi alrededor, a la visión. No se me ha aparecido de nuevo. ¡Oh, no! ¡Y qué importa, además, puesto que no creo en ella, puesto que sé que no es nada!

Y sin embargo me molesta, pienso en ella sin cesar. (Una mano colgaba a la derecha, su cabeza estaba inclinada a la izquierda como la de un hombre que duerme...) ¡Vamos, ya basta, maldita sea! ¡No quiero volver a pensarlo!

¿Qué clase de obsesión es ésta, empero? ¿Por qué esta persistencia? ¡Sus pies estaban muy cerca del fuego!

Me obsesiona, es una locura, pero es así. ¿Quién, Él? Sé perfectamente que no existe, ¡que no es nada! Sólo existe en mi aprensión, en mi temor, en mi angustia. ¡Vamos! ¡Basta!...

Sí, pero por mucho que me razone, me endurezca, no puedo quedarme solo en casa, porque está allí. No lo veré más, lo sé, no se volverá a mostrar, eso se acabó. Pero está de todos modos, en mi pensamiento. Es invisible, pero eso no impide que esté. Está detrás de las puertas, en el armario cerrado, debajo de la cama, en todos los rincones oscuros, en todas las sombras. Si abro la puerta, si registro el armario, si busco debajo de la cama, si ilumino los rincones, las sombras, él no está; pero entonces lo siento a mis espaldas. Me vuelvo aunque seguro de que no lo veré, de que ya no lo veré. Pero no deja de estar a mis espaldas, empero.

Es estúpido, pero es atroz. ¿Qué quieres? No puedo hacer nada.

Pero si en mi casa estuviéramos dos, lo siento, sí, lo siento con certeza, ¡ya no estaría él! Pues está allí porque estoy solo, ¡únicamente porque estoy solo!

Una vendetta*

La viuda de Paolo Saverini vivía sola con su hijo en una pobre casita junto a las murallas de Bonifacio. La ciudad, construida en un saliente de la montaña, colgada incluso en algunos puntos sobre la mar, mira, por encima del estrecho erizado de escollos, hacia la costa más baja de Cerdeña. A sus pies, por el otro lado, contorneándola casi por entero, un corte del acantilado, que parece un gigantesco corredor, le sirve de puerto, lleva hasta las primeras casas, tras un largo circuito entre dos abruptas murallas, los barquitos de pesca italianos o sardos y, cada quince días, el viejo vapor asmático que hace el servicio de Ajaccio.

Sobre la blanca montaña, el montón de casas pone una mancha aún más blanca. Semejan nidos de pájaros salvajes, así colgadas del peñasco, dominando ese pasaje terri-

* *Une vendetta,* publicado en *Le Gaulois,* 14 de octubre de 1883.

ble por el que no se aventuran los navíos. El viento, sin tregua, azota el mar, azota la costa desnuda, socavada por él, apenas revestida de hierba; se precipita en el estrecho, cuyas dos orillas devasta. Las estelas de pálida espuma, enganchadas en las puntas negras de las innumerables rocas que hienden por doquier las olas, semejan jirones de tela flotantes y palpitantes en la superficie del agua.

La casa de la viuda Saverini, soldada al mismo borde del acantilado, abría sus tres ventanas a este horizonte salvaje y desolado.

Vivía allí, sola, con su hijo Antonio y su perra *Pizpireta,* un gran animal flaco, de pelaje largo y áspero, de la raza de los guardianes de rebaños. Le servía al joven para cazar.

Una noche, tras una disputa, Antonio Saverini fue matado a traición, de un navajazo, por Nicolás Ravolati, quien esa misma noche escapó a Cerdeña.

Cuando la anciana madre recibió el cuerpo de su hijo, que le llevaron unos transeúntes, no lloró, pero permaneció largo rato inmóvil, mirándolo; después, extendiendo su mano arrugada sobre el cadáver, le prometió una *vendetta.* No quiso que nadie se quedase con ella, y se encerró junto al cuerpo con la perra, que aullaba. El animal aullaba de manera continua, a los pies de la cama, con la cabeza tendida hacia su amo, y el rabo apretado entre las patas. No se movía, como tampoco la madre que, inclinada ahora sobre el cuerpo, mirándolo de hito en hito, lloraba con gruesas lágrimas mudas mientras lo contemplaba.

El joven, de espaldas, vestido con su chaqueta de paño grueso agujereada y desgarrada en el pecho, parecía dormir; pero tenía sangre por todas partes: en la camisa arrancada para los primeros auxilios; en el chaleco, en los calzones, en la cara, en las manos. Coágulos de sangre se habían cuajado en la barba y el pelo.

La anciana madre empezó a hablarle. Al rumor de aquella voz, la perra se calló.

–Anda, anda, serás vengado, pequeño mío, hijo mío, mi pobre niño. Duerme, duerme, serás vengado, ¿me oyes? ¡Tu madre te lo promete! Y cumple siempre su palabra, tu madre, lo sabes muy bien.

Y lentamente se inclinó sobre él, pegando sus labios fríos a los labios muertos.

Entonces *Pizpireta* reanudó sus gemidos. Lanzaba una larga queja monótona, desgarradora, horrible.

Así estuvieron, los dos, la mujer y el animal, hasta la mañana.

Antonio Saverini fue enterrado al día siguiente, y ya nadie habló de él en Bonifacio.

No había dejado hermanos ni primos carnales. No había ningún hombre para llevar a cabo la *vendetta.* Sólo su madre pensaba en ella, pobre vieja.

Al otro lado del estrecho, veía de la mañana a la noche un punto blanco en la costa. Era una aldehuela sarda, Longosardo, donde se refugian los bandidos corsos acosados muy de cerca. Pueblan casi solos ese villorrio frente a las costas de su patria, y esperan allá el momento de regresar, de volver para echarse al monte. En aquel pueblo, ella lo sabía, se había refugiado Nicolás Ravolati.

Completamente sola, a lo largo de todo el día, sentada a su ventana, miraba hacia allá abajo pensando en la venganza. ¿Cómo se las arreglaría ella, sin nadie, achacosa, tan cerca de la muerte? Pero lo había prometido, lo había jurado sobre el cadáver. No podía olvidar, no podía esperar. ¿Qué haría? Ya no dormía de noche, ya no tenía reposo ni sosiego, buscaba, obstinada. La perra, a sus pies, dormitaba, y a veces, alzando la cabeza, aullaba hacia la lejanía. Desde que su amo no estaba ya, a menudo aullaba así, como si lo llamase, como si su alma de animal, inconsolable, hubiera también guardado ese recuerdo que nada borra.

Ahora bien, una noche, cuando *Pizpireta* reanudaba sus gemidos, la madre, de repente, tuvo una idea, una idea de salvaje vengativo y feroz. La meditó hasta el alba; después, levantándose al rayar el día, se dirigió a la iglesia. Rezó, prosternada en el pavimento, abatida ante Dios, suplicándole que la ayudase, que la sostuviese, que diera a su pobre cuerpo gastado la fuerza que necesitaba para vengar a su hijo.

Después volvió a su casa. Tenía en el patio un viejo barril desfondado, que recogía el agua del canalón; le dio la vuelta, lo vació, lo sujetó al suelo con estacas y piedras; después encadenó a *Pizpireta* a aquella perrera, y entró en la casa.

Caminaba ahora, sin descanso, por su habitación, los ojos siempre clavados en la costa de Cerdeña. Allá abajo estaba el asesino.

La perra aulló todo el día y toda la noche. La vieja, por la mañana, le llevó agua en un cuenco; pero nada más: ni comida, ni pan.

Transcurrió un día entero. *Pizpireta,* extenuada, dormía. Al día siguiente, tenía los ojos brillantes, el pelaje erizado, y tiraba locamente de la cadena.

La vieja tampoco le dio nada de comer. El animal, enfurecido, ladraba con voz ronca. Pasó una noche más.

Entonces, ya amanecido, la señora Saverini fue a casa de su vecino, a pedirle que le diera dos haces de paja. Cogió unas viejas ropas que había llevado en tiempos su marido, y las rellenó de forraje para simular un cuerpo humano.

Habiendo clavado un palo en el suelo, delante de la perrera de *Pizpireta,* ató a él aquel maniquí, que así parecía estar de pie. Después representó la cabeza por medio de un paquete de ropa vieja.

La perra, sorprendida, miraba aquel hombre de paja, y callaba, aunque devorada por el hambre.

Entonces la anciana fue a comprar en la salchichería un largo pedazo de morcilla. Al volver a casa, encendió un fuego de leña en el patio, cerca de la perrera, y asó la morcilla. *Pizpireta,* enloquecida, daba saltos, echaba espuma, con los ojos clavados en la parrilla, cuyo aroma penetraba en su vientre.

Después la vieja hizo con aquella papilla humeante una corbata para el hombre de paja. La ató un buen rato con bramante en torno al cuello, como para metérsela dentro. Cuando acabó, soltó a la perra.

De un formidable salto el animal alcanzó la garganta del maniquí y, con las patas sobre sus hombros, empezó a desgarrarla. Se dejaba caer, con un trozo de su presa en el hocico, y luego se lanzaba de nuevo, hundía los colmillos en las cuerdas, arrancaba algunas porciones de comida, volvía a dejarse caer, y saltaba de nuevo, encarnizada. Deshacía el rostro a grandes dentelladas, hacía jirones el cuello entero.

La anciana, inmóvil y muda, la miraba, con ojos encendidos. Después volvió a encadenar al animal, lo tuvo en ayunas dos días, y recomenzó aquel extraño ejercicio.

Durante tres meses, la acostumbró a esta especie de lucha, a esta comida conquistada con los colmillos. Ahora ya no la encadenaba, limitándose a lanzarla con un ademán sobre el maniquí.

Le había enseñado a desgarrarlo, a devorarlo, incluso sin que en su garganta se ocultara el menor alimento. A continuación le daba, como recompensa, la morcilla asada por ella.

En cuanto veía al hombre, *Pizpireta* se estremecía, después volvía los ojos a su ama, que le gritaba: «¡Hale!» con voz silbante, alzando un dedo.

Cuando juzgó llegado el momento, la señora Saverini fue a confesarse y comulgó una mañana de domingo, con un fervor extático; después, vistiéndose con ropas de hombre, como un pobre viejo andrajoso, trató con un pescador sardo, que la condujo, acompañada por su perra, al otro lado del estrecho.

Llevaba, en una bolsa de tela, un gran trozo de morcilla. *Pizpireta* estaba en ayunas desde hacía dos días. La anciana le dejaba olfatear a cada momento el oloroso alimento, y la excitaba.

Entraron en Longosardo. La corsa marchaba cojeando. Se presentó en una panadería y preguntó por la casa de Nicolás Ravolati. Éste había reanudado su antiguo oficio, carpintero. Trabajaba solo al fondo de su taller.

La vieja empujó la puerta y lo llamó:

–¡Eh! ¡Nicolás!

Él se volvió; entonces, soltando a la perra, ella gritó:

–Hale, hale, ¡come, come!

El animal, enloquecido, se abalanzó sobre él, se le enganchó a la garganta. El hombre extendió los brazos, lo estrechó, rodó por el suelo. Durante unos segundos se retorció, golpeando el suelo con los pies; después se quedó inmóvil, mientras *Pizpireta* hurgaba en su cuello, que arrancaba a jirones.

Dos vecinos, sentados ante sus puertas, recordaron perfectamente haber visto salir a un anciano pobre con un perro negro y flaco que comía, mientras caminaba, una cosa marrón que le daba su amo.

La anciana había vuelto a su casa por la tarde. Y esa noche, durmió bien.

La confesión [1893]*

Marguerite de Thérelles iba a morir. Aunque no contaba sino cincuenta y seis años, aparentaba al menos setenta y cinco. Jadeaba, más blanca que sus sábanas, sacudida por espantosos temblores, el rostro convulso, los ojos despavoridos, como si viera una horrible aparición.

Su hermana Suzanne, seis años mayor que ella, sollozaba de rodillas junto a la cama. En una mesita contigua al lecho de la agonizante había, sobre una servilleta, dos velas encendidas, pues esperaban al sacerdote que debía administrar la extremaunción y la última comunión.

El piso tenía ese aspecto siniestro que tienen las habitaciones de los moribundos, ese aire de desesperado adiós. Frasquitos desparramados sobre los muebles, ropas desparramadas en los rincones, empujadas de un puntapié o de un escobazo. Los mismos asientos, en desorden pare-

* *La confession,* publicado en *Le Gaulois,* 21 de octubre de 1883.

cían asustados, como si hubieran corrido en todas las direcciones. La temible muerte estaba allí escondida, a la espera.

La historia de las dos hermanas era enternecedora. Se la citaba muy lejos; había hecho llorar muchos ojos.

Suzanne, la mayor, había sido locamente amada, antaño, por un joven a quien ella también amaba. Estuvieron prometidos, y sólo se esperaba el día fijado en las capitulaciones, cuando Henry de Sampierre murió de repente.

La desesperación de la joven fue horrorosa, y juró que nunca se casaría. Mantuvo su palabra. Se vistió con ropas de viuda y ya no se las quitó nunca.

Entonces su hermana, su hermana pequeña, Marguerite, que no tenía aún más de doce años, acudió una mañana a arrojarse en brazos de la mayor, y le dijo:

–Hermanita, no quiero que seas desgraciada. No quiero que llores toda tu vida. No te abandonaré jamás, ¡jamás, jamás! Tampoco yo me casaré. Me quedaré a tu lado siempre, siempre, siempre.

Suzanne la abrazó enternecida por aquella abnegación infantil, y no creyó en ella.

Pero también la pequeña mantuvo su palabra y, a pesar de los ruegos de sus padres, a pesar de las súplicas de la mayor, no se casó nunca. Era bonita, muy bonita; rechazó a muchos jóvenes que parecían amarla; nunca se separó de su hermana.

Vivieron juntas todos los días de su existencia, sin separarse ni una sola vez. Caminaron una al lado de otra, inseparablemente unidas. Pero Marguerite pareció siempre triste, abrumada, más taciturna que la mayor, como si su sublime sacrificio la hubiese destrozado. Envejeció más pronto, tuvo canas desde la edad de treinta años y, con frecuencia indispuesta, parecía afectada por un desconocido mal que la consumía.

Ahora iba a morir la primera.

Ya no hablaba desde hacía veinticuatro horas. Había dicho solamente, con las primeras luces de la aurora:

–Id a buscar al señor cura, llegó el momento.

Y a continuación se había quedado de espaldas, sacudida por espasmos, con los labios agitados como si terribles palabras ascendieran desde su corazón, sin poder salir, con mirada enloquecida de espanto, tremenda a la vista.

Su hermana, desgarrada por el dolor, lloraba desconsoladamente, con la frente apoyada en la cama, y repetía:

–Margot, mi pobre Margot, ¡pequeña mía!

Siempre la había llamado «pequeña mía», lo mismo que la menor la había llamado siempre «hermanita».

Se oyeron pasos en la escalera. Se abrió la puerta. Apareció un monaguillo, seguido por un anciano sacerdote con sobrepelliz. En cuanto lo vio, la moribunda se sentó con una sacudida, abrió los labios, balbució dos o tres palabras y empezó a rascar la sábana con las uñas como si hubiera querido hacer un agujero.

El padre Simon se acercó, le cogió la mano, la besó en la frente y, con voz dulce:

–Dios la perdone, hija mía; tenga valor, ha llegado la hora, hable.

Entonces Marguerite, tiritando de pies a cabeza, agitando toda la cama con sus movimientos nerviosos, balbució:

–Siéntate, hermanita, escucha.

El sacerdote se inclinó hacia Suzanne, que seguía desplomada junto al lecho, la levantó, la sentó en un sillón y, cogiendo en cada mano una mano de ambas hermanas, pronunció:

–¡Señor, Dios mío! Dadles fuerzas, manifestadles vuestra misericordia.

Y Marguerite empezó a hablar. Las palabras salían de su garganta una a una, roncas, medidas, como extenuadas.

–Perdón, perdón, ¡hermanita, perdóname! ¡Oh! Si supieras cuánto miedo he tenido de este momento, ¡durante toda la vida!...

Suzanne balbució, entre lágrimas:

–¿Qué tengo que perdonarte, pequeña? Me lo diste todo, me lo sacrificaste todo; eres un ángel...

Pero Marguerite la interrumpió:

–¡Calla, calla! Déjame hablar... no me detengas... Es espantoso... déjame contarlo todo... hasta el final, sin moverte... Escucha... ¿Te acuerdas... te acuerdas... de Henry...?

Suzanne se estremeció y miró a su hermana. La menor prosiguió:

–Es preciso que lo oigas todo para comprenderlo. Yo tenía doce años, sólo doce años, lo recuerdas perfectamente, ¿verdad? Y estaba muy mimada, ¡hacía todo lo que quería!... ¿Te acuerdas de cómo me mimaban?... Escucha... La primera vez que vino, llevaba unas botas de charol: bajó del caballo delante de la escalinata, y se disculpó por su atuendo, pero venía a traerle una noticia a papá. Te acuerdas, ¿verdad?... No digas nada... escucha.

Cuando lo vi, quedé muy impresionada, tan guapo lo encontré, y permanecí en pie en un rincón del salón todo el tiempo que él estuvo hablando. Los niños son singulares... y terribles... ¡Oh!, sí... ¡me hizo soñar!

»Regresó... varias veces... yo lo miraba con los ojos muy abiertos, con toda mi alma... yo estaba crecida para mi edad... y era mucho más astuta de lo que pensaba. Regresó a menudo... Yo no pensaba más que en él. Pronunciaba en voz muy baja:

»–Henry... ¡Henry de Sampierre!

»Después se dijo que iba a casarse contigo. Me dio una pena... ¡oh!, hermanita... una pena... ¡una pena! Lloré durante tres noches, sin dormir. Él volvía todos los días, por la tarde, después del almuerzo... ¿te acuerdas, verdad? No digas nada... escucha. Le hacías pasteles que le gustaban mucho... con harina, mantequilla y leche... ¡Oh, sé perfectamente cómo!... Podría hacerlos aún si fuera preciso. Él los tragaba de un solo bocado, y después tomaba un vaso de vino... y después decía: "Deliciosos". ¿Te acuerdas de cómo lo decía?

»Yo estaba celosa, ¡celosa!... Se acercaba el momento de tu boda. Sólo quedaban quince días. Me volvía loca. Me decía: "No se casará con Suzanne, no ¡no quiero!... Se casará conmigo, cuando sea mayor. Jamás encontraré a nadie a quien ame tanto...". Pero una noche, diez días antes de la fecha fijada, te paseaste con él por delante de la casa, al claro de luna... y allá... bajo el abeto, bajo el gran abeto... te estrechó... estrechó... entre sus brazos... tanto tiempo... ¿Te acuerdas, verdad? Probablemente era la primera vez... sí... ¡Estabas tan pálida al entrar en el salón!

»Yo os vi; estaba allí, detrás de un macizo. ¡Me dio una rabia! ¡De haber podido, os hubiera matado!

»Me dije: "No se casará con Suzanne, ¡jamás! No se casará con nadie. Yo sería demasiado desgraciada...". Y de repente empecé a odiarlo espantosamente.

»Y entonces, ¿sabes lo que hice?... escucha. Había visto al jardinero preparar unas albóndigas para matar a los perros vagabundos. Aplastaba una botella con una piedra y metía el vidrio triturado en una albóndiga de carne.

»Le quité a mamá un frasquito de medicinas, lo machaqué con un martillo, y me guardé los cristales en el bolsillo. Era un polvo brillante... Al día siguiente, cuando tú acababas de hacer los pastelillos, los rajé con un cuchillo y metí dentro el polvo... Se comió tres... y yo también me comí uno... Tiré al estanque los otros seis... los dos cisnes murieron tres días después... ¿No te acuerdas?... ¡Oh!, no digas nada... escucha, escucha... Sólo yo no morí... pero siempre he estado enferma... escucha... Él murió... lo sabes muy bien... escucha... pero eso no es nada... Lo más terrible vino luego, más tarde... siempre... escucha...

»Mi vida, toda mi vida... ¡qué tortura! Me dije: "No me separaré nunca de mi hermana. Y le diré todo, en la hora de la muerte... Eso es". Y a partir de entonces, pensé siempre en este momento, en el momento en que te lo diría todo... Ya ha llegado... Es terrible... ¡Oh!... ¡hermanita!

»Siempre he pensado, día y noche, mañana y tarde: "Tendré que decírselo, una vez...". Esperaba... ¡Qué suplicio!... Ya está hecho... No digas nada... Ahora tengo miedo... tengo miedo... ¡oh! ¡tengo miedo! Si volviera a verlo, ahora mismo, cuando haya muerto... Volver a verlo... ¿Te imaginas?... ¡La primera!... No me atrevería... Es preciso... Voy a morir... Quiero que me perdones. Lo quiero... No puedo irme sin eso delante de él. ¡Oh! Dígale que me perdone, señor cura, dígaselo... se lo ruego. No puedo morir sin eso...

Se calló, y se quedó jadeando, rascando siempre la sábana con sus uñas crispadas.

Suzanne había escondido la cara entre las manos y no se movía. ¡Pensaba en aquel al que hubiera podido amar tanto tiempo! ¡Qué gran vida hubieran tenido! Volvía a verlo, en el ayer desvanecido, en el viejo pasado extinguido para siempre. ¡Muertos queridos! ¡Cómo nos desgarran el corazón! ¡Oh!, y aquel beso, ¡su único beso! Lo había guardado en su alma. Y después nada más, ¡nada más en toda su existencia!...

El sacerdote se irguió de pronto y, con voz fuerte, vibrante, gritó:

–Señorita Suzanne, ¡su hermana va a morir!

Entonces Suzanne, apartando las manos, mostró un rostro bañado en lágrimas y, precipitándose sobre su hermana, la besó con todas sus fuerzas, mientras balbucía:

–Te perdono, pequeña, te perdono...

La mano*

Todos hacían corro en torno al señor Bermutier, juez de instrucción, que daba su parecer sobre el misterioso suceso de Saint-Cloud. Desde hacía un mes, ese inexplicable crimen perturbaba París. Nadie entendía nada.

El señor Bermutier, en pie, de espaldas a la chimenea, hablaba, reunía las pruebas, discutía las diversas opiniones, pero no concluía nada.

Varias mujeres se habían levantado para acercarse y permanecían de pie, los ojos clavados en los afeitados labios del magistrado, de los que salían graves palabras. Ellas se estremecían, vibraban, crispadas por su miedo curioso, por la ávida e insaciable necesidad de espanto que acosa sus almas, las tortura como un hambre.

Una de ellas, más pálida que las demás, pronunció durante un silencio:

* *La main,* publicado en *Le Gaulois,* 23 de diciembre de 1883.

–Es horroroso. Eso roza con lo «sobrenatural». Nunca se sabrá nada.

El magistrado se volvió hacia ella:

–Sí, señora, es probable que nunca se sepa nada. En cuanto a la palabra «sobrenatural» que usted acaba de emplear, nada tiene que ver con esto. Estamos ante un crimen muy hábilmente concebido, muy hábilmente ejecutado, tan bien envuelto en misterio que no podemos separarlo de las circunstancias impenetrables que lo rodean. Pero yo he tenido, yo mismo, en tiempos, que seguir un suceso en el que verdaderamente parecía mezclarse algo fantástico. Y por lo demás fue preciso abandonarlo, por falta de medios para aclararlo.

Varias mujeres pronunciaron al mismo tiempo, tan deprisa que sus voces sonaron como una sola:

–¡Oh! Cuéntenos eso.

El señor Bermutier sonrió gravemente, como debe sonreír un juez de instrucción. Y prosiguió:

–No vayan a creer, por lo menos, que pude, ni por un instante, suponer algo sobrehumano en esta aventura. Sólo creo en las causas normales. Pero si en vez de emplear la palabra «sobrenatural» para expresar lo que no entendemos, nos sirviéramos simplemente de la palabra «inexplicable», valdría más. En cualquier caso, en el asunto que voy a contarles, lo que me emocionó fueron las circunstancias que lo rodearon, las circunstancias que lo prepararon. En fin, ahí tienen los hechos.

*

»Yo era entonces juez de instrucción en Ajaccio, una pequeña ciudad blanca, recostada al borde de un admirable golfo rodeado por doquier por altas montañas.

»Las diligencias que más me ocupaban, allá, eran los asuntos de *vendetta.* Los hay soberbios, dramáticos a más no poder, feroces, heroicos. Allí encontramos los más hermosos temas de venganza que soñarse puedan, odios seculares, apaciguados un momento, jamás extinguidos, abominables astucias, asesinatos convertidos en matanzas y casi en acciones gloriosas. Desde hacía dos años no oía hablar más que del precio de la sangre, de ese terrible prejuicio corso que obliga a vengar cualquier injuria en la persona que la ha infligido, en sus descendientes y sus allegados. Había visto degollar viejos, niños, primos, tenía la cabeza llena de tales historias.

»Ahora bien, un día me enteré de que un inglés acababa de alquilar para varios años un chalecito al fondo del golfo. Se había traído consigo un criado francés, contratado al pasar por Marsella.

»Pronto todo el mundo se ocupó de aquel singular personaje, que vivía solo en su casa, y sólo salía a cazar y a pescar. No hablaba con nadie, nunca venía a la ciudad y, todas las mañanas, se ejercitaba durante una o dos horas con la pistola y la carabina.

»Se forjaron leyendas a su alrededor. Se pretendió que era un alto personaje huido de su patria por motivos políticos; después se afirmó que se ocultaba tras haber cometido un crimen espantoso. Incluso se mencionaban circunstancias particularmente horribles.

»Quise, en mi calidad de juez de instrucción, informarme sobre aquel hombre; pero me resultó imposible saber nada. Se hacía llamar sir John Rowell.

»Me contenté, pues, con vigilarlo de cerca; pero nadie me señalaba, en realidad, nada sospechoso respecto a él.

»Sin embargo, como los rumores sobre él continuaban, aumentaban, se hacían generales, resolví tratar de ver personalmente a aquel extranjero y empecé a cazar con regularidad por las cercanías de su finca.

»Esperé durante mucho tiempo una ocasión. Se presentó al fin en forma de una perdiz a la que disparé y maté ante las narices del inglés. Mi perro me la trajo; pero, cogiendo al punto la pieza, fui a disculparme por mi inconveniencia y a rogarle a sir John Rowell que aceptase el ave muerta.

»Era un hombretón de cabello rojo, barba roja, muy alto, muy ancho, una especie de Hércules plácido y cortés. No tenía nada de esa rigidez llamada británica y me agradeció vivamente mi delicadeza en un francés con acento del otro lado de La Mancha. Al cabo de un mes, habíamos charlado cinco o seis veces.

»Por fin, una noche, cuando pasaba ante su puerta, lo vi fumando en pipa, a horcajadas sobre una silla, en el jardín. Lo saludé, me invitó a entrar y a tomar una cerveza. No me lo hice repetir.

»Me recibió con toda la meticulosa cortesía inglesa, habló elogiosamente de Francia, de Córcega, declaró que le gustaba mucho *esta* tierra, y *estas* riberas.

»Le hice entonces, con grandes precauciones y con fórmulas de un vivísimo interés, algunas preguntas sobre su vida y sus proyectos. Respondió sin dificultad, me contó que había viajado mucho, por África, por las Indias, por América. Y agregó riendo:

»–He tenido mochas aventuras, ¡oh, *yes!*

»Después me puse a hablar de caza, y él me dio los más curiosos detalles sobre la caza del hipopótamo, del tigre, del elefante, e incluso la caza del gorila.

»Dije:

»–Todos esos animales son temibles.

»Sonrió:

»–¡Oh, no! El más malo ser el hombre.

»Se echó a reír a todo trapo, con una risa bondadosa de gordo inglés contento:

»–Yo haber cazado mucho hombre también.

»Después habló de armas, y me invitó a entrar en la casa para enseñarme escopetas de distintos sistemas.

»Su salón estaba tapizado en negro, con seda negra bordada en oro. Grandes flores amarillas corrían por la tela oscura, brillaban como fuego.

»Anunció:

»–Ello era un tela japonesa.

»Pero, en el centro del panel más ancho, una cosa extraña atrajo mi mirada. Sobre un cuadrado de terciopelo rojo, se destacaba un objeto negro. Me acerqué: era una mano, una mano humana. No una mano de esqueleto, blanca y limpia, sino una mano negra reseca, con uñas amarillas, músculos al descubierto y huellas de sangre antigua, de sangre que parecía roña, sobre los huesos cortados en seco, como de un hachazo, hacia el centro del antebrazo.

»En torno a la muñeca, una enorme cadena de hierro, remachada, soldada a aquel sucio miembro, lo sujetaba a la pared con una argolla lo bastante fuerte como para atar a un elefante.

»Pregunté:

»–¿Qué es eso?

»El inglés respondió tranquilamente:

»–Ser mejor enemigo mía. La traí de América. Fue cortado con sable, y arrancar la piel con una piedra afilada, y secar al sol durante ocho días. Aoh, muy buena para mí, ésta.

»Toqué aquel despojo humano que había debido de pertenecer a un coloso. Los dedos, desmesuradamente largos, estaban sujetos por enormes tendones que retenían tiras de piel en algunos lugares. Era una mano espantosa a la vista; así desollada, evocaba con toda naturalidad alguna venganza de salvaje.

»Dije:

»–Ese hombre debió de ser muy fuerte.

»El inglés pronunció con suavidad:

»–Aoh *yes;* pero yo ser más fuerte que él. Yo haber puesto esa cadena para sujetarlo.

»Creí que bromeaba. Dije:

»–La cadena ya resulta muy inútil, la mano no se escapará.

»Sir John Rowell prosiguió gravemente:

»–Ella querer siempre irse. Esa cadena ser necesaria.

»De un rápido vistazo escudriñé su cara, preguntándome: "¿Está loco, o es una broma de mal gusto?".

»Pero el rostro seguía impenetrable, tranquilo y benévolo. Hablé de otra cosa y admiré las escopetas.

»Me fijé, sin embargo, en tres revólveres cargados colocados sobre los muebles, como si aquel hombre viviera con el temor constante de un ataque.

»Volví varias veces por su casa. Después dejé de ir. Nos habíamos acostumbrado a su presencia; a todos les resultaba ya indiferente.

»Transcurrió un año entero. Ahora bien, una mañana, a finales de noviembre, mi criado me despertó anunciándome que sir John Rowell había sido asesinado durante la noche.

»Media hora después, entraba yo en casa del inglés con el comisario jefe y el capitán de la gendarmería. El sirviente, enloquecido y desesperado, lloraba delante de la puerta. Sospeché ante todo de aquel hombre, pero era inocente.

»Jamás se pudo hallar al culpable.

»Al entrar en el salón de sir John, vi a la primera ojeada el cadáver tendido de espaldas, en el centro de la pieza.

»El chaleco estaba rasgado, colgaba una manga arrancada, todo anunciaba que se había producido una terrible lucha.

»¡El inglés había muerto estrangulado! Su rostro negro e hinchado, espantoso, parecía expresar un abominable terror, sujetaba algo entre sus dientes apretados; y el cuello, perforado por cinco agujeros que se diría hechos con puntas de hierro, estaba cubierto de sangre.

»Se nos unió el médico. Examinó un buen rato las huellas de los dedos en la carne y pronunció estas extrañas palabras:

»–Diríase que ha sido estrangulado por un esqueleto.

»Un escalofrío corrió por mi espalda, y alcé los ojos hacia la pared, el lugar donde había visto antaño la horrible mano desollada. Ya no estaba allí. La cadena, rota, colgaba.

»Entonces me bajé hacia el muerto, y encontré en su boca crispada uno de los dedos de la mano desaparecida, cortado o mejor dicho serrado por los dientes hasta la segunda falange.

Después se procedió a las comprobaciones. No se descubrió nada. Ninguna puerta había sido forzada, ninguna ventana, ningún mueble. Los dos perros guardianes no se habían despertado.

»He aquí, en pocas palabras, la deposición del criado:

»Desde hacía un mes, su amo parecía agitado. Había recibido muchas cartas, que iba quemando.

»A menudo, cogiendo un látigo, con una cólera que parecía demencial, había golpeado con furia esa mano seca, anclada en la pared y desaparecida, no se sabe cómo, a la misma hora del crimen.

»Se acostaba muy tarde y se encerraba con cuidado. Tenía siempre armas al alcance de la mano. Con frecuencia, de noche, hablaba en voz alta, como si estuviera discutiendo con alguien.

»Esa noche, se daba la casualidad de que no había hecho el menor ruido, y sólo al ir a abrir las ventanas el sirviente encontró a sir John asesinado. No sospechaba de nadie.

»Comuniqué lo que sabía del muerto a los magistrados y a los funcionarios de la fuerza pública, y se hizo una minuciosa investigación en toda la isla. No se descubrió nada.

»Ahora bien, una noche, tres meses después del crimen, tuve una espantosa pesadilla. Me pareció que veía la mano, la horrible mano, correr como un escorpión o como una araña a lo largo de mis cortinas y de mis paredes. Tres veces me desperté, tres veces volví a dormirme, tres veces volví a ver el repugnante despojo galopando alrededor de mi cuarto mientras movía los dedos como si fueran patas.

»Al día siguiente me la trajeron; la habían encontrado en el cementerio, sobre la tumba de sir John Rowell, enterrado allí porque no se había podido averiguar nada de su familia. Le faltaba el índice.

»Y ahí tienen, señoras, mi historia. No sé nada más.

*

Las mujeres, estremecidas, estaban pálidas, temblorosas. Una de ellas exclamó:

–Pero eso no es un desenlace, ¡ni una explicación! No vamos a poder dormir si no nos dice lo que ocurrió, en su opinión.

El magistrado sonrió con severidad:

–¡Oh! Lo que es yo, señoras, voy a estropearles, con toda seguridad, sus terribles sueños. Pienso simplemente que el legítimo propietario de la mano no estaba muerto, que vino a buscarla con la que le quedaba. Pero no pude saber cómo lo hizo, por ejemplo. Se trata de una especie de *vendetta.*

Una de las mujeres murmuró:

–No, no debe ser así.

Y el juez de instrucción, sin dejar de sonreír, concluyó:

–Ya les había dicho que mi explicación no les convendría.

Misti*
(Recuerdos de un soltero)

....

Tenía yo entonces por amante a una mujercita muy graciosa. Estaba casada, por supuesto, pues siento un sacrosanto horror por las ninfas. ¿Qué placer puede sentirse, en efecto, al tomar una mujer que tiene el doble inconveniente de no pertenecer a nadie y de pertenecer a todo el mundo? Y además, realmente dejando a un lado la moral, no comprendo el amor como medio de sustento. Me asquea un poco. Es una debilidad, lo sé, y la confieso.

El encanto mayor que presenta para un soltero el tener de amante a una mujer casada es que ella le da un hogar, un hogar dulce, amable, donde todos os cuidan y miman desde el marido a los criados. Allá se encuentran todos

* *Misti (Souvenirs d'un garçon),* publicado en *Gil Blas,* 22 de enero de 1884.

los placeres juntos, el amor, la amistad, incluso la paternidad, la cama y la mesa, en fin, lo que constituye la felicidad de una vida, con la incalculable ventaja de poder cambiar de familia de vez en cuando, de instalarse sucesivamente en todos los ambientes, en verano, en el campo, en casa del obrero que os alquila una habitación, y en invierno en casa de un burgués, o incluso entre la aristocracia, si uno es ambicioso.

Tengo otra debilidad, y es la de querer a los maridos de mis amantes. Y hasta confieso que ciertos esposos ordinarios o groseros me quitan las ganas de sus mujeres, por encantadoras que sean. Pero cuando el marido tiene ingenio y encanto, infaliblemente me enamoro de ella como un loco. Y tengo buen cuidado, si rompo con la mujer, de no romper con el esposo. Así he conseguido mis mejores amigos, y de esa manera he comprobado, innumerables veces, la indudable superioridad del macho sobre la hembra, en la raza humana. Ésta os procura todas las complicaciones posibles, os hace escenas, reproches, etc.; aquél, que tendría todo el derecho a quejarse, os trata en cambio como si fuerais la providencia de su hogar.

Así, pues, tenía por amante a una mujercita muy graciosa, una morenita, caprichosa, antojadiza, devota, supersticiosa, crédula como un fraile, pero encantadora. ¡Tenía sobre todo una forma de besar que no he encontrado jamás en ninguna otra!... Pero no es éste el lugar... ¡Y una piel tan suave! Yo sentía un infinito placer con sólo cogerle las manos... Y unos ojos... Su mirada os pasaba por encima como una caricia lenta, sabrosa y sin fin. A menudo yo colocaba la cabeza en sus rodillas, y nos quedábamos inmóviles, ella inclinada hacia mí con esa sonrisita fina, enigmática y tan turbadora que tienen las mujeres, yo con los ojos alzados hacia ella, recibiendo así, como una embriaguez vertida en mi corazón, dulce y deliciosamente, su mirada clara y azul, clara como si estuviera llena de pensamientos de amor, azul como si hubiera sido un cielo lleno de delicias.

Su marido, inspector de un gran servicio público, se ausentaba a menudo, dejándonos dueños de nuestras veladas. A veces las pasaba en su casa, tendido en el diván, con la frente en una de sus piernas, mientras sobre la otra dormía un enorme gato negro, llamado *Misti,* al que ella adoraba. Nuestros dedos se encontraban sobre el lomo nervioso del animal, y se acariciaban en su pelaje de seda. Yo sentía contra mis mejillas el cálido flanco que se estremecía en un eterno «ron-ron», y a veces una pata extendida colocaba sobre mi boca o sobre mi párpado cinco uñas abiertas, cuyas puntas me pinchaban en los ojos y se cerraban al punto.

Otras veces salíamos para hacer lo que ella llamaba nuestras escapatorias. Eran muy inocentes, por lo demás. Consistían en ir a cenar a un mesón de las afueras, o bien, tras haber cenado en su casa o en la mía, a recorrer cafés de mala nota, como estudiantes de jarana.

Entrábamos en los cafetuchos populares e íbamos a sentarnos, al fondo del ahumado tugurio, en sillas cojas ante una vieja mesa de madera. Una nube de humo acre en el que perduraba un olor del pescado frito de la cena llenaba la sala; hombres con guardapolvos vociferaban mientras tomaban una copita; y el camarero, asombrado, nos ponía delante dos copas de licor de cerezas.

Ella, trémula, miedosa y encantada, se levantaba hasta la punta de la nariz, que lo sujetaba en el aire, su velillo negro doblado en dos; y empezaba a beber con el gozo que se siente al realizar una adorable maldad. Cada cereza tragada le daba la impresión de una falta cometida, cada trago del fuerte líquido descendía por su interior como un disfrute delicado y prohibido.

Después me decía a media voz: «Vámonos». Y nos marchábamos. Ella se escurría con viveza, con la cabeza gacha, a pasos menudos, entre los bebedores que la miraban pasar con aire descontento; y cuando nos encontrábamos en la calle, lanzaba un gran suspiro, como si acabásemos de escapar de un terrible peligro.

A veces me preguntaba estremeciéndose: «Y si me insultaran en esos lugares, ¿qué harías?». Yo respondía con tono arrogante: «Pues te defendería, ¡pardiez!». Y ella me apretaba el brazo, feliz, con el confuso deseo, quizás, de ser insultada y defendida, ¡de ver a unos hombres pelearse por ella, incluso a aquellos hombres, conmigo!

*

Una noche, cuando estábamos sentados en una tasca de Montmartre, vimos entrar a una vieja andrajosa, que llevaba en la mano una baraja mugrienta. Al descubrir a una señora, la vieja se nos acercó al punto, ofreciéndose a decirle la buenaventura a mi compañera. Emma, en cuya alma arraigaban todas las creencias, se estremeció de deseo y de inquietud, y le hizo un sitio, a su lado, a la comadre.

La otra, vetusta, arrugada, con ojos cercados de carne viva y una boca vacía, sin un diente, dispuso sobre la mesa sus sucios cartones. Hacía montones, los recogía, desplegaba de nuevo las cartas murmurando palabras que no se entendían. Emma, pálida, esperaba, sin resuello, jadeante de angustia y de curiosidad.

La bruja empezó a hablar. Le predijo cosas vagas: felicidad e hijos, un joven rubio, un viaje, dinero, un proceso, un caballero moreno, el regreso de una persona, un éxito, una muerte. El anuncio de esta muerte impresionó a la joven. ¿La muerte de quién? ¿Cuándo? ¿Cómo?

La vieja respondía: «Lo que es eso, las cartas no son bastante claras, tendría que venir mañana a mi casa. Se lo diré con los posos del café, que nunca engañan».

Emma se volvió ansiosa hacia mí: «Oye, ¿quieres que vayamos mañana? ¡Oh!, por favor, di que *sí*. Si no, no puedes figurarte cuánto voy a sufrir».

Me eché a reír: «Iremos si te apetece, querida». Y la vieja nos dio su dirección.

Vivía en un sexto piso, en una casa horrorosa, detrás de las Buttes-Chaumont. Nos dirigimos allá al día siguiente.

Su habitación, un desván con dos sillas y una cama, estaba llena de cosas raras, de hierbas colgadas de clavos, en manojos, de animales disecados, de tarros y frasquitos que contenían líquidos de diversos colores. Sobre la mesa, un gato negro disecado miraba con sus ojos de vidrio. Parecía el demonio de aquella siniestra morada.

Emma, desfallecida de emoción, se sentó, y al punto dijo: «¡Oh, querido! Fíjate cómo se parece a *Misti* este minino». Y le explicó a la vieja que poseía un gato igualito, ¡igualito del todo!

La bruja respondió gravemente: «Si ama usted a un hombre, no debe conservarlo».

Emma, muerta de miedo, preguntó: «¿Y por qué?». La vieja se sentó familiarmente a su lado y le cogió la mano: «Es la desdicha de mi vida», dijo.

Mi amiga quiso saber. Se apretujaba contra la comadre, le preguntaba, le rogaba: una credulidad similar las hermanaba en pensamiento y corazón. La mujer por fin se decidió:

–A ese gato, dijo, lo he querido como se quiere a un hermano. Yo era joven entonces, y estaba sola, trabajaba de modista. Sólo lo tenía a él, a *Cordero*. Me lo había regalado un inquilino. Era tan inteligente como un niño, y a pesar de eso dulce, y me idolatraba, mi querida señora, me idolatraba como a un fetiche. Todo el día ronroneaba en mis rodillas, y toda la noche en mi almohada; yo sentía latir su corazón, ya ve usted.

»Ahora bien, ocurrió que conocí a un guapo mozo que trabajaba en un almacén de ropa blanca. La cosa duró tres meses sin que yo le concediera nada. Pero, ya sabe usted, una cede, a todo el mundo le ocurre, y además había empezado a amarlo. Era tan amable, tan amable; ¡y tan bueno! Quería que viviéramos juntos del todo, por economía. En fin, una noche le permití venir a mi casa. No estaba decidida a la cosa, ¡oh, no!, pero me agradaba la idea de que estaríamos una hora juntos.

»Al principio, estuvo muy correcto. Me decía piropos que me llegaban al alma. Y después me besó, señora, me besó como se besa cuando se ama. Yo había cerrado los ojos, y allí estaba como acalambrada de felicidad. Y de repente, siento que hace un gran movimiento, y lanza un grito, un grito que no olvidaré nunca. Abro los ojos y veo que *Cordero* le había saltado a la cara y le arrancaba la piel, a arañazos, como si hubiera sido un trapo. Y la sangre corría, señora, una verdadera lluvia.

»Yo quiero coger al gato, pero él se resistía, seguía desgarrando; y me mordía, tan fuera de sí estaba. Por fin lo agarro y lo tiro por la ventana, que estaba abierta, pues nos encontrábamos en verano.

»Cuando empecé a lavar la cara de mi pobre amigo, me di cuenta de que le había sacado los ojos, ¡los dos ojos!

»Tuvo que ingresar en el hospicio. Murió de pena al cabo de un año. Yo quería tenerlo en mi casa y alimentarlo, pero no lo consintió. Se hubiera dicho que me odiaba después de aquello.

»En cuanto a *Cordero,* dejó el pellejo en la caída. El portero recogió el cuerpo. Y yo lo mandé disecar, en vista de que de todas formas sentía cariño por él. Si había hecho eso, es porque me amaba, ¿no?

La vieja se calló y acarició con la mano el animal inanimado cuyo cuerpo tembló sobre un esqueleto de alambre.

Emma, con el corazón en un puño, había olvidado la muerte predicha. O, por lo menos, no volvió a hablar de ella; y se marchó, tras entregar cinco francos.

Como su marido regresaba al día siguiente, estuve unos días sin ir a su casa.

Cuando volví, me extrañó no ver a *Misti*. Pregunté dónde estaba.

Ella se ruborizó, y respondió: «Lo he regalado. No estaba nada tranquila». «¿Nada tranquila? ¿Nada tranquila? ¿A santo de qué?»

Ella me besó largamente, y muy bajito: «Temí por tus ojos, querido».

Châli*

A Jean Béraua

El almirante de La Vallée, que parecía amodorrado en su sillón, pronunció con su voz de viejecita: «También yo tuve, sí, una pequeña aventura de amor, muy singular. ¿Quieren que se la cuente?».

Y habló, sin moverse, hundido en su ancho asiento conservando en sus labios la sonrisa arrugada que jamás lo abandonaba, esa sonrisa volteriana que le hacía pasar por un terrible escéptico.

1

–Tenía yo entonces treinta años, y era teniente de navío, cuando me encargaron una misión astronómica en la India Central. El gobierno inglés me proporcionó todos los medios necesarios para llevar a cabo mi empresa y

* *Châli,* publicado en *Gil Blas,* 15 de abril de 1884.

pronto me interné con un puñado de hombres por ese país extraño, sorprendente, prodigioso.

»Se necesitarían veinte volúmenes para narrar aquel viaje. Crucé comarcas de una magnificencia inverosímil; me recibieron príncipes de sobrehumana belleza y que vivían con increíble esplendor. Durante dos meses me pareció viajar por un poema, recorrer un reino de hadas a lomos de elefantes imaginarios. Descubría en el medio de bosques fantásticos ruinas inverosímiles; encontraba, en ciudades de una fantasía de sueño, prodigiosos monumentos, finos y cincelados como joyas, leves como encajes y enormes como montañas, esos monumentos fabulosos, divinos, de una gracia tal que uno se enamora de sus formas al igual que puede enamorarse de una mujer, y que se experimenta, al verlos, un placer físico y sensual. En fin, como dice Victor Hugo, yo marchaba, despierto en pleno sueño.

»Después alcancé por fin el término de mi viaje, la ciudad de Ganhara, antaño una de las más prósperas de la India Central, hoy en día muy venida a menos, y gobernada por un príncipe opulento, autoritario, violento, generoso y cruel, el rajá de Maddan, un auténtico soberano oriental, delicado y bárbaro, afable y sanguinario, de una gracia femenina y de una ferocidad despiadada.

»La ciudad está en el fondo de un valle a orillas de un pequeño lago, rodeado por un pueblo de pagodas que bañan sus muros en el agua.

»La población, de lejos, forma una mancha blanca que crece al aproximarse, y poco a poco se descubren las cúpulas, las agujas, las flechas, todos los remates elegantes y esbeltos de los graciosos monumentos indios.

»Más o menos a una hora de las puertas, encontré un elefante soberbiamente enjaezado, rodeado por una escolta de honor que me enviaba el soberano. Y me condujeron al palacio con gran pompa.

»Me hubiera gustado tomarme tiempo para vestirme con lujo, pero la impaciencia real no me lo permitió. Quería ante todo conocerme, saber lo que podía esperar de mí en cuanto a distracciones; y luego ya se vería.

»Me introdujeron, entre soldados bronceados como estatuas y cubiertos de uniformes deslumbrantes, en una gran sala rodeada de galerías, donde aguardaban de pie hombres vestidos de trajes resplandecientes y constelados de piedras preciosas.

»En un banco semejante a nuestros bancos de jardín sin respaldo, pero revestido con una admirable alfombra, distinguí una masa reluciente, una especie de sol sentado: era el rajá, que me esperaba, inmóvil, con unos ropajes de un amarillo canario. Llevaba encima diez o quince millones en diamantes, y aislada, sobre su frente, brillaba la famosa Estrella de Delhi, que ha pertenecido siempre a la ilustre dinastía de los Parihara de Mundore, de la cual descendía mi huésped.

»Era un mozo de unos veinticinco años, que parecía tener sangre negra en las venas, aunque perteneciera a la más pura raza hindú. Tenía ojos rasgados, fijos, un poco perdidos, pómulos salientes, labios gruesos, barba rizada, frente estrecha y unos dientes brillantes, agudos, que mostraba a menudo en una sonrisa maquinal.

»Se levantó y vino a tenderme la mano a la inglesa, después me hizo sentar a su lado en un banco tan alto que mis pies apenas tocaban el suelo. Se estaba bastante mal allá arriba.

»Y en seguida me propuso una cacería de tigres para el día siguiente. La caza y los combates eran sus grandes ocupaciones y no entendía que nadie pudiera ocuparse de otra cosa. Evidentemente, estaba persuadido de que yo había llegado de tan lejos sólo para distraerlo un poco y para acompañarlo en sus placeres.

»Como tenía una gran necesidad de él, traté de halagar sus inclinaciones. Quedó tan satisfecho de mi actitud que quiso mostrarme inmediatamente un combate de luchadores, y me arrastró a una especie de circo situado en el interior del palacio.

»A una indicación suya, aparecieron dos hombres, desnudos, cobrizos, las manos armadas con uñas de acero; y se atacaron de pronto, tratando de herirse con aquellas armas cortantes que trazaban en su negra piel largas desgarraduras, por las que corría la sangre.

»La cosa duró mucho tiempo. Los cuerpos ya no eran sino una pura llaga, y los combatientes seguían labrándose las carnes con aquella especie de rastrillo de hojas agudas. Uno de ellos tenía una mejilla destrozada; la oreja del otro estaba rajada en tres pedazos.

»Y el príncipe contemplaba aquello con una alegría feroz y apasionada. Se estremecía de felicidad, lanzaba gruñidos de placer e imitaba con gestos inconscientes todos los movimientos de los luchadores, gritando sin cesar: "Dale, dale ya".

»Uno de ellos cayó sin conocimiento; hubo que llevárselo de la palestra roja de sangre, y el rajá lanzó un largo suspiro de lástima, de pena de que hubiese ya acabado.

»Después se volvió hacia mí para saber mi opinión. Yo estaba indignado, pero lo felicité vivamente; y él ordenó al punto que me condujeran al Cuch-Mahal (palacio de placer), donde viviría.

»Crucé los inverosímiles jardines que se encuentran allá, y llegué a mi residencia.

»El palacio, una joya, situado en un extremo del parque real, bañaba en el lago sagrado de Vihara todo un lado de sus muros. Era cuadrado, y presentaba en sus cuatro caras tres filas superpuestas de galerías con columnatas divinamente labradas. En cada esquina se erguían unas torres, ligeras, altas o bajas, o emparejadas, de tamaño desigual y fisonomía diferente, que parecían flores naturales crecidas sobre esta graciosa planta de arquitectura oriental. Todas estaban coronadas por raros tejados, semejantes a coquetones peinados.

»En el centro del edificio, una poderosa cúpula elevaba hasta un encantador pináculo, esbelto y totalmente calado, su curva alargada y redonda semejante a un seno de mármol blanco tendido hacia el cielo.

»Y todo el monumento, de arriba abajo, estaba cubierto de esculturas, de esos exquisitos arabescos que embriagan la mirada, de procesiones inmóviles de personajes delicados, cuyas actitudes y ademanes de piedra contaban los usos y costumbres de la India.

»Las habitaciones estaban iluminadas por ventanas de arcos dentados, que daban a los jardines. En el suelo de mármol, ónices, lapislázulis y ágatas dibujaban graciosos ramilletes.

»Apenas había tenido tiempo de rematar mi aseo cuando un dignatario de la corte, Haribadada, encargado especialmente de las relaciones entre el príncipe y yo, me anunció la visita de su soberano.

»Y apareció el rajá de azafrán, me estrechó de nuevo la mano y se puso a contarme mil cosas, preguntándome sin cesar mi parecer, que me costaba mucho darle. Después quiso enseñarme las ruinas del antiguo palacio, en la otra punta de los jardines.

»Era un auténtico bosque de piedras, poblado por una legión de grandes monos. Al acercarnos, los machos empezaron a correr por los muros haciéndonos horribles muecas, y las hembras escapaban, mostrando su trasero pelado y llevándose a las crías en los brazos. El rey se reía locamente, me pellizcaba en el hombro para testimoniarme su placer, y se sentó entre los escombros mientras a nuestro alrededor, en cuclillas en lo alto de las murallas, colgados de todos los salientes, una asamblea de animales de patillas blancas nos sacaba la lengua y nos amenazaba con el puño.

»Cuando se hartó de este espectáculo, el soberano amarillo se alzó y se puso gravemente en marcha, arrastrándome siempre a su lado, feliz de haberme enseñado semejantes cosas el mismo día de mi llegada, y recordándome que una gran cacería de tigres se celebraría al día siguiente en mi honor.

»Asistí a esa cacería, y a una segunda, una tercera, a diez, veinte más. Perseguimos sucesivamente a todas las bestias que nutría la comarca: la pantera, el oso, el elefante, el antílope, el hipopótamo, el cocodrilo, qué sé yo, a la mitad de los animales de la creación. Yo estaba derrengado, asqueado de ver correr la sangre, harto de aquel placer siempre igual.

»Al final, el ardor del príncipe se calmó, y me dejó, ante mis angustiosas súplicas, un poco de tiempo para trabajar. Ahora se contentaba con colmarme de presentes. Me enviaba joyas, magníficas telas, animales amaestrados, que Haribadada me presentaba con grave respeto aparente, como si yo hubiera sido el propio sol, aunque en el fondo me despreciara mucho.

»Y cada día una procesión de servidores me traía en bandejas tapadas una porción de cada plato de la comida real; cada día era preciso aparecer en cualquier nueva diversión organizada para mí, y disfrutar enormemente con ella: danzas de bayaderas, juegos malabares, revistas de tropas, todo lo que podía inventar aquel rajá hospitalario, aunque importuno, para mostrarme su sorprendente patria en todo su encanto y en todo su esplendor.

»En cuanto me dejaban un rato solo, yo trabajaba o bien iba a ver a los monos, cuya sociedad me complacía infinitamente más que la del rey.

»Pero una tarde, cuando regresaba de un paseo, hallé ante la puerta de mi palacio a Haribadada, solemne, que me anunció, en términos misteriosos, que un regalo del soberano me esperaba en una habitación; y me presentó las excusas de su amo por no haber pensado antes en ofrecerme una cosa que yo debía de echar en falta.

»Tras este oscuro discurso, el embajador se inclinó y desapareció.

»Entré y vi, alineadas contra la pared por estaturas, seis niñitas, una junto a otra, inmóviles como truchas ensartadas en un asador. La mayor contaba acaso ocho años, la más pequeña seis años. Al principio no entendí muy bien por qué habían instalado aquel colegio en mi casa, pero después adiviné la delicada atención del príncipe: era un harén lo que me regalaba. Lo había elegido muy joven por un exceso de amabilidad. Pues en aquellas tierras, cuando más verde es el fruto, más estimado es.

»Me quedé totalmente confuso y molesto, avergonzado frente a aquellas crías que me miraban con sus grandes ojos graves, y que ya parecían saber lo que podía exigir de ellas.

»No sabía qué decirles. Me daban ganas de rechazarlas, pero no se devuelve un presente del soberano. Hubiera sido un insulto mortal. Conque era preciso conservar aquel hato de niñas, instalarlas allí.

»Permanecían inmóviles, sin dejar de mirarme, esperando mis órdenes, intentando leerme el pensamiento en los ojos. ¡Oh, maldito regalo! ¡Cuánto me molestaba! Al final, sintiéndome ridículo, le pregunté a la mayor:

»–¿Cómo te llamas, tú?

»Respondió:

»–Châli.

»Aquella chiquilla de linda piel, un poco amarilla, como de marfil, era un encanto, una estatua con su cara de líneas largas y severas.

»Entonces, pronuncié para ver qué podría responder, acaso para ponerla en un aprieto:

»–¿Por qué estás aquí?

»Ella dijo con su voz dulce, armoniosa:

»–Vengo para hacer lo que te plazca exigir de mí, señor.

»La chiquilla estaba informada.

»Le hice la misma pregunta a la más pequeña, que articuló claramente con una voz más débil:

»–Estoy aquí para lo que te plazca pedirme, amo.

»Ésta parecía un ratoncito, era sumamente linda. La alcé en mis brazos y la besé. Las otras hicieron ademán de retirarse, pensando sin duda que yo acababa de elegir, pero les ordené que se quedasen y, sentándome a lo indio, las hice disponerse en corro a mi alrededor y después empecé a contarles una historia de genios, pues hablaba pasablemente su lengua.

»Escuchaban con toda atención, se estremecían con los detalles maravillosos, temblaban de angustia, agitaban las manos. Ya no pensaban, las pobrecillas, en la razón por la cual habían venido.

»Cuando terminé el cuento, llamé a mi criado de confianza, Latchman, y le mandé traer golosinas, mermeladas y pasteles, que comieron hasta ponerse enfermas, y después, como empezaba a divertirme mucho con la aventura, organicé juegos para divertir a mis mujeres.

»Una de esas diversiones, en especial, tuvo un enorme éxito. Yo hacía un puente con mis piernas, y mis seis criaturas pasaban corriendo por debajo, la más pequeña abriendo la marcha y la mayorcita empujándome un poco porque nunca se bajaba lo bastante. Eso les hacía lanzar ensordecedoras carcajadas, y aquellas jóvenes voces, al sonar en las bajas bóvedas de mi suntuoso palacio, lo despertaban, lo poblaban de alegría infantil, lo llenaban de vida.

»Después puse un gran interés en la instalación del dormitorio donde se acostarían mis inocentes concubinas. Y por último las encerré allí custodiadas por cuatro sirvientas que el príncipe me había enviado al mismo tiempo para cuidarse de mis sultanas.

»Durante ocho días, disfruté enormemente haciendo de papá con aquellas muñecas. Jugábamos admirables partidas al escondite, a las cuatro esquinas y a adivina quién te dio, que las sumían en una felicidad delirante, pues yo les revelaba cada día uno de esos juegos desconocidos, tan llenos de interés.

»Mi mansión tenía ahora el aspecto de una clase. Y mis amiguitas, vestidas con sedas admirables, con telas recamadas de oro y plata, corrían como animalitos humanos a través de las largas galerías y de las tranquilas salas en las que penetraba por los arcos una luz débil.

»Después, una noche, y no sé cómo ocurrió, la mayor, la que se llamaba Châli y parecía una estatuilla de viejo marfil, se convirtió de veras en mi mujer.

»Era un ser adorable, dulce, tímido y alegre, que me amó pronto con ardiente cariño y al que yo amaba extrañamente, avergonzado, vacilante, con una especie de miedo a la justicia europea, con reservas y escrúpulos, y sin embargo con una apasionada ternura sensual. La quería como un padre, y la acariciaba como un hombre.

»Perdón, señoras, voy demasiado lejos.

»Las otras seguían jugando en aquel palacio, semejante a una cuadrilla de jóvenes gatos.

»Châli ya no se separaba de mí, salvo cuando yo iba a ver al príncipe.

»Pasábamos juntos horas exquisitas en las ruinas del antiguo palacio, entre los monos, que se habían hecho amigos nuestros.

»Ella se recostaba en mis rodillas y allí se quedaba dándole vueltas a alguna cosa en su cabecita de esfinge, o quizás sin pensar en nada, pero conservando esa hermosa y encantadora postura hereditaria en esos pueblos nobles y soñadores, la postura hierática de las estatuas sagradas.

»Yo había llevado en una gran bandeja de cobre provisiones, pasteles, frutas, y las monas se acercaban poco a poco, seguidas por las crías, más tímidas; después se sentaban en círculo en torno a nosotros, sin atreverse a acercarse más, esperando que yo hiciese mi reparto de golosinas.

»Casi siempre, entonces, un macho más osado llegaba a mi lado, con la mano alargada como un mendigo; y yo le entregaba un trozo que él llevaba a su hembra. Y todas las demás empezaban a lanzar furiosos griros, gritos de celos y de cólera, y sólo podía yo hacer cesar el horrible estrépito lanzándole a cada una su parte.

»Como me encontraba muy a gusto en las ruinas, quise llevar a ellas mis instrumentos de trabajo. Pero en cuanto vieron el cobre de los aparatos de precisión, los monos, tomándolos sin duda por artefactos mortíferos, huyeron en todas direcciones lanzando espantosos clamores.

»También pasaba a menudo mis noches con Châli, en una de las galerías exteriores que dominaba el lago de Vihara. Contemplábamos, sin hablar, la luna resplandeciente que se deslizaba al fondo del cielo lanzando sobre el agua un manto de plata temblorosa, y allá abajo, en la otra orilla, la línea de las pequeñas pagodas, semejantes a graciosas setas que hubieran crecido en el agua. Y cogiendo entre mis brazos la cabeza seria de mi pequeña amante, yo besaba lentamente, largamente, su frente pulida, sus grandes ojos llenos del secreto de esa tierra antigua y fabulosa, y sus labios tranquilos que se abrían bajo mi caricia. Y experimentaba una sensación confusa, poderosa, y sobre todo poética, la sensación de que yo poseía a toda una raza en aquella chiquilla, a esa bella y misteriosa raza de la que parecen surgidas todas las demás.

»El príncipe, mientras tanto, seguía abrumándome a regalos.

»Un día me envió un objeto muy inesperado que provocó en Châli una apasionada admiración. Era simplemente una caja de conchas, una de esas cajas de cartón recubiertas con caracolillos y conchitas encolados. En Francia, habría valido como mucho un par de francos. Pero allá lejos, el precio de aquella joya era inestimable. Sin duda era la primera que había entrado en el reino.

»La coloqué sobre un mueble y allí la dejé, sonriendo ante la importancia atribuida a aquella fea chuchería de bazar.

»Pero Châli no se cansaba de examinarla, de admirarla llena de respeto y extasiada. Me preguntaba de vez en cuando: "¿Me dejas que la toque?". Y cuando la había autorizado, levantaba la tapa, volvía a cerrarla con grandes precauciones, acariciaba con sus finos dedos, muy suavemente, la superficie de las conchitas, y parecía experimentar, con ese contacto, un gozo delicioso que penetraba hasta su corazón.

»Entre tanto yo había terminado mi trabajo y me era preciso regresar. Tardé mucho en decidirme, retenido ahora por mi ternura hacia mi amiguita. Pero al final tuve que tomar una determinación.

»El príncipe, desolado, organizó nuevas cacerías, nuevos combates de luchadores; pero, tras quince días de esos placeres, declaré que no podía quedarme más, y me devolvió la libertad.

»La despedida de Châli fue desgarradora. Lloraba, tendida sobre mí, con la cabeza en mi pecho, sacudida por la pena. No sabía qué hacer para consolarla, pues mis besos no servían de nada.

»De repente tuve una idea y, levantándome, fui a buscar la caja de conchas, que puse en sus manos. "Es para ti. Te pertenece."

»Entonces, la vi sonreír de pronto. Todo su rostro se iluminó con una alegría interior, con esa alegría profunda de los sueños imposibles y de repente realizados.

»Y me abrazó con furia.

»De todas maneras, lloró muy fuerte en el momento del adiós definitivo.

»Distribuí besos de padre y pasteles entre el resto de mis mujeres, y partí.

2

»Transcurrieron dos años, y después los azares del servicio marítimo me llevaron a Bombay. A consecuencia de unas circunstancias imprevistas me dejaron allí, encargado de una nueva misión, para la cual me señalaba mi conocimiento del país y de la lengua.

»Terminé mis trabajos lo antes posible, y como aún me quedaban tres meses por delante, quise hacer una pequeña visita a mi amigo, el rey de Ganhara, y a mi querida mujercita Châli, a la cual iba a encontrar muy cambiada, sin duda.

»El rajá de Maddan me recibió con frenéticas demostraciones de alegría. Hizo que se degollaran ante mí tres gladiadores, y no me dejó solo ni un segundo durante el primer día de mi regreso.

»Por la noche, al fin, al encontrarme libre, mandé llamar a Haribadada, y tras muchas preguntas diversas, para confundir su perspicacia, le pregunté:

»–Y ¿sabes qué se ha hecho de la pequeña Châli, que el rajá me había dado?

»El hombre puso una cara triste, molesta, y respondió muy fastidiado:

»–¡Más vale no hablar de ella!

»–¿Y por qué? Era una mujercita encantadora.

»–Se echó a perder, señor.

»–¿Cómo? ¿Châli? ¿Qué le ha pasado? ¿Dónde está?

»–Quiero decir que acabó mal.

»–¿Que acabó mal? ¿Ha muerto?

» Sí, señor. Había cometido una mala acción.

»Yo estaba muy emocionado, sentía latir el corazón y que la angustia me oprimía el pecho.

»Proseguí:

»–¿Una mala acción? ¿Qué hizo? ¿Qué le ocurrió?

»El hombre, cada vez más turbado, murmuró:

»–Más vale que no lo pregunte.

»–Sí, quiero saberlo.

»–Había robado.

»–¿Cómo? ¿Châli? ¿A quién robó?

»–A usted, señor.

»–¿A mí? ¿Y cómo?

»–Le quité, el día de su marcha, el cofre que el príncipe le había regalado. ¡Lo encontraron en sus manos!

»–¿Qué cofre?

»–El cofre de conchas.

»–Pero... ¡si se lo di yo!

»El indio alzó hacia mí sus ojos estupefactos y respondió:

»–Sí, ella juró, en efecto, con todos los juramentos sagrados, que usted se lo había dado. Pero nadie creyó que usted hubiera podido regalarle a una esclava un presente del rey, y el rajá la mandó castigar.

»–Castigar, ¿cómo? ¿Qué le hicieron?

»–La metieron en un saco, señor, y la arrojaron al lago, desde esta ventana, desde la ventana de la habitación donde estamos, donde ella había cometido el robo.

»Me sentí atravesado por la más atroz sensación de dolor que jamás he experimentado, e hice un gesto a Haribadada para que se retirase, para que no me viese llorar.

»Y pasé la noche en la galería que dominaba el lago, en la galería donde había tenido tantas veces a la pobre niña en mis rodillas.

»Y pensaba que el esqueleto de su bonito cuerpo descompuesto estaba allí, debajo de mí, en un saco de tela atado con una cuerda, en el fondo de aquella agua negra que mirábamos juntos en tiempos.

»Volví a partir al día siguiente, pese a los ruegos y el vehemente pesar del rajá.

»Y hoy creo que jamás he amado a otra mujer que a Châli.

El borracho*

El viento del norte soplaba tempestuoso, arrastrando por el cielo enormes nubes invernales, pesadas y negras, que arrojaban al pasar sobre la tierra furiosos chaparrones.

El mar encrespado bramaba y azotaba la costa, precipitando sobre la orilla olas enormes, lentas y babosas, que se desplomaban con detonaciones de artillería. Llegaban suavemente, una tras otra, altas como montañas, esparciendo en el aire, bajo las ráfagas, la espuma blanca de sus crestas, igual que el sudor de un monstruo.

El huracán se precipitaba en el vallecito de Yport, silbaba y gemía, arrancando las pizarras de los tejados, rompiendo los sobradillos, derribando las chimeneas, lanzando por las calles tales rachas de viento que sólo se podía andar sujetándose a las paredes, y capaces de le-

* *L'ivrogne,* publicado en *Le Gaulois,* 20 de abril de 1884.

vantar a un niño como si fuera una hoja y de arrojarlo al campo por encima de las casas.

Las barcas de pesca habían sido sirgadas hasta el pueblo, por miedo al mar que iba a barrer la playa cuando subiese la marea, y algunos marineros, ocultos tras el redondo vientre de las embarcaciones tumbadas de costado, contemplaban aquella cólera del cielo y del agua.

Después se marchaban poco a poco, pues la noche caía sobre la tormenta, envolviendo en sombras el Océano enloquecido, y todo el estruendo de los irritados elementos.

Quedaban aún dos hombres, las manos en los bolsillos, encorvados bajo la borrasca, el gorro de lana calado hasta los ojos, dos corpulentos pescadores normandos, con una sotabarba áspera, con la piel quemada por las saladas ráfagas de alta mar, de ojos azules con una pinta negra en el centro, esos ojos penetrantes de los marinos que ven a lo lejos en el horizonte, como un ave de presa.

Uno de ellos decía:

–Hala, vente, Jérémie. ¿Qué tal si echamos una partida de dominó. Yo pago.

El otro vacilaba aún, tentado por el juego y el aguardiente, sabiendo perfectamente que iba a emborracharse una vez más si entraba en la taberna de Paumelle, contenido también por la idea de su mujer, que se había quedado completamente sola en la casucha.

Preguntó:

–Casi que diría que has apostao a emborracharme toas las noches. Dime, ¿qué gusto le sacas?, porque siempre corres con el gasto...

Y se reía de todas maneras ante la idea de todo aquel aguardiente bebido a expensas de otro; se reía con la risa satisfecha de un normando aprovechado.

Mathurin, su camarada, seguía tirándole del brazo.

–Hala, vente, Jérémie. No está la noche pa volver a casa sin algo caliente en la barriga. ¿De qué ties miedo? ¿No te va a calentar la cama tu costilla?

Jérémie respondía:

–La noche pasada, ni pude encontrar la puerta... ¡Casi, casi me pescaron en el arroyo delante de casa!

Y se reía aún con aquel recuerdo de borrachín, y marchaba despacito hacia el café de Paumelle, cuyos cristales iluminados brillaban; marchaba, arrastrado por Mathurin y empujado por el viento, incapaz de resistirse a aquellas dos fuerzas.

La sala baja estaba llena de marineros, de humo y de gritos. Todos aquellos hombres, vestidos de lana, acodados en las mesas, vociferaban para hacerse oír. Cuantos más bebedores entraban, más había que chillar entre el estruendo de voces y de fichas de dominó batidas contra el mármol, como para hacer más ruido todavía.

Jérémie y Mathurin fueron a sentarse a un rincón y empezaron una partida, y las copas desaparecían, una tras otra, en la profundidad de sus gargantas.

Luego jugaron otras partidas, tomaron otras copas. Mathurin servía sin parar, guiñándole el ojo al dueño, un gordo tan rojo como el fuego y que se lo pasaba en grande, como si estuviera en el secreto de alguna broma; y Jérémie tragaba el alcohol, balanceaba la cabeza, lanzaba carcajadas que parecían rugidos, mirando a su compadre con un aire alelado y contento.

Todos los clientes se marchaban. Y cada vez que uno de ellos abría la puerta de fuera para salir, una ráfaga de viento entraba en el café, agitaba tempestuosamente el pesado humo de las pipas, balanceaba las lámparas suspendidas de cadenas y hacía vacilar las llamas; y de repente se oía el choque profundo de una ola que se desplomaba y el bramido de la borrasca.

Jérémie, con el cuello desabrochado, adoptaba actitudes de curda, con una pierna extendida, un brazo colgante, y con la otra mano sujetaba sus fichas.

Ahora se habían quedado solos con el dueño, que se acercó, lleno de interés.

Preguntó:

–¿Qué, Jérémie, cómo va la cosa, por ahí dentro? ¿Te has refrescao con tanto riego?

Y Jérémie farfulló:

–Cuanto más corre, más seco se pone, ahí al fondo.

El tabernero miró a Mathurin con aire ladino. Dijo:

–Y tu hermano, Mathurin, ¿por dónde anda a estas horas?

El marinero tuvo una risa muda:

–Está bien calentito, tú tranquilo.

Y ambos miraron a Jérémie, que colocaba triunfalmente el seis doble anunciando:

–Ahí va el ataúd.

Cuando hubieron acabado la partida, el dueño declaró:

–¿Sabéis, chicos?, yo me voy a la piltra. Os dejo una lámpara y un caneco de litro. Hay hasta cuatro reales a bordo. Cierra la puerta por fuera, Mathurin, y mete la llave por debajo del tejadillo, como hiciste la otra noche.

Mathurin replicó:

–Tú, tranquilo. Entendido.

Paumelle estrechó la mano de sus dos clientes rezagados, y subió torpemente la escalera de madera. Durante unos minutos, sus pesados pasos resonaron en la casita; después un gran crujido reveló que acababa de meterse en cama.

Los dos hombres siguieron jugando; de vez en cuando, una racha más fuerte del huracán sacudía la puerta, hacía temblar las paredes, y los dos bebedores alzaban la cabeza como si fuera a entrar alguien. Después Mathurin cogía el caneco y llenaba el vaso de Jérémie. Pero de pronto, el reloj colgado sobre el mostrador dio las doce. Su timbre ronco parecía un choque de cacerolas, y los golpes vibraban mucho tiempo, con una sonoridad de chatarra.

Mathurin se levantó al punto, como un marinero que ha acabado su guardia:

–Hala, Jérémie, hay que largarse.

El otro se puso en marcha con más trabajo, recuperó el equilibrio apoyándose en la mesa; después se dirigió a la puerta y la abrió, mientras su compañero apagaba la lámpara.

Cuando estuvieron en la calle, Mathurin cerró el establecimiento; luego dijo:

–Hala, buenas noches, hasta mañana.

Y desapareció en las tinieblas.

*

Jérémie dio tres pasos, después se bamboleó, extendió las manos, encontró una pared que lo sostuvo en pie y volvió a ponerse en marcha tropezando. A veces una ráfaga, precipitándose en la estrecha calle, lo lanzaba hacia adelante, le hacía correr unos pasos; después, cuando cesaba la violencia de la tromba, se paraba en seco, habiendo perdido el empuje, y volvía a vacilar sobre sus caprichosas piernas de borracho.

Iba instintivamente hacia su casa, como los pájaros van hacia el nido. Por fin reconoció su puerta y empezó a palparla para descubrir la cerradura y meter la llave. No encontraba el agujero y blasfemaba a media voz. Entonces la emprendió a puñetazos con ella, llamando a su mujer para que viniera a ayudarle:

–¡Mélina! ¡Eh! ¡Mélina!

Como se apoyaba en la hoja para no caerse, ésta cedió, se abrió, y Jérémie, perdiendo apoyo, entró en su casa rodando, fue a caer de narices en el centro de su hogar, y sintió que una cosa pesada pasaba sobre su cuerpo, y después huía en la noche.

No se movía, pasmado de miedo, enloquecido, con terror al diablo, a los aparecidos, a todas las cosas misteriosas de las tinieblas, y esperó un buen rato sin atreverse a hacer un movimiento. Pero cuando vio que nada se movía ya, recobró un poco de razón, la razón enturbiada del borrachín.

Se sentó, muy despacito. Esperó todavía un rato, y, dándose por fin ánimos, pronunció:

–¡Mélina!

Su mujer no respondió.

Entonces, de repente, una duda cruzó por su cerebro nublado, una duda indecisa, una vaga sospecha. No se movía; permanecía allí, sentado en el suelo, en la oscuridad, buscando sus ideas, aferrándose a reflexiones tan incompletas y bamboleantes como sus pies.

Preguntó de nuevo:

–Dime quién era, Mélina. Dime quién era. No te haré nada.

Esperó. Ninguna voz se alzó en las sombras. Ahora razonaba en voz alta.

–Estoy bebido, claro, ¡estoy bebido! Él me hizo beber así, ese desgraciao; fue él, pa que no volviera. ¡Estoy bebido!

Y proseguía:

–Dime quién era, Mélina, o voy a hacer una barbaridad.

Tras haber esperado de nuevo, continuaba, con una lógica lenta y porfiada, de borracho:

–Como que él me entretuvo en casa de ese gandul de Paumelle; y las otras noches, lo mesmo, pa que no volviese. Es vuestro cómplice. ¡Ah!, ¡qué mamón!

Lentamente se puso de rodillas. Una cólera sorda lo asaltaba, mezclándose con la fermentación de las bebidas.

Repitió:

–Dime quién era, Mélina, o te voy a zurrar, ¡te aviso!

Ahora estaba de pie, estremeciéndose con una cólera fulminante, como si el alcohol que tenía en el cuerpo se hubiera encendido en sus venas. Dio un paso, tropezó con una silla, la agarró, siguió andando, encontró la cama, la palpó y sintió en su interior el cuerpo cálido de su mujer.

Entonces, enloquecido de rabia, gruñó:

–¡Ah! ¡Estabas ahí, puerca, y no contestabas!

Y levantando la silla que sostenía en su robusto brazo de marinero, la dejó caer ante sí con exasperada furia. Un grito brotó de la cama; un grito enloquecido, desgarrador. Entonces empezó a golpear como un batidor de lana. Y pronto, nada se movió ya. La silla volaba hecha pedazos; pero le quedaba una pata en la mano, y él seguía golpeando, jadeante.

Después de repente se detuvo, para preguntar:

–¿Me dirás ahora quién era?

Mélina no respondió.

Entonces, roto de cansancio, embrutecido por su violencia, volvió a sentarse en el suelo, se estiró y se durmió.

Cuando se hizo de día, un vecino, viendo la puerta abierta, entró. Vio a Jérémie que roncaba en el suelo, donde yacían los restos de una silla, y, en la cama, una papilla de carne y de sangre.

La cabellera*

Las paredes de la celda estaban desnudas, encaladas. Una ventana estrecha y enrejada, abierta muy arriba para que no se pudiera llegar a ella, iluminaba aquel cuartito claro y siniestro; y el loco, sentado en una silla de enea, nos miraba con ojos inmóviles, vagos y atormentados. Era muy delgado, con las mejillas hundidas y el pelo casi blanco, que se adivinaba encanecido en unos cuantos meses. Sus ropas parecían demasiado holgadas para sus miembros enjutos, para su pecho hundido, para su vientre plano. Se notaba que el hombre estaba destrozado, roído por su pensamiento, por un Pensamiento, como una fruta por un gusano. Su Locura, su idea estaba allí, en aquella cabeza, obstinada, agobiante, devoradora. Se comía el cuerpo poco a poco. Ella, la Invisible, la Impalpable, la Inasible, la Inmaterial Idea minaba la carne, be-

* *La chevelure,* publicado en *Gil Blas,* 13 de mayo de 1884.

bía la sangre, extinguía la vida. ¡Qué misterio el de aquel hombre matado por un Sueño! ¡Daba pena, miedo y piedad, aquel Poseído! ¿Qué sueño extraño, espantoso y mortal habitaba tras esa frente, que arrugaba con profundos pliegues, sin cesar en movimiento?

El médico me dijo: «Tiene terribles accesos de furor, es uno de los más singulares dementes que he visto. Sufre de una locura erótica y macabra. Es una especie de necrófilo. Por otra parte, ha escrito un diario que nos muestra con toda claridad la enfermedad de su ánimo. Su locura es palpable, por así decirlo. Si le interesa, puede usted echarle un vistazo a ese documento». Seguí al doctor a su despacho, y me entregó el diario de aquel desdichado. «Léalo –me dijo– y ya me dirá su opinión.»

He aquí lo que contenía aquel cuaderno:

*

«Hasta la edad de treinta y dos años viví tranquilo, sin amor. La vida me parecía muy simple, muy agradable y muy fácil. Era rico. Tenía afición a tantas cosas que no podía apasionarme por nada. ¡Qué grato es vivir! Me despertaba feliz, cada día, para hacer cosas que me gustaban, y me acostaba satisfecho, con la apacible esperanza de una mañana y de un futuro sin preocupaciones.

»Había tenido algunas amantes, aunque sin haber sentido nunca mi corazón enloquecido de deseo o mi alma herida de amor después de la posesión. Es bueno vivir así. Amar es mejor, pero es terrible. Sin embargo, los que aman como todo el mundo deben de experimentar una ardiente felicidad, aunque acaso menor que la mía, pues el amor vino a sorprenderme de una increíble manera.

»Al ser rico, yo buscaba muebles antiguos y viejos objetos; y a menudo pensaba en las manos desconocidas que habían palpado aquellas cosas, en los ojos que las habían admirado, en los corazones que las habían amado, ¡pues se aman las cosas! A menudo me quedaba horas y horas mirando un relojito del siglo pasado. ¡Era tan gracioso, tan bonito, como su esmalte y su oro cincelado! Y andaba aún como el día en que una mujer lo compró, arrobada al poseer tan fina joya. No había dejado de palpitar, de vivir su vida mecánica, y seguía con su tictac regular después de más de un siglo. ¿Quién había sido la primera en llevarlo sobre su seno entre la tibieza de unas telas, con el corazón del reloj latiendo junto al corazón de la mujer? ¿Qué mano lo había tenido en la punta de sus dedos un poco calientes, le había dado vueltas y más vueltas, para limpiar después los pastores de porcelana, empañados un segundo por el trasudor de la piel? ¿Qué ojos habían espiado en aquella esfera florida la hora esperada, la hora querida, la hora divina?

»¡Cómo me hubiera gustado conocerla, verla, a la mujer que había escogido aquel objeto exquisito y raro! ¡Ha muerto! Me domina el deseo de las mujeres de antaño; amo, de lejos, a todas las que han amado. La historia de las ternuras pasadas llena mi corazón de nostalgia. ¡Oh! ¡La belleza, las sonrisas, las caricias jóvenes, las esperanzas! Todo esto, ¿no debería ser eterno?

»¡Cómo he llorado, durante noches enteras, por las pobres mujeres de antaño, tan bellas, tan tiernas, tan dulces, cuyos brazos se han abierto para el beso y que han muerto! ¡El beso es inmortal! Va de labio en labio, de siglo en siglo, de época en época. (Los hombres lo recogen, lo dan y mueren.)

»El pasado me atrae, el presente me asusta porque el futuro es la muerte. Añoro todo lo que se ha hecho, lloro por todos los que han vivido, quisiera detener el tiempo, detener la hora. Pero ésta se va, se va, pasa, me quita segundo tras segundo un poco de mí mismo para la nada de mañana. Y no reviviré jamás.

»Adiós, mujeres de ayer. Os amo.

»Pero no soy digno de lástima. Encontré, sí, a la que esperaba; y saboreé gracias a ella increíbles placeres.

»Vagabundeaba por París una mañana de sol, con alma festiva, pies alegres, mirando las tiendas con el interés vago del paseante ocioso. De repente, vi en un anticuario un mueble italiano del siglo XVII. Era muy bonito, muy raro. Lo atribuí a un artista veneciano llamado Vitelli, que fue célebre en la época.

»Después pasé de largo.

»¿Por qué el recuerdo de aquel mueble me persiguió con tanta fuerza que volví sobre mis pasos? Me detuve de nuevo ante la tienda para volver a verlo, y sentí que me tentaba.

»¡Qué singular es la tentación! Miramos un objeto y poco a poco nos seduce, nos turba, nos invade como lo haría un rostro de mujer. Su encanto penetra en nosotros, extraño encanto que proviene de su forma, de su color, de su fisonomía de cosa; y lo amamos ya, lo deseamos, lo queremos. Nos embarga una necesidad de posesión, necesidad suave al principio, como tímida, pero que aumenta, se vuelve violenta, irresistible.

»Y los comerciantes parecen adivinar en el fuego de la mirada ese deseo secreto y creciente.

»Compré el mueble y mandé que me lo llevaran a mi casa en seguida. Lo coloqué en mi habitación.

»¡Oh! ¡Compadezco a quienes no conocen esta luna de miel del coleccionista con el objeto que acaba de comprar! Se le acaricia con la mirada y con la mano como si fuera de carne; se vuelve a cada momento a su lado, se piensa siempre en él, se esté donde se esté, se haga lo que se haga. Su amado recuerdo nos sigue por la calle, en sociedad, en todas partes; y cuando se vuelve a casa, incluso antes de haberse quitado los guantes y el sombrero, se va a contemplarlo con una ternura de amante.

»Realmente, durante ocho días, adoré aquel mueble. Abría a cada instante sus puertas, sus cajones; lo manejaba con arrobamiento, disfrutando de todas las íntimas alegrías de la posesión.

»Ahora bien, una noche, me di cuenta, palpando el espesor de un tablero, de que allí debía de haber un escondite. Mi corazón empezó a latir, y pasé la noche buscando el secreto sin poder descubrirlo.

»Lo conseguí al día siguiente metiendo una cuchilla en una rendija de la madera. Se descorrió una tablita y descubrí, extendida sobre un fondo de terciopelo negro, ¡una maravillosa cabellera de mujer!

»Sí, una cabellera, una enorme trenza de pelo rubio casi rojo, que había sido cortado a ras de la piel, y atado por un cordón de oro.

»¡Me quedé estupefacto, tembloroso, turbado! Un perfume casi insensible, tan viejo que parecía el alma de un olor, se desprendía de aquel cajón misterioso y de la sorprendente reliquia.

»La cogí, suavemente, casi religiosamente, y la saqué de su escondite. Al punto se desató, desplegando su caudal dorado, que cayó hasta el suelo, espeso y leve, ágil y brillante como la cola de fuego de un cometa.

»Me asaltó una emoción extraña. ¿Qué era aquello? ¿Cuándo? ¿Cómo? ¿Por qué aquel pelo había sido encerrado en el mueble? ¿Qué aventura, qué drama ocultaba aquel recuerdo?

»¿Quién lo había cortado? ¿Un amante, un día de despedida? ¿Un marido, un día de venganza? ¿O bien la que lo había llevado sobre la frente, un día de desesperación?

»¿Había sido en el momento de entrar en el claustro cuando habían arrojado allí aquella fortuna de amor, como una prenda dejada al mundo de los vivos? ¿Había sido en el momento de encerrarla en la tumba, a la joven y hermosa muerta, cuando el que la adoraba había guardado el ornato de su cabeza, la única cosa que pudo conservar de ella, la única parte viviente de su carne que no debía pudrirse, la única que podía seguir amando y acariciando, besándola en la furia de su dolor?

»¿No era extraño que aquella cabellera hubiera perdurado así, cuando ya no quedaba ni una partícula del cuerpo del que había nacido?

»Se me escurría entre los dedos, me cosquilleaba la piel con una singular caricia, con una caricia de muerta. Me sentí enternecido como si fuese a llorar.

»La conservé mucho tiempo, mucho tiempo en mis manos, y después me pareció que me agitaba, como si algo de su alma estuviera oculta en su interior. Y la volví a poner sobre el terciopelo ajado por el tiempo, y cerré el cajón y el mueble, y me marché a la calle para soñar.

*

»Caminaba en derechura, lleno de tristeza, y también lleno de turbación, de esa turbación que perdura en el corazón tras un beso de amor. Me parecía que yo había vivido ya otra vez, que había debido conocer a aquella mujer.

»Y los versos de Villon subieron a mis labios, como sube un sollozo:

Dictes-moi où, ne en quel pays
Est Flora, la belle Romaine.
Archipiada, ne Thaïs,
Qui fut sa cousine germaine?
Echo parlant quand bruyt on maine
Dessus rivière, ou sus estan;
Qui beauté eut plus que humaine?
Mais où son les neiges d'antan?

. . . .

La royne blanche comme un lys
Qui chantait à voix de sereine
Berthe an grand pied, Bietris, Allys,
Harembouges que tint le Mayne,
Et Jehanne la bonne Lorraine
Que Anglais bruslèrent à Rouen?
Où sont-ils, Vierge souveraine?
Mais où sont les neiges d'antan?[1].

1. «¿Decidme dónde, en qué país / está Flora, la bella romana / Archipiade y Taís / que fue su prima hermana? / Eco, voz que lleva la

»Cuando regresé a casa, experimenté un irresistible deseo de volver a ver mi extraño hallazgo; y lo cogí, y sentí, tocándolo, un largo escalofrío correr por mis miembros.

»Durante unos días, empero, viví como de ordinario, aunque el vivo pensamiento de aquella cabellera no me abandonó nunca.

»En cuanto volvía a casa, era preciso que la viera y la manejase. Giraba la llave del armario con ese temblor que se siente al abrir la puerta de la amada, pues tenía en las manos y en el corazón una necesidad confusa, singular, continua, sensual, de hundir mis dedos en aquel encantador arroyo de cabellos muertos.

»Después, cuando había acabado de acariciarla, cuando había cerrado el mueble, seguía sintiéndola allí, como si hubiera sido un ser vivo, oculto, prisionero; la sentía y la deseaba aún; tenía de nuevo una necesidad imperiosa de volver a cogerla, de palparla, de ponerme nervioso hasta el desasosiego con aquel contacto frío, resbaladizo, irritante, enloquecedor, delicioso.

»Viví así un mes o dos, no lo sé. Me obsesionaba, me hostigaba. Era feliz y estaba torturado, como en una espera de amor, como tras las declaraciones que preceden al abrazo.

»Me encerraba a solas con ella para sentirla en mi piel, para hundir mis labios en ella, para besarla, morderla. La

fama / bajo río o bajo estanque, / cuya belleza fue más que humana / Mas ¿dónde están las nieves de antaño?... / La reina blanca como un lis / que cantaba con voz de sirena, / Berta la del gran pie, Beatriz, Alix / y Haremburgis, que obtuvo el Maine, / y Juana, la buena lorena / que los ingleses quemaron en Ruán?... / ¿Adónde están, virgen soberana? / Mas ¿dónde están las nieves de antaño?»

enrollaba en torno a mi rostro, me la bebía, ahogaba mis ojos en sus ondas doradas, a fin de ver la luz rubia, a través de ella.

»¡La amaba! Sí, la amaba. No podía prescindir de ella, ni pasar una hora sin verla.

»Y esperaba... esperaba... ¿qué? No lo sabía.

»A ella.

»Una noche me desperté bruscamente con la idea de que no me hallaba solo en mi habitación.

»Y, sin embargo, estaba solo. Pero no pude volver a dormirme; y como me agitaba con una fiebre de insomnio, me levanté para ir a tocar la cabellera. Me pareció más suave que de costumbre, más animada. ¿Los muertos vuelven? Los besos con que la caldeaba me hacían desfallecer de felicidad; y me la llevé a la cama, y me acosté, oprimiéndola con los labios, como a una amante a la que se va a poseer.

»¡Los muertos vuelven! Ella vino. Sí, la he visto, la he tenido, la he poseído, tal como era cuando vivía antaño, alta, rubia, gruesa, de senos fríos, de cadera en forma de lira; y he recorrido con mis caricias esa línea ondulante y divina que va desde la garganta a los pies siguiendo todas las curvas de la carne.

»Sí, la he tenido, todos los días, todas las noches. Ella volvió, la Muerta, la hermosa Muerta, la Adorable, la Misteriosa, la Desconocida, todas las noches.

»Mi felicidad fue tan grande que no pude ocultarla. Experimentaba a su lado un arrobamiento sobrehumano, ¡la alegría profunda, inexplicable, de poseer a la Inasible, a la Invisible, a la Muerta! ¡Ningún amante saboreó gozos más ardientes, más terribles!

»No supe ocultar mi felicidad. La amaba tanto que no quise separarme de ella. La llevé conmigo siempre, por todas partes. La paseé por la ciudad como mi mujer, me acompañó al teatro a palcos con celosías, como mi amante... Pero la vieron... adivinaron... me la quitaron... Y me han arrojado a una prisión, como a un malhechor... Me la quitaron... ¡Oh! ¡Pobre de mí!...»

*

El manuscrito se interrumpía aquí. Y de repente cuando levantaba hacia el médico unos ojos pasmados, un espantoso grito, un aullido de furia impotente y de deseo exasperado, se alzó en el manicomio.

–Escúchelo –dijo el doctor–. Hay que duchar cinco veces al día a ese loco obsceno. Sólo el sargento Bertrand ha amado, como él, a las muertas.

Yo balbucía, conmovido de asombro, de horror y de piedad:

–Pero... esa cabellera... ¿existe realmente?

El médico se levantó, abrió un armario lleno de frasquitos y de instrumentos y me lanzó, a través de su despacho, un largo cohete de cabellos rubios que volaron hacia mí como un pájaro de oro.

Me estremecí al sentir en mis manos su tacto acariciador y leve. Y me quedé con el corazón palpitante de desagrado y de deseo, de desagrado como al contacto con los objetos mezclados en los crímenes, de deseo como ante la tentación de una cosa infame y misteriosa.

El médico prosiguió encogiéndose de hombros:

–El espíritu del hombre es capaz de todo.

El tic*

Los comensales entraban lentamente en el gran comedor del hotel y se sentaban en sus sitios. Los criados empezaron a servir muy despacito para dar tiempo a que llegaran los rezagados y no tener que volver a traer de nuevo las bandejas; y los bañistas veteranos, los asiduos aquellos cuya temporada estaba avanzada, miraban con interés la puerta cada vez que se abría, con el deseo de ver aparecer caras nuevas.

Ésa es la gran distracción de los balnearios. Se espera la cena para inspeccionar a quienes han llegado ese día, para adivinar lo que son, lo que hacen, lo que piensan. Un deseo vaga por nuestro ánimo, el deseo de encuentros agradables, de relaciones amables, acaso de un amor. En esta vida de trato continuo, los vecinos, los desconocidos adquieren suma importancia. La curiosidad

* *Le tic,* publicado en *Le Gaulois,* 14 de julio de 1884.

está despierta, la simpatía a la espera y la sociabilidad en acción.

Se tienen antipatías de una semana y amistades de un mes, se ve a la gente con ojos diferentes, con la especial óptica de una relación de balneario. Se descubre en los hombres, repentinamente, en una charla de una hora, por la noche, después de cenar, bajo los árboles del parque donde burbujea la fuente sanadora, una inteligencia superior y méritos sorprendentes, y un mes después se ha olvidado por completo a estos nuevos amigos, tan encantadores los primeros días.

También se contraen allí lazos duraderos y serios, más pronto que en cualquier otro lugar. Uno se ve todo el día, se conoce muy de prisa; y con el afecto que se inicia se mezcla algo de la dulzura y el abandono de las viejas intimidades. Más adelante se conserva el recuerdo cariñoso y tierno de esas primeras horas de amistad, el recuerdo de esas primeras charlas gracias a las cuales se descubrió un alma, de esas primeras miradas que interrogan y responden a las preguntas y pensamientos secretos que la boca no enuncia aún, el recuerdo de esa primera confianza cordial, el recuerdo de esa encantadora sensación de abrir el corazón a alguien que parece también abriros el suyo.

Y la tristeza del balneario, la monotonía de los días, todos semejantes, hacen más completa, a medida que el tiempo pasa, esta aparición de afectos.

Así, pues, esa noche, como todas las noches, esperábamos la entrada de figuras desconocidas.

Sólo llegaron dos, pero muy extraños, un hombre y una mujer, padre e hija. Me hicieron el efecto, en seguida, de personajes de Edgar Poe; y sin embargo tenían encanto, un encanto desdichado; me los imaginé víctimas de la fatalidad. El hombre era muy alto y flaco, un poco encorvado, con pelo muy blanco, demasiado blanco para su fisonomía aún joven; y en su porte y su persona había algo de grave, ese comportamiento austero que adoptan los protestantes. La hija, quizá de veinticuatro o veinticinco años, era bajita, bastante delgada también, bastante pálida, con un aire cansado, fatigado, abrumado. Se encuentra a veces gente así, que parece demasiado débil para las tareas y las necesidades de la vida, demasiado débil para moverse, para andar, para hacer todo lo que hacemos todos los días. Era bastante bonita, aquella niña, con una diáfana belleza de aparición; y comía con suma lentitud, como si hubiera sido casi incapaz de mover los brazos.

Seguramente era ella la que venía a tomar las aguas.

Se sentaron frente a mí, al otro lado de la mesa; y me fijé inmediatamente en que el padre tenía un tic nervioso bastante singular.

Cada vez que quería coger un objeto, su mano describía una especie de rápido gancho, un alocado zigzag, antes de lograr tocar lo que buscaba. Al cabo de unos instantes el movimiento me cansó tanto que volví la cabeza para no verlo.

Me fijé también en que la hija no se había quitado, para comer, el guante de la mano izquierda.

Después de la cena, fui a dar una vuelta por el parque del establecimiento termal. Esto ocurría en una pequeña localidad de Auvernia, Châtel-Guyon, escondida en una garganta, al pie de una alta montaña, de esa montaña donde brotan tantos manantiales hirvientes, nacidos en el profundo hogar de viejos volcanes. Allá lejos, sobre nosotros, las cimas, cráteres apagados, alzaban sus cabezas truncadas por encima de la larga cadena. Pues Châtel-Guyon se halla al comienzo del país de los cráteres.

Más lejos se extiende el país de los picos; y, aún más lejos, el país de las cortaduras.

El Puy de Dôme es el más alto de los cráteres, el pico de Sancy el más elevado de los picos, y la cortadura de Cantal la mayor de las cortaduras.

Hacía mucho calor esa noche. Yo marchaba de arriba abajo por la avenida umbrosa, escuchando, sobre el cerro que domina el parque, la música del casino lanzar sus primeras canciones.

Divisé, viniendo hacia mí, con paso lento, al padre y la hija. Los saludé, como se saluda en los balnearios a los compañeros de hotel; y el hombre, deteniéndose al punto, me preguntó:

–¿Podría usted, caballero, y disculpe mi indiscreción, indicarnos un paseo corto, fácil y bonito, si es posible?

Me ofrecí a llevarlos al pequeño valle donde brota el riachuelo, un valle profundo, una estrecha garganta entre dos grandes pendientes rocosas y arboladas.

Aceptaron.

Y hablamos, naturalmente, de las virtudes de las aguas.

–Oh –decía él–, mi hija tiene una extraña enfermedad, cuya sede se ignora. Sufre ataques nerviosos incomprensibles. Ora la creen enferma del corazón, ora enferma del hígado, ora de una afección de la médula espinal. Ahora atribuyen al estómago, que es la gran caldera y el gran regulador del cuerpo, esa enfermedad proteica de mil formas y mil ataques. Por eso estamos aquí. Pero yo creo más bien que son nervios. En cualquier caso, es muy triste.

Al punto me asaltó el recuerdo del tic violento de su mano, y le pregunté:

–¿No será hereditario? ¿No tiene usted también los nervios un poco enfermos?

Respondió tranquilamente:

–¿Yo?... Claro que no... Siempre he tenido unos nervios muy tranquilos...

Después, de pronto, tras un silencio, prosiguió:

–¡Ah! ¿Alude usted al espasmo de mi mano cada vez que quiero coger algo? Eso proviene de una terrible emoción que sentí. ¡Figúrese que a esta niña la enterraron viva!

No se me ocurrió más que decir un «¡Ah!» de sorpresa y emoción.

Él prosiguió:

*

–He aquí la aventura. Es muy sencilla. Juliette tenía desde hacía algún tiempo graves ataques de corazón. Creíamos en una enfermedad de ese órgano, y esperábamos cualquier cosa.

»Un día nos la trajeron fría, inanimada, muerta. Acababa de desplomarse en el jardín. El médico certificó la defunción. Yo velé a su lado un día y dos noches; la metí yo mismo en el ataúd, que acompañé hasta el cementerio, donde fue depositada en la tumba de la familia. Era en pleno campo, en Lorena.

»Yo había querido que fuera enterrada con sus joyas, brazaletes, collares, sortijas, todas ellas regalos que yo le había hecho, y con su primer traje de baile.

»Puede usted imaginarse cuál era el estado de mi corazón y de mi alma al volver a casa. Ella era lo único que tenía, pues mi mujer había muerto hacía tiempo. Entré solo, medio loco, extenuado, en mi habitación, y caí en mi sillón, sin ideas, sin fuerzas ya para hacer un movimiento. No era sino una máquina dolorida, vibrante, en carne viva; mi alma parecía una llaga.

»Mi viejo ayuda de cámara, Prosper, que me había ayudado a colocar a Juliette en el ataúd, y a engalanarla para su último sueño, entró sin hacer ruido y preguntó:

»–¿El señor quiere tomar algo?

»Dije que "no" con la cabeza, sin hablar.

»Él prosiguió:

»–El señor se equivoca. Se pondrá malo. ¿Quiere que le ayude a meterse en cama?

»Pronuncié:

»–No, déjame.

»Y se retiró.

»No sé cuántas horas transcurrieron. ¡Oh! ¡Qué noche! ¡Qué noche! Hacía frío; el fuego se había apagado en la gran chimenea; y el viento, un viento de invierno, un viento gélido, un fuerte viento de plena helada, golpeaba en las ventanas con un ruido siniestro y regular.

»¿Cuántas horas transcurrieron? Yo seguía allí, sin dormir, postrado, abrumado, con los ojos abiertos, las piernas estiradas, el cuerpo flojo, muerto, y el espíritu embotado por la desesperación. De repente, la gran campana de la puerta de entrada, la gran campana del vestíbulo, sonó.

»Hice un movimiento tan brusco que el asiento crujió. El sonido grave y pesado vibraba en la casa vacía como en un panteón. Me volví para ver la hora en mi reloj. Eran las dos de la madrugada. ¿Quién podía venir a estas horas?

»Y bruscamente la campana sonó de nuevo dos veces. Los criados, sin duda, no se atrevían a levantarse. Cogí una vela y bajé. Estuve a punto de preguntar:

»–¿Quién llama?

»Después me avergoncé de esta debilidad; y descorrí lentamente los cerrojos. Mi corazón latía; tenía miedo. Abrí la puerta bruscamente y divisé en las sombras una forma blanca, erguida, algo así como un fantasma.

»Retrocedí, paralizado por la angustia, balbuciendo:

»–¿Quién... quién... quién es usted?

»Una voz respondió:

»–Soy yo, padre.

»Era mi hija.

»Creí que me había vuelto loco, sí; y retrocedía, andando hacia atrás ante aquel espectro que entraba; retrocedía, haciendo con la mano, como para ahuyentarlo, ese gesto que usted ha visto hace un rato; ese gesto que se me ha quedado para siempre.

»La aparición prosiguió:

»–No tengas miedo, papá; no estaba muerta. Quisieron robarme mis sortijas, y me cortaron un dedo; la sangre empezó a correr, y eso me reanimó.

»Y vi, en efecto, que estaba cubierta de sangre.

»Caí de rodillas, ahogándome, sollozando, con estertores.

»Después, cuando ordené un poco mis ideas, tan enloquecido aún que no entendía bien la felicidad terrible que se me ofrecía, la hice subir a mi habitación, la hice sentarse en mi sillón; y después llamé a Prosper con precipitados timbrazos para que encendiera el fuego, preparase algo de beber y fuera en busca de ayuda.

»El hombre entró, miró a mi hija, abrió la boca en un espasmo de espanto y de horror, y después cayó muerto de espaldas.

»Era él quien había abierto el panteón, quien había mutilado a mi hija, abandonándola después; pues no podía borrar las huellas del robo. Ni siquiera se había preocupado de volver a meter el ataúd en su nicho, seguro, por otra parte, de que no despertaría mis sospechas, pues gozaba de toda mi confianza.

»Ya ve usted, caballero, que somos gente muy desgraciada.

*

Enmudeció.

Había caído la noche, envolviendo el vallecito solitario y triste, y una especie de misterioso temor se apoderaba de mí al sentirme cerca de aquellos extraños seres, de aquella muerta resucitada y de aquel padre de ademanes horrorosos.

No se me ocurrió nada que decir. Murmuré:

–¡Qué cosa más horrible!

Después, pasado un minuto, agregué:

–Parece que refresca; convendría regresar.

Y volvimos hacia el hotel.

La confesión [1894]*

Todo Véziers-le-Réthel había asistido al duelo y al entierro del señor Badon-Leremince, y las últimas palabras del discurso del delegado de la Prefectura se grabaron en la memoria de todos: «¡Era un modelo de honradez!».

Modelo de honradez lo había sido en todos los actos apreciables de su vida, en sus palabras, en su ejemplo, en su actitud, en su comportamiento, en sus negocios, en el corte de su barba y la forma de sus sombreros. Jamás había dicho una palabra que no encerrara un ejemplo, jamás había dado una limosna sin acompañarla con un consejo, jamás había tendido la mano sin que pareciera una especie de bendición.

Dejaba dos hijos: un varón y una hembra; el hijo era diputado provincial, y la hija, casada con un notario, el

* *La confession,* publicado en *Le Figaro,* 10 de noviembre de 1884.

señor Poirel de la Voulte, una de las más encopetadas damas de Véziers.

Se mostraban inconsolables por la muerte de su padre, pues lo amaban sinceramente.

En cuanto terminó la ceremonia, regresaron a la casa del difunto y, encerrándose los tres, el hijo, la hija y el yerno, abrieron el testamento que debían conocer ellos solos, y sólo después de que el ataúd hubiera recibido tierra. Una anotación en el sobre indicaba esta voluntad.

Fue el señor Poirel de la Voulte quien rompió el sobre, en su calidad de notario habituado a estas operaciones, y, ajustándose las gafas en la nariz, leyó, con su voz apagada, habituada a detallar los contratos:

«Hijos míos, queridos hijos, no podría dormir tranquilo el sueño eterno si no os hiciera, desde el otro lado de la tumba, una confesión, la confesión de un crimen cuyos remordimientos han desgarrado mi vida. Sí, he cometido un crimen, un crimen espantoso, abominable.

»Tenía yo entonces veintiséis años y hacía mis primeras armas en el foro, en París, llevando la vida de los jóvenes de provincias que van a parar, sin relaciones, sin amigos, sin parientes, a esa ciudad.

»Tuve una amante. Mucha gente se indigna ante esa mera palabra, "una amante", pero hay seres que no pueden vivir solos. Yo soy de ésos. La soledad me llena de una terrible angustia, la soledad en el hogar, junto a la chimenea, por la noche. Me parece entonces que estoy solo en la tierra, espantosamente solo, pero rodeado por vagos peligros, por cosas desconocidas y terribles; y el tabique que me separa de mi vecino, de un vecino al cual no conozco, me aleja de él tanto como de las estrellas que vislumbro desde mi ventana. Me invade una especie de fiebre, una fiebre de impaciencia y de temor; y el silencio de las paredes me asusta. ¡Es tan profundo y triste ese silencio de la habitación donde uno vive solo! No se trata solamente de un silencio en torno al alma, y cuando un mueble cruje, uno se estremece, hasta lo hondo del corazón, pues no espera el menor ruido en ese tétrico albergue.

»Cuántas veces, nervioso, atemorizado por esa inmovilidad muda, no me habré puesto a hablar, a pronunciar palabras, sin orden ni concierto, para hacer ruido. Mi voz entonces me parecía tan extraña que también me daba miedo. ¿Hay algo más espantoso que hablar solo en una casa vacía? La voz parece de otro, una voz desconocida, que habla sin motivo, con nadie, en el aire vacío, sin ningún oído que la escuche, pues ya se sabe, antes de que se escapen en la soledad del piso, las palabras que van a salir de la boca. Y cuando resuenan lúgubremente en el silencio, ya sólo parecen un eco, el eco singular de palabras pronunciadas muy bajito por el pensamiento.

»Tuve una amante, una joven como todas esas jóvenes que viven en París de un oficio insuficiente para alimentarlas. Era dulce, buena, sencilla; sus padres vivían en Poissy. Ella iba a pasar unos días en su casa de vez en cuando.

»Durante un año viví bastante tranquilo con ella, decidido a abandonarla cuando encontrase una señorita que me agradara lo bastante para casarme. Le dejaría a la otra una pequeña renta, puesto que está admitido, en nuestra sociedad, que el amor de una mujer debe pagarse, con dinero cuando es pobre, con regalos cuando es rica.

»Pero he aquí que un día me anunció que estaba encinta. Quedé aterrado y percibí en un segundo todo el desastre de mi existencia. Se me presentó la cadena que arrastraría hasta mi muerte, por todas partes en mi futura familia, en mi vejez, siempre: cadena de la mujer ligada a mi vida por el niño, cadena del niño que habría que criar, vigilar, proteger, al mismo tiempo que me ocultaba de él y lo ocultaba al mundo. Mi espíritu quedó trastornado con la noticia; y un confuso deseo, que no formulé, pero que sentía en mi corazón, a punto de mostrarse, como esa gente escondida detrás de las cortinas esperando a que le digan que aparezca, ¡un deseo criminal vagó por lo más hondo de mi pensamiento! ¿Y si ocurriera un accidente? ¡Hay tantos de esos pequeños seres que mueren antes de nacer!

»¡Oh! Yo no deseaba la muerte de mi amante. ¡Pobre chica, la quería mucho! Pero deseaba, quizás, la muerte del otro, antes de haberlo visto.

»Nació. Tuve una familia en mi pisito de soltero, una falsa familia con un hijo, una cosa horrible. Se parecía a todos los niños. Yo no lo quería. Los padres, ya sabéis, sólo aman más adelante. No tienen la ternura instintiva y violenta de las madres; es preciso que el cariño se despierte poco a poco, que su espíritu vaya cobrando afecto mediante los lazos que se anudan cada día entre los seres que viven juntos.

»Transcurrió un año más; yo huía ahora de mi casa, demasiado pequeña, donde tropezaba a cada paso con pañales, con mantillas, con calcetines del tamaño de guantes, con mil cosas de todas clases dejadas en un mueble, sobre el brazo de un sillón, en todas partes. Huía sobre todo para no oírlo gritar, pues gritaba a cada momento: cuando lo mudaban, cuando lo lavaban, cuando lo tocaban, cuando lo acostaban, cuando lo levantaban, sin cesar.

»Había entablado algunas amistades y encontré en un salón a la que sería vuestra madre. Me enamoré y el deseo de casarme con ella despertó en mí. La cortejé; la pedí en matrimonio, me la concedieron.

»Y me encontré cogido en una trampa. Casarme, teniendo un hijo, con aquella joven a la que adoraba o bien decir la verdad y renunciar a ella, a la felicidad, al futuro, a todo, pues sus padres, personas rígidas y escrupulosas, no me la hubieran entregado, de haberlo sabido.

»Pasé un horrible mes de angustias, de torturas morales; un mes en el que me obsesionaron mil ideas espantosas; y sentía crecer en mi interior el odio contra mi hijo, contra aquel pedacito de carne viva y chillona que obstaculizaba mi camino, cortaba mi vida, me condenaba a una existencia en la que no podía esperar nada, sin todas esas vagas esperanzas que constituyen el encanto de la juventud.

»Pero he aquí que la madre de mi compañera cayó enferma, y me quedé sólo con el niño.

»Estábamos en diciembre, hacía un frío terrible. ¡Qué noche! Mi amante acababa de marcharse. Yo había cenado solo en mi angosta sala y entré despacito en la habitación donde el pequeño dormía.

»Me senté en un sillón al amor de la lumbre. El viento soplaba, hacía crujir los cristales, un viento seco de helada, y yo veía, a través de la ventana, brillar las estrellas con esa luz aguda que tienen en las noches gélidas.

»Entonces, la obsesión que me perseguía desde hacía un mes penetró de nuevo en mi cabeza. Mientras yo seguía inmóvil, descendía sobre mí, entraba en mí y me consumía. Me consumía como consumen las ideas fijas, como los cánceres deben consumir las carnes. Estaba allí, en mi cabeza, en mi corazón, en mi cuerpo entero, me parecía; y me devoraba, como hubiera hecho un animal. Yo quería expulsarla, rechazarla, abrir mi pensamiento a otras cosas, a esperanzas nuevas, como se abre una ventana al viento fresco de la mañana para expulsar el aire viciado de la noche; pero no podía, ni siquiera un segundo, hacerla salir de mi cerebro. No sé cómo expresar esta tortura. Me roía el alma, y yo sentía con un espantoso dolor, un verdadero dolor físico y moral, cada una de sus dentelladas.

»¡Mi existencia estaba acabada! ¿Cómo saldría de esta situación? ¿Cómo retroceder, y cómo confesar?

»Y yo amaba a la que iba a convertirse en vuestra madre con una pasión loca, que el insuperable obstáculo exasperaba aún más.

»Una cólera terrible crecía dentro de mí, me oprimía la garganta, una cólera que rozaba con la locura... ¡con la locura! ¡Sí, estaba loco, aquella noche!

»El niño dormía. Me levanté y lo miré dormir. Era él, aquel aborto, aquella larva, aquella nadería lo que me condenaba a una infelicidad sin remedio.

»Dormía con la boca abierta, enterrado bajo las mantas, en una cuna, junto a mi cama, ¡donde yo no podría dormir!

»¿Cómo realicé lo que hice? ¿Acaso lo sé? ¿Qué fuerza me empujó, qué maléfico poder me poseyó? ¡Oh! La tentación del crimen me llegó sin que la sintiera anunciarse. Recuerdo solamente que el corazón me latía espantosamente. Latía con tanta fuerza que lo oía como se oyen unos martillazos detrás de los tabiques. ¡Sólo recuerdo eso! ¡Mi corazón latía! En mi cabeza había una extraña confusión, un tumulto, un desorden de toda razón, de toda sangre fría. Estaba en una de esas horas de pavor y de alucinación en las que el hombre ya no tiene conciencia de sus actos ni rige su voluntad.

»Levanté suavemente las mantas que tapaban el cuerpo de mi hijo; las eché a los pies de la cuna, y lo vi, desnudo. No se despertó. Entonces me dirigí a la ventana, despacio, muy despacito, y la abrí.

»Un soplo de aire helado entró como un asesino, tan frío que retrocedí ante él; y las dos velas palpitaron. Y me quedé de pie junto a la ventana, sin atreverme a darme la vuelta, como para no ver lo que ocurría a las espaldas, y sintiendo sin cesar deslizarse sobre mi frente, sobre mis mejillas, sobre mis manos, el aire mortal que seguía entrando. Esto duró mucho tiempo.

»No pensaba en nada, no reflexionaba en nada. De repente una tosecita hizo que un horrible escalofrío me recorriera de pies a cabeza, un escalofrío que siento aún en este momento, en la raíz de los cabellos. Y con un movimiento asustado cerré bruscamente las dos hojas de la ventana, y después, volviéndome, corrí hacia la cuna.

»Él seguía durmiendo, con la boca abierta, completamente desnudo. Toqué sus piernas; estaban heladas, y las tapé.

»Mi corazón de pronto se enterneció, se rompió, se llenó de piedad, de ternura, de amor hacia aquel pobre inocente que había querido matar. Besé un buen rato sus finos cabellos; y después volví a sentarme ante el fuego.

»Pensaba con estupor, con horror, en lo que había hecho preguntándome de dónde provienen esas tormentas del alma en las que el hombre pierde toda noción de las cosas, toda autoridad sobre sí mismo, y actúa con una especie de enloquecida embriaguez, sin saber lo que hace, sin saber a dónde va, como un barco en un huracán.

»El niño tosió una vez más, y me sentí desgarrado hasta el fondo del alma. ¿Y si se muriese? ¡Dios mío! ¡Dios mío! ¿Qué sería de mí?

»Me levanté para ir a mirarlo, y, con una vela en la mano, me incliné sobre él. Al verlo respirar con tranquilidad, me serené; pero tosió por tercera vez; y sentí tal sacudida, hice tal movimiento de retroceso, como cuando estamos trastornados ante la vista de algo horroroso, que dejé caer la vela.

»Al ponerme en pie tras haberla recogido, me di cuenta de que tenía las sienes bañadas en sudor, ese sudor caliente y helado al mismo tiempo que producen las angustias del alma, como si algo del espantoso sufrimiento moral de esa tortura inefable que es, en efecto, ardiente como el fuego y fría como el hielo, transpirase a través de los huesos y de la piel del cráneo.

»Y me quedé hasta que se hizo de día inclinado sobre mi hijo, calmándome cuando estaba un buen rato tranquilo, y traspasado por abominables dolores cuando una débil tos salía de su boca.

»Se despertó con los ojos rojos, la garganta obstruida, un aire doliente.

»Cuando entró mi asistenta, la envié en seguida a buscar un médico. Llegó al cabo de una hora, y pronunció, tras haber examinado al niño:

»–¿No habrá cogido frío?

»Me puse a temblar como tiemblan las personas muy viejas, y balbucí:

»–No, no creo.

»Después pregunté:

»–¿Qué tiene? ¿Es algo grave?

»Respondió:

»–Aún no lo sé. Volveré esta tarde.

»Volvió por la tarde. Mi hijo había pasado casi todo el día en una modorra invencible, tosiendo de vez en cuando.

»Por la noche se declaró una pleuresía.

»Y la cosa duró diez días. No puedo expresar lo que sufrí durante esas interminables horas que separan la mañana de la noche y la noche de la mañana.

»Murió.

....

»Y desde... desde ese momento, no he pasado una hora, no, ni una sola hora, sin que el recuerdo atroz, punzante, ese recuerdo que roe, que parece retorcer el espíritu al desgarrarlo, no se agitase en mí como un animal furioso encerrado en el fondo de mi alma.

»¡Oh! ¡Si hubiera podido volverme loco!...».

....

El señor Poirel de la Voulte se sacó las gafas con un movimiento que le era familiar cuando había acabado la lectura de un contrato; y los tres herederos del muerto se miraron, sin decir una palabra, pálidos, inmóviles.

Al cabo de un minuto, el notario prosiguió:

–Hay que destruir esto.

Los otros dos bajaron la cabeza en señal de asentimiento. Él encendió una vela, separó cuidadosamente las páginas que contenían la peligrosa confesión de las páginas que contenían las disposiciones sobre el dinero, después las acercó a la llama y las arrojó a la chimenea.

Y contemplaron cómo se consumían las hojas blancas. Pronto no formaron sino una especie de montoncitos negros. Y como se veían aún algunas letras que se dibujaban en blanco, la hija, con la punta del pie, aplastó a golpecitos la ligera costra del papel chamuscado, mezclándola con las cenizas viejas.

Después, se quedaron aún los tres algún tiempo mirando aquello, como si temieran que el secreto quemado escapase por la chimenea.

Un loco*

Murió de presidente de una alta corte, magistrado íntegro cuya vida irreprochable se citaba en todos los tribunales de Francia. Los abogados, los fiscales, los jueces saludaban con grandes inclinaciones, en señal de profundo respeto, su elevada figura de rostro pálido y flaco iluminado por ojos brillantes y profundos.

Se había pasado la vida persiguiendo el crimen y protegiendo a los débiles. Los estafadores y los asesinos no tenían enemigo más temible, pues parecía leer, en el fondo de sus almas, sus más secretos pensamientos, y desentrañar, de un vistazo, todos los misterios de sus intenciones.

Había muerto, pues, a la edad de ochenta y dos años, rodeado de homenajes y entre el pesar de todo un pueblo. Soldados de pantalón rojo lo habían escoltado hasta

* *Un fou,* publicado en *Le Gaulois,* 2 de septiembre de 1885.

su tumba, y los hombres de toga habían esparcido sobre su ataúd palabras desoladas y lágrimas que parecían auténticas.

Ahora bien, he aquí el extraño documento que el notario, pasmado, descubrió en el escritorio donde él solía guardar los sumarios de los grandes criminales.

La cosa llevaba por título:

¿POR QUÉ?

20 de junio de 1851.–Acabo de salir de la sesión. ¡Hemos condenado a muerte a Blondel! ¿Por qué ese hombre había matado a sus cinco hijos? ¿Por qué? A menudo se encuentra gente para quien destruir la vida es una voluptuosidad. Sí, sí, debe de ser una voluptuosidad, acaso la mayor de todas; pues, ¿no es matar lo que más se asemeja a crear? ¡Hacer y destruir! Estas dos palabras encierran la historia de los universos, toda la historia del mundo, todo lo que existe, ¡todo! ¿Por qué es embriagador matar?

25 de junio.–Pensar que existe un ser que vive, que anda, que corre... ¿Un ser? ¿Qué es un ser? ¡Una cosa animada, que porta en sí el principio del movimiento y una voluntad que regula ese movimiento! Esa cosa no está sujeta a nada. Sus pies no se enraízan en el suelo. Es un grano de vida que se agita sobre la tierra; y ese grano de vida, llegado no sé de dónde, puede ser destruido a placer. Y entonces, nada, ya nada. Se pudre, y se acabó.

26 de junio.–¿Por qué, pues, matar es un crimen? Sí, ¿por qué? Es, por el contrario, la ley de la naturaleza.

Todo ser tiene por misión matar: mata para vivir y mata para matar. –Matar es condición de nuestra índole; ¡es preciso matar! El animal mata sin cesar, todo el día, a cada instante de su existencia–. El hombre mata sin cesar para alimentarse pero como necesita también matar por voluptuosidad, ¡ha inventado la caza! El niño mata a los insectos que encuentra, a los pajaritos, todas las bestezuelas que caen en sus manos. Pero eso no colma la irresistible necesidad de matanza que hay en nosotros. No basta con matar animales; necesitamos también matar hombres. Antaño, se satisfacía esa necesidad con sacrificios humanos. Hoy, la precisión de vivir en sociedad ha convertido el asesinato en un crimen. ¡Al asesino se le condena y se le castiga! Pero como no podemos vivir sin entregarnos a ese instinto natural e imperioso de muerte, nos descargamos, de vez en cuando, con guerras en las que un pueblo entero degüella a otro pueblo. Entonces se produce un derroche de sangre, un derroche en el que pierden la cabeza los ejércitos y con el cual se emborrachan también los burgueses, las mujeres y los niños que leen, por la noche, a la luz de la lámpara, el exaltado relato de las matanzas.

Podría suponerse que se desprecia a aquellos destinados a realizar esas carnicerías humanas. ¡No! ¡Se les colma de honores! Se les viste de oro y de paños llamativos; llevan plumas en la cabeza, adornos en el pecho; y se les otorgan cruces, recompensas, títulos de todas clases. Son orgullosos, respetados, adorados por las mujeres, aclamados por la multitud, ¡únicamente porque su misión es derramar sangre humana! Arrastran por las calles sus utensilios de muerte que el transeúnte vestido de negro contempla con envidia. ¡Pues matar es la gran ley impresa por la naturaleza en el corazón del ser! ¡Nada hay más hermoso ni más honorable que matar!

30 de junio.–Matar es la ley, porque la naturaleza ama la eterna juventud. Parece gritar con todos sus actos inconscientes: «¡Rápido! ¡Rápido! ¡Rápido!». Cuanto más destruye, más se renueva.

2 de julio.–El ser; ¿qué es el ser? Todo y nada. Gracias al pensamiento, es el reflejo de todo. Gracias a la memoria y a la ciencia, es un resumen del mundo, cuya historia porta en sí. Espejo de las cosas y espejo de los hechos, ¡cada ser humano se convierte en un pequeño universo en el universo!

Pero viajad; contemplad cómo bullen las razas, ¡y el hombre ya no es nada! ¡Ya nada, nada! Subid a una barca, alejaos de la orilla cubierta de muchedumbre, y pronto no divisaréis nada más que la costa. El ser imperceptible desaparece, tan pequeño es, tan insignificante. Cruzad Europa en un tren rápido, y mirad por la ventanilla. Hombres, hombres, siempre hombres, innumerables desconocidos, que hormiguean en los campos, que hormiguean por las calles; campesinos estúpidos que a lo sumo saben destripar la tierra; mujeres repugnantes que a lo sumo saben hacer la comida del macho y parir. Id a la India, id a China, y veréis agitarse también miles de millones de seres que nacen, viven y mueren sin dejar más rastros que la hormiga aplastada en un camino. Id a las tierras de los negros, alojados en cabañas de barro; a las tierras de los árabes blancos, cobijados bajo una tela parda que flota al viento, y comprenderéis que el ser aislado, determinado, no es nada, nada. ¿La raza lo es todo? ¿Qué es el ser, un ser cualquiera de una tribu errante del desierto? Y a esa gente, que es sabia, no la inquieta la muerte. El hombre no significa nada entre ellos. Matan a sus enemigos: es la guerra. Lo mismo se hacía antes, de mansión en mansión, de provincia en provincia.

Sí, cruzad el mundo y mirad cómo hormiguean los humanos, innumerables y desconocidos. ¿Desconocidos? ¡Ah! ¡Ésa es la clave del problema! ¡Matar es un crimen porque hemos numerado a los seres! Cuando nacen, se les registra, se les da un nombre, se les bautiza. La ley se apodera de ellos. ¡Eso es! El ser que no está inscrito no cuenta: matadlo en el páramo o en el desierto, matadlo en la montaña o en el llano, ¿qué importa? La naturaleza ama la muerte, ¡ella no castiga, no!

Lo que es sagrado, ¡no faltaba más!, es el registro civil. ¡Eso es! Es él el que defiende al hombre. El ser es sagrado porque está inscrito en el registro civil. Respetad al registro civil, al Dios legal. ¡De rodillas!

El Estado puede matar, por su parte, porque tiene derecho a modificar el registro civil. Cuando ha sacrificado a doscientos mil hombres en una guerra, los borra del registro civil, los suprime a manos de sus escribientes. Se acabó. Pero nosotros, que no podemos cambiar los libros de los ayuntamientos, debemos respetar la vida. ¡Registro civil, gloriosa Divinidad que reinas en los templos de las municipalidades, te saludo! Eres más fuerte que la naturaleza. ¡Ja, ja!

3 de julio.–Debe de ser un extraño y sabroso placer matar, tener ahí, delante de sí, un ser vivo, pensante; y hacerle un agujerito, sólo un agujerito, ver correr esa cosa roja que es la sangre, que constituye la vida, ¡y ya no tener delante de sí más que un montón de carne fofa, fría, inerte, vacía de pensamientos!

5 de agosto.–Yo, que me he pasado la existencia juzgando, condenando, matando con las palabras que pronunciaba, matando con la guillotina a quienes habían matado con un cuchillo, ¡yo, yo!, si yo hiciera lo que todos los asesinos a los que he castigado, ¡yo, yo!, ¿quién lo sabría?

10 de agosto.–¿Quién lo sabría jamás? ¿Sospecharían de mí, de mí, de mí, sobre todo si elijo a un ser al que no tengo el menor interés en suprimir?

15 de agosto.–¡La tentación! La tentación ha entrado en mí como un gusano que repta. Repta, camina; se pasea por mi cuerpo entero, por mi espíritu, que ya no piensa sino en eso: matar; por mis ojos, que necesitan contemplar la sangre, ver morir; por mis orejas, por donde pasa sin cesar algo desconocido, horrible, desgarrador y aterrador, como el último grito de un ser; por mis piernas, que se estremecen de deseo de ir, de ir al lugar donde la cosa ocurrirá; por mis manos, que tiemblan con la necesidad de matar. ¡Qué bueno debe de ser eso, qué raro, cuán digno de un hombre libre, por encima de los demás, dueño de su corazón y que busca sensaciones refinadas!

22 de agosto.–Ya no podía aguantar más. Maté un animalito para ensayar, para empezar.

Jean, mi criado, tenía un jilguero en una jaula colgada de la ventana de la cocina. Lo mandé a un recado, y cogí el pajarito en mi mano, en mi mano donde sentía latir su corazón. Estaba caliente. Subí a mi cuarto. De vez en cuando, lo apretaba con más fuerza; su corazón latía más de prisa; era atroz y delicioso. Estuve a punto de ahogarlo. Pero no habría visto la sangre.

Entonces cogí unas tijeras, unas tijeritas de las uñas, y le corté la garganta de tres tijeretazos, muy suavemente. Abría el pico, se esforzaba por escapar, pero yo lo sujetaba, ¡oh!, lo sujetaba; habría sujetado a un dogo furioso, y vi correr la sangre. ¡Qué hermosa es, roja, brillante, viva, la sangre! Me daban ganas de beberla. ¡Mojé en ella la punta de la lengua! Sabe bien. Pero ¡tenía tan poca, el pobre pajarito! No tuve tiempo de disfrutar con aquella visión tanto como me habría gustado. Debe de ser soberbio ver desangrarse a un toro.

Y después hice lo que los asesinos, los de verdad. Lavé las tijeras, me lavé las manos, tiré el agua y llevé el cuerpo, el cadáver, al jardín, para sepultarlo. Lo enterré en el fresal. Jamás lo encontrarán. Todos los días comeré una fresa de esa planta. ¡Realmente, cómo se puede disfrutar de la vida, cuando uno sabe!

Mi criado ha llorado; cree que el pájaro se escapó. ¿Cómo iba a sospechar de mí? ¡Ja, ja!

25 de agosto.–¡Es preciso que mate a un hombre! Es preciso.

30 de agosto.–Ya está hecho. ¡Qué poca cosa!

Había ido a pasearme por el bosque de Vernes. No pensaba en nada, no, en nada. Apareció un niño por el camino, un chiquillo que comía una tostada de mantequilla.

Se detiene para verme pasar y me dice:

–Hola, señor presidente.

Y un pensamiento se me mete en la cabeza: «¿Y si lo matara?».

Respondo:

–¿Estás solo, niño?

–Sí, señor.

–¿Completamente solo en el bosque?

–Sí, señor.

Las ganas de matarlo me emborrachaban como el alcohol. Me acerqué despacito, convencido de que iba a escapar. Y he aquí que lo agarro por la garganta... ¡Aprieto, aprieto con todas mis fuerzas! ¡Me miró con unos ojos espantosos! ¡Qué ojos! Muy redondos, profundos, límpidos, ¡terribles! Jamás experimenté una emoción tan brutal... ¡aunque tan breve! Él aferraba mis muñecas con sus manecitas, y su cuerpo se retorcía como una pluma en el fuego. Después quedó inmóvil.

Mi corazón latía, ¡ah!, ¡el corazón del pájaro! Arrojé el cuerpo a la cuneta, después lo cubrí de hierbas.

Volví a casa, cené bien. ¡Qué poca cosa! Por la noche estaba muy alegre, ligero, rejuvenecido, pasé la velada en casa del prefecto. Todos me juzgaron ingenioso.

¡Pero no he visto la sangre! Estoy tranquilo.

30 de agosto.–Han descubierto el cadáver. Buscan al asesino. ¡Ja, ja!

1 de septiembre.–Han detenido a dos vagabundos. Faltan pruebas.

2 de septiembre.–Han venido a verme sus padres. ¡Han llorado! ¡Ja, ja!

6 de octubre.–No se ha descubierto nada. Algún merodeador errante habrá cometido el crimen. ¡Ja, ja! ¡Si hubiera visto correr la sangre, me parece que ahora estaría tranquilo!

18 de octubre.–El ansia de matar corre por mi médula. Esto es comparable con los delirios de amor que nos torturan a los veinte años.

20 de octubre.–Uno más. Caminaba a orillas del río después de almorzar. Y vi, bajo un sauce, un pescador dormido. Era mediodía. Una laya parecía abandonada, ex profeso, en un patatal cercano.

La cogí, regresé; la alcé como una maza y, de un solo golpe, con el filo, abrí la cabeza del pescador. ¡Oh! ¡Éste sí que sangró! Sangre roja, llena de sesos. Corría hacia el agua, muy suavemente. Y me marché a pasos mesurados. ¡Si me hubieran visto! ¡Ja, ja! Yo habría sido un excelente asesino.

25 de octubre.–El caso del pescador da mucho que hablar. Se acusa del asesinato a su sobrino, que pescaba con él.

26 de octubre.–El juez de instrucción afirma que el sobrino es culpable. Todo el mundo lo cree en la ciudad. ¡Ja, ja!

27 de octubre.–El sobrino se defiende muy mal. Había ido al pueblo a comprar pan y queso, afirma. Jura que mataron a su tío durante su ausencia. ¿Quién va a creerlo?

28 de octubre.–El sobrino ha estado a punto de confesar, ¡de tanto como le han hecho perder la cabeza! ¡Ja ja! ¡La justicia!

15 de noviembre.–Hay pruebas abrumadoras contra el sobrino, que debía heredar a su tío. Yo presidiré el tribunal.

25 de enero.–¡A muerte! ¡A muerte! ¡A muerte! Hice que lo condenaran a muerte. ¡Ja, ja! ¡El fiscal habló como un ángel! ¡Ja, ja! Uno más. ¡Iré a verlo ejecutar!

10 de marzo.–Se acabó. Lo guillotinaron esta mañana. ¡Bien muerto está! ¡Muy bien! ¡Me ha complacido mucho! ¡Qué hermoso es ver cómo le cortan la cabeza a un hombre! La sangre brotó como una marea, ¡como una marea! ¡Oh!, de haber podido, habría querido bañarme en ella. ¡Qué embriaguez tenderme allá abajo, recibirla en mi pelo y sobre mi rostro, y levantarme rojo, totalmente rojo! ¡Ah! ¡Si supieran!

Ahora esperaré, puedo esperar. Se necesitaría muy poca cosa para dejarme sorprender.

....

El manuscrito tenía muchas páginas más, pero sin relatar ningún nuevo crimen.

Los médicos alienistas a quienes se les confió afirman que existen en el mundo muchos locos ignorados, tan diestros y temibles como este monstruoso demente.

La pequeña Roque*

1

El peatón Médéric Rompel, a quien la gente de la región llamaba familiarmente Médéri, salió a la hora de costumbre de la casa de Correos de Roüy-le-Tors. Tras cruzar la pequeña población con su largo paso de soldado veterano, atajó primero por los prados de Villaumes para llegar a orillas del Brindille, que lo llevaba, siguiendo el agua, al pueblo de Carvelin, donde iniciaba el reparto.

Caminaba de prisa, a lo largo del estrecho río que espumeaba, gruñía, hervía y fluía por su lecho de hierbas, bajo una bóveda de sauces. Las grandes piedras que detenían la corriente tenían a su alrededor un anillo de agua, una especie de corbata rematada por un nudo

* *La petite Roque,* publicado en *Gil Blas,* 18-23 de diciembre de 1885.

de espuma. En algunos lugares había cascadas de un pie de altura, a menudo invisibles, que hacían, bajo las hojas, bajo los bejucos, bajo un techo de verdor, un gran ruido colérico y suave; más adelante las riberas se ensanchaban, se encontraba un laguito apacible donde nadaban truchas entre toda esa cabellera verde que ondea en el fondo de los arroyos tranquilos.

Médéric seguía su camino, sin ver nada, y sin pensar más que en esto: «Mi primera carta es para los Poivron, luego tengo una para el señor Renardet; conque tengo que atravesar el oquedal».

Su chaqueta azul, ceñida a la cintura por una correa de cuero negro, pasaba con marcha rápida y regular bajo la fila verde de los sauces; y su bastón, una fuerte vara de acebo, avanzaba a su lado al mismo ritmo que sus piernas.

Así, pues, salvó el Brindille por un puente que consistía en un solo árbol, lanzado de una orilla a otra, y que tenía por única barandilla una cuerda sostenida por dos estacas clavadas en las riberas.

El oquedal, perteneciente al señor Renardet, alcalde de Carvelin, y el principal propietario del lugar, era una especie de bosque de viejos árboles, enormes, rectos como columnas y que se extendía en una longitud de media legua, a la orilla izquierda del río, que servía de límite a aquella inmensa bóveda de follaje. A lo largo del agua, habían crecido grandes arbustos, caldeados por el sol, pero en el oquedal no se encontraba más que musgo, un musgo espeso, suave y blando, que difundía por el aire estancado un ligero olor a moho y a ramas muertas.

Médéric aflojó el paso, se quitó el quepis negro galoneado de rojo y se enjugó la frente, pues ya hacía calor en los prados, aunque aún no eran las ocho de la mañana.

Acababa de ponérselo otra vez y de reanudar su paso ligero cuando vio, al pie de un árbol, un cuchillo, un cuchillito de niño. Cuando lo recogió, descubrió también un dedal, y después un alfiletero dos pasos más adelante.

Habiendo recogido aquellos objetos, pensó: «Se los entregaré al señor alcalde»; y prosiguió su camino; pero ahora con los ojos bien abiertos, esperando siempre encontrar otra cosa.

De repente se detuvo en seco, como si hubiera chocado con una valla de madera; pues, a diez pasos de él, yacía, tendido de espaldas, un cuerpo infantil, desnudo sobre el musgo. Era una niñita de unos doce años. Tenía los brazos abiertos, las piernas separadas, la cara tapada con un pañuelo. Un poco de sangre maculaba sus muslos.

Médéric avanzó de puntillas, como si temiera hacer ruido, o recelara un peligro; y abría mucho los ojos.

¿Qué era aquello? Estaría dormida, sin duda. Después reflexionó que nadie duerme así, completamente desnudo, a las siete y media de la mañana, bajo árboles fríos. Entonces estaba muerta; y se hallaba en presencia de un crimen. Ante esta idea, un escalofrío le corrió por los riñones, aunque fuese un ex soldado. Y además era una cosa tan rara en la región, un asesinato, y el asesinato de un niño, encima, que no podía dar crédito a sus ojos. Pero no presentaba ninguna herida, sólo aquella sangre coagulada en la pierna. ¿Cómo, pues, la habían matado?

Se había detenido muy cerca de ella, y la miraba apoyado en su bastón. La conocía, claro, pues conocía a todos los habitantes de la comarca; pero, al no poder verle la cara, no podía adivinar su nombre. Se inclinó para retirar el pañuelo que le cubría el rostro; después se detuvo, con la mano extendida, retenido por una reflexión.

¿Tenía derecho a alterar algo del estado del cadáver antes de las pesquisas de la justicia? Se imaginaba a la justicia como una especie de general a quien nada se le escapa y que concede tanta importancia a un botón perdido como a una cuchillada en el vientre. Bajo aquel pañuelo, quizá se encontrase una prueba capital; era una pieza de convicción, en fin, que podría perder su valor tocada por una mano torpe.

Entonces se levantó para correr a casa del alcalde; pero otro pensamiento lo retuvo de nuevo. Si la chiquilla estaba aún viva, por casualidad, no podía abandonarla así. Se arrodilló, muy suavemente, bastante lejos de ella, por prudencia, y alargó la mano hacia su pie. Estaba frío, helado, con ese frío terrible que hace tan espantosa la carne muerta y que no deja lugar a dudas. El cartero, ante aquel tacto, sintió que el corazón le daba un vuelco, como dijo después, y que la saliva se le secaba en la boca. Levantándose bruscamente, echó a correr por el oquedal hacia la casa del señor Renardet.

Marchaba a paso gimnástico, con el bastón bajo el sobaco, los puños cerrados, la cabeza echada hacia adelante; y su bolsa de cuero, llena de cartas y periódicos, le golpeaba cadenciosamente los riñones.

La casa del alcalde se encontraba al final del bosque que le servía de parque y bañaba toda una esquina de sus muros en un pequeño estanque que formaba en aquel lugar el Brindille.

Era una gran mansión cuadrada, de piedra gris, muy antigua, que había sufrido asedios en tiempos, y rematada por una enorme torre, de veinte metros de altura, edificada en el agua.

Desde lo alto de aquella ciudadela se vigilaba antaño toda la región. La llamaban la torre del Zorro *(Renard),* sin que se supiera exactamente por qué; y de esa apelación sin duda había salido el apellido Renardet que llevaban los propietarios de aquel feudo que, según decían, pertenecía a la misma familia hacía más de doscientos años. Pues los Renardet formaban parte de esa burguesía casi noble que con frecuencia se encontraba en las provincias antes de la Revolución.

El cartero entró de un salto en la cocina, donde desayunaban los criados, y gritó:

–¿Se ha levantao el señor alcalde? Tengo que hablarle ahora mismo.

Sabían que Médéric era hombre de peso y de autoridad, y comprendieron en seguida que había ocurrido algo grave.

El señor Renardet, avisado, ordenó que pasase. El peatón, pálido y jadeante, con el quepis en la mano, encontró al alcalde sentado ante una larga mesa cubierta de papeles esparcidos.

Era un hombre alto y grueso, pesado y rubicundo, fuerte como un buey y muy querido en la región, aunque violento en exceso. De unos cuarenta años de edad y viudo desde hacía seis meses, vivía en sus tierras como un hidalgo rural. Su temperamento fogoso le había acarreado con frecuencia situaciones penosas, de las que lo sacaban siempre los magistrados de Roüy-le-Tors, como amigos indulgentes y discretos. ¿Acaso no había un día derribado de lo alto del pescante al conductor de la diligencia porque había estado a punto de aplastar a su perro de muestra, Micmac? ¿No le había partido las costillas a un guardabosques que levantaba un acta contra él porque atravesaba, con la escopeta al hombro, unas tierras pertenecientes a un vecino? ¿E incluso no cogió por las solapas al subprefecto, que se detenía en el pueblo en el curso de una visita administrativa, calificada por el señor Renardet de visita electoral? Porque, por tradición famillar, militaba siempre en la oposición al gobierno.

El alcalde preguntó:

–¿Qué pasa, Mérédic?

–He encontrado una niñita muerta en su oquedal.

Renardet se irguió, con la cara de color de ladrillo:

–¿Qué dice?... ¿Una niña?

–Sí, señor, una niñita, desnuda del todo, de espaldas, con sangre, ¡muerta, bien muerta!

El alcalde renegó:

–¡Maldita sea! Apuesto a que es la pequeña Roque. Acaban de avisarme de que ayer por la noche no regresó a casa de su madre. ¿En qué lugar la descubrió usted?

El cartero explicó el sitio, dio detalles, se ofreció a acompañar al alcalde.

Pero Renardet respondió con brusquedad:

–No. No lo necesito a usted. Envíeme en seguida al guarda rural, al secretario del ayuntamiento y al médico, y prosiga su ronda. Rápido, rápido, váyase, y dígales que se reúnan conmigo en el oquedal.

El peatón, hombre disciplinado, obedeció y se retiró, furioso y desolado de no asistir a las diligencias.

El alcalde salió a su vez, cogió su sombrero, un gran sombrero flexible, de fieltro gris, de alas muy anchas, y se detuvo unos segundos en el umbral de su residencia. Ante él se extendía un vasto césped sobre el que se destacaban tres grandes manchas, roja, azul y blanca, tres macizos de flores abiertas, una frente a la casa y las otras a los lados. Más lejos, se erguían hacia el cielo los primeros árboles del oquedal, mientras que a la izquierda, por encima del Brindille ensanchado en estanque, se veían largas praderas, toda una región verde y llana, cortada por acequias y por hileras de sauces semejantes a monstruos, a enanos rechonchos, siempre podados y luciendo sobre un tronco enorme y corto un tembloroso plumero de delgadas ramas.

A la derecha, detrás de los establos, los cobertizos, todas las edificaciones que dependían de la finca, empezaba el pueblo, rico, habitado por ganaderos.

Renardet bajó lentamente los peldaños de la escalinata, y, doblando a la izquierda, llegó a la orilla del agua, que siguió a pasos lentos, las manos a la espalda. Caminaba con la cabeza gacha; y de vez en cuando miraba a su alrededor por si veía a las personas a quienes había mandado a buscar.

Cuando hubo llegado bajo los árboles, se detuvo, se destocó y se enjugó la frente como había hecho Médéric; pues el ardiente sol de julio caía como lluvia de fuego sobre la tierra. Después el alcalde prosiguió su marcha, se detuvo de nuevo, volvió sobre sus pasos. De pronto, bajándose, mojó el pañuelo en el arroyo que corría a sus pies y se lo extendió en la cabeza, debajo del sombrero. Gotas de agua se deslizaban a lo largo de sus sienes, por sus orejas siempre violáceas, por su cuello poderoso y rojo y entraban, una tras otra, bajo el blanco cuello de su camisa.

Como nadie aparecía aún, se puso a golpear el suelo con el pie, y después llamó:

–¡Eh! ¡Eh!

Una voz respondió a la derecha:

–¡Eh! ¡Eh!

Y el médico apareció bajo los árboles. Era un hombrecillo flaco, ex cirujano militar, tenido por muy capaz en las cercanías. Cojeaba, pues había sido herido en campaña, y se ayudaba con un bastón para caminar.

Después vio al guarda rural y al secretario del ayuntamiento que, avisados al mismo tiempo, llegaban juntos. Tenían cara de espanto y acudían jadeantes, andando y corriendo sucesivamente para darse prisa, y agitando tanto los brazos que parecían acometer con ellos más trabajo que con las piernas.

Renardet le dijo al médico:

–¿Sabe usted de qué se trata?

–Sí, una niña muerta que Médéric encontró en el bosque.

–Está bien. Vamos.

Se pusieron a caminar uno al lado del otro, seguidos por los otros dos hombres. Sus pasos no hacían el menor ruido sobre el musgo; sus ojos buscaban algo delante de sí, a lo lejos.

El doctor Labarbe extendió el brazo de pronto:

–Miren, ¡ahí está!

Muy lejos, bajo los árboles, se divisaba una cosa clara. De no haber sabido lo que era, no lo hubieran adivinado. Parecía reluciente y tan blanca que se la hubiese tomado por una sábana caída; pues un rayo de sol que se deslizaba entre las ramas iluminaba la carne pálida con una gran raya oblicua que cruzaba el vientre. Al acercarse, distinguieron poco a poco la forma, la cabeza cubierta vuelta hacia el agua, y los dos brazos separados como para una crucifixión.

–Tengo un calor terrible –dijo el alcalde.

Y, bajándose hacia el Brindille, mojó de nuevo el pañuelo, que volvió a colocarse sobre la frente.

El médico apresuraba el paso, interesado por el descubrimiento. En cuanto estuvo junto al cadáver, se inclinó para examinarlo, aunque sin tocarlo. Se había puesto los quevedos, como cuando uno mira un objeto curioso, y daba lentas vueltas alrededor.

Dijo sin alzarse:

–Violación y asesinato, que vamos a comprobar ahora mismo. Esta chiquilla es, por lo demás, casi una mujer, vean su busto.

Los dos senos, ya bastante desarrollados, caían sobre el pecho, fláccidos por la muerte.

El médico quitó suavemente el pañuelo que cubría la cara. Ésta apareció negra, espantosa, con la lengua fuera, los ojos saltones. Prosiguió:

–Pardiez, la han estrangulado una vez hecha la cosa.

Le palpaba el cuello:

–Estrangulada con las manos sin dejar además ningún rastro especial, ni marca de uñas ni huella de dedos. Muy bien. Es la pequeña Roque, en efecto.

Volvió a colocar delicadamente el pañuelo:

–No puedo hacer nada; está muerta desde hace doce horas, por lo menos. Hay que avisar a la justicia.

Renardet, de pie, con las manos a la espalda, miraba fijamente el cuerpecito extendido en la hierba. Murmuró:

–¡Qué miserable! Habría que encontrar sus vestidos.

El médico palpaba las manos, los brazos, las piernas. Dijo:

–Acababa sin duda de darse un baño. Deben estar al borde del agua.

El alcalde ordenó:

–Tú, Principe (era el secretario del ayuntamiento), vete a buscarme esas prendas a lo largo del arroyo. Tú, Maxime (era el guarda rural), corre a Röuy-le-Tors y tráeme al juez de instrucción y a los gendarmes. Tienen que estar aquí dentro de una hora. Ya sabes.

Los dos hombres se alejaron con viveza; y Renardet le dijo al doctor:

–¿Qué canalla habrá podido hacer semejante cosa en este pueblo?

El médico murmuró:

–¿Quién sabe? Cualquiera sería capaz. Cualquiera en particular y nadie en general. No importa, debe ser algún vagabundo, algún obrero sin trabajo. Desde que tenemos la República, no se ve por los caminos más que eso.

Ambos eran bonapartistas.

El alcalde prosiguió:

–Sí, no puede ser más que un extraño, un transeúnte, un vagabundo sin hogar ni tierra...

El médico agregó con una apariencia de sonrisa:

–Y sin mujer. Al no tener ni una buena cena ni un buen albergue, se ha procurado lo demás. Nadie se imagina cuántos hombres hay en la tierra capaces de una fechoría en un momento dado. ¿Sabía usted que la pequeña había desaparecido?

Y con la punta de su bastón, tocaba uno tras otro los dedos rígidos de la muerta, como si de las teclas de un piano se tratase.

–Sí. La madre vino a buscarme ayer, hacia las nueve de la noche, pues la niña no había regresado a las siete a cenar. La hemos llamado hasta medianoche por los caminos; pero no se nos ocurrió pensar en el oquedal. Por lo demás, era preciso que hubiera luz, para realizar búsquedas verdaderamente útiles.

–¿Quiere usted un cigarro? –dijo el médico.

–No, gracias, no tengo ganas de fumar. Me da cierta grima ver eso.

Permanecían ambos de pie, frente a aquel frágil cuerpo de adolescente, tan pálido, sobre el musgo oscuro. Una gran mosca de vientre azul que se paseaba a lo largo de un muslo se detuvo sobre las manchas de sangre, volvió a echar a andar, subiendo siempre, recorriendo la cadera con su marcha viva e irregular, trepó a un seno, después bajó para explorar el otro, buscando algo de beber sobre aquella muerta. Los dos hombres miraban aquel punto negro errante.

El médico dijo:

–Qué bonita es una mosca en la piel. Las damas del siglo pasado tenían mucha razón cuando se pegaban un lunar en la cara. ¿Por qué se habrá perdido esa costumbre?

El alcalde parecía no oírlo, perdido en sus reflexiones.

Pero de repente se volvió, pues un ruido lo había sorprendido; una mujer con gorro y delantal azul corría bajo los árboles. Era la madre, la Roque. En cuanto vio a

Renardet, empezó a chillar: «¡Mi niña! ¿Dónde está mi niña?», tan enloquecida que no miraba al suelo. La vio de repente, se paró en seco, juntó las manos y alzó los dos brazos lanzando un clamor agudo y desgarrador, un clamor de animal mutilado.

Después se abalanzó hacia el cuerpo, cayó de rodillas y quitó, como si lo arrancase, el pañuelo que cubría la cara. Cuando vio aquel rostro espantoso, negro y convulso, se irguió con una sacudida, después se postró con el rostro en el suelo, lanzando entre el espesor del musgo gritos espantosos y continuos.

Su gran cuerpo flaco, al que se le pegaban las ropas, palpitaba, sacudido por convulsiones. Se veían sus tobillos huesudos y sus secas pantorrillas envueltas en gruesas medias azules estremecerse horriblemente; y escarbaba en el suelo con sus dedos engarfiados como para hacer en él un hoyo donde esconderse.

El médico, emocionado, murmuró:

–¡Pobre vieja!

Renardet sintió en la barriga un ruido singular; después lanzó una especie de ruidoso estornudo que le salió al mismo tiempo por la nariz y por la boca; y, sacándose el pañuelo del bolsillo, se echó a llorar, tosiendo, sollozando y sonándose con estrépito. Balbucía:

–¡Mal... mal... mal... maldita sea! ¿Quién será el cerdo que ha hecho esto?... Me... me... me gustaría verlo en la guillotina...

Pero reapareció Principe, con aire desolado y las manos vacías. Murmuró:

–No encuentro nada, señor alcalde, nada de nada en ninguna parte.

El otro, pasmado, respondió con voz grosera, ahogada en lágrimas:

–¿Qué es lo que no encuentras?

–Las ropas de la pequeña.

–Pues... pues... busca mejor... y... y... encuéntralas... O... o tendrás que vértelas conmigo.

El hombre, sabiendo que al alcalde no se le podía llevar la contraria, volvió a marcharse con pasos desalentados, lanzando al cadáver una ojeada oblicua y temerosa.

Bajo los árboles se alzaban voces lejanas, un rumor confuso, el ruido de una muchedumbre que se aproximaba, pues Médéric, durante su ronda, había diseminado la noticia de puerta en puerta. La gente del pueblo, estupefacta al principio, había charlado de eso en la calle, de un umbral a otro; después se había congregado; habían cotilleado, discutido, comentado el acontecimiento durante unos minutos; y ahora acudían a ver.

Llegaban en grupos, un poco vacilantes e inquietos por miedo a la primera emoción. Cuando distinguieron el cuerpo, se detuvieron, sin atreverse a avanzar más y hablando en voz baja. Después se armaron de valor, dieron unos pasos, volvieron a detenerse, avanzaron de nuevo, y pronto formaron en torno a la muerta, a su madre, al médico y a Renardet, un apretado corro, agitado y ruidoso que se cerraba con los súbitos empujones de los recién llegados. Pronto llegaron hasta el cadáver. Algunos incluso se bajaron a palparlo. El médico los apartó. Pero el alcalde, saliendo bruscamente de su torpor, se puso furioso y, cogiendo el bastón del doctor Labarbe, se arrojó sobre sus administrados balbuciendo: «Largaos de aquí... largaos de aquí... hato de bestias... largaos de aquí». En un segundo, el cordón de curiosos se ensanchó en doscientos metros.

La Roque se incorporó, se dio media vuelta, se sentó y ahora lloraba con las manos unidas sobre la cara.

Entre la multitud, se discutía el asunto, y ávidos ojos de muchachos exploraban el joven cuerpo desnudo. Renardet se dio cuenta y, quitándose bruscamente su chaqueta de lino, la echó sobre la chiquilla, que desapareció por entero bajo la amplia prenda.

Los curiosos se aproximaban poco a poco; el oquedal se llenaba de gente; un continuo rumor de voces ascendía bajo el espeso follaje de los grandes árboles.

El alcalde, en mangas de camisa, seguía de pie, el bastón en la mano, en actitud de combate. Parecía exasperado por aquella curiosidad del pueblo y repetía: «Si uno de vosotros se acerca, le rompo la cabeza como a un perro».

Los campesinos le tenían mucho miedo, se mantuvieron apartados. El doctor Labarbe, que fumaba, se sentó al lado de la Roque, y le habló, intentando distraerla. La vieja se quitó en seguida las manos de la cara y respondió con un torrente de frases lacrimosas, vaciando su dolor en la abundancia de palabras. Contó toda su vida, su boda, la muerte de su hombre, boyero, matado de una cornada, la infancia de su hija, su miserable existencia de viuda sin recursos con la pequeña. No tenía más que eso, su pequeña Louise; y se la habían matado; la habían matado en aquel bosque. De repente, quiso volver a verla y, arrastrándose de rodillas hasta el cadáver, levantó por una punta la prenda que la cubría; después la dejó caer y empezó a chillar de nuevo. La multitud callaba, mirando ávidamente todos los gestos de la madre.

Pero de pronto se produjo un gran alboroto; gritaban: «¡Los gendarmes! ¡Los gendarmes!».

A lo lejos aparecieron dos gendarmes, que llegaban a todo correr, escoltando a su capitán y a un señor bajito de patillas rojas, que bailaba como un mono sobre una gran yegua blanca.

El guarda rural había encontrado al señor Putoin, el juez de instrucción, en el mismo momento en que éste montaba a caballo para su paseo de todos los días, pues se las daba de gran jinete, con gran regocijo de sus subordinados.

Echó pie a tierra con el capitán, y estrechó las manos del alcalde y del doctor, lanzando una mirada de hurón a la chaqueta de lino abultada por el cuerpo que yacía debajo.

Cuando estuvo perfectamente al tanto de los hechos, mandó ante todo alejar al público, al que los gendarmes echaron del oquedal, pero que reapareció bien pronto en el prado y formó una hilera, una gran hilera de cabezas excitadas e inquietas a lo largo del Brindille, del otro lado del arroyo.

El médico, a su vez, dio sus explicaciones, que Renardet escribía a lápiz en su agenda. Se hicieron todas las comprobaciones, se anotaron y comentaron sin conducir a ningún descubrimiento. Príncipe también había regresado sin haber hallado rastros de la ropa.

Esa desaparición sorprendía a todo el mundo, pues nadie podía explicársela más que por un robo; y, como aquellos andrajos no valían un franco, el propio robo resultaba inadmisible.

El juez de instrucción, el alcalde, el capitán y el doctor se habían puesto también a buscarlas de dos en dos apartando las más pequeñas ramas a lo largo del agua.

Renardet le decía al juez:

–¿Cómo puede ser que ese miserable haya escondido la ropa o se la haya llevado, y dejado así el cuerpo al aire libre, a la vista?

El otro, socarrón y perspicaz, respondió:

–¡Eh! ¡Eh! ¿Acaso una astucia? El crimen ha sido cometido o por un animal o por un pillo redomado. En cualquier caso, conseguiremos descubrirlo.

El ruido de un carruaje les hizo volver la cabeza. Eran el suplente, el médico forense y el escribano del tribunal que llegaban a su vez. Se volvió a iniciar la búsqueda mientras charlaban con animación.

Renardet dijo de repente:

–Les comunico que se quedarán a almorzar conmigo.

Todos aceptaron con sonrisas, y el juez de instrucción, opinando que ya se había ocupado bastante, por ese día, de la pequeña Roque, se volvió hacia el alcalde:

–Puedo mandar que lleven a su casa el cuerpo, ¿no? Ya tendrá usted alguna habitación para guardármelo hasta esta noche.

El otro se turbó, balbuciendo:

–Sí, no... no... A decir verdad, prefiero que no entre en mi casa... a causa... a causa de mis criados... que... que ya hablan de aparecidos en... en mi torre, en la torre del Zorro... Ya sabe usted... No se quedaría ni uno solo... No... Prefiero no tenerlo en casa.

El magistrado esbozó una sonrisa:

–Bueno... Mandaré que se lo lleven de inmediato a Roüy, para el examen legal. –Y, volviéndose hacia el suplente–: Puedo utilizar su coche, ¿no?

–Sí, claro.

Todos volvieron hacia el cadáver. La Roque, ahora sentada al lado de su hija, le cogía una mano, y miraba ante sí con ojos vagos y alelados.

Los dos médicos trataron de llevársela para que no viera cómo cogían a la pequeña; pero ella comprendió en seguida qué iban a hacer y, arrojándose sobre el cuerpo, lo estrechó entre sus brazos. Acostada sobre él, gritaba:

–No se la llevarán, es mía, es mía ahora. Me la han matao, ¡quiero quedarme con ella! ¡No me la quitarán!

Todos los hombres, turbados e indecisos, permanecían de pie a su alrededor. Renardet se arrodilló para hablarle.

–Escuche, señora Roque, es preciso, para saber quién la ha matado; si no, no se sabría; es preciso que lo busquemos para castigarlo. Se la devolveremos cuando lo hayamos encontrado, se lo prometo.

Este razonamiento ablandó a la mujer y en su mirada enloquecida despertó el odio:

–Entonces, ¿lo cogerán? –dijo.

–Sí, se lo prometo.

Ella se levantó, decidida a dejar actuar a aquella gente; pero, cuando el capitán murmuró: «Es sorprendente que no se encuentren sus ropas», una nueva idea que aún no se le había ocurrido penetró bruscamente en su cabeza de campesina, y se preguntó:

–¿Dónde está su ropa? Es mía. La quiero. ¿Dónde la han metido?

Le explicaron que no se había podido encontrar; entonces la reclamó con desesperada obstinación, llorando y gimiendo:

–Es mía, la quiero; ¿dónde está? ¡La quiero!

Cuanto más intentaban calmarla, más sollozaba ella, más se obstinaba. No pedía ya el cuerpo, quería los vestidos, los vestidos de su hija, acaso tanto por inconsciente codicia de pobre para quien una pieza de plata representa una fortuna, como por ternura materna.

Y cuando el cuerpecito, envuelto en mantas que habían ido a buscar a casa de Renardet, desapareció en el coche, la vieja, de pie bajo los árboles, sostenida por el alcalde y el capitán, gritaba:

–Ya no tengo na, na de na, na más en este mundo, na de na, ni siquiera su gorrito, su gorrito; ya no tengo na, na de na, ni siquiera su gorrito.

El cura acababa de llegar; un sacerdote muy joven y ya gordo. Se encargó de llevarse a la Roque, y se fueron juntos hacia el pueblo. El dolor de la madre se atenuaba con las sagradas palabras del eclesiástico que le prometía mil compensaciones. Pero repetía sin cesar: «Si tuviera aunque sólo fuese su gorrito...», obstinándose con esa idea que dominaba en ese momento sobre todas las otras.

Renardet gritó desde lejos:

–Almuerza usted con nosotros, señor cura. Dentro de una hora.

El sacerdote volvió la cabeza y respondió:

–Con mucho gusto, señor alcalde. Estaré con ustedes al mediodía.

Y todos se dirigieron hacia la casa, cuya fachada gris y cuya alta torre, plantada al borde del Brindille, se divisaban a través de las ramas.

La comida duró mucho tiempo; se hablaba del crimen. Todo el mundo fue del mismo parecer, había sido cometido por algún merodeador, que pasaba por allí por casualidad, mientras la pequeña se bañaba.

Después los magistrados regresaron a Roüy, anunciando que volverían al día siguiente muy temprano; el médico y el cura se fueron a sus casas, mientras Renardet, tras un largo paseo por los prados, regresó al oquedal, por donde paseó hasta la noche, a pasos lentos, las manos a la espalda.

Se acostó muy temprano y dormía aún al día siguiente cuando el juez de instrucción entró en su cuarto. Se frotaba las manos; parecía contento; dijo:

–¡Ah! ¡Ah! ¿Duerme usted aún? ¡Eh!, bueno, amigo mío, tenemos novedades esta mañana.

El alcalde se había sentado en la cama:

–¿Qué pasa?

–¡Oh! Algo muy singular. Ya recuerda usted cómo la madre reclamaba, ayer, un recuerdo de su hija, el gorrito, sobre todo. Pues bien, al abrir la puerta, esta mañana, ha encontrado, en el umbral, los dos zuecos de la niña. Eso prueba que el crimen ha sido cometido por alguien del pueblo, por alguien que se apiadó de ella. Y además el cartero Médéric me ha traído el dedal, el cuchillo y el alfiletero de la muerta. Conque el hombre, al llevarse las ropas para ocultarlas, dejó caer los objetos que había en el bolsillo. Por mi parte, concedo sobre todo importancia al asunto de los zuecos, que indica cierta cultura moral y capacidad de enternecimiento en el asesino. Conque, si le parece bien, vamos a pasar revista juntos a los principales habitantes del pueblo.

El alcalde se había levantado. Llamó para que le trajesen agua caliente para afeitarse. Decía:

–Encantado, pero será bastante largo, y podemos empezar en seguida.

El señor Putoin se había sentado a horcajadas sobre una silla, continuando así, incluso dentro de casa, con su manía de la equitación.

El señor Renardet, ahora, se cubría el mentón de espuma blanca mirándose en el espejo; después pasó la navaja por el suavizador y prosiguió:

–El principal habitante de Carvelin se llama Joseph Renardet, alcalde, rico propietario, hombre brusco que pega a los guardas y a los cocheros...

El juez de instrucción se echó a reír:

–Con eso me basta; pasemos al siguiente...

–El segundo en importancia es el señor Pedellent teniente de alcalde, ganadero, también rico propietario, un campesino astuto, muy socarrón, muy retorcido en cuestiones de dinero, pero incapaz, en mi opinión, de haber cometido semejante fechoría.

El señor Putoin dijo:

–Sigamos.

Entonces, mientras se afeitaba y se lavaba, Renardet prosiguió la inspección moral de todos los habitantes de Carvelin. Tras dos horas de discusión, sus sospechas se habían centrado en tres individuos de poco fiar: un cazador furtivo llamado Cavalle, un pescador de truchas y cangrejos llamado Paquet y un boyero llamado Clovis.

2

Las investigaciones duraron todo el verano; no se descubrió al criminal. Los sospechosos, detenidos, pudieron probar con facilidad su inocencia, y la justicia tuvo que renunciar a perseguir al culpable.

Pero el asesinato parecía haber conmovido al pueblo entero de forma singular. En las almas de sus habitantes perduraba una inquietud, un vago temor, una sensación de misterioso espanto, procedente no sólo de la imposibilidad de descubrir la menor huella, sino también y sobre todo del extraño hallazgo de los zuecos delante de la puerta de la Roque, al día siguiente. La certidumbre de que el homicida había asistido a las comprobaciones, que vivía aún en el pueblo, sin duda, acosaba los espíritus, los obsesionaba, parecía cernerse sobre la región como una incesante amenaza.

El oquedal, por otra parte, se había convertido en un lugar temido, evitado, que se creía lleno de aparecidos. En otros tiempos, los habitantes iban a pasear por él los domingos por la tarde. Se sentaban en el musgo al pie de los enormes árboles, o bien marchaban a lo largo del agua acechando a las primeras truchas que escapaban bajo las hierbas. Los chavales jugaban a las bochas, a los bolos, al chito, a la pelota, en ciertos lugares de suelo llano y apisonado que habían descubierto; y las chicas, en hileras de cuatro o cinco, se paseaban del brazo, cantaban con chillonas voces romanzas que herían los oídos, cuyas notas falsas turbaban el aire tranquilo y daban dentera como si fuesen gotas de vinagre. Ahora nadie iba ya bajo la bóveda tupida y alta, como si esperasen encontrarse siempre con algún cadáver tirado.

Llegó el otoño, cayeron las hojas. Caían día y noche, descendían arremolinándose, redondas y ligeras, a lo largo de los grandes árboles; y se empezaba a ver el cielo a través de las ramas. A veces, cuando una racha de viento pasaba sobre las copas, la lluvia lenta y continua se espesaba bruscamente, se convertía en un chaparrón vagamente rumoroso que cubría el musgo con una tupida alfombra amarilla, que crujía un poco bajo los pasos. Y el murmullo casi inasible, el murmullo flotante, incesante, dulce y triste de aquella caída, parecía una queja, y las hojas que seguían cayendo parecían lágrimas, grandes lágrimas derramadas por los grandes árboles tristes que lloraban noche y día por el final del año, por el final de las auroras tibias y de los dulces crepúsculos, por el final de las brisas cálidas y de los claros soles, y también quizás por el crimen que habían visto cometer bajo su sombra, por la niña violada y muerta a sus pies. Lloraban en el silencio del bosque desierto y vacío, del bosque abandonado y temido, por el que debía vagar, muy sola, el alma, el almita de la chiquilla muerta.

El Brindille, crecido con las tormentas, fluía más de prisa, amarillo y colérico, entre sus riberas secas, entre dos hileras de sauces finos y desnudos.

Y he aquí que Renardet, de repente, volvió a pasearse por el oquedal. Todos los días, a la caída de la noche, salía de su casa, bajaba a pasos lentos la escalinata, y caminaba bajo los árboles con aire soñador, las manos en los bolsillos. Marchaba durante mucho tiempo sobre el musgo húmedo y blando, mientras una legión de cuervos, que había acudido desde las cercanías para dormir en las grandes copas, se desplegaba a través del espacio, a la manera de un inmenso velo de luto que flotaba al viento, lanzando clamores violentos y siniestros.

A veces se posaban, acribillando a manchas negras las ramas enredadas contra el cielo rojo, contra el cielo sangriento de los crepúsculos de otoño. Y luego, de repente, volvían a remontarse graznando espantosamente y desplegando de nuevo por encima del bosque el largo festón oscuro de su vuelo.

Se dejaban caer por último sobre las cimas más altas y poco a poco cesaban sus rumores, mientras la noche creciente mezclaba sus plumas negras con el negro del espacio.

Renardet seguía errando al pie de los árboles, lentamente; después, cuando las opacas tinieblas ya no le permitían andar más, regresaba a casa, caía como una piedra en su sillón, ante la chimenea clara, tendiendo hacia el hogar sus pies húmedos, que humeaban un buen rato contra la llama.

Ahora bien, una mañana corrió una gran noticia por la región: el alcalde mandaba talar el oquedal.

Veinte leñadores estaban ya trabajando. Habían empezado por el rincón más próximo a la casa, y avanzaban a toda velocidad en presencia del amo.

Primero, los podadores trepaban por el tronco.

Sujetos a él por un cinturón de cuerda, lo rodean primero con los dos brazos, y después, levantando una pierna, le asestan un fuerte golpe con una punta de acero fijada a la suela. La punta entra en la madera, queda clavada en ella, y el hombre se eleva por encima como en un peldaño para asestar con el otro pie un golpe con la otra punta, sobre la que se sostendrá de nuevo mientras vuelve a empezar con la primera.

Y, conforme va subiendo, levanta un poco más el cinturón de cuerda que lo ata al árbol; sobre sus riñones, cuelga y brilla la hacheta de acero. Sigue trepando suavemente como un animal parásito atacando a un gigante, asciende pesadamente a lo largo de la inmensa columna, abrazándola y espoleándola para ir a decapitarla.

En cuanto llega a las primera ramas, se detiene, suelta de su costado el agudo podón y golpea. Golpea con lentitud, con método, cortando el miembro muy cerca del tronco; y de pronto la rama cruje, se dobla, se inclina, es arrancada y cae, rozando en su caída los árboles vecinos. Después se aplasta contra el suelo con un gran ruido de maderas rotas, y todas sus menudas ramitas palpitan un buen rato.

El suelo se cubría de restos que otros hombres cortaban a su vez, liaban en haces y apilaban en montones, mientras que los árboles que aún seguían en pie parecían desmesurados postes, estacas gigantescas amputadas y afeitadas por el cortante acero de los podones.

Y, cuando el podador había terminado su tarea, dejaba en lo alto del tronco recto y esbelto el cinturón de cuerda que había llevado allá, volvía a bajar en seguida a golpes de espuela por el tallo desmochado, que los leñadores atacaban entonces por la base asestando grandes golpes que resonaban en todo el resto del oquedal

Cuando la herida del pie parecía bastante profunda, unos cuantos hombres tiraban, lanzando un grito cadencioso, de la cuerda sujeta en la cima, y el inmenso mástil de pronto crujía y caía al suelo con el ruido sordo y la sacudida de un lejano cañonazo.

Y el bosque disminuía cada día, perdiendo sus árboles derribados como un ejército pierde sus soldados.

Renardet no se apartaba de allí; allí estaba de la mañana a la noche, contemplando, inmóvil y con las manos a la espalda, la muerte lenta de su oquedal. Cuando caía un árbol, le ponía un pie encima, como sobre un cadáver. Después alzaba los ojos al siguiente con una especie de impaciencia secreta y tranquila, como si esperase, desease algo al final de aquella carnicería.

Entre tanto, se acercaban al lugar donde había sido encontrada la pequeña Roque. Llegaron por fin a él, una tarde, a la hora del crepúsculo.

Como estaba oscuro, con el cielo cubierto, los leñadores quisieron interrumpir el trabajo, dejando para el día siguiente el derribo de una enorme haya, pero el dueño se opuso, y exigió que en el acto se podara y abatiera aquel coloso que había dado su sombra al crimen.

Cuando el podador lo hubo dejado desnudo, hubo terminado el arreglo del condenado, cuando los leñadores hubieron socavado su base, cinco hombres empezaron a tirar de la cuerda atada a lo alto.

El árbol resistió; su poderoso tronco, aunque cortado hasta el centro, era rígido como el hierro. Los trabajadores, todos a una, con una especie de saltos regulares, tensaban la cuerda hasta casi acostarse en el suelo, y lanzaban un sofocado grito gutural que mostraba y regulaba sus esfuerzos.

Dos leñadores, de pie junto al gigante, seguían empuñando sus hachas, como dos verdugos dispuestos a golpear de nuevo, y Renardet, inmóvil, con la mano sobre la corteza, esperaba la caída con una emoción inquieta y nerviosa.

Uno de los hombres le dijo:

–Está usted demasiado cerca, señor alcalde, cuando caiga, puede herirle.

No respondió ni retrocedió; parecía dispuesto a agarrar él mismo el haya con ambos brazos para derribarla como un luchador.

Se produjo de repente, en el pie de la alta columna de madera, un desgarramiento que pareció correr hasta la cima como una dolorosa sacudida; se inclinó un poco, a punto de caer, pero resistiéndose aún. Los hombres, excitados, atiesaron los brazos, hicieron un esfuerzo mayor; y cuando el árbol, roto, se derrumbaba, de pronto Renardet dio un paso hacia adelante, y después se detuvo, con los hombros levantados para recibir el choque irresistible, el choque mortal que lo aplastaría contra el suelo.

Pero el haya, desviándose un poco, se limitó a rozarle los riñones, tirándolo de bruces a cinco metros de allí.

Los trabajadores se abalanzaron a levantarlo; ya se había alzado él mismo sobre las rodillas, atontado, con ojos extraviados, y pasándose la mano por la frente, como si despertase de un ataque de locura.

Cuando estuvo de nuevo en pie, los hombres, sorprendidos, lo interrogaron, sin comprender lo que había hecho. Respondió, balbuciendo, que había tenido un instante de extravío, o mejor dicho un segundo de retorno a la infancia, que se había imaginado que tendría tiempo de pasar bajo el árbol, como los críos pasan corriendo ante los carruajes al trote, que había jugado con el peligro, que, desde hacía ocho días, sentía crecer en su interior esa necesidad, preguntándose, cada vez que un árbol crujía para caer, si se podría pasar bajo él sin ser alcanzado. Era una tontería, lo confesaba; pero todo el mundo tiene esos minutos de insania y esas tentaciones de una estupidez pueril.

Se explicaba con lentitud, buscando las palabras, con voz sorda; y luego se marchó diciendo:

–Hasta mañana, amigos míos, hasta mañana.

En cuanto entró en su habitación, se sentó ante su mesa, que la lámpara, rematada por una pantalla, iluminaba vivamente, y, cogiéndose la frente entre las manos, se echó a llorar.

Lloró mucho tiempo, después se enjugó los ojos, alzó la cabeza y miró el reloj de pared. Aún no eran las seis. Pensó: «Tengo tiempo antes de cenar», y fue a cerrar la puerta con llave. Entonces volvió a sentarse ante la mesa; abrió el cajón del centro, cogió un revólver y lo colocó sobre sus papeles, a plena luz. El acero del arma brillaba, lanzaba reflejos semejantes a llamas.

Renardet lo contempló algún tiempo con la mirada turbia de un hombre borracho; después se levantó y empezó a caminar.

Iba de un extremo a otro de la estancia, y de vez en cuando se detenía para volver a caminar al punto. De pronto, abrió la puerta de su cuarto de aseo, empapó una servilleta en el cántaro de agua y se mojó la frente, como había hecho la mañana del crimen. Después volvió a caminar. Cada vez que pasaba ante la mesa, el arma brillante atraía su mirada, buscaba su mano, pero él espiaba el reloj y pensaba: «Aún tengo tiempo».

Dieron las seis y media. Cogió entonces el revólver, abrió la boca mucho con una horrible mueca, y se metió dentro el cañón como si hubiera querido tragarlo. Permaneció así unos segundos, inmóvil, con el dedo en el seguro, y después, bruscamente sacudido por un estremecimiento de horror, escupió la pistola sobre la alfombra.

Y volvió a caer en su sillón, sollozante:

–No puedo. ¡No me atrevo! ¡Dios mío! ¡Dios mío! ¿Qué hacer para tener el valor de matarme?

Llamaban a la puerta; se irguió, enloquecido. Un criado decía:

–La cena del señor está servida.

Respondió:

–Está bien. Ahora bajo.

Entonces recogió el arma, la encerró de nuevo en el cajón, después se miró al espejo de la chimenea para ver si su rostro no le parecía demasiado convulso. Estaba rojo, como siempre, acaso un poco más rojo, nada más. Bajó y se sentó a la mesa.

Comió lentamente, como un hombre que quiere prolongar la comida, que no quiere encontrarse a solas consigo mismo. Después fumó varias pipas en la sala mientras quitaban la mesa. Después volvió a subir a su habitación.

En cuanto se hubo encerrado allí, miró debajo de la cama, abrió todos los armarios, exploró todos los rincones, registró todos los muebles. A continuación encendió las velas de la chimenea y, dando varias vueltas sobre sí mismo, recorrió con la vista toda la estancia, pues sabía perfectamente que iba a verla, como todas las noches, a la pequeña Roque, a la chiquilla que había violado, y después estrangulado.

Todas las noches recomenzaba la odiosa visión. Era al principio una especie de zumbido en sus oídos como el ruido de una trilladora o el paso lejano de un tren sobre un puente. Él empezaba entonces a jadear, a ahogarse, y tenía que aflojarse el cuello de la camisa y el cinturón. Caminaba para hacer circular la sangre, intentaba leer, intentaba cantar; era en vano; su pensamiento, a su pesar, volvía al día del asesinato, y se lo hacía recomenzar en sus más secretos detalles, con todas las más violentas emociones desde el primer minuto al último.

Había sentido, al levantarse aquella mañana, la mañana del horrible día, un poco de aturdimiento y de jaqueca, que atribuía al calor, de modo que se quedó en su habitación hasta que lo llamaron a almorzar. Después de comer, había echado una siesta; y luego había salido a media tarde para respirar la brisa fresca y sedante bajo los árboles de su oquedal.

Pero en cuanto estuvo fuera, el aire pesado y ardiente de la llanura lo oprimió aún más. El sol, todavía alto en el cielo, derramaba sobre la tierra calcinada, seca y sedienta, oleadas de encendida luz. Ni el menor soplo de viento movía las hojas. Todos los animales, los pájaros, los mismos saltamontes, callaban. Renardet llegó a los grandes árboles y empezó a caminar sobre el musgo, allí donde el Brindille evaporaba un poco de frescura bajo la inmensa techumbre de ramas. Pero no se sentía a sus anchas. Le parecía que una mano desconocida, invisible, le apretaba el cuello; y casi no pensaba en nada, aunque de ordinario tenía pocas ideas en la cabeza. Sólo un vago pensamiento le obsesionaba desde hacía tres meses, el pensamiento de volverse a casar. Sufría al vivir solo, sufría moral y físicamente. Habituado desde hacía diez años a sentir una mujer cerca de sí, acostumbrado a su presencia de todos los instantes, a su abrazo cotidiano, sentía la necesidad, una necesidad imperiosa y confusa, de su contacto incesante y sus besos regulares. Desde la muerte de la señora Renardet, sufría sin cesar, sin entender bien por qué, sufría al no sentir ya su vestido rozándole las piernas todo el día, y al no poder ya calmarse y debilitarse entre sus brazos, sobre todo. Llevaba apenas seis meses viudo y ya buscaba por los contornos alguna jovencita o alguna viuda con la que podría casarse cuando hubiera terminado el luto.

Tenía un alma casta, pero alojada en un poderoso cuerpo de Hércules, y las imágenes carnales empezaban a turbar su sueño y sus vigilias. Las expulsaba; regresaban; y murmuraba a veces riéndose de sí mismo: «Aquí estoy, como San Antonio».

Habiendo tenido esa mañana varias de esas obsesivas visiones, le asaltó de repente el deseo de bañarse en el Brindille para refrescarse y apaciguar el ardor de su sangre.

Conocía algo más lejos un punto ancho y profundo donde la gente del pueblo iba a remojarse a veces en verano. Allá fue.

Tupidos sauces ocultaban aquel claro estanque donde la corriente se remansaba, dormitaba un poco antes de volver a fluir. Renardet, al acercarse, creyó oír un ligero ruido, un débil chapoteo que no era el del arroyo en las riberas. Apartó suavemente las hojas y miró. Una chiquilla, completamente desnuda, toda blanca a través de las ondas transparentes, golpeaba el agua con las dos manos, bailando un poco dentro de ella, y girando sobre sí misma con encantadores ademanes. Ya no era una niña, no era aún una mujer; era regordeta y desarrollada, aunque conservaba un aire de cría precoz, crecida de prisa, casi madura. Él no se movía, paralizado por la sorpresa, por la angustia, con el aliento cortado por una emoción rara y punzante. Permanecía allí, con el corazón palpitante como si uno de sus sueños sensuales acabara de realizarse, como si un hada impura hubiese hecho aparecer ante él aquel ser turbador y demasiado joven, aquella pequeña Venus campesina, nacida de las burbujas del arroyuelo, como la otra, la grande, de las olas del mar.

De pronto la niña salió del baño y, sin verlo, avanzó hacia él para recoger sus ropas y vestirse. A medida que se acercaba con pasitos vacilantes, por miedo a los guijarros puntiagudos, él se sentía empujado hacia ella por una fuerza irresistible, por un arrebato bestial que excitaba toda su carne, enloquecía su alma y lo hacía temblar de pies a cabeza. Ella se quedó de pie, unos segundos, tras el sauce que lo ocultaba. Entonces, perdiendo la razón, él apartó las ramas, se arrojó sobre ella y la estrechó entre sus brazos. Ella cayó, demasiado asustada para resistirse, demasiado espantada para llamar, y él la poseyó sin comprender lo que hacía.

Despertó de su crimen como uno despierta de una pesadilla. La niña empezaba a llorar.

Él dijo:

–Cállate, cállate ya. Te daré dinero.

Pero ella no escuchaba, sollozaba.

Él prosiguió:

–Pero, cállate de una vez. Cállate ya. Cállate ya.

Ella gritó, retorciéndose para escapar.

Él comprendió bruscamente que estaba perdido; y la agarró por el cuello para detener en su boca aquellos clamores desgarradores y terribles. Como ella seguía debatiéndose con la fuerza exasperada de un ser que pretende huir de la muerte, él colocó sus manos de coloso sobre la pequeña garganta henchida de gritos, y en unos instantes la había estrangulado, de tan furiosamente que apretaba, sin que pensara en matarla, sino sólo en hacerla callar.

Después se enderezó, enloquecido de horror.

Yacía ante él, ensangrentada y con la cara negra. Iba a escapar, cuando en su alma trastornada surgió el instinto misterioso y confuso que guía a todos los seres en peligro.

Había que tirar el cuerpo al agua; pero otro impulso lo empujó hacia las ropas, con las que hizo un pequeño paquete. Entonces, como llevaba bramante en los bolsillos, lo ató y lo escondió en un profundo hoyo del río, bajo un tronco de árbol cuyo pie se bañaba en el Brindille.

Después se marchó, a grandes pasos, llegó a los prados, dio un enorme rodeo para que lo vieran los campesinos que habitaban muy lejos de allí, al otro lado del pueblo, y regresó a cenar a la hora de costumbre contando a sus criados todos los detalles de su paseo.

Esa noche durmió, sin embargo, durmió con un denso sueño de animal, como deben dormir a veces los condenados a muerte. Sólo abrió los ojos con los primeros resplandores del día, y esperó, torturado por el miedo al descubrimiento de la fechoría, la hora normal de despertarse.

Después tuvo que asistir a todas las diligencias. Lo hizo a la manera de los sonámbulos, con una alucinación que le mostraba las cosas y los hombres a través de una especie de sueño, entre una nube de embriaguez, con esa sospecha de irrealidad que turba el ánimo a la hora de las grandes catástrofes.

Sólo el grito desgarrador de la Roque le atravesó el corazón. En ese momento estuvo a punto de arrojarse a los pies de la vieja, gritando: «Fui yo». Pero se contuvo. Sin embargo, durante la noche fue a sacar del agua los zuecos de la muerta, para llevarlos al umbral de la madre.

Mientras duró la investigación, mientras tuvo que guiar y despistar a la justicia, estuvo tranquilo, fue dueño de sí, astuto y sonriente. Discutía sosegadamente con los magistrados todas las suposiciones que se les pasaban por la cabeza, rebatía sus opiniones, demolía sus razonamientos. Incluso experimentaba cierto placer agrio y doloroso al perturbar sus pesquisas, al enredar sus ideas, al declarar la inocencia de los sospechosos.

Pero a partir del día en que se abandonaron las investigaciones, se volvió cada vez más nervioso, más excitable aún que antaño, aunque dominase sus cóleras. Los ruidos repentinos le hacían saltar de miedo; temblaba por la menor cosa, se estremecía de pies a cabeza cuando una mosca se posaba en su frente. Entonces lo invadió una imperiosa necesidad de moverse, forzándolo a carreras prodigiosas, teniéndolo levantado noches enteras, durante las que caminaba por su cuarto.

No es que lo acosaran los remordimientos. Su naturaleza brutal no se prestaba al menor matiz de sentimiento o de temor moral. Hombre enérgico e incluso violento, nacido para guerrear, asolar los países conquistados y matar a los vencidos, lleno de instintos salvajes de cazador y de batallador, para él no contaba en nada la vida humana. Aunque respetase a la Iglesia, por política, no creía ni en Dios ni en el diablo, y no esperaba por consiguiente, en la otra vida, ni castigo ni recompensa por sus actos en la de aquí. Por toda creencia, conservaba una vaga filosofía compuesta por todas las ideas de los enciclopedistas del siglo pasado; y consideraba la Religión como una sanción moral de la Ley, inventadas una y otra por los hombres para regular las relaciones sociales.

Matar a alguien en duelo, o en la guerra, o en una disputa, o por accidente, o por venganza, o incluso por baladronada, le hubiera parecido una cosa divertida y arrogante, y no hubiera dejado más huellas en su espíritu que el disparo a una liebre, pero había sentido una emoción profunda con el asesinato de aquella niña. Lo había cometido al principio enloquecido por una embriaguez irresistible, en una especie de tormenta sensual que le arrebató la razón. Y había guardado en el corazón, guardado en la carne, guardado en los labios, guardado hasta en sus dedos de asesino, una especie de amor bestial, al mismo tiempo que un horror espantado, hacia aquella chiquilla sorprendida por él y matada cobardemente. A cada instante su pensamiento volvía a aquella escena horrible; y aunque se esforzaba por desechar aquella imagen, aunque la apartaba con terror, con desagrado, la sentía vagar por su espíritu, dar vueltas a su alrededor, esperando sin cesar el momento de reaparecer.

Entonces tuvo miedo de las noches, miedo de las sombras que caían a su alrededor. No sabía aún por qué las tinieblas le parecían pavorosas; pero las temía instintivamente; las notaba pobladas de terrores. El pleno día no se presta al espanto. En él se ven las cosas y los seres; y por ello durante él sólo se encuentran las cosas y los seres naturales que pueden mostrarse a la luz del sol. Pero la noche, la noche opaca, más espesa que las murallas, y vacía, la noche infinita, tan negra, tan vasta, donde uno puede rozar cosas espantosas, la noche en la que se siente errar, merodear, un terror misterioso, ¡le parecía ocultar un peligro desconocido, próximo y amenazador! ¿Cuál?

Pronto lo supo. Una noche que no dormía, y que estaba sentado en su sillón, bastante tarde, creyó ver moverse la cortina de su ventana. Esperó, inquieto, con el corazón palpitante; la colgadura estaba inmóvil; después, de pronto, se agitó de nuevo; o al menos él pensó que se agitaba. No se atrevía a levantarse; no se atrevía a respirar; y sin embargo era valiente; había luchado a menudo y le habría gustado descubrir ladrones en su casa.

¿Era cierto que se movía la cortina? Se lo preguntaba, temeroso de que sus ojos lo engañaran. Era tan poca cosa, por lo demás, un leve estremecimiento del tejido, una especie de temblor de los pliegues, apenas una ondulación como la que produce el viento. Renardet permanecía con la mirada fija, el cuello estirado; y bruscamente se levantó, avergonzado de su miedo, dio cuatro pasos, cogió la colgadura con las dos manos y la apartó lentamente. Al principio no vio sino los cristales negros, negros como láminas de tinta reluciente. La noche, la gran noche impenetrable se extendía detrás de ellos hasta el invisible horizonte. Él seguía de pie ante aquella sombra ilimitada; y de repente distinguió un resplandor, un resplandor móvil, que parecía remoto. Entonces acercó la cara al marco, pensando que un pescador de cangrejos pescaba furtivamente en el Brindille, pues era medianoche pasada, y el resplandor se arrastraba a orillas del agua, bajo el oquedal. Como aún no divisaba nada, Renardet encerró los ojos entre las manos; y bruscamente el resplandor se convirtió en una claridad, y vio a la pequeña Roque desnuda y ensangrentada sobre el musgo.

Retrocedió crispado de horror, chocó con el asiento y cayó de espaldas. Se quedó unos minutos angustiado, después se sentó y empezó a reflexionar. Había tenido una alucinación, sin más; una alucinación provocada por un merodeador nocturno que caminaba a orillas del agua con un farol. ¿Qué había de extraño, por lo demás, en que el recuerdo de su crimen le trajese a veces la visión de la muerta?

Levantándose, bebió un vaso de agua, y después se sentó. Pensaba: «¿Qué voy a hacer, si esto vuelve a empezar?». Y volvería a empezar, lo notaba, estaba seguro. Ya la ventana tentaba su mirada, lo llamaba, lo atraía. Para no verla, le dio la vuelta a la silla; después cogió un libro e intentó leer; pero pronto le pareció oír que algo se agitaba a sus espaldas, e hizo girar bruscamente sobre una pata su sillón. La cortina se movía de nuevo; sí, se había movido, esta vez; no cabía ninguna duda; se lanzó hacia ella y la cogió con una mano tan brutal que la tiró al suelo con su galería; después pegó ávidamente la cara al vidrio. No vio nada. Todo estaba negro allá fuera; y respiró con la alegría de un hombre a quien le acaban de salvar la vida.

Después volvió a sentarse; pero casi en seguida le embargó de nuevo el deseo de mirar otra vez por la ventana. Desde que la cortina había caído, aquélla constituía una especie de agujero oscuro, atrayente, temible, sobre la campiña en sombras. Para no ceder a esta peligrosa tentación, se desnudó, sopló las velas, se acostó y cerró los ojos.

Inmóvil, de espaldas, con la piel caliente y sudorosa, esperaba el sueño. De repente una gran luz atravesó sus párpados. Los abrió, creyendo la casa en llamas. Todo estaba negro, y se apoyó en un codo para tratar de distinguir la ventana que seguía atrayéndole, irremisiblemente. A fuerza de tratar de ver, divisó unas estrellas; y se levantó, cruzó la habitación a tientas, encontró los cristales con las manos extendidas, aplicó la frente sobre ellos. Allá abajo, entre los árboles, ¡el cuerpo de la chiquilla relucía como el fósforo, iluminando la sombra a su alrededor!

Renardet lanzó un grito y escapó hacia la cama, donde se quedó hasta la mañana, la cabeza escondida debajo de la almohada.

A partir de ese momento, su vida resultó intolerable. Pasaba los días con el terror de las noches; y cada noche, la visión recomenzaba. Apenas encerrado en su habitación, intentaba luchar; pero en vano. Una fuerza irresistible le hacía levantarse y lo empujaba hacia los cristales, como para llamar al fantasma, y al punto lo veía, tendido primero en el lugar del crimen, tendido con los brazos abiertos, las piernas abiertas, tal como había sido encontrado el cuerpo. Después la muerta se levantaba y avanzaba, a pasitos cortos, como había hecho la niña al salir del río. Avanzaba suavemente, en derechura, pasando sobre el césped y sobre el macizo de flores secas; después se elevaba en el aire, hacia la ventana de Renardet. Iba hacia él, como había ido el día del crimen, hacia el asesino. Y el hombre retrocedía ante la aparición, retrocedía hasta la cama y se desplomaba sobre ella, sabiendo perfectamente que la pequeña había entrado y que ahora estaba detrás de la cortina, que se movería en seguida. Y miraba la cortina hasta que se hacía de día, clavaba en ella los ojos, esperando sin cesar ver salir a su víctima. Pero ésta no se mostraba; se quedaba allí, bajo el tejido agitado a veces por un temblor. Y Renardet, con los dedos crispados sobre las sábanas, las apretaba al igual que había apretado la garganta de la pequeña Roque. Oía dar las horas; escuchaba latir en el silencio el péndulo del reloj y los golpes profundos de su corazón. Y sufría, el mísero, más de lo que ningún hombre haya sufrido nunca.

Después, en cuanto una línea blanca aparecía en el cielo raso, anunciando la proximidad del día, se sentía liberado, por fin solo, solo en su cuarto; y volvía a acostarse. Dormía entonces unas horas, con un sueño inquieto y febril, en el cual volvía a iniciarse a menudo la espantosa visión de sus vigilias.

Cuando bajaba a almorzar a mediodía, se sentía con agujetas como tras una prodigiosa fatiga; y apenas comía, obsesionado siempre por el temor a aquella a la que volvería a ver a la noche siguiente.

Sabía perfectamente, empero, que no se trataba de una aparición, que los muertos no vuelven, y que su alma enferma, su alma obsesionada por un solo pensamiento, por un recuerdo inolvidable, era la única causa de su suplicio, la única evocadora de la muerta resucitada por ella, llamada por ella y puesta en pie también por ella ante sus ojos, donde permanecía impresa la imborrable imagen. Pero sabía también que no se curaría, que jamás escaparía a la persecución salvaje de su memoria; y se decidió a morir, con tal de no soportar más aquellas torturas.

Entonces buscó la manera de matarse. Quería algo sencillo y natural, que no hiciera pensar en un suicidio, pues tenía en mucho su reputación, el apellido legado por sus padres; y si alguien sospechaba la causa de su muerte, pensarían sin duda en el crimen inexplicado, en el asesino aún sin hallar, y no tardarían en acusarle de la fechoría.

Se le había ocurrido una idea extraña, la de dejarse aplastar por el árbol al pie del cual había asesinado a la pequeña Roque. Se decidió, pues, a mandar talar el oquedal y a simular un accidente. Pero el haya se negó a romperle el espinazo.

Al volver a su casa, presa de loca desesperación, había cogido el revólver, y luego no se había atrevido a disparar.

Sonó la hora de la cena; había comido, y después había vuelto a subir. Y no sabía lo que iba a hacer. Se sentía cobarde ahora que había escapado por primera vez. Hacía un rato estaba dispuesto, fortalecido, decidido, dueño de su valor y de su resolución; ahora era débil y tenía miedo a la muerte, tanto como a la muerta.

Balbucía: «No me atreveré, no me atreveré»; y miraba con terror, ora el arma sobre la mesa, ora a la cortina que tapaba su ventana. Le parecía también que en cuanto su vida cesara se produciría algo horrible. ¿Algo? ¿Qué? ¿Acaso la encontraría? Ella lo acechaba, lo esperaba, lo llamaba, y era para atraparlo a su vez, para atraerlo a su venganza y decidirlo a morir por lo que se mostraba así todas las noches.

Se echó a llorar como un niño, repitiendo: «No me atreveré». Después cayó de rodillas y balbució: «Dios mío, Dios mío». Aunque sin creer en Dios, empero. Y no se atrevía ya, en efecto, a mirar a la ventana, donde sabía que se agazapaba la aparición, ni a la mesa, donde brillaba el revólver.

Cuando se levantó, dijo en voz alta: «Esto no puede seguir así, hay que acabar de una vez». El sonido de su voz en la habitación silenciosa hizo correr un estremecimiento de miedo por sus miembros; pero como no se decidía a tomar una resolución; como sentía perfectamente que el dedo de su mano se negaría siempre a soltar el seguro del arma, volvió a ocultar la cabeza bajo las mantas de la cama, y reflexionó.

Tenía que encontrar algo que lo forzara a morir, que inventar una astucia contra sí mismo que no le permitiera la menor vacilación, el menor retraso, ninguna posible queja. Envidiaba a los condenados a quienes llevan al patíbulo entre soldados. ¡Oh!, ¡Si pudiera rogarle a alguien que disparase; si pudiera, confesando el estado de su alma, confesando su crimen a un amigo de confianza que no lo divulgaría jamás, obtener de él la muerte! Pero ¿a quién pedirle tan terrible servicio? ¿A quién?

Buscaba entre la gente que conocía. ¿Al médico? No. Sin duda lo contaría todo, más adelante. Y de repente una extravagante idea cruzó por su mente. Le escribiría al juez de instrucción, al que conocía íntimamente, para denunciarse. Le diría todo, en aquella carta, el crimen, las torturas que soportaba, su resolución de morir, sus vacilaciones, el medio que empleaba para forzar su desfalleciente valor. Le suplicaría en nombre de su vieja amistad que destruyese la carta en cuanto supiera que el culpable se había hecho justicia a sí mismo. Renardet podía contar con el magistrado, sabía que era de fiar, discreto, incapaz incluso de una palabra ligera. Era uno de esos hombres que tienen una conciencia inflexible regida, dirigida, regulada por su sola razón.

Apenas hubo trazado este proyecto una extraña alegría invadió su corazón. Ahora estaba tranquilo. Escribiría su carta, lentamente, y después, al nacer el día, la depositaría en el buzón clavado en el muro de su granja, después subiría a la torre para ver llegar al cartero, y cuando el hombre de la chaqueta azul se marchara, se arrojaría de cabeza sobre las rocas donde se apoyaban los cimientos. Tendría buen cuidado de que lo vieran antes los trabajadores que talaban el bosque. Después podría subir al escalón saliente que sujetaba el mástil de la bandera que ondeaba en los días de fiesta. Rompería el mástil de un empujón y se precipitaría con él. ¿Cómo no pensar en un accidente? Y se mataría en el acto, dados su peso y la altura de la torre.

Saltó al punto de la cama, se sentó a la mesa y empezó a escribir; no olvidó nada, ni un detalle del crimen, ni un detalle de su vida de angustias, ni un detalle de las torturas de su corazón, y terminó anunciando que se había condenado a sí mismo, que iba a ejecutar al criminal, y rogando a su amigo, a su viejo amigo, que velase para que jamás se empañara su memoria.

Al acabar la carta, se dio cuenta de que había llegado el día. La cerró, la lacró, escribió la dirección, después bajó con pasos ligeros, corrió hasta la cajita blanca pegada al muro, en una esquina de la granja, y cuando hubo echado en ella el papel que le pesaba en la mano, regresó a toda prisa, echó los cerrojos de la puerta principal y se encaramó a la torre para esperar el paso del peatón que se llevaría su sentencia de muerte.

¡Se sentía tranquilo, ahora, liberado, salvado!

Un viento frío, seco, un viento helado pasaba sobre su rostro. Lo aspiraba ávidamente, con la boca abierta, bebiendo su caricia glacial. El cielo estaba rojo, de un rojo ardiente, de un rojo invernal, y toda la llanura blanca de escarcha brillaba bajo los primeros rayos de sol, como si estuviera salpicada de vidrio molido. Renardet, de pie, destocado, miraba la vasta comarca, los prados a la izquierda, a la derecha el pueblo cuyas chimeneas empezaban a humear para la comida matinal.

A sus pies veía deslizarse el Brindille, entre las rocas donde en seguida se aplastaría. Se sentía renacer en aquella hermosa aurora helada, y lleno de fuerza, lleno de vida. La luz lo bañaba, lo cercaba, penetraba en él como una esperanza. Mil recuerdos lo asaltaban, recuerdos de mañanas semejantes, de marchas rápidas sobre la tierra dura que resonaba bajo los pasos, de cazas afortunadas a orillas de las lagunas donde duermen los patos salvajes. Todas las buenas cosas que le gustaban, las buenas cosas de la existencia se agolpaban en su recuerdo, lo aguijoneaban con deseos nuevos, despertaban todos los vigorosos apetitos de su cuerpo activo y poderoso.

¿E iba a morir? ¿Por qué? ¿Iba a matarse súbitamente, porque tenía miedo de una sombra? ¿Por miedo a nada? ¡Era rico y todavía joven! ¡Qué locura! Pero ¡si bastaba con una distracción, con una ausencia, con un viaje, para olvidar! Esa misma noche no había visto a la niña, porque su mente, preocupada, se había distraído con otra cosa. ¡Acaso ya no volvería a verla! Y si lo acosaba aún en aquella casa, ¡con toda seguridad no lo seguiría a otros lugares! ¡La tierra era grande, y el futuro largo! ¿Por qué morir?

Su mirada vagaba por los prados, y divisó una mancha azul en el sendero a orillas del Brindille. Era Médéric que venía a traer las cartas de la ciudad y a llevarse las de la aldea.

Renardet tuvo un sobresalto, la sensación de un dolor que lo traspasaba, y se lanzó por la escalera de caracol para recoger su carta, para reclamársela al cartero. Poco le importaba que lo vieran, ahora; corría a través de la hierba donde la helada ligera de las noches formaba una espuma, y llegó ante el buzón, en la esquina de la granja, al mismo tiempo que el peatón.

El hombre había abierto la cajita de madera y cogía los pocos papeles dejados allí por los habitantes del pueblo.

Renardet le dijo:

–Buenos días, Médéric.

–Buenos días, señor alcalde.

–Oiga, Médéric, he echado al buzón una carta que necesito. Vengo a pedirle que me la dé.

–Está bien, señor alcalde, se le devolverá.

Y el cartero alzó los ojos. Se quedó estupefacto ante el rostro de Renardet; tenía las mejillas amoratadas, los ojos turbios, cercados de negro, como hundidos en la cabeza, el pelo en desorden, la barba enredada, la corbata suelta. Era evidente que no se había acostado.

El hombre preguntó:

–¿Es que está usted enfermo, señor alcalde?

El otro, comprendiendo de pronto que su aspecto debía de ser muy extraño, perdió su aplomo, balbució:

–No... claro que no... Sólo que he saltado de la cama para pedirle esa carta... dormía... ¿Comprende?...

Una vaga sospecha pasó por la mente del ex soldado. Preguntó:

–¿Qué carta?

–La que usted va a devolverme.

Ahora Médéric vacilaba, la actitud del alcalde no le parecía natural. Quizás había un secreto en aquella carta, un secreto político. Él sabía que Renardet no era republicano, y conocía todos los trucos y todas las supercherías que se emplean en las elecciones.

Preguntó:

–¿A quién va dirigida la tal carta?

–Al señor Putoin, el juez de instrucción; ya sabe usted, el señor Putoin, ¡muy amigo mío!

El peatón buscó entre los papeles y encontró el que le reclamaban. Entonces empezó a mirarlo, dándole vueltas y más vueltas entre sus dedos, muy perplejo, muy turbado por el temor a cometer una falta grave o a enemistarse con el alcalde.

Viéndolo vacilar, Renardet hizo un movimiento para coger la carta y arrebatársela. Aquel gesto brusco convenció a Mérédic de que se trataba de un misterio importante y lo decidió a cumplir con su deber, costara lo que costara.

Metió el sobre en su bolsa y la cerró, respondiendo:

–No, no puedo, señor alcalde. Puesto que es para la justicia, no puedo.

Una espantosa angustia oprimió el corazón de Renardet, que balbució:

–Pero, usted me conoce bien. Puede usted incluso reconocer mi letra. Le digo que necesito ese papel.

–No puedo.

–Vamos, Médéric, sabe usted que soy incapaz de engañarle, le digo que lo necesito.

–No. No puedo.

Un estremecimiento de cólera sacudió el alma violenta de Renardet.

–Pero, ¡rediez!, tenga cuidado. Sabe usted que no me ando con bromas, yo, y que puedo hacer que lo despidan de su puesto, ¡monigote!, y sin tardanza. Y además soy el alcalde del pueblo, a fin de cuentas; y ahora le ordeno que me devuelva ese papel.

El peatón respondió con firmeza:

–No, ¡no puedo, señor alcalde!

Entonces Renardet, perdiendo la cabeza, le agarró del brazo para quitarle la bolsa; pero el hombre se soltó con una sacudida y, retrocediendo, levantó su grueso bastón de acebo. Pronunció, sin perder la calma:

–¡Oh! No me toque, señor alcalde, o le doy un palo. Tenga cuidado. ¡Cumplo con mi deber!

Sintiéndose perdido, Renardet, bruscamente, se volvió humilde, dulce, implorante como un niño que llora.

–Vamos, vamos, amigo mío, devuélvame esa carta, le recompensaré, le daré dinero, tenga, tenga, le daré cien francos, ¿oye usted?, cien francos.

El hombre giró sobre sus talones y echó a andar.

Renardet lo siguió, jadeante, balbuciendo:

–Médéric, Médéric, escuche, le daré mil francos, ¿oye usted?, mil francos.

El otro seguía andando, sin responder. Renardet prosiguió:

–Lo haré a usted rico... ¿oye?, lo que usted quiera... Cincuenta mil francos... Cincuenta mil francos por esa carta... ¿Qué le importa?... ¿No quiere? Bueno, pues cien mil... dígame... cien mil francos... ¿oye usted?... cien mil francos... cien mil francos.

El cartero se volvió, con gesto duro, mirada severa:

–Ya está bien; basta, o repetiré a la justicia todo lo que acaba de decirme.

Renardet se paró en seco. Se había acabado. Ya no cabían esperanzas. Se dio la vuelta y escapó hacia su casa, galopando como un animal perseguido.

Entonces Médéric se detuvo a su vez y contempló con estupefacción aquella huida. Vio al alcalde entrar en la casa, y siguió esperando, como si no pudiera dejar de ocurrir algo sorprendente.

Pronto, en efecto, la alta figura de Renardet apareció en la cima de la torre del Zorro. Corría como un loco en torno a la plataforma; después agarró el mástil de la bandera y lo sacudió con furia sin lograr romperlo, y después de pronto, como un nadador que se tira de cabeza, se lanzó al vacío con las dos manos hacia adelante.

Médéric se abalanzó para prestarle auxilio. Al cruzar el parque, vio a los leñadores que iban a su trabajo. Les dio voces proclamando el accidente; y encontraron al pie de los muros un cuerpo ensangrentado, cuya cabeza se había aplastado contra una roca. El Brindille rodeaba la roca y por sus aguas, ensanchadas en aquel lugar, claras y tranquilas, se veía correr un largo reguero rosa de sesos y sangre mezclados.

El albergue*

Semejante a todas las hospederías de madera construidas en los altos Alpes, al pie de los glaciares, en esos pasadizos rocosos y pelados que cortan las cimas blancas de las montañas, el albergue de Schwarenbach sirve de refugio a los viajeros que siguen el paso de la Gemmi.

Durante seis meses permanece abierto, habitado por la familia de Jean Hauser; después, en cuanto las nieves se amontonan, llenando el valle y haciendo impracticable la bajada a Loëche, las mujeres, el padre y los tres hijos se marchan, y dejan al cuidado de la casa al viejo guía Gaspard Hari con el joven guía Ulrich Kunsi, y *Sam,* un gran perro de montaña.

Los dos hombres y el animal se quedan hasta la primavera en aquella cárcel de nieve, teniendo ante los ojos so-

* *L'Auberge,* publicado en *Les Lettres et les Arts,* 1 de septiembre de 1886.

lamente la inmensa y blanca pendiente del Balmhorn, rodeados de cumbres pálidas y brillantes, encerrados, bloqueados, sepultados bajo la nieve que asciende a su alrededor, envuelve, abraza, aplasta la casita, se acumula en el tejado, llega a las ventanas y tapia la puerta.

Era el día en que la familia Hauser iba a volver a Loëche, pues el invierno se acercaba y la bajada se volvía peligrosa.

Tres mulos partieron delante, cargados de ropas y enseres y guiados por los tres hijos. Después la madre, Jeanne Hauser, y su hija Louise subieron a un cuarto mulo, y se pusieron en camino a su vez.

El padre las seguía acompañado por los dos guardas, que debían escoltar a la familia hasta lo alto de la pendiente.

Rodearon primero el pequeño lago, helado ahora en el fondo del gran hueco de rocas que se extiende ante el albergue, y después siguieron por el valle, blanco como una sábana y dominado por todos los lados por cumbres nevadas.

El sol inundaba aquel desierto blanco resplandeciente y helado, lo iluminaba con llamas cegadoras y frías; ninguna vida aparecía en aquel océano de montañas; ningún movimiento en aquella desmesurada soledad; ningún ruido turbaba su profundo silencio.

Poco a poco Ulrich Kunsi, el guía joven, un suizo muy alto de largas piernas, dejó atrás al padre Hauser y al viejo Gaspard Hari, para alcanzar el mulo que llevaba a las dos mujeres.

La más joven lo veía llegar, parecía llamarlo con ojos tristes. Era una campesinita rubia, cuyas mejillas lechosas y cuyos cabellos pálidos parecían descoloridos por las largas estancias entre los hielos.

Cuando hubo alcanzado al animal que la llevaba, posó la mano en la grupa y aflojó el paso. La señora Hauser empezó a hablarle, enumerando con infinitos detalles todas las recomendaciones para la invernada. Era la primera vez que él se quedaba allá arriba, mientras que el viejo Hari ya había pasado catorce inviernos bajo la nieve en el albergue de Schwarenbach.

Ulrich Kunsi escuchaba, sin tener pinta de entender, y miraba sin cesar a la joven. De vez en cuando respondía: «Sí, señora Hauser». Pero su pensamiento parecía lejos y su rostro tranquilo seguía impasible.

Llegaron al lago de Daube, cuya gran superficie helada se extendía, muy lisa, al fondo del valle. A la derecha, el Daubehorn mostraba sus peñascos negros cortados a pico cerca de las enormes morrenas del glaciar de Loemmern que dominaba el Wildstrubel.

Cuando se acercaron al puerto de la Gemmi, donde comienza la bajada hacia Loëche, descubrieron de repente el inmenso horizonte de los Alpes del Valais, de los que los separaba el profundo y ancho valle del Ródano.

Había, a lo lejos, cumbres blancas sin cuento, desiguales, achatadas o picudas y brillantes bajo el sol: el Mischabel con sus dos cuernos, el poderoso macizo del Wissehorn, el pesado Brunnegghor, la alta y temible pirámide del Cervino, asesino de hombres, y la Dent Blanche, esa monstruosa coqueta.

Después, debajo de ellos, en un agujero inmenso, al fondo de un abismo espantoso, divisaron Loëche, cuyas casas parecían granos de arena arrojados a esa hendidura enorme que limita y cierra la Gemmi, y que se abre, allá al fondo, sobre el Ródano.

El mulo se detuvo al borde del sendero que avanza, serpenteando, con incesantes vueltas y revueltas, fantástico y maravilloso, a lo largo de la montaña recta, hasta la aldehuela casi invisible, a sus pies. Las mujeres desmontaron en la nieve.

Los dos viejos se habían reunido con ellos.

–Vamos –dijo el viejo Hauser–, adiós y ánimo, amigos míos, hasta el año próximo.

El viejo Hari repitió: «Hasta el año próximo».

Se besaron. Después la señora Hauser, a su vez, les ofreció las mejillas; y la joven hizo otro tanto.

Cuando le llegó el turno a Ulrich Kunsi, murmuró al oído de Louise: «No se olvide de los de aquí arriba». Ella respondió un «no» tan bajo que él lo adivinó sin oírlo.

–Vamos, adiós –repitió Jean Hauser–, a seguir bien.

Y, pasando ante las mujeres, empezó a bajar.

Pronto desaparecieron los tres por el primer recodo del camino. Y los dos hombres regresaron hacia el albergue de Schwarenbach. Marchaban lentamente, uno junto a otro, sin hablar. Se había acabado, se quedarían solos, frente a frente, cuatro o cinco meses.

Después Gaspard Hari empezó a contar su vida durante el invierno pasado. Se había quedado con Michel Canol, demasiado anciano ahora para volver a hacerlo, pues durante la prolongada soledad puede ocurrir cualquier accidente. No se habían aburrido, por lo demás; todo estribaba en resignarse desde el primer día; y se acababa por inventar distracciones, juegos, muchos pasatiempos.

Ulrich Kunsi lo escuchaba, los ojos bajos, siguiendo con el pensamiento a los que bajaban hacia el pueblo por todas las ondulaciones de la Gemmi.

Pronto divisaron el albergue, apenas visible, tan pequeño, un punto negro al pie de la monstruosa ola de nieve.

Cuando abrieron, *Sam,* el gran perro rizoso, empezó a brincar en torno a ellos.

–Vamos, hijo –dijo el viejo Gaspard–, ya no tenemos mujeres ahora, hay que hacer la cena, monda patatas.

Y los dos, sentándose en taburetes de madera, empezaron a preparar la sopa.

La mañana del siguiente día le pareció larga a Ulrich Kunsi. El viejo Hari fumaba y escupía al lar, mientras que el joven miraba por la ventana la resplandeciente montaña frontera a la casa.

Salió por la tarde y, repitiendo el trayecto de la víspera, buscaba en el suelo las huellas de los cascos del mulo que había llevado a las dos mujeres. Después, cuando estuvo en el puerto de la Gemmi, se tumbó sobre el vientre al borde del abismo y miró hacia Loëche.

El pueblo, en su pozo de rocas, aún no estaba anegado bajo la nieve, aunque ésta llegase muy cerca, detenida en seco por los bosques de abetos que protegían sus alrededores. Sus casas bajas parecían, desde allá arriba, adoquines en un prado.

La hija de los Hauser estaba allí, ahora, en una de aquellas grises moradas. ¿En cuál? Ulrich Kunsi se hallaba demasiado lejos para distinguirlas por separado. ¡Cómo le hubiera gustado bajar, mientras aún estaba a tiempo!

Pero el sol había desaparecido tras la gran cima del Wildstrubel, y el joven regresó. El viejo Hari fumaba. Al ver entrar a su compañero, le propuso una partida de cartas; y se sentaron uno frente a otro a ambos lados de la mesa.

Jugaron mucho tiempo, a un juego sencillo que se llama brisca, y después, habiendo cenado, se acostaron.

Los días siguientes fueron parecidos al primero, claros y fríos, sin nuevas nieves. El viejo Gaspard se pasaba las tardes acechando a las águilas y a los pocos pájaros que se aventuran por aquellas cumbres heladas mientras que Ulrich volvía regularmente al puerto de la Gemmi para contemplar el pueblo. Después jugaban a las cartas, a los dados, al dominó, ganaban y perdían pequeños objetos para dar interés a las partidas.

Una mañana, Hari, que se había levantado el primero, llamó a su compañero. Una nube movediza, profunda y ligera, de espuma blanca, se abatía sobre ellos, a su alrededor, sin ruido, los sepultaba poco a poco bajo un espeso y sordo colchón de nieve. Duró cuatro días y cuatro noches. Hubo que despejar la puerta y las ventanas, cavar un pasillo y tallar peldaños para escalar aquel polvo helado que doce horas de escarcha habían vuelto más duro que el granito de las morrenas.

Entonces vivieron como prisioneros, sin aventurarse ya lejos de su morada. Se habían repartido las tareas, que realizaban con regularidad. Ulrich Kunsi se encargaba de fregar, de lavar, de todos los cuidados y tareas de limpieza. También era el que partía la leña, mientras que Gaspard Hari cocinaba y mantenía el fuego. Sus quehaceres, regulares y monótonos, eran interrumpidos por largas partidas de cartas o de dados. Nunca reñían, pues los dos eran tranquilos y plácidos. Tampoco nunca se mostraban impacientes, de mal humor, ni se decían palabras agrias, pues habían hecho provisión de resignación para la invernada en las cumbres.

A veces el viejo Gaspard cogía su escopeta y marchaba en busca de gamuzas; mataba alguna de vez en cuando. Entonces era día de fiesta en el albergue de Schwarenbach, con un gran banquete de carne fresca.

Una mañana, salió así. El termómetro de fuera marcaba dieciocho bajo cero. Como el sol aún no había salido, el cazador esperaba sorprender a los animales en las proximidades del Wildstrubel.

Ulrich, solo, se quedó hasta las diez en cama. Era de natural dormilón; pero no se hubiera atrevido a abandonarse así a su inclinación en presencia del viejo guía, siempre activo y madrugador.

Almorzó lentamente con *Sam,* que también se pasaba los días y las noches durmiendo junto al fuego; y después se sintió triste, casi asustado por la soledad, y asaltado por la necesidad de la cotidiana partida de cartas, como suele ocurrir con el deseo de un hábito invencible.

Entonces salió para ir al encuentro de su compañero que debía regresar a las cuatro.

La nieve había nivelado todo el profundo valle, colmando las grietas, borrando los dos lagos, acolchando las rocas; formaba sólo, entre las inmensas cumbres, una inmensa concavidad blanca regular, cegadora y helada.

Hacía tres semanas que Ulrich no había vuelto al borde del abismo desde donde miraba el pueblo. Quiso regresar allá antes de subir las pendientes que conducían al

Wildstrubel. Loëche estaba ahora plantado en la nieve, y ya no se reconocían casi las casas, sepultadas bajo aquel manto pálido.

Después, girando a la derecha, llegó al glaciar de Loemmern. Avanzaba con su paso largo de montañés golpeando con su bastón herrado la nieve, dura como una piedra. Y buscaba con su aguda vista el puntito negro y móvil, a lo lejos, sobre aquella alfombra desmesurada.

Cuando estuvo a la orilla del glaciar se detuvo, preguntándose si el viejo habría tomado aquel camino, después se puso a bordear las morrenas con pasos más rápidos e inquietos.

La luz disminuía, la nieve se volvía rosada, un viento seco y helado corría con bruscas ráfagas sobre su superficie de cristal. Ulrich lanzó una llamada aguda, vibrante, prolongada. La voz se perdió en el silencio de muerte en el que dormían las montañas; corrió a lo lejos, sobre las olas inmóviles y profundas de espuma glacial, como un grito de pájaro sobre las olas del mar; después se extinguió sin que nada le respondiese.

Reanudó la marcha. El sol se había hundido, allá abajo, tras las cimas que los reflejos del cielo teñían de púrpura aún; pero las profundidades del valle se estaban poniendo grises. Y el joven tuvo miedo de repente. Le pareció que el silencio, el frío, la soledad, la muerte invernal de aquellos montes entraban en él, iban a detener y helar su sangre, a entumecer sus miembros, a convertirlo en un ser inmóvil y helado. Y echó a correr, huyendo hacia la casa. El viejo, pensaba, habría regresado durante su ausencia. Habría tomado otro camino, estaría sentado al amor de la lumbre, con una gamuza muerta a sus pies.

Pronto divisó el albergue. No salía ningún humo. Ulrich corrió más de prisa, abrió la puerta. *Sam* se abalanzó a hacerle fiestas, pero Gaspard Hari no había regresado.

Asustado, Kunsi giró sobre sí mismo, como si hubiera esperado descubrir a su compañero escondido en un rincón. Después encendió el fuego y preparó la sopa, esperando siempre ver aparecer al anciano.

De vez en cuando, salía para ver si llegaba. Había caído la noche, la macilenta noche de las montañas, la pálida noche, la lívida noche que iluminaría, al borde del horizonte, una media luna amarilla y fina a punto de ocultarse tras las cumbres.

Después el joven volvía a entrar, se sentaba, se calentaba los pies y las manos imaginando todos los posibles accidentes.

Gaspard había podido romperse una pierna, caer en un hoyo, dar un paso en falso que le había torcido el tobillo. Y permanecía tendido en la nieve, presa del frío, entumecido, angustiado, perdido, quizás pidiendo auxilio, llamando con toda la fuerza de sus pulmones en el silencio de la noche.

Pero ¿dónde? La montaña era tan vasta, tan dura, tan peligrosa en las cercanías, sobre todo en esta estación, que habrían sido precisos diez o veinte guías y caminar durante ocho días en todas las direcciones para encontrar a un hombre en aquella inmensidad.

Ulrich Kunsi, sin embargo, se decidió a salir con *Sam* si Gaspard Hari no había vuelto entre la medianoche y la una de la madrugada.

E hizo sus preparativos.

Metió víveres para dos días en una bolsa, cogió sus garfios de hierro, se arrolló a la cintura una cuerda larga, delgada y fuerte, comprobó el estado de su bastón herrado y de la hachuela que sirve para tallar escalones en el hielo. Después esperó. El fuego ardía en la chimenea; el gran perro roncaba bajo la claridad de la llama; el reloj palpitaba como un corazón con golpes regulares en su caja de madera sonora.

Esperaba, la oreja aguzada a los ruidos lejanos, estremeciéndose cuando el leve viento rozaba el tejado y los muros.

Sonó la medianoche; él se estremeció. Después, como se notaba tembloroso y acobardado, puso agua al fuego, con el fin de tomar un café muy caliente antes de ponerse en camino.

Cuando el reloj dio la una, se levantó, despertó a *Sam,* abrió la puerta y echó a andar en dirección al Wildstrubel. Durante cinco horas trepó, escalando las rocas con ayuda de los garfios, cortando el hielo, avanzando siempre y a veces izando, con la cuerda, al perro que se había quedado al pie de una escarpadura demasiado abrupta. Eran cerca de las seis cuando llegó a una de las cumbres donde el viejo Gaspard solía ir en busca de gamuzas.

Y esperó a que amaneciera.

El cielo palidecía sobre su cabeza; y de pronto un extraño resplandor, nacido no se sabe dónde, iluminó bruscamente el inmenso océano de las pálidas cimas que se extendían en cien leguas a la redonda. Hubiérase dicho que aquella vaga claridad brotaba de la propia nieve para difundirse por el espacio. Poco a poco las más altas cumbres lejanas se volvieron todas de un rosa tierno como la carne, y el rojo sol apareció tras los pesados gigantes de los Alpes berneses.

Ulrich Kunsi reanudó su camino. Marchaba como un cazador, inclinado, rastreando huellas, diciéndole al perro: «Busca, pequeño, busca».

Bajaba la montaña ahora, registrando con la mirada las simas, y a veces, al llamar, lanzando un grito prolongado, muerto muy pronto en la inmensidad muda. Entonces pegaba la oreja al suelo, para escuchar; creía percibir una voz, echaba a correr, llamaba de nuevo, no oía ya nada y se sentaba, agotado, desesperado. Hacia mediodía almorzó y le dio la comida a *Sam,* tan cansado como él mismo. Después reanudó su búsqueda.

Cuando anocheció, seguía caminando, habiendo recorrido cincuenta kilómetros de montaña. Como se hallaba demasiado lejos de la casa para volver a ella, y demasiado fatigado para arrastrarse más tiempo, cavó un hoyo en la nieve y se agazapó en él con su perro, bajo una manta que había llevado. Y se acostaron uno junto al otro aunque helados hasta la médula.

Ulrich apenas durmió, la mente obsesionada por visiones, los miembros sacudidos por escalofríos.

Iba a amanecer cuando se levantó. Tenía las piernas rígidas como barras de hierro, el alma tan débil que casi gritaba de angustia, el corazón tan palpitante que casi se desplomaba de emoción en cuanto creía oír el menor ruido.

Pensó de pronto que también él se iba a morir de frío en aquella soledad, y el espanto de aquella muerte fustigando su energía despertó su vigor.

Descendía ahora hacia el albergue, cayendo, levantándose, seguido de lejos por *Sam,* que cojeaba de una pata.

Llegaron a Schwarenbach sólo hacia las cuatro de la tarde. La casa estaba vacía. El joven encendió lumbre, comió y se durmió, tan embrutecido que ya no pensaba en nada.

Durmió mucho tiempo, mucho tiempo, con un sueño invencible. Pero de pronto una voz, un grito, un nombre, «Ulrich», sacudió su profundo letargo y lo hizo erguirse. ¿Había soñado? ¿Era una de esas llamadas extrañas que cruzan por los sueños de las almas inquietas? No, lo oía aún, aquel grito vibrante, metido en sus tímpanos y que seguía en su carne hasta la punta de sus nerviosos dedos. Sí, habían gritado; habían llamado: «¡Ulrich!». Alguien estaba allí, cerca de la casa. No cabían dudas.

Abrió la puerta y chilló: «¿Eres tú, Gaspard?», con todo el poder de sus pulmones.

Nada respondió, ni el menor sonido, ni el menor murmullo, ni el menor gemido, nada. Era de noche. La nieve estaba descolorida.

Se había levantado viento, ese viento helado que raja las piedras y no deja nada vivo en aquellas alturas abandonadas. Pasaba con ráfagas bruscas más agostadoras y mortales que el viento de fuego del desierto. Ulrich gritó de nuevo: «¡Gaspard! ¡Gaspard! ¡Gaspard!».

Después esperó. ¡Todo seguía mudo en la montaña! Entonces el espanto lo sacudió hasta los huesos. De un salto entró en el albergue, cerró la puerta y corrió los cerrojos; después cayó tiritando en una silla, seguro de que su camarada acababa de llamarlo en el momento en que entregaba su espíritu.

De esto estaba seguro, como se está seguro de vivir o de comer pan. El viejo Gaspard Hari había agonizado durante dos días y tres noches en alguna parte, en un hoyo, en uno de esos hondos barrancos inmaculados cuya blancura es más siniestra que las tinieblas de los subterráneos. Había agonizado durante dos días y tres noches, y acababa de morir ahora mismo pensando en su compañero. Y su alma, apenas libre, había volado hacia el albergue donde dormía Ulrich, y lo había llamado con la virtud misteriosa y terrible que tienen las almas de los muertos para hostigar a los vivos. Había gritado, esa alma sin voz, dentro del alma abrumada del durmiente; había gritado su postrer adiós, o su reproche, o su maldición al hombre que no había buscado lo bastante.

Y Ulrich la sentía allí, muy cerca, detrás del muro, detrás de la puerta que acababa de cerrar. Merodeaba, como un ave nocturna que roza con sus plumas una ventana iluminada, y el joven, enloquecido, estaba a punto de gritar de horror. Quería huir y no se atrevía a salir; no se atrevía ni se atrevería ya en adelante, pues el fantasma se quedaría allí, día y noche, alrededor del albergue, mientras el cuerpo del viejo guía no fuera hallado y depositado en la tierra bendita de un cementerio.

Llegó el día y Kunsi recobró parte de su seguridad con el brillante retorno del sol. Preparó su comida, hizo la del perro, y después se quedó en una silla, inmóvil, el corazón torturado, pensando en el viejo tendido en la nieve.

Después, en cuanto la noche cubrió la montaña, nuevos terrores lo asaltaron. Caminaba ahora por la cocina oscura, apenas iluminada por la llama de una candela, caminaba de un extremo a otro de la pieza, a grandes pasos, escuchando, escuchando por si el grito espantoso de la otra noche iba a cruzar de nuevo el lóbrego silencio del exterior. Se sentía solo, el desdichado, ¡solo como ningún hombre había estado jamás! Estaba solo en aquel inmenso desierto de nieve, solo a dos mil metros sobre la tierra habitada, sobre las casas humanas, sobre la vida que se agita, bulle y palpita, ¡solo en el cielo helado! Lo atenazaban unas ganas locas de escapar a cualquier sitio, de cualquier manera, de bajar a Loëche arrojándose al abismo; pero ni siquiera se atrevía a abrir la puerta, seguro de que el otro, el muerto, le cerraría el camino, para no quedarse también solo allá arriba.

Hacia medianoche, harto de caminar, abrumado de angustia y de miedo, se amodorró por fin en una silla, pues temía la cama como se teme un lugar frecuentado por aparecidos.

Y de pronto el grito estridente de la otra noche le desgarró los oídos, tan agudo que Ulrich extendió el brazo para rechazar al aparecido, y cayó de espaldas con su asiento.

Sam, despertado por el ruido, empezó a aullar como aúllan los perros asustados, y daba vueltas alrededor de la vivienda buscando de dónde venía el peligro. Al llegar junto a la puerta, olfateó por debajo, resoplando y husmeando con fuerza, el pelaje erizado, la cola tiesa, gruñendo.

Kunsi, enloquecido, se había levantado y, sujetando la silla por una pata, gritó: «No entres, no entres o te mato». Y el perro, excitado por aquella amenaza, ladraba con furia contra el invisible enemigo que desafiaba la voz de su amo.

Sam, poco a poco, se calmó y volvió a tumbarse cerca de la lumbre, pero seguía inquieto, la cabeza alzada, los ojos brillantes y gruñendo entre los colmillos.

Ulrich, a su vez, recobró los sentidos, pero como se sentía desfallecer de terror, fue a buscar una botella de aguardiente a la alacena, y tomó, uno tras otro, varios vasos. Sus ideas se volvían vagas; su valor se afirmaba; una fiebre de fuego se deslizaba por sus venas.

Casi no comió al día siguiente, limitándose a beber alcohol. Y durante varios días seguidos vivió así, borracho como una cuba. En cuanto volvía el pensamiento de Gaspard Hari, empezaba a beber hasta el instante en que caía al suelo, abatido por la embriaguez. Y allí se quedaba, de bruces, borracho perdido, con los miembros rotos, roncando, la frente en el suelo. Pero apenas había digerido el líquido enloquecedor y ardiente, el grito, siempre el mismo de «¡Ulrich!», lo despertaba como una bala que le perforase el cráneo; y se erguía tambaleándose aún, extendiendo las manos para no caer, llamando a *Sam* en su auxilio. Y el perro, que parecía volverse loco como su amo, se precipitaba a la puerta, la arañaba con las patas, la roía con sus largos dientes blancos, mientras el joven, el cuello hacia atrás, la cabeza alzada, sorbía a grandes tragos, como si fuera agua fresca tras una carrera, el aguardiente que en seguida adormecería de nuevo su mente, y su recuerdo, y su pavoroso terror.

En tres semanas se bebió toda su provisión de alcohol. Pero aquella borrachera continua no hacía sino adormecer su espanto, que se despertó con mayor furia cuando fue imposible calmarlo. Entonces la idea fija, exasperada por un mes de embriaguez, y creciendo sin cesar en la total soledad, penetraba en él a la manera de una barrena. Caminaba ahora por su morada como un animal enjaulado, pegando la oreja a la puerta para escuchar si el otro estaba allí, y desafiándolo, a través de los muros.

Después, cuando se adormilaba, vencido por la fatiga, oía la voz que le hacía ponerse en pie de un salto.

Por fin, una noche, semejante a un cobarde sacado de sus casillas, se precipitó hacia la puerta y la abrió para ver al que lo llamaba y para obligarlo a callarse.

Recibió en pleno rostro un soplo de aire frío que lo heló hasta los huesos y volvió a cerrar la hoja y corrió los cerrojos, sin fijarse en que *Sam* se había lanzado al exterior. Después, temblando, arrojó leña al fuego, y se sentó ante él para calentarse; pero de pronto se estremeció, alguien arañaba el muro llorando.

Gritó enloquecido: «Vete». Le respondió una queja, larga y dolorosa.

Entonces todo lo que le quedaba de razón fue arrastrado por el terror. Repetía «Vete» girando sobre sí mismo para encontrar un rincón donde ocultarse. El otro, sin dejar de llorar, pasaba a lo largo de la casa frotándose contra el muro. Ulrich se lanzó hacia el aparador de roble lleno de vajilla y provisiones, y, levantándolo con una fuerza sobrehumana, lo arrastró hasta la puerta, para defenderse con una barricada. Después, amontonando unos sobre otros todo lo que quedaba de muebles, los colchones, los jergones, las sillas, tapó la ventana como se hace cuando el enemigo nos sitia.

Pero el de fuera lanzaba ahora grandes gemidos lúgubres a los que el joven empezó a responder con gemidos similares.

Y transcurrieron días y noches sin que cesaran de aullar uno y otro. El uno giraba sin cesar en torno a la casa y clavaba sus uñas en las paredes con tanta fuerza que parecía querer derribarlas; el otro, dentro, seguía todos sus movimientos, encorvado, la oreja pegada a la piedra, y respondía a todas sus llamadas con espantosos gritos.

Una noche, Ulrich no oyó ya nada; y se sentó tan destrozado por el cansancio que se durmió al punto.

Se despertó sin un recuerdo, sin una idea, como si toda la cabeza se le hubiera vaciado durante aquel sueño agotador. Tenía hambre, comió.

....

El invierno había acabado. El paso de la Gemmi volvía a ser practicable; y la familia Hauser se puso en camino para regresar a su albergue.

En cuanto llegaron a lo alto de la cuesta las mujeres se encaramaron al mulo, y hablaron de los dos hombres a quienes iban a ver en seguida.

Les extrañaba que uno de ellos no hubiera bajado unos días antes, en cuanto el camino se había vuelto transitable, para dar noticias de la larga invernada.

Por fin divisaron el albergue, todavía cubierto y acolchado de nieve. La puerta y la ventana estaban cerradas, un poco de humo salía por el tejado, lo cual tranquilizó al viejo Hauser. Pero al acercarse vio, sobre el umbral, un esqueleto de animal descuartizado por las águilas, un gran esqueleto tendido sobre un costado.

Todos lo examinaron: «Debe ser *Sam*», dijo la madre. Y llamó: «¡Eh, Gaspard!». Un grito respondió en el interior, un grito agudo, que se hubiera dicho lanzado por un animal. El viejo Hauser repitió: «¡Eh, Gaspard!». Otro grito semejante al primero se dejó oír.

Entonces los tres hombres, el padre y los dos hijos, trataron de abrir la puerta. Resistió. Cogieron en el establo vacío una larga viga para usarla como ariete, y la lanzaron con todo su peso. La madera crujió, cedió, las tablas volaron en pedazos; después un gran ruido estremeció la casa y vieron, dentro, detrás del aparador derribado, a un hombre de pie, con el pelo que le caía por los hombros, una barba que le caía sobre el pecho, ojos brillantes y jirones de tela sobre el cuerpo.

No lo reconocían, pero Louise Hauser exclamó: «¡Es Ulrich, mamá!». Y la madre comprobó que era Ulrich aun cuando su cabello era blanco.

Los dejó acercarse; se dejó tocar; pero no respondió a las preguntas que le hicieron; y hubo que llevarlo a Loëche, donde los médicos comprobaron que estaba loco.

Y nadie supo jamás qué había sido de su compañero.

La joven Hauser estuvo a punto de morir, aquel verano, de una enfermedad de postración que se atribuyó al frío de la montaña.

El Horla*

....

8 de mayo.–¡Qué día tan espléndido! He pasado toda la mañana tumbado en la hierba, delante de mi casa, bajo el enorme plátano que la cubre, la abriga y la sombrea por entero. Me gusta esta región, y me gusta vivir en ella porque aquí tengo mis raíces, esas profundas y delicadas raíces que ligan a un hombre a la tierra donde sus abuelos han nacido y han muerto, que lo ligan a lo que allí se piensa y se come, lo mismo a las costumbres que a los alimentos, a las locuciones locales, las entonaciones de los campesinos, los olores del suelo, de los pueblos y del propio aire.

Me gusta la mansión donde he crecido. Desde mis ventanas, veo correr el Sena a lo largo de mi jardín, detrás de

* *Le Horla,* publicado en la recopilación del mismo nombre, Ollendorf, París, mayo de 1887.

la carretera, casi dentro de casa, el grande y ancho Sena, que va de Ruán al Havre, cubierto de barcos que pasan.

A la izquierda, allá al fondo, Ruán, la dilatada ciudad de tejados azules, bajo una puntiaguda multitud de campanarios góticos. Son innumerables, frágiles o anchos, dominados por la aguja de hierro de la catedral, y llenos de campanas que tocan en el aire azul de las hermosas mañanas, lanzando hasta mí su dulce y remoto bordoneo de hierro, su canto de bronce que me llega, ora más fuerte, ora más debilitado, según que la brisa despierte o se adormezca.

¡Qué buen tiempo hacía esta mañana!

Hacia las once, un largo convoy de navíos, arrastrados por un remolcador del tamaño de una mosca y que jadeaba de fatiga vomitando un humo espeso, desfiló ante mi verja.

Detrás de dos goletas inglesas, cuyo pabellón rojo ondeaba sobre el cielo, venía una soberbia corbeta brasileña, totalmente blanca, admirablemente limpia y reluciente. La saludé, no sé por qué, porque me agradó mucho verla.

12 de mayo.–Tengo algo de fiebre desde hace unos días; me siento indispuesto, o mejor dicho me siento triste.

¿De dónde vienen esas misteriosas influencias que mudan en desánimo nuestra felicidad y nuestra confianza en desamparo? Se diría que el aire, el aire invisible está lleno de incognoscibles Poderes, cuya misteriosa vecindad sufrimos. Me despierto pleno de gozo, con ganas de cantar en la garganta. –¿Por qué?–. Bajo hasta la orilla del río; y de pronto, tras un corto paseo, regreso desolado, como si alguna desgracia me esperase en casa. –¿Por qué?–. ¿Es un escalofrío que, rozándome la piel, ha roto mis nervios y ensombrecido mi alma? ¿Es la forma de las nubes, o el color del día, el color de las cosas, tan variable, que, al pasar por mis ojos, ha perturbado mis pensamientos? ¡Quién sabe! Todo lo que nos rodea, todo lo que vemos sin mirarlo, todo lo que rozamos sin conocerlo, todo lo que tocamos sin palparlo, todo lo que encontramos sin distinguirlo, ¿tendrá sobre nosotros, sobre nuestros órganos y, a través de ellos, sobre nuestras ideas, sobre nuestro propio corazón, efectos rápidos, sorprendentes e inexplicables?

¡Qué profundo es este misterio de lo Invisible! No lo podemos sondear con nuestros miserables sentidos, con nuestros ojos que no saben percibir ni lo demasiado pequeño ni lo demasiado grande, ni lo demasiado próximo ni lo demasiado remoto, ni los habitantes de una estrella ni los habitantes de una gota de agua... con nuestros oídos que nos engañan, pues nos transmiten las vibraciones del aire como notas sonoras. Son duendes que hacen el milagro de cambiar en ruido ese movimiento y que gracias a esa metamorfosis engendran la música, que convierte en cántico la muda agitación de la naturaleza... con nuestro olfato, más débil que el de un perro... ¡con nuestro gusto, que apenas puede discernir la edad de un vino!

¡Ah! Si tuviéramos otros órganos que realizaran en nuestro provecho otros milagros, ¡cuántas cosas podríamos descubrir a nuestro alrededor!

16 de mayo.–Estoy enfermo, ¡no cabe duda! ¡Me encontraba tan bien el mes pasado! Tengo fiebre, una fiebre atroz, o mejor dicho un enervamiento febril que me atormenta el alma tanto como el cuerpo. Tengo sin cesar la espantosa sensación de un peligro inminente, la aprensión de una desgracia que se acerca o de la muerte que se avecina, un presentimiento que es sin duda efecto de un mal todavía ignorado, que germina en la sangre y en la carne.

18 de mayo.–Vengo de la consulta del médico, pues ya no podía dormir. Me encontró el pulso alterado, ojos dilatados, nervios vibrantes, pero sin ningún síntoma alarmante. Tengo que darme duchas y tomar bromuro de potasio.

25 de mayo.–¡Ningún cambio! Mi estado es verdaderamente raro. A medida que se acerca la noche, me invade una inquietud incomprensible, cual si la oscuridad escondiese una terrible amenaza. Ceno pronto, después intento leer; pero no entiendo las palabras; apenas distingo las letras. Camino entonces de acá para allá por mi salón, oprimido por un temor confuso e irresistible, temor al sueño y temor a la cama.

Hacia las diez, subo a mi habitación. En cuanto entro, cierro con dos vueltas de llave y corro los cerrojos; tengo miedo... ¿de qué?... Hasta ahora no temía nada... abro los armarios, miro debajo de la cama; escucho, escucho... ¿qué?... ¿No es extraño que un simple malestar, un trastorno circulatorio acaso, la irritación de un nervio, un poco de congestión, una mínima perturbación del funcionamiento tan imperfecto y delicado de nuestra máquina viviente, pueda convertir en melancólico al más alegre de los hombres, y en cobarde al más valiente? Después me acuesto, y espero al sueño como quien espera al verdugo. Lo espero con el espanto de que llegue, y mi corazón late, y mis piernas tiemblan; y todo mi cuerpo se estremece entre el calor de las sábanas, hasta el momento en que me hundo de repente en el descanso, como quien se hundiera, para ahogarse, en una sima de agua estancada. No lo siento venir, como antes, a ese sueño pérfido, oculto cerca de mí, que me acecha, que va a atraparme por la cabeza, a cerrarme los ojos, a aniquilarme.

Duermo –mucho tiempo– dos o tres horas, y después un sueño –no, una pesadilla– me abruma. Noto perfectamente que estoy acostado y que duermo... lo noto y lo sé... y noto también que alguien se acerca a mí, me mira, me palpa, se sube a mi cama, se arrodilla sobre mi pecho, coge mi cuello entre sus manos y aprieta... aprieta... con todas sus fuerzas, para estrangularme.

Yo me debato, encadenado por esa impotencia atroz que nos paraliza en los sueños; quiero gritar –no puedo–; quiero moverme –no puedo–; intento con horrorosos esfuerzos, jadeante, darme la vuelta, rechazar ese ser que me aplasta y me ahoga –¡no puedo!

Y de pronto, me despierto, enloquecido, bañado en sudor. Enciendo una vela. Estoy solo.

Después de esta crisis, que se renueva todas las noches, duermo por fin, en calma, hasta la aurora.

2 de junio.–Mi estado se ha agravado aún más. ¿Qué es lo que tengo? El bromuro no sirve de nada; las duchas no sirven de nada. Hace un rato, para fatigar mi cuerpo, tan abatido ya, fui a dar una vuelta por el bosque de Roumare. Al principio creí que el aire fresco, ligero y suave, cargado de olor a hierbas y a hojas, llenaría mis venas de una sangre nueva, mi corazón de una nueva energía. Seguí un ancho camino de cazadores, después tomé hacia La Bouille, por una estrecha avenida, entre dos ejércitos de árboles desmesuradamente altos que ponían un techo verde, espeso, casi negro, entre el cielo y yo.

Un temblor me estremeció de pronto, no un escalofrío, sino un extraño temblor de angustia.

Apresuré el paso, inquieto de hallarme sólo en aquel bosque, atemorizado sin razón, estúpidamente, por la profunda soledad. De repente, me pareció que me seguían, que me pisaban los talones, muy cerca, hasta tocarme.

Me volví bruscamente. Estaba solo. No vi a mis espaldas sino la recta y ancha avenida, vacía, alta, temiblemente vacía; y por el otro lado también se extendía hasta perderse de vista, toda igual, pavorosa.

Cerré los ojos. ¿Por qué? Y empecé a girar sobre un talón, muy de prisa, como un trompo. Estuve a punto de caer, volví a abrir los ojos; los árboles bailaban, la tierra flotaba; tuve que sentarme. Y después, ¡ay!, ya no sabía por dónde había venido. ¡Extraña idea! ¡Extraña! ¡Extraña idea! No lo sabía en absoluto. Eché a andar hacia el lado que se encontraba a mi derecha, y regresé al camino que me había llevado al centro del bosque.

23 de junio.–La noche ha sido horrible. Voy a ausentarme durante unas semanas. Un viajecito, sin duda, me repondrá.

2 de julio.–Regreso. Estoy curado. Y además he hecho una excursión encantadora. Visité el Mont Saint-Michel, que no conocía.

¡Qué visión cuando uno llega, como yo, a Avranches, al caer el día! La ciudad está sobre una colina; y me llevaron a los jardines públicos, en un extremo de la población. Lancé un grito de asombro. Ante mí se extendía una bahía desmesurada, hasta muy lejos, entre dos costas alejadas que se perdían de vista entre brumas; y en el centro de esa inmensa bahía amarilla, bajo un cielo de oro y de claridad, se alzaba oscuro y picudo un extraño monte, en medio de las arenas. El sol acababa de desaparecer, y sobre el horizonte aún llameante se dibujaba el perfil de esa fantástica roca que lleva en su cima un fantástico monumento.

En cuanto amaneció, marché hacia allá. La marea estaba baja, como la víspera, y yo miraba alzarse ante mí, a medida que me acercaba a ella, la sorprendente abadía. Tras varias horas de marcha llegué al enorme bloque de piedras donde se halla el pueblecito dominado por la gran iglesia. Tras subir por la calle estrecha y empinada, entré en la más admirable morada gótica construida para Dios sobre la tierra, vasta como una ciudad, llena de salas bajas aplastadas bajo bóvedas y altas galerías que sostienen frágiles columnas. Entré en esa gigantesca joya de granito, tan leve como un encaje, cubierta de torres, de esbeltos pináculos, hacia donde ascienden retorcidas escaleras, y que lanzan al cielo azul de los días, al cielo negro de las noches, sus extravagantes cabezas erizadas de quimeras, de diablos, de animales fantásticos, de monstruosas flores, enlazados entre sí por finos arcos labrados.

Cuando estuve en la cima, le dije al fraile que me acompañaba: «Padre, ¡qué a gusto estarán ustedes aquí».

Respondió: «Hace mucho viento, caballero»; y nos pusimos a charlar mientras mirábamos cómo subía la marea, que corría por la arena y la cubría con una coraza de acero.

Y el fraile me contó historias, todas las viejas historias del lugar, leyendas, siempre leyendas.

Una de ellas me impresionó. La gente del pueblo, la del Monte, pretende que por la noche se oye hablar en las arenas, y también que se oyen balar dos cabras, una con voz fuerte, otra con voz débil. Los incrédulos afirman que son los gritos de las aves marinas, que unas veces parecen balidos, otras, quejas humanas; pero los pescadores rezagados juran haber encontrado, merodeando por las dunas, entre dos mareas, en torno al pueblecito tan apartado del mundo, a un viejo pastor, cuya cabeza tapada por la capa nunca se ve, y que conduce, marchando ante ellos, un macho cabrío con rostro de hombre y una cabra con rostro de mujer, ambos con largos cabellos blancos y que hablan sin cesar, peleándose en una lengua desconocida, y después dejan de pronto de chillar para balar con todas sus fuerzas.

Le dije al fraile: «¿Y usted lo cree?».

Murmuró: «No sé».

Proseguí: «Si existieran en la tierra seres distintos de nosotros, ¿cómo no íbamos a conocerlos desde hace mucho tiempo? ¿Cómo no iba a haberlos visto usted? ¿Como no iba a haberlos visto yo?».

Respondió: «¿Acaso vemos la cienmilésima parte de lo que existe? Mire, ahí tiene el viento, que es la mayor fuerza de la naturaleza, que tira al suelo al hombre, que derriba edificios, desarraiga árboles, levanta en la mar montañas de agua, destruye los acantilados y arroja contra las rompientes a los grandes navíos, el viento que mata, que silba, que gime, que brama, ¿lo ha visto usted y puede usted verlo? Y sin embargo, existe».

Callé ante tan sencillo razonamiento. Aquel hombre era un sabio o quizás un tonto. No habría podido asegurarlo con exactitud; pero me callé. Lo que estaba diciendo, yo lo había pensado a menudo.

3 de julio.–He dormido mal; no cabe duda; aquí hay una influencia febril, pues mi cochero sufre del mismo mal que yo. Al regresar ayer, me fijé en su singular palidez. Le pregunté:

–¿Qué le pasa, Jean?

–Me pasa que no puedo descansar, señor, las noches se me comen los días. Desde que se marchó el señor, tengo como un mal de ojo.

Los otros criados están bien, sin embargo, pero tengo mucho miedo de que me vuelva a dar a mí.

4 de julio.–No cabe duda, me ha vuelto a dar. Retornan las antiguas pesadillas. Esta noche he notado a alguien agazapado sobre mí y que, con la boca pegada a la mía, se me bebía la vida entre mis labios. Sí, la sorbía de mi garganta, como hubiera hecho una sanguijuela. Después se levantó, ahíto, y yo me desperté, tan magullado, roto, aniquilado, que no podía moverme. Si esto continúa unos días más, seguramente volveré a marcharme.

5 de julio.–¿Habré perdido la razón? ¡Lo que ha ocurrido, lo que he visto la noche pasada es tan extraño que mi cabeza se extravía cuando pienso en ello!

Al igual que hago ahora cada noche, había cerrado la puerta con llave; después, como tenía sed, bebí medio vaso de agua, y por casualidad me fijé en que la botella estaba llena hasta el tapón de cristal.

Me acosté en seguida y me sumí en uno de mis sueños espantosos, del que me sacó al cabo de unas dos horas una sacudida más horrorosa aún.

Imagínense ustedes un hombre dormido, a quien asesinan, y que se despierta con un cuchillo en los pulmones, y que jadea cubierto de sangre, y que ya no puede respirar, y que va a morir, y que no entiende nada –pues eso era.

Habiendo recobrado por fin el juicio, tuve sed de nuevo; encendí una vela y fui hacia la mesa donde estaba la botella. La levanté inclinándola sobre el vaso; no cayó nada. ¡Estaba vacía! ¡Estaba totalmente vacía! Al principio, no entendía nada; después, de repente, sentí una emoción tan terrible que tuve que sentarme, o mejor dicho, ¡caí sobre una silla! Después, ¡me levanté de un salto para mirar a mi alrededor! Después volví a sentarme, enloquecido de asombro y de miedo, ante el cristal transparente. Lo contemplaba clavando en él los ojos, tratando de adivinar. ¡Mis manos temblaban! Conque ¿habían bebido el agua? ¿Quién? ¿Yo? ¡Yo, sin duda! ¡Sólo podía ser yo! Entonces, yo era sonámbulo, vivía, sin saberlo, esa doble vida misteriosa que hace dudar si hay dos seres en nosotros, o si un ser extraño, incognoscible e invisible, anima, a veces, cuando nuestra alma está embotada, nuestro cuerpo cautivo que obedece a ese otro, como a nosotros mismos, más que a nosotros mismos.

¡Ay! ¿Quién comprenderá mi abominable angustia? ¿Quién comprenderá la emoción de un hombre, sano de mente, perfectamente despierto, lleno de juicio y que mira espantado, a través del vidrio de una botella, un poco de agua desaparecida mientras él duerme? Me quedé allí hasta el amanecer, sin atreverme a volver a la cama.

6 de julio.–Me vuelvo loco. Alguien ha bebido de nuevo toda mi botella esta noche –o, mejor dicho, ¡me la he bebido yo!

Pero, ¿soy yo? ¿Soy yo? ¿Quién iba a ser? ¿Quién? ¡Oh! ¡Dios mío! ¿Me estoy volviendo loco? ¿Quién podrá salvarme?

10 de julio.–Acabo de hacer unas sorprendentes pruebas.

No cabe duda, ¡estoy loco! Aunque...

El 6 de julio, antes de acostarme, dejé sobre la mesa vino, leche, agua, pan y fresas.

Se bebieron –me bebí– toda el agua, y un poco de leche. No tocaron el vino, ni el pan, ni las fresas.

El 7 de julio, repetí la misma prueba, que dio el mismo resultado.

El 8 de julio, suprimí el agua y la leche. No tocaron nada

El 9 de julio, por último, volví a dejar sobre la mesa el agua y la leche solamente, teniendo buen cuidado de envolver las botellas en muselina blanca y de atar los tapones con un bramante. Después me froté los labios, la barba y las manos con grafito, y me acosté.

El sueño invencible me asaltó, seguido pronto por el atroz despertar. No me había movido; las propias sábanas no tenían manchas. Me lancé hacia la mesa. La muselina que cubría las botellas seguía inmaculada. Desaté los cordones, palpitante de temor. ¡Se habían bebido toda el agua! ¡Se habían bebido toda la leche! ¡Ay, Dios mío!...

Me marcho ahora mismo a París.

12 de julio.–París. ¡Conque había perdido la cabeza los días pasados! Debí de ser juguete de mi imaginación debilitada, a menos que sea realmente sonámbulo, o que haya sufrido una de esas influencias, comprobadas aunque inexplicables hasta ahora, que se denominan sugestiones. En cualquier caso, mi extravío rayaba en la demencia, y veinticuatro horas de París han bastado para dejarme como nuevo.

Ayer, después de unas compras y visitas, que han hecho pasar por mi alma un aire nuevo y vivificante, rematé la noche en el Teatro Francés. Representaban una pieza de Alejandro Dumas hijo; y ese ingenio alerta y poderoso terminó de curarme. No cabe duda, la soledad es peligrosa para una inteligencia que trabaja. Necesitamos a nuestro alrededor hombres que piensen y hablen. Cuando estamos solos demasiado tiempo poblamos de fantasmas el vacío.

Regresé al hotel muy contento, por los bulevares. Al codearme con la muchedumbre pensaba, no sin ironía, en mis terrores, en mis suposiciones de la semana pasada, pues he creído, sí, he creído que un ser invisible habitaba bajo mi techo. ¡Qué débil es nuestra cabeza, y cómo se espanta, y se extravía en seguida, en cuanto una menudencia incomprensible nos impresiona!

En lugar de llegar a esta sencilla conclusión «No lo entiendo porque la causa se me escapa», nos imaginamos al punto espantos, misterios y poderes sobrenaturales.

14 de julio.–Fiesta de la República. He paseado por las calles. Los petardos y las banderas me divertían como a un niño. Y sin embargo es muy idiota estar contento, en fecha fija, por decreto del gobierno. El pueblo es un rebaño imbécil, unas veces estúpidamente paciente y otras ferozmente rebelde. Le dicen: «Diviértete». Y se divierte. Le dicen: «Vete a luchar contra el vecino». Y va a luchar. Le dicen: «Vota por el Emperador». Y vota por el Emperador. Y luego le dicen. «Vota por la República». Y vota por la República.

Los que lo dirigen son igual de tontos; pero en vez de obedecer a unos hombres, obedecen a unos principios, los cuales no pueden ser sino necios, estériles y falsos, por el mero hecho de ser principios, es decir ideas tenidas por ciertas e inmutables, en este mundo donde nadie está seguro de nada, puesto que la luz es una ilusión, puesto que el ruido es una ilusión.

16 de julio.–Ayer he visto cosas que me han perturbado mucho.

Cenaba en casa de mi prima, la señora de Sablé, cuyo marido mandó el 76.º de Cazadores en Limoges. Me encontré allí con dos señoras jóvenes, una de ellas casada con un médico, el doctor Parent, que se ocupa mucho de enfermedades nerviosas y de las manifestaciones extraordinarias que producen en estos momentos las experiencias sobre el hipnotismo y la sugestión.

Él nos habló un buen rato de los prodigiosos resultados obtenidos por los sabios ingleses y por los médicos de la escuela de Nancy.

Los hechos que expuso me parecieron tan extravagantes, que me declaré totalmente incrédulo.

«Estamos», afirmaba él, «a punto de descubrir uno de los más importantes secretos de la naturaleza, quiero decir uno de sus más importantes secretos en este mundo; porque tiene con seguridad otros igualmente importantes, allá lejos, en las estrellas. Desde que el hombre piensa, desde que sabe expresar de palabra y por escrito su pensamiento, se ha sentido rozado por un misterio impenetrable para sus sentidos groseros e imperfectos, y ha tratado de suplir, con el esfuerzo de su inteligencia, la impotencia de sus órganos. Cuando esa inteligencia seguía aún en estado rudimentario, esta obsesión de los fenómenos invisibles adoptó formas trivialmente espantosas. De ahí nacieron las creencias populares en lo sobrenatural, las leyendas sobre espíritus errantes, sobre hadas, gnomos, aparecidos, e incluso diría yo que la leyenda de Dios, pues nuestras concepciones del obrero-creador, vengan de la religión que vengan, son de las invenciones más mediocres, más estúpidas, más inaceptables salidas del cerebro acobardado de las criaturas. Nada más cierto que esta frase de Voltaire: "Dios ha hecho el hombre a su imagen, pero el hombre se lo ha devuelto con creces".

»Pero, desde hace algo más de un siglo, parece presentirse alguna cosa nueva. Mesmer y algunos otros nos han abierto un camino inesperado, y verdaderamente hemos llegado, sobre todo de cuatro o cinco años a esta parte, a resultados sorprendentes».

Mi prima, muy incrédula también, sonreía. El doctor Parent le dijo: «¿Quiere usted que intente dormirla, señora?».

–Sí, no tengo inconveniente.

Se sentó en un sillón y él empezó a mirarla fijamente, fascinándola. Yo me sentí de pronto un poco turbado, el corazón palpitante, la garganta seca. Veía cargarse los ojos de la señora de Sablé, crisparse su boca, jadear su pecho.

Al cabo de diez minutos, dormía.

–Póngase detrás de ella –dijo el médico.

Y me senté detrás. Él le colocó entre las manos una tarjeta de visita diciéndole: «Esto es un espejo; ¿qué ve usted en él?»

Ella respondió:

–Veo a mi primo.

–¿Qué hace?

–Se retuerce el bigote.

–¿Y ahora?

–Saca del bolsillo una fotografía.

–¿De quién es esa fotografía?

–Suya.

¡Era cierto! Y la fotografía me la acababan de entregar, esa misma tarde, en el hotel.

–¿Cómo está en ese retrato?

–De pie, con el sombrero en la mano.

Conque ella veía en la tarjeta, en aquel cartón blanco, como hubiera visto en un espejo.

Las señoras, espantadas, decían: «¡Basta! ¡Basta! ¡Basta!».

Pero el doctor ordenó: «Mañana se levantará usted a las ocho; después irá al hotel a ver a su primo, y le suplicará que le preste cinco mil francos que su marido le pide y que le reclamará en su próximo viaje».

Después la despertó.

Al regresar al hotel, pensaba en aquella curiosa sesión y me asaltaron dudas, no sobre la absoluta, la indudable buena fe de mi prima, a quien conocía como a una hermana, desde la infancia, sino sobre una posible superchería del doctor. ¿No disimularía en su mano un espejo que mostraba a la joven dormida, al mismo tiempo que su tarjeta de visita? Los prestidigitadores profesionales hacen cosas mucho más singulares.

Regresé, pues, y me acosté.

Ahora bien, esta mañana, hacia las ocho y media, me despertó mi ayuda de cámara, que me dijo:

–Está aquí la señora de Sablé, que quiere hablar con el señor en seguida.

Me vestí a toda prisa y la recibí.

Se sentó, muy turbada, con los ojos bajos, y, sin alzar su velo, me dijo:

–Querido primo, tengo que pedirle un gran favor.

–¿Cuál, prima?

–Me molesta mucho decírselo, aunque es preciso. Necesito, necesito indispensablemente, cinco mil francos.

–¿Cómo? ¿Usted?

–Sí, yo, o mejor dicho mi marido, que me ha encargado que los consiga.

Me quedé tan estupefacto que balbucía mis respuestas. Me preguntaba si realmente se habría burlado de mí con el doctor Parent, si no se trataría de una simple farsa preparada de antemano y muy bien representada.

Pero, al mirarla con atención, todas mis dudas se disiparon. Temblaba de angustia, pues aquel paso le resultaba muy doloroso, y comprendí que los sollozos se agolpaban en su garganta.

Sabía que era muy rica y proseguí.

–¿Cómo así? ¿Su marido no dispone de cinco mil francos? ¡Vamos, reflexione! ¿Está usted segura de que le ha encargado que me los pida?

Vaciló unos segundos, como haciendo un gran esfuerzo para buscar en su memoria, después respondió:

–Sí..., sí..., estoy segura.

–¿Le ha escrito?

Ella vacilaba aún, reflexionando. Adiviné el trabajo torturador de su mente. No sabía. Sabía sólo que tenía que pedirme prestados cinco mil francos para su marido. Conque se atrevió a mentir.

–Sí, me ha escrito.

–¿Y cuándo? No me dijo usted nada, ayer.

–Recibí su carta esta mañana.

–¿Puede enseñármela?

–No... no... no... hablaba de cosas íntimas... demasiado personales... y la he... la he quemado.

–Entonces, es que su marido contrae deudas.

Ella vaciló de nuevo, y después murmuró:

–No lo sé.

Declaré bruscamente:

–Es que no puedo disponer de cinco mil francos en este momento, mi querida prima.

Lanzó una especie de grito de dolor.

–¡Oh! ¡Oh! Por favor, por favor, búsquelos...

Se exaltaba, ¡juntaba las manos como si estuviera suplicando! Yo oía cómo su voz cambiaba de tono; lloraba y tartamudeaba, acosada, dominada por la orden irresistible que había recibido.

–¡Oh! ¡Oh! Se lo ruego... si supiera usted cuánto sufro... los necesito hoy.

Me apiadé de ella.

–Los tendrá en seguida, se lo juro.

Exclamó:

–¡Oh! ¡Gracias! ¡Gracias! ¡Qué bueno es usted!

Proseguí: «¿Recuerda lo que ocurrió ayer en su casa?».

–Sí.

–¿Recuerda que el doctor Parent la durmió?

–Sí.

–Pues bien, le ordenó que viniera hoy por la mañana a pedirme prestados cinco mil francos, y usted obedece en este momento a esa sugestión.

Reflexionó unos segundos y respondió:

–Pues es mi marido quien me los pide.

Durante una hora intenté convencerla, pero no pude lograrlo.

Cuando se marchó, corrí a casa del doctor. Iba a salir; y me escuchó sonriendo. Después dijo:

–Y ahora, ¿cree usted?

–Sí, no tengo otro remedio.

–Vayamos a ver a su parienta.

Ella dormitaba ya en una tumbona, abrumada de cansancio. El médico le tomó el pulso, la miró algún tiempo, con una mano levantada hacia sus ojos que ella cerró poco a poco bajo la fuerza insostenible de aquel poder magnético.

Cuando estuvo dormida:

–Su marido ya no necesita cinco mil francos. Conque usted olvidará que le ha rogado a su primo que se los preste y, si él le habla de eso, no entenderá nada.

Después la despertó. Yo saqué del bolsillo una cartera:

–Aquí tiene, mi querida prima, lo que me pidió esta mañana.

Se quedó tan sorprendida que no me atreví a insistir. Sin embargo traté de reanimar su memoria, pero ella lo negó con fuerza, creyó que me burlaba de ella, y al final, a punto estuvo de enfadarse.

....

¡Eso es todo! Acabo de regresar; y no he podido almorzar, tanto me ha trastornado la experiencia.

19 de julio.–Muchas personas a quienes he contado esta aventura se han burlado de mí. Ya no sé qué pensar. El sabio dice: ¿puede ser?

21 de julio.–He ido a cenar a Bougival, y luego pasé la noche en el baile de los remeros. Decididamente, todo depende de los lugares y de los ambientes. Creer en lo sobrenatural en la isla de La Grenouillère sería el colmo de la locura... pero ¿y en la cima del Mont Saint-Michel?... ¿y en la India? Sufrimos pasmosamente la influencia de cuanto nos rodea. Regresaré a casa la semana próxima.

30 de julio.–He vuelto ayer a mi casa. Todo va bien.

2 de agosto.–Nada nuevo; hace un tiempo soberbio. Me paso los días viendo correr el Sena.

4 de agosto.–Peleas entre mis criados. Aseguran que alguien rompe los vasos, por la noche, en los armarios. El ayuda de cámara acusa a la cocinera, la cual acusa a la doncella, que acusa a los otros dos. ¿Quién es el culpable? ¡Vaya usted a saber!

6 de agosto.–Esta vez, no estoy loco. He visto... he visto... ¡he visto!... No puedo dudarlo... ¡he visto!... Estoy aún helado hasta las uñas... tengo aún miedo hasta la médula... ¡he visto!...

Me paseaba a las dos, a pleno sol, en mi rosaleda... por el sendero de las rosas de otoño que empiezan a florecer.

Mientras me detenía a contemplar un *Géant des Batailles* que tenía tres flores magníficas, vi, vi con toda claridad, muy cerca de mí, doblarse el tallo de una de esas rosas, como si una mano invisible lo hubiera retorcido, y después romperse, ¡como si una mano lo hubiera cogido! Después la flor se elevó siguiendo la curva que habría descrito un brazo llevándola hacia una boca, y quedó suspendida en el aire transparente, sola, inmóvil, tremenda mancha roja a tres pasos de mis ojos.

Enloquecido, ¡me arrojé sobre ella para cogerla! No encontré nada; había desaparecido. Entonces me acometió una furiosa cólera contra mí mismo, pues a un hombre razonable y serio no le son lícitas tales alucinaciones.

Pero ¿era una alucinación? Me di la vuelta para buscar el tallo, y lo encontré inmediatamente en el arbusto, recién cortado, entre las otras dos rosas que seguían en la rama.

Entonces volví a casa con el alma trastornada; pero estoy seguro, ahora, tan seguro como de la alternancia de los días y las noches, de que existe junto a mí un ser invisible, que se alimenta de leche y de agua, que puede tocar las cosas, cogerlas y cambiarlas de sitio, dotado por consiguiente de una naturaleza material, aunque imperceptible para nuestros sentidos, y que habita, como yo, bajo mi techo...

7 de agosto.–He dormido tranquilo. Se ha bebido el agua de la botella, pero no ha turbado mi sueño.

Me pregunto si estaré loco. Al pasearme hace un rato, a pleno sol, por la orilla del río, me han entrado dudas sobre mi razón, y no dudas vagas como las que tenía hasta ahora, sino dudas concretas, absolutas. He visto locos; he conocido algunos que seguían siendo inteligentes, lúcidos, hasta clarividentes sobre todas las cosas de la vida, salvo sobre un punto. Hablaban de todo con claridad, con agilidad, con hondura, y de pronto su pensamiento, al tocar el escollo de su locura, se fragmentaba en pedazos, se diseminaba y se hundía en ese océano horrible y furioso, lleno de olas saltarinas, de nieblas, de borrascas, que se denomina «demencia».

Con certeza me creería loco, totalmente loco, si no fuera consciente, si no conociera perfectamente mi estado, si no lo sondeara y analizara con completa lucidez. No sería pues, en suma, sino un alucinado razonante. Un trastorno ignorado se habría producido en mi cerebro, uno de esos trastornos que los fisiólogos intentan observar y precisar hoy en día; y ese trastorno habría producido en mi espíritu, en el orden y la lógica de mis ideas, una profunda grieta. Fenómenos similares ocurren en el sueño que nos pasea a través de las más inverosímiles fantasmagorías, sin que nos sorprendamos, porque el aparato verificador, porque el sentido del control está dormido; mientras que la facultad imaginativa vela y trabaja. ¿No podría ocurrir que una de las imperceptibles piezas del teclado cerebral se encontrara paralizada en mí? Hay hombres que, a consecuencia de un accidente, pierden la memoria de los nombres propios o de los verbos o de las cifras, o solamente de las fechas. Las localizaciones de todas las parcelas del pensamiento están comprobadas hoy. Ahora bien, ¡no hay nada extraño en que mi facultad de dominar la irrealidad de ciertas alucinaciones se encuentre embotada en este momento!

Pensaba en todo eso siguiendo la orilla del agua. El sol cubría de claridad el río, convertía la tierra en una delicia, llenaba mi mirada de amor a la vida, a las golondrinas, cuya agilidad es un gozo para mis ojos, a las hierbas de la ribera, cuyo temblor es una felicidad para mis oídos.

Poco a poco, empero, me invadía un inexplicable malestar. Una fuerza, me parecía, una fuerza oculta me embotaba, me detenía, me impedía seguir adelante, me llamaba hacia atrás. Experimenté esa dolorosa necesidad de volver a casa que os oprime cuando habéis dejado en ella un enfermo amado, y os asalta el presentimiento de una agravación de su mal.

Así pues, regresé a mi pesar, seguro de que iba a encontrar, en casa, una mala noticia, una carta o un telegrama. No había nada; y me quedé más sorprendido e inquieto que si hubiera tenido de nuevo una visión fantástica.

8 de agosto.–Ayer pasé una noche terrible. Ya no se manifiesta, pero lo siento a mi lado, espiándome, mirándome, penetrando en mi interior, dominándome y más temible, al ocultarse así, que si señalase con fenómenos sobrenaturales su presencia invisible y constante.

He dormido, no obstante.

9 de agosto.–Nada, pero tengo miedo.

10 de agosto.–Nada; ¿qué ocurrirá mañana?

11 de agosto.–Nada de nada; no puedo quedarme en mi casa con este temor y esta idea metidos en el alma; voy a marcharme.

12 de agosto, a las 10 de la noche.–Durante todo el día he querido irme; no he podido. Quise realizar ese acto de libertad tan fácil, tan sencillo –salir–, subir al coche para dirigirme a Ruán –no he podido–. ¿Por qué?

13 de agosto.–Cuando se padecen ciertas enfermedades, todos los resortes del ser físico parecen rotos, todas las energías aniquiladas, y todos los músculos flojos, los huesos se vuelven blandos como la carne y la carne líquida como el agua. Experimento esto en mi ser moral de una forma extraña y desoladora. Ya no tengo la menor fuerza, el menor valor, el menor dominio de mí, ni siquiera la menor capacidad de poner en marcha mi voluntad. Ya no puedo querer; alguien quiere por mí; y yo obedezco.

14 de agosto.–¡Estoy perdido! ¡Alguien posee mi alma y la gobierna! Alguien ordena todos mis actos, todos mis movimientos, todos mis pensamientos. Ya no soy nada en mí, nada sino un espectador esclavo y aterrado de todas las cosas que realizo. Deseo salir. No puedo. Él no quiere; y me quedo, enloquecido, trémulo, en el sillón al que me tiene clavado. Deseo simplemente levantarme, alzarme, con el fin de creerme dueño de mí. ¡No puedo! Estoy remachado a mi asiento; y mi asiento se adhiere al suelo, de tal suerte que ninguna fuerza podría alzarnos.

Después, de repente, es preciso, es preciso que vaya al fondo del jardín a coger fresas y comerlas. Y voy. Cojo fresas y las como. ¡Oh! ¡Dios mío! ¡Dios mío! ¡Dios mío! ¿Hay un Dios? Si lo hay, ¡libradme, salvadme! ¡Socorredme! ¡Perdón! ¡Piedad! ¡Merced! ¡Salvadme! ¡Oh! ¡Qué sufrimiento, qué tortura, qué horror!

15 de agosto.–Sí, así estaba poseída y dominada mi pobre prima, cuando acudió a pedirme cinco mil francos. Experimentaba una voluntad extraña que había entrado en ella, como otra alma, como otra alma parásita y dominadora. ¿Es que va a acabarse el mundo?

Pero el que me gobierna, ese ser invisible, ¿quién es? ¿Ese incognoscible, ese merodeador de una raza sobrenatural?

¡Los Invisibles existen, pues! Entonces, ¿cómo es que desde el origen del mundo no se han manifestado aún de forma concreta como lo hacen ahora para mí? Nunca he leído nada parecido a lo que ha pasado en mi casa. ¡Oh! Si pudiera dejarla, si pudiera irme, huir y no regresar. Estaría salvado, pero no puedo.

16 de agosto.–He podido escaparme hoy durante dos horas, como un prisionero que encuentra abierta, por azar, la puerta de su calabozo. He sentido que era libre de repente y que él estaba lejos. Ordené que engancharan al momento y me dirigí a Ruán. ¡Oh! ¡Qué alegría poder decirle a un hombre que obedece: «¡Vamos a Ruán!».

Mandé parar ante la biblioteca y rogué que me prestaran el gran tratado del doctor Hermann Herestauss sobre los habitantes ignorados del mundo antiguo y moderno.

Después, cuando subí de nuevo a la berlina, quise decir: «¡A la estación!», y grité –no dije, grité– en voz tan alta que los transeúntes se volvieron: «¡A casa!», y me desplomé, enloquecido de angustia, sobre los cojines del carruaje. Él me había recobrado y poseído.

17 de agosto.–¡Ay! ¡Qué noche! ¡Qué noche! Y sin embargo me parece que debería alegrarme. Hasta la una de la madrugada, ¡he leído! Hermann Herestauss, doctor en filosofía y teogonía, ha escrito la historia y las manifestaciones de todos los seres invisibles que merodean en torno al hombre o que éste ha soñado. Describe sus orígenes, su ámbito, su poder. Pero ninguno de ellos se parece al que me acosa. Se diría que el hombre, desde que piensa, ha presentido y temido un ser nuevo, más fuerte que él, su sucesor en este mundo, y que, al sentirlo cercano y no poder prever la naturaleza de este dueño, ha creado, en su terror, todo un pueblo fantástico de seres ocultos, fantasmas vagos nacidos del miedo.

Así, pues, habiendo leído hasta la una de la madrugada, fui a sentarme después ante mi ventana abierta para refrescar mi frente y mi pensamiento con el viento tranquilo de la oscuridad.

¡Qué buen tiempo, qué tibieza! ¡Cuánto me habría gustado esa noche antaño!

No había luna. Las estrellas titilaban estremecidas en el fondo del cielo negro. ¿Quién habita en esos mundos? ¿Qué formas, qué seres vivos, qué animales, qué plantas hay allá lejos? Los seres pensantes de esos universos remotos ¿saben más que nosotros? ¿Pueden más que nosotros? ¿Qué ven que nosotros no conozcamos? Uno de ellos, un día y otro, ¿no aparecerá en nuestra tierra para conquistarla, atravesando el espacio como los normandos atravesaban antes la mar para someter a pueblos más débiles?

¡Somos tan achacosos, tan inermes, tan ignorantes, tan pequeños, nosotros, en este grano de lodo que gira diluido en una gota de agua!

Me adormecí soñando esto ante el viento fresco de la noche.

Ahora bien, habiendo dormido unos cuarenta minutos, abrí los ojos sin hacer un movimiento, despertado por no sé qué emoción confusa y rara. No vi nada al principio, y después, de repente, me pareció que una página del libro que había quedado abierto sobre mi mesa acababa de pasarse sola. Ningún soplo de aire había entrado por la ventana. Me sorprendió y esperé. Al cabo de unos cuatro minutos, vi, vi, sí, vi con mis propios ojos cómo otra página se alzaba y caía sobre la anterior, cual si un dedo la hubiera hojeado. Mi sillón estaba vacío, parecía vacío; pero comprendí que él estaba allí, sentado en mi sitio, y que leía. Con un brinco furioso, con un brinco de animal sublevado que va a destripar a su domador, crucé la habitación para atraparlo, para sujetarlo, ¡para matarlo!... Pero el asiento, antes de que llegase a él, cayó como si alguien huyera delante de mí... la mesa osciló, la lámpara se volcó y se apagó, y la ventana se cerró como si un malhechor sorprendido se hubiera lanzado a la noche, agarrando con ambas manos los postigos.

Así, pues, había escapado; había tenido miedo, miedo de mí, ¡él!

Entonces... entonces... mañana... o después... o un día cualquiera, podría tenerlo bajo mis puños, ¡y aplastarlo contra el suelo! ¿Acaso los perros, algunas veces, no muerden y estrangulan a sus amos?

18 de agosto.–He meditado todo el día. ¡Oh! Sí, voy a obedecerle, a seguir sus impulsos, a cumplir todas sus voluntades, a mostrarme humilde, sumiso, cobarde. Él es el más fuerte. Pero llegará una hora...

19 de agosto.–Sé... sé... ¡lo sé todo! Acabo de leer esto en la *Revista del Mundo Científico:*

Una noticia bastante curiosa nos llega de Río de Janeiro. Una locura, una epidemia de locura, comparable con las demencias contagiosas que afectaron a los pueblos de Europa en la Edad Media, hace estragos en estos momentos en la provincia de São Paulo. Los habitantes enloquecidos dejan sus casas, desertan de sus pueblos, abandonan sus cultivos, diciéndose perseguidos, poseídos, gobernados como un rebaño humano por seres invisibles aunque tangibles, una especie de vampiros que se alimentan con sus vidas durante el sueño, y que además beben agua y leche sin tocar, al parecer, ningún otro alimento.

El profesor don Pedro Henriquez, acompañado por varios ilustres médicos, ha salido hacia la provincia de São Paulo, con el fin de estudiar *in situ* los orígenes y manifestaciones de esta sorprendente locura, y de proponer al Emperador las medidas que considere más adecuadas para devolver la razón a estas poblaciones delirantes.

¡Ah! ¡Ah! Recuerdo, recuerdo la hermosa corbeta brasileña que pasó ante mi ventana remontando el Sena, ¡el pasado 8 de mayo! ¡Me pareció tan bonita, tan blanca, tan alegre! El Ser iba en ella, llegando de allá lejos, ¡donde su raza había nacido! ¡Y me vio! Vio también mi blanca mansión; y saltó del navío a la orilla. ¡Oh, Dios mío!

Ahora sé, adivino. El reinado del hombre ha terminado.

Él ha venido. Aquel al que temían los primeros terrores de los pueblos ingenuos, Aquel al que exorcizaban los sacerdotes inquietos, a quien los brujos evocaban en las noches sombrías, sin verlo mostrarse aún, a quien los presentimientos de los dueños pasajeros del mundo atribuyeron todas las formas monstruosas o graciosas de los gnomos, de los espíritus, de los genios, de las hadas, de los trasgos. Después de las groseras concepciones del espanto primitivo, hombres más perspicaces lo presintieron con mayor claridad. Mesmer lo había adivinado, y los médicos, hace ya diez años, han descubierto, de forma concreta, la naturaleza de su poderío antes incluso de que lo ejerciera. Jugaron con esa arma del Señor nuevo, la dominación de una misteriosa voluntad sobre el alma humana esclavizada. Llamaron a eso magnetismo, hipnotismo, sugestión... ¡yo qué sé! ¡Los he visto divertirse como niños imprudentes con ese horrible poder! ¡Desdichados de nosotros! ¡Desdichado del hombre! Él ha venido, el... el... ¿cómo se llama?... el... parece que me grita su nombre, y no lo entiendo... el... sí... lo grita... Escucho... No puedo... repite... el... Horla... Lo he entendido... el Horla... es él... ¡el Horla... ha venido!

¡Ay! El buitre se ha comido a la paloma; el lobo se ha comido al cordero; el león ha devorado al búfalo de agudos cuernos; el hombre ha matado al león con la flecha, con la espada, con la pólvora; pero el Horla va a hacer con el hombre lo que nosotros hicimos con el caballo y el buey: su cosa, su servidor y su alimento, mediante el solo poder de su voluntad. ¡Desdichados de nosotros!

Y sin embargo el animal, a veces, se rebela y mata al que lo ha domado... yo también quiero... podría... ¡pero es preciso conocerlo, tocarlo, verlo! Los sabios dicen que los ojos de los animales, diferentes de los nuestros, no distinguen igual que los nuestros... Y mi ojo no puede distinguir al recién llegado que me oprime.

¿Por qué? ¡Oh! Ahora recuerdo las palabras del fraile del Mont Saint-Michel: «¿Acaso vemos la cienmilésima parte de lo que existe? Mire, ahí tiene el viento, que es la mayor fuerza de la naturaleza, que tira al suelo al hombre, que derriba edificios, desarraiga árboles, levanta en la mar montañas de agua, destruye los acantilados y arroja contra las rompientes a los grandes navíos, el viento que mata, que silba, que gime, que brama, ¿lo ha visto usted y puede usted verlo? Y sin embargo, existe».

Y yo seguía meditando: mi ojo es tan débil, tan imperfecto, ¡que no distingue siquiera los cuerpos duros, si son transparentes como el cristal! Si un espejo sin azogue me obstruye el camino, mi ojo se lanza contra él como el pájaro que ha entrado en una habitación se rompe la cabeza contra los cristales. ¡Y otras mil cosas más lo engañan y despistan! ¡Qué hay de extraño, entonces, en que no sepa percibir un cuerpo nuevo al que la luz atraviesa?

¡Un ser nuevo! ¿Por qué no? ¡Seguramente tenía que venir! ¿Por qué vamos a ser nosotros los últimos? ¡Y no lo distinguimos, al igual que a todos los demás seres creados antes de nosotros! Es porque su naturaleza es más perfecta, su cuerpo más sutil y acabado que el nuestro, que el nuestro tan débil, tan torpemente concebido, atestado de órganos perennemente fatigados, siempre forzados como resortes demasiado complejos; que el nuestro, que vive como una planta y como un animal, alimentándose penosamente de aire, de hierbas, y de carne, máquina animal presa de las enfermedades, de las deformaciones, de las putrefacciones, asmática, mal regulada, ingenua y rara, ingeniosamente mal hecha, obra grosera y delicada, esbozo de ser que podría convertirse en inteligente y soberbio.

Somos unos cuantos, tan poca cosa en este mundo, desde la ostra al hombre. ¿Por qué no uno más, una vez transcurrido el periodo que separa las sucesivas apariciones de todas las diversas especies?

¿Por qué no uno más? ¿Por qué no también otros árboles de flores inmensas, deslumbrantes y que perfuman regiones enteras? ¿Por qué no otros elementos que el fuego, el aire, la tierra y el agua? Son cuatro, nada más que cuatro, ¡estos padres nutricios de los seres! ¡Qué lástima! ¿Por qué no son cuarenta, cuatrocientos, cuatro mil? ¡Qué pobre, mezquino y miserable es todo! Avaramente dado, secamente inventado, pesadamente hecho. ¡Ah!, ¡cuánta gracia en el elefante, en el hipopótamo! ¡Cuánta elegancia en el camello!

Pero, dirán ustedes, ¿y la mariposa? ¡Una flor que vuela! Yo sueño con una que fuera tan grande como cien universos, con alas cuya forma, belleza, color y movimiento no acierto a expresar. Pero la veo... va de estrella en estrella, refrescándolas y embalsamándolas con el soplo armonioso y leve de su carrera... ¡Y los pueblos de allá arriba la miran pasar, extasiados y encantados!...

....

¿Qué me pasa? Es él, él, el Horla, que me obsesiona, ¡que me hace pensar estas locuras! Está en mí, se convierte en mi alma; ¡lo mataré!

19 de agosto.–Lo mataré. ¡Lo he visto! Ayer por la noche me senté a mi mesa; y fingí escribir con gran atención.

Sabía que vendría a merodear a mi alrededor, muy cerca, ¿tan cerca que podría acaso tocarlo, atraparlo?... ¡Y entonces!... entonces, yo tendría la fuerza de la desesperación; tendría mis manos, mis rodillas, mi pecho, mi frente, mis dientes para estrangularlo, aplastarlo, morderlo, desgarrarlo.

Y lo acechaba con todos mis órganos sobreexcitados.

Había encendido mis dos lámparas, y las ocho velas de la chimenea, como si hubiera podido, con tanta claridad, descubrirlo.

Frente a mí, la cama, una vieja cama de roble con columnas; a la derecha, la chimenea; a la izquierda, la puerta cuidadosamente cerrada, tras haberla dejado un buen rato abierta, con el fin de atraerlo; a mis espaldas, un alto armario de luna, que me servía todos los días para afeitarme, para vestirme, y donde solía mirarme, de pies a cabeza, cada vez que pasaba ante él.

Así, pues, fingía escribir; para engañarlo, pues él me espiaba también; y de pronto, sentí, estuve seguro de que leía por encima de mi hombro, que estaba allí, rozando mi oreja.

Me levanté, con las manos extendidas, y volviéndome con tanta rapidez que estuve a punto de caerme. ¿Y qué?... Se veía como en pleno día, ¡y no me vi en mi espejo!... ¡Estaba vacío, claro, profundo, lleno de luz! Mi imagen no aparecía en él... ¡y yo estaba enfrente! Veía el gran cristal límpido de arriba abajo. Y miraba aquello con ojos enloquecidos; y no me atrevía a avanzar, no me atrevía a hacer un movimiento, aunque sintiendo perfectamente que él estaba allí, pero que se me escaparía de nuevo, él, cuyo cuerpo imperceptible había devorado mi reflejo.

¡Qué miedo tuve! Y después, de repente empecé a distinguirme entre una bruma, al fondo del espejo, entre una bruma como a través de una capa de agua; y me parecía que esa agua se deslizaba de izquierda a derecha, lentamente, perfilando más mi imagen de un segundo a otro. Era como el final de un eclipse. Lo que me ocultaba no parecía poseer contornos netamente definidos, sino una especie de transparencia opaca, que se aclaraba poco a poco.

Por fin pude distinguirme por completo, como lo hago cada día al mirarme.

¡Lo había visto! Y ha quedado en mí un espanto que aún me hace temblar.

20 de agosto.–Matarlo, ¿cómo? ¡No puedo llegar a él! ¿Con veneno?, me vería mezclarlo con el agua; y nuestros venenos, por lo demás, ¿surtirían efecto en su cuerpo imperceptible? No... no... no cabe duda... ¿Y entonces?... ¿entonces?...

21 de agosto.–He mandado venir un cerrajero de Ruán, y le he encargado para mi cuarto una de esas persianas de hierro, como las que tienen en París ciertos hoteles privados, en la planta baja, por miedo a los ladrones. Me hará, además, una puerta similar. He pasado por cobarde, ¡pero me trae sin cuidado!...

10 de septiembre.–Ruán, hotel Continental... Ya está... ya está... Pero ¿habrá muerto? Tengo el alma trastornada por lo que he visto.

Ayer, después de que el cerrajero instalara mi persiana y mi puerta de hierro, dejé todo abierto hasta medianoche, aunque empezaba a hacer frío.

De repente, sentí que él estaba allí y me asaltó una gran alegría, una alegría loca. Me levanté lentamente, y caminé a la derecha, a la izquierda, un buen rato, para que él no adivinase nada; después me quité los botines y me puse las zapatillas como al descuido; después cerré la persiana de hierro, y, volviendo a pasos tranquilos hacia la puerta, cerré también la puerta con doble vuelta. Regresando entonces a la ventana, la sujeté con un candado, cuya llave me metí en el bolsillo.

De repente, comprendí que él se agitaba a mi alrededor, que tenía miedo a su vez, que me ordenaba que abriese. A punto estuve de ceder; no cedí, y, adosándome a la puerta, la entreabrí, lo justo para pasar yo, andando hacia atrás; y como soy muy alto mi cabeza tocaba el dintel. Estaba seguro de que no había podido escapar y lo encerré, solo, completamente solo. ¡Qué alegría! ¡Lo había atrapado! Entonces bajé, corriendo; cogí en el salón, debajo de mi cuarto, mis dos velones y derramé todo el aceite sobre la alfombra, los muebles, por todas partes, después le prendí fuego y escapé, tras haber cerrado bien, con doble vuelta, la gran puerta de entrada.

Y fui a esconderme al fondo del jardín, en un macizo de laureles. ¡Qué largo se me hizo!, ¡qué largo se me hizo! Todo estaba negro, mudo, inmóvil; ni un soplo de aire, ni una estrella, montañas de nubes que no se veían, pero que pesaban sobre mi alma mucho, muchísimo.

Miraba mi casa, y esperaba. ¡Qué largo se me hizo! Creía ya que el fuego se había apagado solo, o lo había apagado Él, cuando una de las ventanas de abajo reventó con el empuje del incendio, y una llama, una gran llama roja y amarilla, larga, acariciadora, ascendió a lo largo de la pared blanca y la besó hasta el tejado. Un resplandor corrió por los árboles, por las ramas, por las hojas, y un temblor, un temblor de miedo también. Los pájaros se despertaban; un perro empezó a aullar; ¡me pareció que amanecía! Otras dos ventanas estallaron al punto, y vi que toda la planta baja de mi morada no era sino una espantosa hoguera. Pero un grito, un grito horrible, muy agudo, desgarrador, un grito de mujer cruzó la noche, ¡y se abrieron dos bohardillas! ¡Me había olvidado de mis criados! ¡Vi sus rostros enloquecidos y sus brazos que se agitaban!...

Entonces, transido de horror, eché a correr hacia el pueblo gritando: «¡Auxilio!, ¡auxilio! ¡Fuego!, ¡fuego!». ¡Encontré gente que llegaba ya y regresé con ellos, para ver!

La casa, ahora, no era sino una pira horrible y magnífica, una pira monstruosa, que iluminaba toda la tierra, una pira donde ardían hombres y donde ardía también Él, Él, mi prisionero, el Ser nuevo, el nuevo dueño, ¡el Horla!

De pronto el tejado entero se hundió entre los muros, y un volcán de llamas brotó hasta el cielo. Por todas las ventanas abiertas sobre aquel horno yo veía la cuba de fuego, y pensaba que él estaba allí, en aquella hoguera, muerto...

«¿Muerto? ¿Puede ser?... Su cuerpo, su cuerpo que la luz atravesaba ¿no será indestructible por los medios que matan los nuestros?

»¿Y si no hubiera muerto?... acaso sólo el tiempo tiene poder sobre el Ser Invisible y Temible. ¿Para qué ese cuerpo transparente, ese cuerpo incognoscible, ese cuerpo de Espíritu, si debiera temer, también él, las enfermedades, las heridas, las invalideces, la destrucción prematura?

»¿La destrucción prematura? ¡Todo el espanto humano procede de ella! Después del hombre, el Horla. Después de aquel que puede morir cualquier día, a cualquier hora, en cualquier minuto, de cualquier accidente, ¡ha venido aquel que no debe morir sino en su día, en su hora, en su minuto, porque ha llegado al límite de su existencia!

»No... no... no cabe duda, no cabe la menor duda... no ha muerto... Y entonces... entonces... ¡va a ser preciso que me mate yo!...»

....

La muerta*

¡Yo la había amado locamente! ¿Por qué amamos? Es raro no ver en el mundo sino a un ser, no tener en la mente sino una idea, en el corazón sino un deseo, y en la boca más que un nombre: un nombre que sube sin cesar, que sube, como el agua de un manantial, de las honduras del alma, que sube a los labios, y que decimos, que repetimos, que murmuramos sin cesar en todas partes, al igual que una plegaria.

No contaré nuestra historia. El amor no tiene más que una, siempre la misma. La encontré y la amé. Nada más. Y viví durante un año en su ternura, en sus brazos, en su caricia, en su mirada, en sus trajes, en sus palabras, enredado, ligado, aprisionado en todo lo que venía de ella, de una forma tan completa que ya no sabía si era de día o de noche, si estaba vivo o muerto, en la vieja tierra o en otro lugar.

* *Le morte,* publicado en *Gil Blas,* 31 de mayo de 1887.

Y he aquí que se murió. ¿Cómo? No sé, ya no lo sé.

Volvió a casa empapada, una noche de lluvia, y al día siguiente tosía. Tosió durante una semana aproximadamente y guardó cama.

¿Qué ocurrió? Ya no lo sé.

Los médicos venían, escribían, se iban. Se traían remedios; una mujer se los hacía tomar. Sus manos estaban calientes, su frente ardiente y húmeda, su mirada brillante y triste. Yo le hablaba, ella me respondía. ¿Qué nos dijimos? Ya no lo sé. ¡Lo he olvidado todo, todo! Se murió, recuerdo muy bien su breve suspiro, su breve suspiro tan débil, el último. La enfermera dijo: «¡Ay!». ¡Comprendí, comprendí!

No supe nada más. Nada. Vi a un sacerdote que pronunció estas palabras: «Su querida». Me pareció que la insultaba. Puesto que ella había muerto, nadie tenía derecho a saber eso. Lo despedí. Vino otro que fue muy bondadoso, muy dulce. Yo lloraba cuando él me habló de ella.

Me consultaron mil cosas sobre el entierro. Ya no lo sé.

Recuerdo muy bien, sin embargo, el ataúd, el ruido de los martillazos cuando la clavaron dentro. ¡Ay, Dios mío!

¡La enterraron! ¡La enterraron! ¡A ella! ¡En aquel hoyo! Habían ido unas cuantas personas, unas amigas. Escapé. Corrí. Caminé mucho tiempo por las calles. Después volví a casa. Y al día siguiente me marché de viaje.

Ayer he regresado a París.

Cuando volví a ver mi habitación, nuestra habitación, nuestra cama, nuestros muebles, toda esta casa donde había quedado todo lo que queda de la vida de un ser después de su muerte, me asaltó un acceso de pena tan violento que a punto estuve de abrir la ventana y de tirarme a la calle. No pudiendo estar en medio de aquellas cosas, de aquellos muros que la habían encerrado, abrigado, y que debían de guardar en sus imperceptibles rendijas mil átomos de ella, de su carne y de su aliento, cogí el sombrero, con el fin de escapar. De repente, en el momento de llegar a la puerta, pasé ante el gran espejo del vestíbulo que ella había mandado instalar allí para verse, de pies a cabeza, todos los días, al salir, para ver si iba bien arreglada, si estaba correcta y bonita, de las botas al peinado.

Y me detuve frente a aquel espejo que tan a menudo la había reflejado. Tan a menudo, tan a menudo, que había debido conservar también su imagen.

Allí estaba yo de pie, tembloroso, los ojos clavados en el cristal, en el cristal liso, profundo, vacío, pero que la había contenido toda entera, la había poseído tanto como yo, tanto como mi mirada apasionada. Me pareció que amaba a aquel espejo –lo toqué–, ¡estaba frío! ¡Oh! ¡El recuerdo, el recuerdo! Espejo doloroso, espejo ardiente, espejo vivo, espejo horrible, ¡que hace sufrir todas las torturas! ¡Dichosos los hombres cuyo corazón, como un espejo por el que se deslizan y se borran los reflejos, olvida cuanto ha contenido, cuanto ha pasado ante él, cuanto se ha contemplado, reflejado, en su cariño, en su amor! ¡Cómo sufro!

Salí y, a mi pesar, sin saber, sin quererlo, marché al cementerio. Encontré su tumba, muy sencilla, una cruz de mármol con estas pocas palabras: «Amó, fue amada, y murió».

¡Estaba allí, allí abajo, podrida! ¡Qué horror! Sollocé, con la frente pegada al suelo.

Me quedé allí mucho tiempo, mucho tiempo. Después me di cuenta de que caía la noche. Entonces un deseo curioso, loco, un deseo de amante desesperado se apoderó de mí. Quise pasar la noche cerca de ella, última noche, llorando sobre su tumba. Pero me verían, me echarían. ¿Qué hacer? Fui astuto. Me levanté y empecé a errar por aquella ciudad de los desaparecidos. Andaba y andaba. ¡Qué pequeña es esa ciudad al lado de la otra, donde se vive! Y sin embargo esos muertos son mucho más numerosos que los vivos. Necesitamos altas casas, calles, mucho sitio, para las cuatro generaciones que contemplan la luz al mismo tiempo, beben el agua de las fuentes, el vino de los viñedos, y comen el pan de las llanuras.

Y para todas las generaciones de muertos, para toda la escala de la humanidad que desciende hasta nosotros, ¡casi nada, un campo, casi nada! La tierra los recobra, el olvido los borra. ¡Adiós!

En el extremo del cementerio habitado, percibí de repente el cementerio abandonado, ese donde los antiguos difuntos acaban de mezclarse con la tierra, donde las propias cruces se pudren, donde pondrán mañana a los recién llegados. Está lleno de rosas libres, de cipreses vigorosos y negros, un jardín triste y soberbio, alimentado con carne humana.

Estaba solo, muy solo. Me agazapé bajo un verde arbusto. Me oculté en él por entero, entre aquellas ramas pobladas y sombrías.

Y esperé, aferrado al tronco como un náufrago a una tabla.

Cuando la noche fue oscura, muy oscura, abandoné mi refugio y eché a andar despacito, con pasos lentos, con pasos sordos, sobre aquella tierra llena de muertos.

Vagué mucho tiempo, mucho tiempo, mucho tiempo. No la encontraba. Con los brazos extendidos, los ojos abiertos, tropezando en las tumbas con manos, pies, rodillas, pecho, con mi propia cabeza, marchaba sin encontrarla. Tocaba, palpaba como un ciego que busca el camino, palpaba piedras, cruces, verjas de hierro, coronas de cristal, ¡coronas de flores ajadas! Leía los nombres con mis dedos, paseándolos sobre las letras. ¡Qué noche! ¡Qué noche! ¡No la encontraba!

¡No había luna! ¡Qué noche! Tenía miedo, un miedo espantoso por aquellos estrechos senderos, entre dos hileras de tumbas. ¡Tumbas, tumbas, tumbas! ¡Siempre tumbas! A la derecha, a la izquierda, ante mí, a mi alrededor, en todas partes, ¡tumbas! Me senté en una de ellas, pues ya no podía caminar con las rodillas que se me doblaban. ¡Oí latir mi corazón! ¡Y oía también otra cosa! ¿Qué? ¡Un incomprensible rumor confuso! ¿Aquel ruido estaba en mi cabeza enloquecida, en la noche impenetrable, o bajo la tierra misteriosa, bajo la tierra sembrada de cadáveres humanos? ¡Miré a mi alrededor!

¿Cuánto tiempo me quedé allí? No lo sé. Estaba paralizado de terror, estaba ebrio de espanto, a punto de gritar, a punto de morir.

Y de repente me pareció que la losa de mármol en la que estaba sentado se movía. Sí, se movía, como si alguien la alzara. De un salto me lancé sobre la tumba contigua, y vi, sí, vi que la piedra que acababa de abandonar se levantaba; y apareció el muerto, un esqueleto pelado que, con su espalda encorvada, la empujaba. Yo veía, veía muy bien, aunque la noche fuera profunda. En la cruz pude leer:

«Aquí reposa Jacques Olivant, fallecido a la edad de cincuenta y un años. Amaba a los suyos, fue honrado y bondadoso, y murió en la paz del Señor».

Ahora también el muerto leía las cosas escritas sobre su tumba. Después cogió una piedra del camino, una piedrecita afilada, y empezó a rascarlas con cuidado, aquellas cosas. Las borró del todo, lentamente, mirando con sus ojos vacíos el sitio donde hacía un momento estaban grabadas; y con la punta del hueso que había sido su índice, escribió con letras luminosas, como esas líneas que se trazan en las paredes con la cabeza de una cerilla:

«Aquí reposa Jacques Olivant, fallecido a la edad de cincuenta y un años. Apresuró con sus duras palabras la muerte de su padre a quien deseaba heredar, torturó a su mujer, atormentó a sus hijos, engañó a sus vecinos, robó cuanto pudo y murió miserablemente».

Cuando hubo acabado de escribir, el muerto inmóvil contempló su obra. Y me di cuenta, al darme la vuelta, de que todas las tumbas estaban abiertas, todos los cadáveres habían salido de ellas, todos habían borrado las mentiras inscritas por los parientes en las lápidas funerarias, para restablecer la verdad.

Y yo veía que todos habían sido verdugos de sus allegados, odiosos, deshonestos, hipócritas, mentirosos, bribones, calumniadores, envidiosos, que habían robado, engañado, realizado todos los actos vergonzosos, todos los actos abominables, aquellos buenos padres, esposas fieles, hijos abnegados, aquellas jóvenes castas, aquellos comerciantes probos, aquellos hombres y mujeres presuntamente irreprochables.

Escribían todos al mismo tiempo, en el umbral de su morada eterna, la cruel, terrible y santa verdad que todo el mundo ignora o finge ignorar sobre la tierra.

Pensé que ella también había debido trazarla sobre su tumba.

Y ya sin miedo, corriendo entre los ataúdes entreabiertos, entre cadáveres, entre esqueletos, fui hacia ella, seguro de que la encontraría al punto.

La reconocí desde lejos, sin ver el rostro envuelto en el sudario.

Y sobre la cruz de mármol donde hacía un rato había leído: «Amó, fue amada, y murió».

Distinguí:

«Habiendo salido un día para engañar a su amante, cogió frío bajo la lluvia, y murió».

Parece que me recogieron, inanimado, al nacer el día junto a una tumba.

....

Moiron*

Como seguían hablando de Pranzini, el señor Maloureau, que había sido fiscal del Supremo con el Imperio, nos dijo:

–¡Oh! Yo intervine, en tiempos, en un asunto muy curioso, curioso por varios extremos, como van a ver ustedes.

»Yo era en ese momento fiscal en provincia, y muy bienquisto, gracias a mi padre, presidente de la Audiencia en París. Ahora bien, tuve que tomar la palabra en una causa que se hizo célebre con el nombre de Caso del maestro Moiron.

»El señor Moiron, maestro en el norte de Francia, gozaba en toda la comarca de excelente reputación. Hombre inteligente, reflexivo, muy religioso, un poco tacitur-

* *Moiron,* publicado en *Gil Blas,* 27 de septiembre de 1887.

no, se había casado en el municipio de Boislinot donde ejercía su profesión. Había tenido tres hijos, muertos sucesivamente del pecho. A partir de ese momento, pareció consagrar a la chiquillería confiada a sus cuidados toda la ternura escondida en su corazón. Compraba, de su bolsillo, juguetes para sus mejores alumnos, para los más buenos y amables; les daba de merendar, atiborrándolos de golosinas, dulces y pasteles. Todo el mundo quería y alababa a aquel hombre tan bueno, de tan gran corazón, cuando, de repente, cinco de sus alumnos murieron de una forma rara. Se pensó en una epidemia procedente del agua corrompida por la sequía; se buscaron las causas sin descubrirlas, tanto más cuanto que los síntomas parecían de lo más extraños. Los niños aparentaban una enfermedad de postración, dejaban de comer, se quejaban de dolores de barriga, iban tirando así cierto tiempo, y después expiraban en medio de abominables sufrimientos.

»Se hizo la autopsia del último muerto sin encontrar nada. Las vísceras enviadas a París fueron analizadas y no revelaron la presencia de ninguna sustancia tóxica.

»Durante un año, no pasó nada, y después dos niños pequeños, los mejores alumnos de la clase, los preferidos de Moiron, expiraron en cuatro días. Se prescribió el examen de los cuerpos y se descubrieron, tanto en uno como en otro, fragmentos de vidrio machacado incrustados en los órganos. Se llegó a la conclusión de que los dos críos habrían comido imprudentemente algún alimento en malas condiciones. Bastaba con que un vaso se hubiera roto encima de un cuenco de leche para producir aquel espantoso accidente, y el asunto no hubiera pasado de ahí si la criada de Moiron no hubiera caído enferma en aquel momento. El médico al que llamaron comprobó las mismas señales mórbidas que en los niños anteriormente afectados, la interrogó y obtuvo la confesión de que había robado y comido unos caramelos comprados por el maestro para sus alumnos.

»Por mandato judicial se hizo un registro en la escuela, y se descubrió un armario lleno de juguetes y de golosinas destinados a los niños. Ahora bien, casi todos aquellos comestibles contenían fragmentos de vidrio o trozos de agujas rotas.

»Moiron, detenido en seguida, pareció tan indignado y estupefacto por las sospechas que pesaban sobre él que estuvieron a punto de soltarlo. Sin embargo, aparecían indicios de su culpabilidad que combatían en mi ánimo mi convicción inicial, basada en su excelente reputación, en su vida entera y en la inverosimilitud, en la carencia total de motivos que provocaran semejante crimen.

»¿Por qué aquel hombre bueno, sencillo, religioso, iba a matar a unos niños, y a los niños que más parecía querer, a quienes mimaba, a quienes atiborraba de golosinas, para quienes gastaba en juguetes y caramelos la mitad de su sueldo?

»Para admitir este acto, ¡había que suponer una locura! Pero Moiron parecía tan razonable, tan tranquilo, tan lleno de juicio y de sentido común, que la locura parecía imposible de probar en su caso.

»¡Y sin embargo se acumulaban las pruebas! Se demostró que caramelos, pasteles, melcochas y otros géneros recogidos en los productores donde se surtía el maestro de escuela no contenían ningún fragmento sospechoso.

»Él pretendió entonces que un enemigo ignorado había debido de abrir su armario con una llave falsa para introducir el vidrio y las agujas en las golosinas. Y supuso toda una historia de herencias que dependían de la muerte de un niño, decidida y buscada por un campesino cualquiera y lograda así, haciendo recaer las sospechas sobre el maestro. Aquel animal, decía, no se había preocupado de los otros desdichados niños que morirían también.

»Era posible. El hombre parecía tan seguro de sí y tan desolado que sin duda lo hubiéramos absuelto, a pesar de los cargos que pesaban sobre él, de no haber hecho dos descubrimientos abrumadores, uno tras otro.

»El primero, ¡una petaca llena de vidrio machacado! ¡Su petaca, en un cajón secreto del escritorio donde guardaba el dinero!

»Explicó de nuevo este hallazgo de una forma casi aceptable, como una suprema astucia del verdadero culpable ignorado, pero un mercero de Saint-Marlouf se presentó al juez de instrucción contándole que un caballero había comprado en su tienda agujas, en varias ocasiones, las agujas más finas que había podido encontrar, rompiéndolas para ver si le gustaban.

»El mercero, puesto ante una docena de personas, reconoció a la primera a Moiron. Y la investigación reveló que el maestro, en efecto, había ido a Saint-Marlouf los días señalados por el comerciante.

»Omito las terribles declaraciones de los niños sobre la elección de las golosinas y el cuidado de que se las comieran delante de él y de eliminar los menores rastros.

»La opinión pública, exasperada, reclamaba la pena capital, y adquiría esa fuerza de creciente terror que arrolla todas las resistencias y las vacilaciones.

»Moiron fue condenado a muerte. Después se rechazó su apelación. Sólo le quedaba la petición de indulto. Supe por mi padre que el emperador no se lo concedería.

»Ahora bien, una mañana, estaba yo trabajando en mi despacho cuando me anunciaron la visita del capellán de la cárcel.

»Era un anciano sacerdote que tenía un gran conocimiento de los hombres y estaba muy acostumbrado a los criminales. Parecía turbado, molesto, inquieto. Tras haber charlado unos minutos de esto y aquello, me dijo bruscamente, al levantarse:

»–Si Moiron es decapitado, señor fiscal, habrá dejado usted que ejecuten a un inocente.

»Y después, sin despedirse, salió, dejándome profundamente impresionado por sus palabras. Las había pronunciado de forma emocionante y solemne, entreabriendo, para salvar una vida, sus labios cerrados y sellados por el secreto de confesión.

»Una hora después salía yo para París, y mi padre, advertido por mí, pidió inmediatamente una audiencia al emperador.

»Me recibió al día siguiente. Su Majestad trabajaba en un saloncito cuando nos introdujeron allí. Expuse todo el asunto hasta la visita del sacerdote, y estaba a punto de contarla cuando se abrió una puerta detrás del sillón del soberano, y la emperatriz, que lo creía solo, apareció. Napoleón la consultó. En cuanto estuvo al tanto de los hechos, ella exclamó:

»–Hay que indultar a ese hombre ¡Es preciso, ya que es inocente!

»¿Por qué esta repentina convicción de una mujer tan piadosa sembró en mi mente una terrible duda?

»Hasta entonces yo había deseado ardientemente una conmutación de la pena. Y de repente me sentí juguete, víctima de un criminal astuto que había empleado al sacerdote y la confesión como último medio de defensa.

»Expuse mis vacilaciones a Sus Majestades. El emperador seguía indeciso, incitado por su bondad natural y retenido por el temor de dejarse burlar por un miserable; pero la emperatriz, convencida de que el sacerdote había obedecido a una inspiración divina, repetía:

»–¡Qué importa! ¡Más vale perdonar a un culpable que matar a un inocente!

Su opinión triunfó. La pena de muerte fue conmutada por la de trabajos forzados.

»Ahora bien, unos años después me enteré de que Moiron, cuya conducta ejemplar en el presidio de Tolón se le había señalado de nuevo al emperador, estaba empleado como criado del director del centro penitenciario.

»Después, no volví a oír hablar de aquel hombre durante mucho tiempo.

»Ahora bien, hace unos dos años, cuando pasaba el verano en Lila, en casa de mi primo De Larielle, me avisaron una noche, en el momento de sentarme a la mesa para cenar, de que un joven sacerdote deseaba hablarme.

»Ordené que lo hicieran entrar, y me suplicó que acudiera al lado de un moribundo que deseaba verme con urgencia. Eso me había ocurrido a menudo durante mi larga carrera de magistrado y, aunque apartado por la República, aún me llamaban de vez en cuando en tales circunstancias.

»Seguí pues al eclesiástico, que me hizo subir a un alojamiento miserable, bajo los tejados de una alta casa obrera.

»Allí encontré, sobre un jergón, a un extraño agonizante, sentado, con la espalda contra la pared, para respirar.

»Era una especie de esqueleto gesticulante, con ojos profundos y relucientes.

»En cuanto me vio, murmuró:

»–¿No me reconoce?

»–No.

»–Soy Moiron.

»Sentí un estremecimiento, y pregunté:

»–¿El maestro?

»–Sí.

»–¿Cómo se encuentra usted aquí?

»–Sería demasiado largo. No tengo tiempo... Iba a morir... me trajeron este cura... y como sabía que usted estaba aquí, he mandado a buscarle... Es con usted con quien quiero confesarme... ya que me salvó la vida... en tiempos.

»Apretaba con sus manos crispadas la paja de su jergón, a través de la tela. Y prosiguió con voz ronca, enérgica y baja.

»–Eso es... Le debo a usted la verdad... a usted... pues es preciso contársela a alguien antes de dejar esta tierra.

»"Fui yo el que maté a los niños... a todos... Fui yo... ¡por venganza! Escuche. Yo era un hombre honrado, honradísimo..., muy honrado, muy puro; adoraba a Dios, al Dios Bueno, al Dios que nos enseña a amar, y no al Dios falso, al verdugo, al ladrón, al asesino que gobierna la tierra. No había hecho daño a nadie, jamás había cometido un acto ruin. Yo era tan puro como pocos, señor.

»"Una vez casado, tuve hijos y empecé a amarlos como jamás un padre o una madre amó a los suyos. Sólo vivía para ellos. Los adoraba. ¡Y murieron los tres! ¿Por qué? ¿Por qué? ¿Qué había hecho yo? Me rebelé, me rebelé furiosamente; y después de repente abrí los ojos como cuando uno se despierta; y comprendí que Dios es malo. ¿Por qué había matado a mis hijos? Abrí los ojos y vi que le gusta matar. Sólo le gusta eso, caballero. ¡Sólo da la vida para destruirla! Dios, caballero, es un asesino. Todos los días necesita muertos. Y se los procura de todas las maneras, para divertirse más. Ha inventado las enfermedades, los accidentes, para divertirse tranquilamente a lo largo de los meses y los años; y además, cuando se aburre, tiene las epidemias, la peste, el cólera, las anginas, la viruela; ¿acaso sé yo todo lo que ha ideado ese monstruo? Y no le bastaba con eso, ¡todos esos males se parecen!, y se permite guerras de vez en cuando, para ver a doscientos mil soldados en el suelo, aplastados entre sangre y lodo, reventados, con los brazos y las piernas arrancados, las cabezas rotas por bolas como huevos, que caen sobre una carretera.

»"Y eso no es todo. Ha hecho que los hombres se devoren entre sí. Y además, como los hombres se vuelven mejores que él, ha hecho a los animales para ver a los hombres cazarlos, degollarlos y alimentarse con ellos. Y eso no es todo. Ha hecho esos animalillos que viven un día, las moscas, que mueren a millones en una hora, las hormigas que se aplastan, y otros muchos, tantos que no podemos imaginárnoslos. Y todo eso se mata entre sí, se da mutua caza, se devora entre sí y muere sin cesar. Y el buen Dios mira y se divierte, pues lo ve todo, a los grandes y a los pequeños, a los que están en las gotas de agua y a los de otras estrellas. Los mira y se divierte. ¡Qué canalla!

»"Y entonces yo, caballero, también maté, a niños. Le gasté esa mala pasada. Con ésos no pudo él. No pudo él, fui yo. Y habría matado otros muchos, pero usted me cogió. ¡Ahí tiene!

»"Yo iba a morir, guillotinado. ¡Yo! ¡Cómo se habría reído, ese reptil! Entonces pedí un sacerdote, y mentí. Me confesé. Mentí; y he vivido.

»"Ahora se acabó. No puedo ya escapar de él. Pero no le tengo miedo, caballero, lo desprecio demasiado.

»Era espantoso ver al infeliz que jadeaba, hablaba entre hipos, abriendo una boca enorme para escupir a veces palabras que apenas se entendían, y tenía estertores, y arrancaba la tela de su jergón, y agitaba, bajo una manta casi negra, sus piernas flacas, como para escapar.

»¡Oh! ¡Qué horrible ser y qué horrible recuerdo!

»Le pregunté:

»–¿No tiene usted nada más que decir?

»–No, señor.

»–Pues entonces, adiós.

»–Adiós, caballero, un día u otro...

»Me volví hacia el sacerdote, lívido y que pegaba a la pared su alta silueta oscura:

»–¿Se queda usted, señor cura?

»–Me quedo.

»Entonces el moribundo rio burlonamente:

»–Sí, sí, él envía sus cuervos sobre los cadáveres.

»Yo ya tenía bastante; abrí la puerta y escapé.

....

La dormilona*

El Sena se extendía delante de mi casa, sin una onda, y barnizado por el sol de la mañana. Era una hermosa, ancha, lenta, larga corriente de plata, teñida de púrpura en algunos lugares; y al otro lado del río, grandes árboles alineados desplegaban sobre toda la ribera una inmensa muralla de verdor.

La sensación de la vida que empieza de nuevo cada día, de la vida fresca, alegre, amorosa, temblaba en las hojas, palpitaba en el aire, reverberaba en el agua.

Me entregaron los periódicos que el cartero acababa de traer y me dirigí a la orilla, con pasos tranquilos, para leerlos.

En el primero que abrí vi estas palabras: «Estadísticas de suicidios» y me enteré de que, este año, más de ocho mil quinientos seres humanos se han suicidado.

* *L'endormeuse,* publicado en *L'Écho de Paris,* 16 de septiembre de 1889.

Instantáneamente, ¡los vi! Vi esa carnicería, repugnante y voluntaria, de los desesperados hartos de vivir. Vi gente que sangraba, con la mandíbula destrozada, el cráneo partido, el pecho agujereado por una bala, agonizando lentamente, solos en un cuartito de hotel, y sin pensar en su herida, pensando siempre en su desgracia.

Vi otros, con la garganta abierta o el vientre rajado, teniendo aún en sus manos el cuchillo de cocina o la navaja de afeitar.

Vi otros, sentados ora delante de un vaso donde empapaban fósforos, ora ante un frasquito que llevaba una etiqueta roja.

Miraban aquello de hito en hito, sin moverse; después bebían, después esperaban; luego una mueca pasaba por sus mejillas, crispaba sus labios; el espanto extraviaba sus ojos, pues no sabían que se sufría tanto antes del final.

Se levantaban, se detenían, caían y, las dos manos sobre el vientre, sentían sus órganos quemados, sus entrañas roídas por el fuego del líquido, antes de que su pensamiento estuviera levemente oscurecido.

Vi otros colgados de un clavo de la pared, de la falleba de la ventana, del gancho del cielorraso, de la viga del desván, de la rama de un árbol, bajo la lluvia de la noche. Y adivinaba todo lo que habían hecho antes de quedarse allí, con la lengua fuera, inmóviles. Adivinaba la angustia de su corazón, sus postreras vacilaciones, sus movimientos para atar la cuerda, comprobar que aguantaba, pasársela por el cuello y dejarse caer.

Vi otros acostados en míseras camas, madres con sus hijitos, ancianos muertos de hambre, jóvenes destrozadas por penas de amor, todos rígidos, ahogados, asfixiados, mientras en el centro del cuarto humeaba aún el hornillo de carbón.

Y vislumbré a los que se paseaban de noche por los puentes desiertos. Eran los más siniestros. El agua fluía bajo los arcos con un blando ruido. No la veían... ¡la adivinaban aspirando su frío olor! Tenían ganas y tenían miedo. ¡No se atrevían! Y, sin embargo, era preciso. Daban las horas a lo lejos en algún campanario, y de pronto, por el dilatado silencio de las tinieblas cruzaban, pronto ahogados, el ruido de un cuerpo cayendo al río, unos gritos, el chapoteo de un agua agitada con las manos. A veces era sólo el paf de la caída, cuando se habían atado los brazos o sujetado una piedra a los pies. ¡Oh! ¡Pobre gente, pobre gente, pobre gente, cómo he sentido sus angustias, cómo he muerto con su muerte! Pasé por todas sus miserias; sufrí, en una hora, todas sus torturas. Supe todos los pesares que los llevaron a eso; pues siento la engañosa infamia de la vida, como nadie, más que yo, la haya sentido.

Cómo he comprendido a aquellos que, débiles, acosados por la mala suerte, habiendo perdido a los seres queridos, despertados del sueño de una recompensa tardía, de la ilusión de otra existencia donde Dios por fin sería justo, tras haber sido feroz, y desengañados de los espejismos de la felicidad, se han hartado y quieren acabar con este drama sin tregua o con esta vergonzosa comedia.

¡El suicidio! Pero ¡si es la fuerza de quienes ya no tienen nada, es la esperanza de quienes ya no creen, es el sublime valor de los vencidos! Sí, hay una puerta por lo menos en esta vida, siempre podemos abrirla y pasar al otro lado. La naturaleza ha tenido un movimiento de piedad; no nos ha aprisionado. ¡Gracias en nombre de los desesperados!

En cuanto a los simples desengañados, que sigan su camino con alma libre y corazón tranquilo. No tienen nada que temer, puesto que pueden irse; puesto que a sus espaldas está siempre esa puerta que los dioses soñados no pueden ni siquiera cerrar.

Meditaba yo sobre esa muchedumbre de muertos voluntarios: más de ocho mil quinientos en un año. Y me parecía que se habían reunido para lanzar al mundo una plegaria, para gritar un voto, para pedir algo, realizable más adelante, cuando se comprenda mejor. Me parecía que todos esos ajusticiados, esos degollados, esos envenenados, esos ahorcados, esos asfixiados, esos ahogados, avanzaban, horda espantosa, como ciudadanos que votan, para decirle a la sociedad: «¡Concedednos al menos una muerte dulce! ¡Ayudadnos a morir, vosotros que no nos ayudasteis a vivir! Ya veis, somos numerosos, tenemos derecho a hablar en estos días de libertad, de independencia filosófica y de sufragio popular. Dadles a quienes renuncian a vivir la limosna de una muerte que no sea repugnante ni espantosa».

....

Empecé a soñar despierto, dejando vagabundear mi pensamiento sobre el tema en ensoñaciones extravagantes y misteriosas.

Me creí, en cierto momento, en una hermosa ciudad. Era París; pero ¿en qué época? Caminaba por las calles, mirando las casas, los teatros, los establecimientos públicos, y he aquí que, en una plaza, vi un gran edificio, muy elegante, coquetón y bonito.

Me quedé sorprendido, pues en la fachada se leía, en letras de oro: «Institución de la muerte voluntaria».

¡Oh! ¡Singularidad de los sueños despiertos, en los que el espíritu echa a volar por un mundo irreal y posible! Nada en ellos asombra; nada choca, y la fantasía desenfrenada ya no distingue entre lo cómico y lo lúgubre.

Me acerqué al edificio, donde unos lacayos de calzón corto estaban sentados en un vestíbulo, delante de un guardarropa, como a la entrada de un club.

Entré sólo por ver. Uno de ellos, levantándose, me dijo:

–¿Qué desea el señor?

–Deseo saber qué es este lugar.

–¿Nada más?

–Claro que no.

–Entonces, ¿desea el señor que lo lleve a ver al secretario de la institución?

Yo dudaba. Interrogué aún:

–¿No le molestará?

–Oh, no, señor, está aquí para recibir a las personas que deseen informarse.

–Entonces, le sigo.

Me hizo atravesar unos corredores donde charlaban unos ancianos; después me introdujo en un hermoso despacho, un poco oscuro, amueblado todo con madera negra. Un joven, grueso, panzudo, escribía una carta fumando un cigarro cuyo aroma me reveló su calidad superior.

Se levantó, nos saludamos, y cuando el lacayo se marchó, preguntó:

–¿En qué puedo servirle?

–Caballero –le respondí–, disculpe mi indiscreción. Nunca había visto este establecimiento. Las pocas palabras inscritas en la fachada me han sorprendido mucho; y desearía saber qué se hace en él.

Sonrió antes de responder, y después, a media voz, con aire de satisfacción:

–¡Dios mío! Señor, se mata con limpieza y suavidad, me atrevería a decir que agradablemente, a la gente que desea morir.

No me sentí muy emocionado, pues aquello me pareció a fin de cuentas justo y natural. Me asombraba sobre todo que alguien hubiera podido, en este planeta de ideas bajas, utilitarias, humanitarias, egoístas y coercitivas de toda libertad real, atreverse a semejante empresa, digna de una humanidad emancipada.

Proseguí:

–¿Cómo han llegado ustedes a esto?

Respondió:

–Señor, la cifra de suicidios aumentó tanto durante los cinco años que siguieron a la Exposición Universal de 1889, que resultaba urgente adoptar medidas. La gente se mataba en las calles, en las fiestas, en los restaurantes, en el teatro, en los trenes, en las recepciones del Presidente de la República, por doquier. No sólo era un feo espectáculo para los que prefieren vivir, como yo, sino también un mal ejemplo para los niños. Y entonces fue preciso centralizar los suicidios.

–¿A qué se debía esa recrudescencia?

–No lo sé. En el fondo, creo que el mundo envejece. Se empieza a ver eso con claridad, pero nadie se resigna a gusto. Ocurre hoy con el destino como con el gobierno, se sabe lo que es; se comprueba que todo es una estafa, y uno se marcha. Cuando se ha reconocido que la providencia miente, engaña, roba, defrauda a los humanos como un simple diputado a sus electores, la gente se enfada, y como no se puede elegir otra cada tres meses, al igual que hacemos con nuestros representantes concesionarios, se abandona el lugar, que es decididamente malo.

–¡Verdaderamente!

–¡Oh! Lo que es yo, no me quejo.

–¿Quiere usted decirme cómo funciona la institución?

–Con mucho gusto. Por lo demás, puede usted participar en ella cuando le plazca. Es un club.

–¡¡Un club!!...

–Sí, señor, fundado por los hombres más eminentes del país, por los mejores espíritus y las más claras inteligencias.

Y agregó, riéndose de todo corazón:

–Y le juro que es muy agradable.

–¿Esto?

–Sí, esto.

–Me asombra usted.

–¡Dios mío! Es agradable porque los miembros del club no tienen miedo a la muerte, que es la que echa a perder todas las alegrías de este mundo.

–Pero, entonces, ¿por qué son miembros del club, si no se matan?

–Se puede ser miembro del club sin contraer por ello la obligación de matarse.

–¿Y, entonces?

–Me explico. Ante el número desmesuradamente creciente de los suicidios, ante los repelentes espectáculos que nos brindaban, se constituyó una sociedad de pura beneficencia, protectora de los desesperados, que puso a su disposición una muerte tranquila e insensible, ya que no imprevista.

–¿Quién ha podido autorizar semejante institución?

–El general Boulanger, durante su breve paso por el poder. No sabía negar nada. Y es lo único bueno que hizo, por lo demás. Así pues, se constituyó una sociedad de hombres clarividentes, desengañados, escépticos, que quisieron erigir en pleno París una especie de templo del desprecio a la muerte. Al principio, esta casa fue un lugar temido, al que nadie se acercaba. Entonces los fundadores, que se reunían en ella, dieron una gran fiesta de inauguración con Sarah Bernhardt, Judic, Théo, Granier y veinte damas más; y con los señores de Reszké, Coquelin, Mounet-Sully, Paulus, etc.; y después conciertos, comedias de Dumas, de Meilhac, de D'Halévy, de Sardou. No tuvimos más que un fracaso, una pieza de Becque, que pareció triste, pero que a continuación obtuvo un resonante éxito en la Comedia Francesa. En fin, vino todo París. El asunto estaba lanzado.

–¡En medio de fiestas! ¡Qué broma más macabra!

–En absoluto. No es preciso que la muerte sea triste, es preciso que sea indiferente. Hemos alegrado la muerte, la hemos cubierto de flores, la hemos perfumado, la hemos hecho fácil. Se aprende a socorrer por el ejemplo; se puede ver, porque no es nada.

–Comprendo muy bien que hayan venido a las fiestas; pero, ¿han venido por... Ella?

–No de inmediato, desconfiaban.

–¿Y más adelante?

–Vinieron.

–¿Muchos?

–En masa. Tenemos más de cuarenta al día. Casi no se encuentran ya ahogados en el Sena.

–¿Quién empezó?

–Un miembro del club.

–¿Un abnegado?

–No lo creo. Un aburrido, arruinado en el juego, que había sufrido enormes pérdidas en el bacarrá durante tres meses.

–¿De veras?

–El segundo fue un inglés, un excéntrico. Entonces, pusimos anuncios en los periódicos, contamos nuestros procedimientos, inventamos muertes capaces de atraer. Pero el gran impulso nos lo dio la gente pobre.

–¿Cómo proceden ustedes?

–¿Quiere visitarlo? Se lo explicaré al mismo tiempo.

–Claro que sí.

Cogió el sombrero, abrió la puerta, me hizo salir para entrar después en una sala de juego donde unos hombres jugaban como se juega en todos los garitos. Cruzó a continuación diversos salones. En ellos la gente charlaba con viveza, con alegría. Raras veces había visto un club tan vivo, tan animado, tan riente.

Como yo me extrañaba, el secretario prosiguió:

–¡Oh! La institución está muy de moda. Toda la gente elegante del universo entero forma parte de ella, para aparentar que desprecia la muerte. Después, una vez que están aquí, se creen obligados a mostrarse alegres para no parecer asustados. Entonces bromean, ríen, se burlan, alardean de ingenio y aprenden a tenerlo. Ciertamente es hoy en día el lugar más frecuentado y más divertido de París. Las mismas mujeres se ocupan, en este momento, de crear un anexo para ellas.

–Y, a pesar de eso, ¿tienen ustedes muchos suicidios en la casa?

–Como le he dicho, unos cuarenta o cincuenta diarios. Son escasas las personas ricas, pero abundan los pobres diablos. También la clase media da muchos.

–Y... ¿cómo se hace?

–Asfixiamos... muy suavemente.

–¿Por qué procedimiento?

–Un gas de nuestra invención. Lo hemos patentado. Al otro lado del edificio, están las puertas del público. Tres puertecitas que dan a tres callejas. Cuando un hombre o una mujer se presenta, empezamos a interrogarlo; después se le ofrece un socorro, una ayuda, protecciones. Si el cliente acepta, se hace una investigación y con frecuencia lo salvamos.

–¿De dónde sacan el dinero?

–Tenemos mucho. Las cotizaciones de los miembros son muy elevadas. Y además resulta de buen tono hacer donativos a la institución. Los nombres de todos los donantes se publican en *Le Figaro.* Ahora bien, todo suicidio de un hombre rico cuesta mil francos. Y mueren con afectación. Los de los pobres son gratuitos.

–¿Cómo reconocen ustedes a los pobres?

–¡Oh! ¡Oh! ¡Se los adivina, señor! Y además tienen que traer un certificado de indigencia del comisario de policía de su barrio. ¡Si supiera usted qué siniestra es su entrada! Visité sólo una vez esa parte del establecimiento, y no volveré jamás. Como local, está tan bien como éste, igual de rico y de cómodo; pero ellos... ¡Ellos! ¡Si los viera usted llegar, a los viejos andrajosos que acuden a morir; gente que revienta de miseria desde hace meses, alimentada en un rincón de la calle, como los perros; mujeres harapientas, demacradas, que están enfermas, paralíticas, incapaces de ganarse la vida y que nos dicen, tras haber contado su caso: «Ya ven ustedes que esto no puede continuar, ya que no puedo hacer nada, ni ganar nada.

»He visto llegar a una de ochenta y siete años, que había perdido a todos sus hijos, y a sus nietos, y que, desde hacía seis semanas, dormía al raso. Me puse enfermo de emoción. Además, tenemos muchos casos diferentes, sin contar la gente que no dice nada y que se limita a preguntar: ¿Dónde es? A ésos se les hace entrar, y se acaba en seguida.

Yo repetía, con el corazón encogido:

–Y... ¿dónde es?

–Aquí.

Abrió una puerta, agregando:

–Entre, es la parte especialmente reservada a los miembros del club, y la que funciona menos. Aún no hemos tenido más que once aniquilaciones.

–¡Ah! Le llaman ustedes una... aniquilación.

–Sí, señor. Entre.

Vacilaba. Por fin entré. Era una deliciosa galería, una especie de invernadero, que unas vidrieras de un azul pálido, de un rosa tierno, de un verde suave, rodeaban poéticamente de paisajes de tapicería. Había en aquel bonito salón unos divanes, espléndidas palmeras, flores rosas sobre todo, embalsamadoras, libros en las mesas, la *Revue des Deux Mondes,* cigarros en cajas de la Tabacalera, y, lo que más me sorprendió, pastillas de Vichy en una bombonera.

Como yo me asombraba, mi guía dijo:

–¡Oh! Con frecuencia vienen a charlar aquí.

Y prosiguió:

–Las salas del público son parecidas, aunque amuebladas con más sencillez.

Pregunté:

–¿Y cómo operan ustedes?

Señaló con el dedo una tumbona, cubierta de crespón de China color crema, con encajes blancos, bajo un gran arbusto desconocido, al pie del cual corría un arriate de reseda.

El secretario agregó en voz más baja:

–Se cambia a capricho la flor y el perfume, pues nuestro gas, totalmente imperceptible, da a la muerte el olor de la flor que más agrada. Se le volatiliza con esencias. ¿Quiere usted que se lo haga aspirar sólo un segundo?

–Gracias –le dije vivamente–, todavía no...

Se echó a reír.

–¡Oh! No hay el menor peligro, caballero. Yo mismo lo he comprobado varias veces.

Tuve miedo de parecerle cobarde. Proseguí:

–Está bien.

–Tiéndase en la *Dormilona.*

Algo inquieto, me senté en la tumbona de crespón de China, después me estiré, y casi al instante me vi envuelto por un delicioso olor a reseda. Abrí la boca para sorberlo mejor, pues mi alma se había amodorrado, olvidaba, saboreaba, con el primer trastorno de la asfixia, la embrujadora embriaguez de un opio encantador y fulminante.

Me sacudieron del brazo.

–¡Oh, oh, señor! –decía riendo el secretario–, me parece que se deja usted convencer.

....

Pero una voz, una voz de verdad, y no la de los ensueños, me saludaba con acento campesino:

–Buenos días, señor. ¿Qué tal?

Mi sueño echó a volar. Vi el Sena claro bajo el sol y, llegando por un sendero, el guarda rural del pueblo, que se llevaba la mano derecha al quepis negro galoneado de plata. Respondí:

–Hola, Marinel. ¿A dónde va usted?

–Voy a reconocer a un ahogado que han pescado cerca de los Morillons. Uno más que se ha dado un chapuzón. Y hasta se había quitado los pantalones para atarse las piernas con ellos.

El olivar*

1

Cuando los hombres del puerto, del puertecito provenzal de Garandou, al fondo de la bahía de Pisca, entre Marsella y Tolón, divisaron la barca del padre Vilbois que volvía de la pesca, bajaron a la playa para ayudar a sacar la embarcación.

El cura estaba solo, y remaba como un auténtico marinero, con una energía extraordinaria a pesar de sus cincuenta y ocho años. Las mangas remangadas sobre los brazos musculosos, la sotana levantada por abajo y sujeta entre las rodillas, algo desabrochada sobre el pecho, la teja en el banco de al lado, y tocado con un sombrero acampanado de corcho recubierto con tela blanca, parecía un fornido y extravagante eclesiástico de los países

* *Le champ d'oliviers,* 19-23 de febrero de 1890.

cálidos, más hecho para las aventuras que para decir misa.

De vez en cuando, miraba hacia atrás para identificar bien el punto de atraque, y después, recomenzaba a remar, de forma rítmica, metódica y fuerte, para demostrar, una vez más, a aquellos malos marineros del Sur, cómo bogan los hombres del Norte.

La barca tocó la arena con fuerte impulso y se deslizó como si fuera a subir toda la playa hundiendo en ella la quilla; después se paró en seco, y los cinco hombres que contemplaban la llegada del cura se acercaron, afables, satisfechos, simpáticos con el sacerdote.

–¿Qué? –dijo uno con su fuerte acento de Provenza–, ¿buena pesca, señor cura?

El padre Vilbois metió los remos, se quitó el sombrero acampanado para tocarse con la teja, se bajó las mangas sobre los brazos, se abrochó la sotana, y después, habiendo recuperado su aspecto y su prestancia de párroco de pueblo, respondió con orgullo:

–Sí, sí, muy buena, tres lubinas, dos morenas y unos cuantos jureles.

Los cinco pescadores se habían acercado a la barca, e inclinados sobre la borda, examinaban, con aire de entendidos, los bichos muertos, las lubinas gruesas, las morenas de cabeza plana, repugnantes serpientes de mar, y los jureles violetas estriados en zigzag por franjas doradas del color de la piel de naranja.

Uno de ellos dijo:

–Voy a ayudarle a llevar todo eso a su casa, señor cura.

–Gracias, muchacho.

Tras estrechar las manos, el sacerdote se puso en camino, seguido por un hombre y dejando a los demás al cuidado de su embarcación.

Marchaba a pasos largos y lentos, con un aire de fuerza y de dignidad. Como aún estaba acalorado por haber remado con tanto vigor, se destocaba a veces al pasar bajo la sombra leve de los olivos, para ofrecer al aire de la tarde, siempre tibio, pero un poco refrescado por una vaga brisa del mar abierto, su frente cuadrada, coronada de pelo blanco, tieso y corto, una frente de oficial más bien que una frente de cura. El pueblo aparecía sobre una loma, en medio de un ancho valle que descendía en llanura hacia el mar.

Era una tarde de julio. El sol deslumbrador, a punto de tocar la dentada cresta de las colinas remotas, proyectaba oblicuamente sobre la blanca carretera, enterrada bajo un sudario de polvo, la interminable sombra del eclesiástico cuya teja desmesurada paseaba por el campo contiguo una mancha oscura que parecía jugar a trepar ágilmente por todos los troncos de olivos que encontraba, para caer en seguida al suelo, donde se arrastraba entre los árboles.

Bajo los pies del padre Vilbois, una nube de fino polvo, de esa harina impalpable que cubre, en verano, los caminos provenzales, se elevaba, humeando en torno a la sotana que velaba y cubría, por abajo, de un tono gris cada vez más claro. Caminaba, ya refrescado y con las manos en los bolsillos, con la marcha lenta y poderosa de un montañés que hace una ascensión. Sus ojos tranquilos contemplaban el pueblo, su pueblo, cuyo párroco era desde hacía veinte años, pueblo elegido por él, obtenido como un gran favor, y donde pensaba morir. La iglesia, su iglesia, dominaba el ancho cono de casas agolpadas a su alrededor, con sus dos torres de piedra parda, desiguales y cuadradas, que erguían en aquel hermoso vallecito meridional sus antiguas siluetas, más parecidas a defensas de un castillo que a campanarios de un monumento sagrado.

El sacerdote estaba contento, pues había pescado tres lubinas, dos morenas y unos cuantos jureles.

Tendría ese nuevo y pequeño triunfo ante sus feligreses, él, a quien respetaban sobre todo por ser, a pesar de su edad, el hombre más musculoso del pueblo. Estas ligeras vanidades inocentes eran su mayor placer. Su puntería con la pistola le permitía cortar los tallos de las flores, a veces practicaba la esgrima con el estanquero, su vecino, ex ayudante del maestro de armas de un regimiento, y nadaba mejor que nadie en la costa.

Era además un ex hombre de mundo, muy conocido en tiempos, muy elegante, el barón de Vilbois, que se había hecho cura, a los treinta y dos años, a consecuencia de un desengaño amoroso.

Descendiente de una antigua familia picarda, monárquica y religiosa, que desde hacía siglos consagraba sus hijos al ejército, a la magistratura o al clero, pensó primero en tomar los hábitos por consejo de su madre, y después, a instancias de su padre, se decidió simplemente a trasladarse a París, estudiar derecho, y buscar un importante empleo en la curia.

Pero mientras terminaba sus estudios, su padre sucumbió de una neumonía, de resultas de unas cacerías en los pantanos, y su madre, embargada de dolor, murió poco tiempo después. Así, pues, al haber heredado de pronto una gran fortuna, renunció a sus proyectos de seguir una carrera, para contentarse con vivir como un hombre rico.

Guapo, inteligente, aunque de un espíritu limitado por creencias tradicionales y principios tan hereditarios como sus músculos de hidalgo picardo, gustó, tuvo éxito entre la gente seria, y disfrutó de la vida como un hombre joven, rígido, opulento y considerado.

Pero he aquí que tras algunos encuentros en casa de un amigo, se enamoró de una joven actriz, de una jovencísima alumna del Conservatorio, que se presentaba brillantemente en el Odeón.

Se enamoró con toda la violencia, con todo el arrebato de un hombre nacido para creer en ideas absolutas. Se enamoró viéndola a través del papel novelesco con el que había obtenido, el mismo día en que se mostró por vez primera al público, un gran éxito.

Ella era bonita, perversa por naturaleza, con un aire de niña ingenua que él calificaba de angelical. Supo conquistarlo por completo, convertirlo en uno de esos locos delirantes, uno de esos extasiados dementes a quienes una mirada o unas faldas de mujer abrasan en la hoguera de las Pasiones Mortales. La tomó por amante, la obligó a dejar el teatro, y la amó, durante cuatro años, con ardor siempre creciente. Seguramente, a pesar de su apellido y de las tradiciones honorables de su familia, habría acabado casándose con ella, de no haber descubierto, un día, que lo engañaba desde hacía tiempo con el amigo que se la había presentado.

El drama fue tanto más terrible cuanto que ella estaba encinta, y que él esperaba el nacimiento del niño para decidirse al matrimonio.

Cuando tuvo entre sus manos las pruebas, unas cartas, encontradas en un cajón, le reprochó su infidelidad, su perfidia, su ignominia, con toda la brutalidad del semisalvaje que era.

Pero ella, hija de las aceras de París, tan impudente como impúdica, tan segura del otro hombre como de éste, y además atrevida como esas hijas del pueblo que se encaraman a las barricadas por simple chulapería, lo desafió y le insultó; y cuando él alzaba la mano, le mostró su vientre.

Él se detuvo, palideciendo, pensó que un descendiente suyo estaba allí, en aquella carne mancillada, en aquel cuerpo vil, en aquella criatura inmunda, ¡un hijo suyo! Entonces se abalanzó sobre ella para aplastarlos a ambos, para aniquilar aquella doble vergüenza. Ella tuvo miedo sintiéndose perdida, y cuando rodaba por el suelo bajo sus puños, cuando veía su pie dispuesto a golpear en el suelo la cadera abultada donde vivía ya un embrión humano, le gritó, con las manos alargadas para parar los golpes:

–No me mates. No es tuyo, es de él.

Retrocedió de un salto, tan estupefacto, tan trastornado que su furia quedó en suspenso como su tacón, y balbució:

–¿Qué... qué dices?

Ella, de repente, loca de miedo ante la muerte entrevista en los ojos y en el gesto aterradores de aquel hombre, repitió:

–No es tuyo, es de él.

Él murmuró, apretando los dientes, anonadado.

–¿El niño?

–Sí.

–¡Mientes!

Y de nuevo esbozó el gesto del pie que va a aplastar a alguien, mientras su amante, de rodillas, tratando de retroceder, seguía balbuciendo:

–Te aseguro que es de él. Si fuera tuyo, ¿no lo habría tenido ya hace tiempo?

Este argumento lo impresionó como la verdad misma. En uno de esos relámpagos de la mente donde todos los razonamientos aparecen al mismo tiempo con iluminadora claridad, concretos, irrefutables, concluyentes, irresistibles, se convenció, estuvo seguro de que él no era el padre del miserable hijo de zorra que ella llevaba en las entrañas; y aliviado, liberado, casi apaciguado de pronto, renunció a destruir a aquella infame criatura.

Entonces le dijo con voz más tranquila:

–Levántate, márchate, y que no te vuelva a ver nunca.

Ella obedeció, vencida, y se marchó.

No volvió a verla jamás.

Él partió por su lado. Bajó hacia el Sur, hacia el sol, y se detuvo en un pueblo, que se alzaba en el centro de un valle, a orillas del Mediterráneo. Le gustó una posada que daba al mar; cogió una habitación y se quedó. Estuvo allí dieciocho meses, con su pesar, con su desesperación, en total aislamiento. Vivió con el recuerdo devorador de la mujer traidora, de su encanto, de su fingimiento, de su embrujo inconfesable, y con la nostalgia de su presencia y sus caricias.

Vagaba por los vallecitos provenzales, paseando al sol tamizado por las grisáceas hojitas de los olivos su pobre cabeza enferma donde moraba una obsesión.

Pero las antiguas ideas piadosas, el ardor algo apaciguado de su fe inicial volvieron muy suavemente a su corazón en aquella dolorosa soledad. La religión, que le había parecido en tiempos un refugio contra la vida desconocida, se le aparecía ahora como un refugio contra la vida engañosa y torturadora. Había conservado el hábito de rezar. Se aferró a él en su pesar, y a menudo iba, al atardecer, a arrodillarse en la iglesia en sombras donde sólo brillaba, al fondo del coro, el punto luminoso de la lámpara, centinela sagrada del santuario, símbolo de la presencia divina.

Confió su pena a Dios, a su Dios, y le contó toda su miseria. Le pedía consejo, compasión, auxilio, protección, consuelo, y en su oración, repetida cada día con mayor fervor, ponía cada vez una emoción más intensa.

Su corazón martirizado, roído por el amor de una mujer, seguía abierto y palpitante, ávido de ternura; y poco a poco, a fuerza de rezar, de vivir como un ermitaño con crecientes hábitos de piedad, de abandonarse a esa comunicación secreta de las almas devotas con el Salvador que consuela y atrae a los miserables, el amor místico de Dios entró en él y venció al otro.

Entonces reanudó sus primeros proyectos, y decidió ofrecer a la Iglesia una vida rota que había estado a punto de entregarle virgen.

Y se hizo sacerdote. Gracias a su familia, a sus relaciones, consiguió que lo nombrasen párroco de aquel pueblo provenzal al que el azar lo había arrojado y, consagrando a obras de beneficencia gran parte de su fortuna, conservando sólo lo necesario para ser hasta su muerte útil a los pobres y compasivo con ellos, se refugió en una tranquila existencia de prácticas piadosas y de entrega a sus semejantes.

Fue un sacerdote de miras estrechas, pero bueno, una especie de guía religioso con temperamento de soldado, un guía de la Iglesia que conducía a la fuerza por el camino recto a la humanidad errante, ciega, perdida en esta selva de la vida donde todos nuestros instintos, nuestros gustos, nuestros deseos, son senderos que nos extravían. Pero buena parte del hombre antiguo seguía viviendo en él. No dejaron de gustarle los ejercicios violentos, los deportes nobles, las armas, y detestaba a las mujeres, a todas, con un miedo de niño ante un misterioso peligro.

2

El marinero que seguía al sacerdote sentía en la lengua unas ganas muy meridionales de charlar. No se atrevía, pues el sacerdote disfrutaba entre su grey de gran prestigio. Al final se aventuró.

–Entonces –dijo–, ¿se encuentra usted a gusto en la alquería, señor cura?

Esta alquería era una de esas casas microscópicas donde los provenzales de ciudades y pueblos van a residir, en verano, para tomar el aire. El sacerdote había alquilado la casita en un campo, a cinco minutos de la rectoral, demasiado pequeña y como ahogada en el centro de la parroquia, pegada a la iglesia.

No habitaba con regularidad, ni siquiera en verano, en el campo; iba sólo a pasar allí unos días de vez en cuando, para vivir en plena vegetación y tirar al blanco con la pistola.

–Sí, amigo mío –dijo el sacerdote–, me encuentro muy a gusto.

La pequeña vivienda aparecía, construida en medio de los árboles, pintada de rosa, listada, cuadriculada, cortada en pedacitos por las ramas y las hojas de los olivos plantados en el campo sin cercado, donde parecía haber brotado como una seta de Provenza.

Se veía también una mujer alta que circulaba ante la puerta preparando una mesita para la cena donde colocaba cada vez que volvía, con metódica lentitud, un solo cubierto, un plato, una servilleta, un trozo de pan, un vaso. Iba tocada con el gorrito de las arlesianas, puntiagudo cono de seda o de terciopelo negro sobre el que florece una seta blanca.

Cuando el sacerdote estuvo a tiro de voz, le gritó:

–¡Eh! ¡Marguerite!

Ella se detuvo para mirar y, reconociendo a su amo:

–¡To! ¿Es usted, señor cura?

–Sí. Le traigo una buena pesca, me va usted a asar ahora mismo una lubina, una lubina con mantequilla, sólo con mantequilla, ¿me entiende?

La sirvienta, que había salido al encuentro de los hombres, examinaba con mirada experta los peces que llevaba el marinero.

–Es que ya tenemos gallina con arroz –dijo.

–Lo siento, pero el pescado de un día no es lo mismo que el pescado recién sacado del agua. Me daré un banquete, cosa que no ocurre todos los días, y además, el pez no es muy grande.

La mujer escogía la lubina, y cuando ya se iba, llevándosela, se volvió:

–¡Ah! Ha venido un hombre en su busca tres veces, señor cura.

Él preguntó con indiferencia:

–¿Un hombre? ¿Qué tipo de hombre?

–Pues un hombre no muy recomendable.

–¿Cómo? ¿Un mendigo?

–A lo mejor, sí, no digo que no. Más bien diría un *maoufatan*.

El padre Vilbois se echó a reír de aquella palabra provenzal, que significa maleante, merodeador de caminos, pues conocía el alma timorata de Marguerite que no podía residir en la alquería sin imaginarse durante todo el día y sobre todo por la noche que los iban a asesinar.

Dio unas monedas al marinero, que se marchó, y mientras decía, pues había conservado todos los hábitos de limpieza y porte de un hombre de mundo: «Voy a mojarme un poco la cara y las manos», Marguerite le gritó desde la cocina, donde rascaba a contrapelo, con un cuchillo, el lomo de la lubina, cuyas escamas un poco manchadas de sangre se despegaban como íntimas piececitas de plata:

–¡Ahí lo tiene!

El sacerdote se volvió hacia la carretera y vio en efecto a un hombre, que le pareció, desde lejos, muy mal vestido, y que se acercaba, a pasitos cortos, a la casa. Lo esperó, riéndose aún del terror de su criada, y pensando: «A fe mía, creo que tiene razón, tiene toda la pinta de un *maoufatan*».

El desconocido se acercaba con las manos en los bolsillos, los ojos clavados en el sacerdote, sin apresurarse.

Era joven, llevaba barba, rizada y rubia; mechones de cabellos se rizaban en bucles al salir de un sombrero de fieltro blando, tan sucio y abollado que nadie habría podido adivinar su color y su forma iniciales. Llevaba un largo gabán marrón, unos pantalones desflecados en torno a los tobillos, y calzaba alpargatas, lo cual le imprimía unos andares blandos, mudos, inquietantes, un paso imperceptible de merodeador.

Cuando estuvo a unas zancadas del eclesiástico, se quitó el pingajo que le cubría la frente, destocándose con un aire un poco teatral, y mostrando una cabeza ajada libertina y hermosa, calva en lo alto del cráneo, señal de cansancio o de precoz desenfreno, pues seguramente el hombre no contaba más de veinticinco años.

El sacerdote se destocó al punto, adivinando y sintiendo que aquél no era un vagabundo corriente, un obrero sin trabajo o alguien con antecedentes penales errante entre dos cárceles y que ya no sabe hablar más que el misterioso lenguaje de los presidios.

«Buenos días, señor cura», dijo el hombre. El sacerdote respondió simplemente: «¡Hola!», no queriendo llamar «señor» a aquel transeúnte sospechoso y desharrapado. Se contemplaban fijamente, y el padre Vilbois, ante la mirada de aquel merodeador, se sentía turbado, emocionado como frente a un enemigo desconocido, invadido por una de esas extrañas inquietudes que se deslizan como un escalofrío en la carne y la sangre.

Al final, el vagabundo prosiguió:

–¿Qué? ¿No me reconoce?

El sacerdote, muy extrañado, respondió:

–No, en absoluto, no le conozco de nada.

–Ah, conque no me conoce de nada. ¡Míreme bien!

–Por mucho que le mire, no le he visto nunca.

–Eso es cierto –prosiguió el otro, irónico–, pero voy a enseñarle a alguien a quien usted conoce bien.

Se caló el sombrero y se desabrochó el gabán. Su pecho estaba desnudo, debajo. Un cinturón rojo, atado a su flaco vientre, le sujetaba el pantalón por encima de las caderas.

Se sacó del bolsillo un sobre, uno de esos inverosímiles sobres jaspeados por todas las manchas posibles, uno de esos sobres que guardan, en los forros de los pordioseros errantes, esos pocos papeles, auténticos o falsos, robados o legítimos, preciosos defensores de su libertad cuando tropiezan con un gendarme. Sacó una fotografía, una de esas cartulinas del tamaño de una carta, que se hacían con frecuencia antaño, amarillenta, gastada, arrastrada mucho tiempo por doquier, calentada contra la carne del hombre y empañada por su calor.

Entonces, levantándola a la altura de su cara, preguntó:

–¿Y a éste, lo conoce?

El sacerdote dio dos pasos para ver mejor y se quedó pálido, trastornado, pues era su propio retrato, hecho para Ella en la remota época de su amor.

No respondió nada, pues no comprendía.

El vagabundo repitió:

–¿Lo reconoce, a éste?

Y el sacerdote balbució:

–Claro que sí.

–¿Quién es?

–Yo.

–¿Usted mismo?

–Claro que sí.

–¡Muy bien! Pues mírenos, a los dos, ahora, ¡a su retrato y a mí!

Ya lo había visto, el pobre hombre, había visto que aquellos dos seres, el de la cartulina y el que se reía a su lado, se parecían como dos hermanos, pero seguía sin comprender, y tartamudeó:

–¿Qué quiere usted de mí, a fin de cuentas?

Entonces, el pordiosero, con voz maligna:

–¿Que qué quiero? Pues quiero que en primer lugar me reconozca.

–¿Quién es usted?

–¿Lo que soy? Pregúnteselo a cualquiera en el camino, pregúnteselo a su criada, vamos a preguntárselo al alcalde del pueblo si quiere, enseñándole esto; y se reirá con ganas, se lo digo yo. ¡Ah! ¡Conque no quiere usted reconocer que soy su hijo, papá cura!

Entonces el anciano, alzando los brazos con un gesto bíblico y desesperado, gimió:

–¡No es cierto!

El joven se acercó mucho a él, frente a frente.

–¡Ah, no es cierto! ¡Ah!, padre cura, hay que dejar de mentir, ¿me entiende?

Tenía una cara amenazadora y los puños cerrados, y hablaba con una convicción tan violenta que el sacerdote, siempre retrocediendo, se preguntó cuál de los dos se engañaba en ese momento.

No obstante, afirmó una vez más:

–Jamás he tenido un hijo.

El otro replicó:

–¿Ni tampoco una amante, quizás?

El anciano pronunció resueltamente una sola palabra, una orgullosa confesión:

–Sí.

–Y esa amante, ¿no estaba embarazada cuando usted la despidió?

De pronto, la antigua cólera, ahogada veinticinco años antes, no ahogada, sino emparedada en el fondo del corazón del amante, rompió las bóvedas de fe, de resignada devoción, de renuncia a todo, que había construido sobre ella, y él gritó, fuera de sí:

–La despedí porque me había engañado y llevaba en su seno al hijo de otro; de no ser por eso, la habría matado, señor, y a usted con ella.

El joven vaciló, sorprendido a su vez por el sincero arrebato del cura, y después replicó más suavemente:

–¿Quién le dijo eso de que el niño era de otro?

–Pues ella, ella misma, desafiándome.

Entonces, el vagabundo, sin discutir esta afirmación, concluyó con el tono de indiferencia de un golfo que juzga una causa:

–¡Bueno! Fue mamá la que se equivocó al provocarle, eso es todo.

Volviendo a ser de nuevo dueño de sí, tras aquel movimiento de furor, el sacerdote interrogó a su vez:

–¿Y quién le dijo, a usted, que era mi hijo?

–Ella, al morir, señor cura... ¡Y también esto!

Y alargaba, ante las narices del sacerdote, la fotografía.

El anciano la cogió, y lentamente, largamente, con el corazón oprimido por la angustia, comparó a aquel transeúnte desconocido con su vieja imagen, y ya no dudó más, era su hijo.

El desamparo se apoderó de su alma, una emoción inefable, terriblemente penosa, como el remordimiento de un antiguo crimen. Comprendía algo, adivinaba el resto, volvía a ver la brutal escena de la separación. Para salvar su vida, amenazada por el hombre ultrajado, la mujer, la engañosa y pérfida hembra, le había lanzado a la cara aquella mentira. Y la mentira había tenido éxito. Y un hijo suyo había nacido, había crecido, se había convertido en aquel sórdido trotacaminos, que olía a vicio como un macho cabrío huele a bestialidad.

Murmuró:

–¿Quiere usted dar una vuelta conmigo, para explicarnos mejor?

El otro se echó a reír burlonamente.

–¡Pardiez que sí! He venido justamente a eso.

Echaron a andar juntos, uno al lado del otro, por el olivar. El sol había desaparecido. El intenso frescor de los crepúsculos del Sur extendía sobre la campiña un invisible manto frío. El sacerdote temblaba y, alzando de pronto los ojos, con un movimiento habitual de oficiante, vio por doquier a su alrededor, trémulo contra el cielo, el menudo follaje grisáceo del árbol sagrado que había cobijado bajo su frágil sombra el mayor dolor de Cristo, su único desfallecimiento.

Una plegaria brotó en su interior, breve y desesperada, hecha de esa voz interna que no pasa por la boca y con la que los creyentes imploran al Salvador: «Dios mío, ayudadme».

–Entonces, ¿su madre ha muerto?

Un nuevo pesar despertaba en él, al pronunciar estas palabras: «Su madre ha muerto», y crispaba su corazón, una extraña miseria de la carne del hombre que jamás acabó de olvidar, y un cruel eco de la tortura que había sufrido, pero acaso aún más, puesto que ella estaba muerta, una vibración de aquella delirante y corta felicidad juvenil de la que nada quedaba ahora, salvo la llaga del recuerdo.

El joven respondió:

–Sí, señor cura, mi madre ha muerto.

–¿Hace mucho tiempo?

–Sí, tres años ya.

Una nueva duda invadió al sacerdote.

–¿Y cómo no vino a verme antes?

El otro vaciló.

–No pude. Tuve ciertos impedimentos... Pero, perdóneme quc interrumpa estas confidencias, que le haré más adelante, tan detalladas como guste, para decirle que no he comido nada desde ayer por la mañana.

Un estremecimiento de compasión sacudió por entero al anciano y, tendiendo bruscamente las dos manos:

–¡Oh! ¡Pobre hijo mío! –dijo.

El joven recibió aquellas grandes manos extendidas, que envolvieron sus dedos, más delgados, tibios y febriles.

Después respondió con aquel aire burlón que no se desprendía de sus labios:

–¡Ea! De verdad, empiezo a creer que acabaremos entendiéndonos.

El cura echó a andar

–Vamos a cenar –dijo.

Pensaba de pronto, con una alegría instintiva, confusa y rara, en el hermoso pez pescado por él, que unido a la gallina con arroz constituiría, ese día, una buena comida para aquel desgraciado muchacho.

La arlesiana, inquieta y ya regañona, esperaba ante la puerta.

–Marguerite –gritó el sacerdote–, coja la mesa y llévesela a la sala, de prisa, y ponga dos cubiertos, pero a toda prisa.

La criada estaba pasmada, ante la idea de que su amo iba a cenar con aquel maleante.

Entonces el padre Vilbois se puso él mismo a recoger y a trasladar, a la única estancia de la planta baja, el cubierto preparado para él.

Cinco minutos después estaba sentado, frente al vagabundo, delante de una sopera llena de sopa de coles, que hacía ascender, entre sus rostros, una nubecita de vapor hirviente.

3

Cuando los platos estuvieron llenos, el vagabundo empezó a engullir ávidamente su sopa a rápidas cucharadas. El sacerdote ya no tenía hambre; y se limitaba a aspirar con lentitud la sabrosa sopa de coles, dejando el pan en el fondo del plato.

De repente preguntó:

–¿Cómo se llama usted?

El hombre rio, satisfecho de calmar su hambre.

–Padre desconocido –dijo–, y sin más apellido que el de mi madre, que probablemente usted no habrá olvidado aún. Tengo, en cambio, dos nombres que no me van muy bien, entre paréntesis, Philippe Auguste.

El sacerdote palideció y preguntó, con un nudo en la garganta:

–¿Por qué le pusieron esos nombres?

El vagabundo se encogió de hombros.

–Debería adivinarlo. Tras haberse separado de usted, mamá quiso hacer creer a su rival que yo era suyo, y él lo creyó más o menos hasta que tuve quince años. Pero, en ese momento, empecé a parecerme demasiado a usted. Y aquel canalla renegó de mí. Me habían puesto, pues, sus dos nombres, Philippe Auguste; y si hubiera tenido la suerte de no parecerme a nadie o de ser simplemente el hijo de un tercero en discordia que no hubiese aparecido, me llamaría hoy el vizconde Philippe Auguste de Pravallon, hijo tardíamente reconocido del conde del mismo nombre, senador. Yo me he bautizado «Malapata».

–¿Cómo sabe todo eso?

–Porque hubo explicaciones delante de mí, pardiez, y explicaciones bien duras, vaya. ¡Ah!, eso le enseña a uno qué es la vida.

Algo más penoso y más atenazante que todo lo que había sentido y sufrido desde hacía media hora oprimía al sacerdote. Había en él una especie de ahogo que se iniciaba, que iba a crecer y que acabaría matándolo, y eso procedía no tanto de las cosas que oía cuanto de la manera en que se las decían y de la cara de libertino del golfo que las subrayaba. Entre aquel hombre y él, entre su hijo y él, empezaba a sentir ahora esa cloaca de las suciedades morales que son, para ciertas almas, un veneno mortal. ¿Era su hijo aquello? No podía creerlo aún. Quería todas las pruebas, todas; saberlo todo, oírlo todo, escucharlo todo, sufrirlo todo. Pensó de nuevo en los olivos que rodeaban la pequeña alquería y murmuró por segunda vez: «¡Oh, Dios mío! ¡Ayudadme!».

Philippe Auguste había terminado la sopa. Preguntó:

–¿Qué? ¿No se come más, padre cura?

Como la cocina se encontraba fuera de la casa, en un edificio anejo, y Marguerite no podía oír la voz del cura, éste le avisaba de que la necesitaba dando unos golpes a un gong chino colgado cerca de la pared, a sus espaldas.

Cogió pues el mazo de cuero y golpeó varias veces la placa redonda de metal. Primero escapó un sonido débil, después creció, se acentuó vibrante, agudo, sobreagudo, desgarrador, horrible queja del cobre herido.

La criada apareció. Tenía la cara crispada y lanzaba furiosas miradas al *maoufatan* como si hubiera presentido, con su instinto de perro fiel, el drama caído sobre su amo. En las manos llevaba la lubina asada de la que se desprendía un sabroso olor a mantequilla derretida. El sacerdote, con una cuchara, dividió el pescado de un extremo a otro, y ofreciendo el filete de lomo al hijo de su juventud:

–Lo acabo de pescar yo mismo –dijo con un resto de orgullo que afloraba en medio de su desconsuelo.

Marguerite no se marchaba.

El sacerdote prosiguió:

–Traiga vino, del bueno, vino blanco del Cabo Corso.

Ella tuvo casi un gesto de rebelión, y él debió repetir, adoptando un aire severo: «Vamos, dos botellas». Pues, cuando invitaba a vino a alguien, raro placer, siempre se obsequiaba a sí mismo con una botella.

Philippe Auguste, radiante, murmuró:

–¡Formidable! Qué buena idea. Hace mucho que no comía así.

La sirvienta regresó al cabo de dos minutos. Al sacerdote le parecieron dos eternidades, pues la necesidad de saber le quemaba ahora la sangre, tan devoradora como el fuego del infierno.

Las botellas estaban descorchadas, pero la criada allí seguía, con los ojos clavados en el hombre.

–Déjenos solos –dijo el cura.

Ella fingió no oírlo.

Él prosiguió casi con dureza:

–Le he ordenado que nos deje solos.

Entonces ella se marchó.

Philippe Auguste comía el pescado con voraz precipitación; y su padre lo miraba, cada vez más sorprendido y desolado por cuanto de bajeza descubría en aquella cara que tanto se le parecía. Los trocitos que el padre Vilbois se llevaba a los labios se le quedaban en la boca, pues su garganta cerrada se negaba a dejarlos pasar; y los masticaba un buen rato, buscando, entre todas las preguntas que acudían a su mente, aquella cuya respuesta deseaba más pronto.

Acabó por murmurar:

–¿De qué murió?

–Del pecho.

–¿Estuvo enferma mucho tiempo?

–Dieciocho meses, más o menos.

–¿De qué le vino el mal?

–No se sabe.

Enmudecieron. El sacerdote pensaba. Le oprimían muchas cosas que le habría gustado conocer ya, pues desde el día de la ruptura, desde el día en que estuvo a punto de matarla, no había sabido nada de ella. Es cierto que tampoco había deseado saber, pues la había relegado con resolución a una fosa de olvido, a ella, y a sus días de felicidad; pero ahora sentía nacer en sí, de repente, cuando ella había muerto, un ardiente deseo de enterarse, un deseo celoso, casi un deseo de amante.

Prosiguió:

–No estaba sola, ¿verdad?

–No, seguía viviendo con él.

El anciano se estremeció.

–¿Con él? ¿Con Pravallon?

–Sí, claro.

Y el hombre traicionado en tiempos calculó que la misma mujer que lo había engañado se había quedado más de treinta años con su rival.

Casi a su pesar balbució:

–¿Fueron felices juntos?

Riendo burlonamente, el joven respondió:

–Sí, claro, ¡con altibajos! La cosa habría ido muy bien sin mí. Yo siempre lo estropeo todo.

–¿Cómo? ¿Y por qué? –dijo el sacerdote.

–Ya se lo he contado. Porque creyó que yo era hijo suyo hasta que tuve unos quince años. El viejo no era idiota, y descubrió por sí solo el parecido, y entonces tuvieron sus trifulcas. Yo escuchaba detrás de las puertas. Acusaba a mamá de habérsela pegado. Mamá replicaba: «¿Es que es mía la culpa? Sabías muy bien, cuando me hiciste tuya, que era la amante de otro». El otro era usted.

–¡Ah! ¿Conque hablaban de mí a veces?

–Sí, pero nunca lo nombraron delante de mí, salvo al final, muy al final, los últimos días, cuando mamá se sintió perdida. Desconfiaban de mí, después de todo.

–¿Y usted... usted se enteró pronto de que su madre vivía en una situación irregular?

–¡Pardiez! No soy nada ingenuo, yo, ni nunca lo fui. Esas cosas se adivinan en seguida, en cuanto uno empieza a correr el mundo.

Philippe Auguste se servía vino una y otra vez. Sus ojos se encendían, el largo ayuno le hacía embriagarse con rapidez.

El sacerdote se dio cuenta; a punto estuvo de detenerlo, pero le rozó la idea de que la embriaguez volvía imprudente y charlatán, y, cogiendo la botella, llenó de nuevo el vaso del joven.

Marguerite traía la gallina con arroz. Tras dejarla sobre la mesa, clavó de nuevo los ojos en el merodeador, y después le dijo a su amo con aire indignado:

–¿No ve usted que está borracho, señor cura?

–Déjanos en paz –replicó el sacerdote–, y vete.

Salió dando un portazo.

Él preguntó:

–¿Qué es lo que su madre decía de mí?

–Pues lo que se dice normalmente de un hombre al que se ha dejado; que su trato no era fácil, cargante para una mujer, y que le habría complicado mucho la vida con sus ideas.

–¿Dijo eso a menudo?

–Sí, a veces con subterfugios, para que no lo entendiese, pero yo lo adivinaba todo.

–¿Y a usted, cómo lo trataban en aquella casa?

–¿A mí? Muy bien al principio, y después muy mal. Cuando mamá vio que le echaba a perder el negocio, me dejó en la estacada.

–¿Cómo es eso?

–¿Que cómo? Pues muy sencillo. Hice algunas calaveradas hacia los dieciséis años; y entonces los muy asquerosos me metieron en un correccional, para desembarazarse de mí.

Puso los codos en la mesa, apoyó las mejillas en ambas manos y, totalmente ebrio, la mente anegada en vino, le asaltó de repente una de esas irresistibles ganas de hablar de sí mismo que hacen divagar a los borrachines en fantásticas jactancias.

Y sonreía amablemente, con una gracia femenina en los labios, una gracia perversa que el sacerdote reconoció. No sólo la reconoció, sino que la sintió, odiada y acariciadora, aquella gracia que lo había conquistado y perdido antaño. El hijo se parecía ahora más a su madre, no por los rasgos del rostro, sino por la mirada cautivadora y falsa y, sobre todo, por la seducción de la sonrisa engañosa que parecía abrir la puerta de la boca a todas las infamias del interior.

Philippe Auguste contó:

–¡Ja, ja, ja! Menuda vida llevé, desde el correccional, una vida notable por la que un gran novelista pagaría mucho dinero. De veras, el viejo Dumas, en su *Montecristo,* no ha inventado cosas tan chuscas como las que me han ocurrido a mí.

Se calló, con la gravedad filosófica de un borracho que medita, y después, lentamente:

–Quien desee que un chico salga bien no debería nunca enviarlo a un correccional, sea lo que sea lo que haya hecho, a causa de las amistades de allá dentro. Yo había hecho una buena, pero me salió mal. Estaba estirando las piernas con tres amigos, un poco achispados los cuatro, una noche, hacia las nueve, por la carretera, cerca del vado de Folac, cuando encontré un carruaje donde todos dormían, el conductor y su familia, era una gente de Martinon que volvía de cenar en la ciudad. Cogí el caballo de las riendas, lo hice subir al transbordador, y empujé la barcaza al centro del río. Con el ruido, el tipo que conducía se despertó, no vio nada, dio unos latigazos. El caballo echó a andar y saltó al agua con el carruaje. ¡Todos ahogados! Mis amigos me denunciaron. Y eso que al principio se habían reído con ganas al ver mi broma. De veras, no habíamos pensado que saldría tan mal. Esperábamos sólo un buen baño, para reírnos un poco.

»Después de eso, las hice peores para vengarme de la primera, que no merecía un castigo, palabra. Pero no vale la pena contarlas. Le diré solamente la última, porque estoy seguro de que le gustará. Le he vengado a usted, papá.

El sacerdote contemplaba a su hijo con ojos aterrados, y ya no comía nada.

Philippe Auguste iba a seguir hablando.

–No –dijo el sacerdote–, no ahora, dentro de un rato.

Volviéndose, golpeó el estridente címbalo chino, haciéndole gemir.

Marguerite entró al punto.

Y su amo le ordenó, con una voz tan dura que ella bajó la cabeza, asustada y dócil:

–Tráenos la lámpara y todo lo que tengas que poner aún en la mesa, y después no aparezcas hasta que yo toque el gong.

Ella salió, regresó y dejó sobre el mantel una lámpara de porcelana blanca, con una pantalla, un gran pedazo de queso, fruta, y luego se marchó.

Y el sacerdote dijo resueltamente:

–Y ahora, le escucho.

Philippe Auguste llenó con tranquilidad su plato de postre y su vaso de vino. La segunda botella estaba casi vacía, aunque el cura apenas la había tocado.

El joven prosiguió, tartamudeando, con la boca pastosa de comida y de borrachera:

–Ahí va la última. Es de abrigo: Yo había vuelto a casa... y allí me quedaba a pesar de ellos porque me tenían miedo... me tenían miedo... ¡Ah!, a mí no hay que jorobarme... soy capaz de todo cuando me joroban... Ya sabe usted... vivían juntos y no vivían juntos. Él tenía dos domicilios, un domicilio de senador y un domicilio de amante. Pero vivía con mamá más a menudo que en su casa, pues no podía prescindir de ella... ¡Ah!... sí que era lista, y de armas tomar... mamá... ¡sabía cómo atar a un hombre! Lo dominó en cuerpo y alma, y lo conservó hasta el final. ¡Los hombres son idiotas! Así, pues, yo había regresado y los tenía en un puño gracias al miedo. Soy yo muy cuco, también, y en picardía, en mano izquierda, y hasta en puños, no me gana nadie. Y mamá cae enferma y él la instala en una hermosa finca cerca de Meulan, en medio de un parque tan grande como un bosque. La cosa dura unos dieciocho meses... como le dije. Después sentimos que se aproxima el final. Él venía todos los días de París, y estaba apenado, esta vez de veras.

»Así pues, una mañana, habían estado charlando cerca de una hora, y yo me preguntaba de qué podían parlotear tanto tiempo, cuando me llamaron. Y mamá me dijo:

»–Estoy a punto de morir y hay algo que quiero revelarte, a pesar de la opinión del conde. –Siempre le llamaba "el conde" cuando hablaba de él–. Y es el nombre de tu padre, que aún vive.

»Yo se lo había preguntado más de cien veces... más de cien veces... el nombre de mi padre... más de cien veces... y siempre se había negado a decírmelo... Creo incluso que un día le largué unas bofetadas para que lo escupiera, pero no sirvió de nada. Y después, para desembarazarse de mí, me anunció que usted había muerto sin un céntimo, que no era usted gran cosa, un error de juventud, una metedura de pata de una chica virgen, vamos. Me lo contó tan bien, que me tragué, pero del todo, la muerte de usted.

»Conque ella me dijo:

»–Es el nombre de tu padre.

»El otro, que estaba sentado en un sillón, replicó esto, tres veces:

»–Es un error, es un error, es un error, Rosette.

»Mamá se sienta en la cama. La estoy viendo aún, con los pómulos rojos y los ojos brillantes, porque a pesar de todo me quería mucho; y le dice:

»–Entonces, ¡haga algo por él, Philippe!

»Al hablarle, le llamaba "Philippe" y a mí "Auguste".

»Él se puso a chillar como un loco:

»–¡Nunca! Por este sinvergüenza, por este golfo, por este delincuente habitual, por este... este... este...

»Y encontró mil calificativos para mí, como si sólo hubiera buscado eso durante toda su vida.

»Iba a enfadarme, pero mamá me hizo callar y le dijo:

»–Entonces lo que usted quiere es que se muera de hambre, pues yo nada tengo.

»Replicó, sin inmutarse:

»–Rosette, le he dado a usted treinta y cinco mil francos al año, desde hace treinta, eso suma más de un millón. Gracias a mí ha vivido usted como una mujer rica, una mujer amada, me atrevo a decir, una mujer feliz. Nada le debo a este pordiosero que ha estropeado nuestros últimos años; y no recibirá nada de mí. Es inútil que insista. Dígale el nombre del otro, si quiere. Lo siento, pero me lavo las manos.

»Entonces mamá se vuelve hacia mí. Yo me decía: "Bueno, mira por dónde encuentro a mi verdadero padre... si tiene guita, estoy salvado...".

»Ella continuó:

»–Tu padre, el barón de Vilbois, se llama hoy el padre Vilbois, y es cura en Garandou, cerca de Tolón. Era mi amante cuando lo abandoné por éste.

»Y me lo contó todo, salvo que se la jugó también sobre su embarazo. Pero las mujeres, ya sabe, nunca dicen la verdad.

Se reía burlón, inconsciente, dejando salir libremente todo aquel lodo. Bebió un poco más, y con cara siempre risueña, prosiguió:

–Mamá murió dos días... dos días después. Seguimos su ataúd hasta el cementerio, él y yo... es gracioso..., fíjese... él y yo... y tres criados... nada más. Él lloraba como un becerro... íbamos uno al lado del otro... hubiérase dicho papá y su hijito.

»Después volvimos a la casa. Nosotros dos solos. Yo me decía: “Habrá que largarse, y sin un céntimo”. Tenía exactamente cincuenta francos. ¿Qué podría ocurrírseme para vengarme?

»Me toca el brazo, me dice:

»–Tengo que hablar con usted.

»Lo seguí a su despacho. Se sentó a su mesa, y después, farfullando entre lágrimas, me cuenta que no quiere ser tan malo conmigo como le decía a mamá; me ruega que no le moleste a usted... “Eso... eso nos concierne a usted y a mí...” Me ofrece un billete de mil... mil... mil... ¿qué podía hacer con mil francos... yo... un hombre como yo? Vi que tenía más en el cajón, un verdadero montón. La vista de esa clase de papel me da ganas de rajarlo. Alargo la mano para coger el que me ofrecía, pero en vez de recibir su limosna, salto sobre él, lo derribo al suelo, y le aprieto la garganta hasta hacerle revolver los ojos; después, cuando vi que iba a palmarla, lo amordacé, lo até, lo desnudé, le di la vuelta y luego... ¡ja, ja, ja!... ¡Le vengué a usted de una forma muy divertida!...

Philippe Auguste tosía, estrangulado por el gozo, y en el pliegue feroz y alegre que alzaba su labio, el padre Vilbois seguía hallando la antigua sonrisa de la mujer que le había hecho perder la cabeza.

–¿Y después? –dijo.

–Después... ¡Ja, ja, ja!... Había un gran fuego en la chimenea... era en diciembre... con los grandes fríos... cuando murió... mamá... un gran fuego de carbón... Cojo el atizador... lo pongo al rojo... y ya está... le marco cruces en la espalda, ocho, diez, no sé cuantas, después le doy la vuelta y hago otro tanto en el vientre. ¡Qué divertido! ¿eh, papá? Así es como marcaban en otros tiempos a los forzados. Él se retorcía como una anguila... pero yo lo había amordazado bien, no podía gritar. Después cogí los billetes –doce–, con el mío eran trece... Eso me dio mala suerte. Y escapé diciéndoles a los criados que no molestasen al señor conde hasta la hora de la cena, porque dormía.

»Pensaba que no diría nada, por miedo al escándalo, en vista de que es senador. Pero me engañé. Cuatro días después me pillaron en un restaurante de París. Me gané tres años de cárcel. Por eso no pude venir a verlo antes.

Bebió un poco más, y farfullaba, pronunciando apenas las palabras:

–Y ahora... papá... ¡papá cura!... ¡Es divertido tener por padre a un cura!... ¡Ja, ja!, hay que ser amable con mi menda, porque mi menda no es normal... y porque le gastó una buena... ¿no?... una buena... al viejo...

La misma cólera que había enloquecido en tiempos al padre Vilbois ante la amante traidora lo agitaba ahora frente a aquel hombre abominable.

Él, que tanto había perdonado, en nombre de Dios, los secretos infames susurrados en el misterio del confesionario, se sentía sin piedad, sin clemencia en su propio nombre, y ya no llamaba en su ayuda a aquel Dios benigno y misericordioso, pues comprendía que ninguna protección celestial y terrena puede salvar aquí abajo a aquellos sobre quienes caen tamañas desgracias.

Todo el ardor de su corazón apasionado y de su sangre violenta, extinguido por el sacerdocio, despertaba en medio de una irresistible rebelión contra aquel miserable que era su hijo, contra aquel parecido con él, y también contra la madre, la madre indigna, que lo había concebido semejante a ella, y contra la fatalidad que remachaba a aquel pordiosero a su pie paterno como una bola de presidiario.

Veía, preveía todo con repentina lucidez, despertado de sus veinticinco años de piadoso sueño y de tranquilidad por aquel choque.

Convencido de pronto de que había que hablar con dureza para ser temido por aquel maleante y aterrarlo ya desde el principio, le dijo, con los dientes apretados de furor, y sin pensar ya en su embriaguez:

–Ahora que me lo ha contado todo, escúcheme. Se marchará mañana por la mañana. Vivirá usted en un pueblo que le indicaré y del que no saldrá nunca sin una orden mía. Le pasaré una pensión que le bastará para vivir, pero pequeña, pues no tengo dinero. Y si desobedece una sola vez, se habrá acabado y tendrá que vérselas conmigo...

Aunque embrutecido por el vino, Philippe Auguste entendió la amenaza; y el criminal que había en él surgió de repente. Escupió estas palabras, entre hipos:

–¡Ah, papá!, no me gastes bromas... Eres cura... ¡te tengo cogido...! ¡Y pasarás por el aro, como los otros!

El sacerdote se sobresaltó; y hubo, en sus músculos de viejo hércules, un invencible deseo de agarrar a aquel monstruo, de doblarlo como una varilla y de demostrarle que tendría que ceder.

Le gritó, sacudiendo la mesa y empujándola contra su pecho:

–¡Ah! Tenga cuidado, tenga cuidado... ¡No tengo miedo de nadie!

El borracho, perdiendo el equilibrio, se bamboleaba en la silla. Notando que iba a caer y que estaba en poder del sacerdote, alargó la mano, con una mirada asesina, hacia uno de los cuchillos que había sobre el mantel. El padre Vilbois vio el gesto, y le dio a la mesa tal empujón que su hijo cayó de espaldas y quedó tendido en el suelo. La lámpara rodó y se apagó.

Durante unos segundos un cristalino tintineo de vasos entrechocados cantó en la oscuridad; después hubo una especie de deslizamiento de un cuerpo blando sobre el pavimento, y después nada más.

Al romperse la lámpara una súbita oscuridad se había extendido sobre ellos, tan repentina, inesperada y profunda que se quedaron estupefactos como ante un suceso pavoroso. El borracho, acurrucado contra la pared, no se movía; y el sacerdote permanecía en su silla, sumido en aquellas tinieblas, que ahogaban su cólera. Aquel negro velo arrojado sobre él detuvo su arrebato, inmovilizando también el furioso impulso de su alma; y le asaltaron otras ideas, sombrías y tristes como la oscuridad.

Se hizo el silencio, un espeso silencio de tumba cerrada, donde nada parecía vivir y respirar. Tampoco nada llegaba de fuera, ni el paso de un carruaje a lo lejos, ni un ladrido de perro, ni siquiera el roce en las ramas o sobre las paredes de un leve soplo de viento.

La cosa duró mucho tiempo, muchísimo tiempo, acaso una hora. Después, de pronto, ¡el gong tañó! Tañó herido por un solo golpe duro, seco y fuerte, al que siguió un gran ruido extraño de una caída y de una silla derribada.

Marguerite, que estaba al acecho, acudió, pero en cuanto abrió la puerta, retrocedió espantada ante las sombras impenetrables. Después, temblorosa, el corazón estremecido, con voz jadeante y baja, llamó:

–¡Señor cura! ¡Señor cura!

Nadie respondió, nada se movió.

–¡Dios mío! ¡Dios mío! –pensó–, ¿qué han hecho? ¿Qué ha ocurrido?

No se atrevía a avanzar, no se atrevía a salir en busca de una luz; y unas ganas locas de escapar, de huir y de gritar la asaltaron, aunque se sentía con las piernas flojas como para caer allí mismo. Repetía:

–Señor cura, señor cura, soy yo, Marguerite.

Pero de pronto, pese a su miedo, un deseo instintivo de auxiliar a su amo, y una de esas valentías de mujer que a veces las vuelven heroicas, llenaron su alma de aterrada audacia y, corriendo a la cocina, trajo su quinqué.

En la puerta de la sala, se detuvo. Vio primero al vagabundo, tumbado junto a la pared, y que dormía o parecía dormir, después la lámpara rota, y después, debajo de la mesa, los dos pies negros y las piernas con calcetines negros del padre Vilbois, que había debido caer de espaldas golpeando el gong con la cabeza.

Palpitante de espanto, las manos trémulas, repetía:

–¡Dios mío, Dios mío! ¿Qué es esto?

Y como avanzaba a pasitos cortos, con lentitud, resbaló en algo grasiento y estuvo a punto de caer.

Entonces, inclinándose, vio que sobre el pavimento rojo corría un líquido también rojo, extendiéndose en torno a sus pies y fluyendo con rapidez hacia la puerta. Adivinó que era sangre.

Enloquecida, huyó, tirando la luz para no ver nada, y se precipitó al campo, hacia el pueblo. Marchaba tropezando con los árboles, los ojos clavados en las luces remotas y chillando.

Su voz aguda volaba por la noche como un siniestro grito de lechuza y clamaba sin descanso: «El *maoufatan*... ¡el *maoufatan*..., el *maoufatan!*...».

Cuando llegó a las primeras casas, unos hombres asustados salieron y la rodearon; pero se debatía sin responder, pues había perdido la cabeza.

Al fin comprendieron que acababa de ocurrir una desgracia en el campo del cura, y un grupo se armó para correr en su ayuda.

En medio del olivar la pequeña alquería pintada de rosa se había vuelto invisible en la noche profunda y muda. Desde que la única luz de su ventana iluminada se había apagado como un ojo cerrado, estaba anegada en sombras, perdida en las tinieblas, imposible de encontrar para quien no fuera natural del pueblo.

Pronto unas luces corrieron a ras de tierra, a través de los árboles, yendo hacia ella. Paseaban sobre la hierba agostada largas claridades amarillas; y bajo su errante resplandor los atormentados troncos de los olivos parecían a veces monstruos, serpientes del infierno enlazadas y retorcidas. Los reflejos proyectados a lo lejos hicieron surgir de pronto en la oscuridad una cosa blanquecina y vaga, y después, en seguida, la pared cuadrada y baja de la casita volvió a ser rosa ante las linternas. Las llevaban algunos campesinos, escoltando a dos gendarmes, con los revólveres empuñados, al guarda rural, al alcalde y a Marguerite, a quien sostenían unos hombres, porque desfallecía.

Frente a la puerta que seguía abierta, espantosa, se produjo un instante de vacilación. Pero el sargento, agarrando un farol, entró seguido por los otros.

La sirvienta no había mentido. La sangre, coagulada ahora, cubría el pavimento como una alfombra. Había corrido hasta el vagabundo, mojando una de sus piernas y una de sus manos.

El padre y el hijo dormían, el uno, con la garganta cortada, el sueño eterno, el otro el sueño de los borrachos. Los dos gendarmes se arrojaron sobre él y antes de que se despertase tenía ya las esposas en las muñecas. Se frotó los ojos, estupefacto, atontado por el vino; y cuando vio el cadáver de su padre pareció aterrado, sin entender nada.

–¿Cómo es que no escapó? –dijo el alcalde.

–Estaba demasiado borracho –replicó el sargento.

Y todos fueron de su opinión, pues a nadie se le pasó por la cabeza que el padre Vilbois hubiera podido darse muerte.

¿Quién sabe?*

1

¡Dios mío! ¡Dios mío! ¡Por fin voy a escribir lo que me ha ocurrido! Pero ¿podré hacerlo? ¿Me atreveré? ¡Es tan raro, tan inexplicable, tan incomprensible, tan loco!

Si no estuviera seguro de lo que he visto, seguro de que no ha habido, en mis razonamientos, el menor fallo, el menor error en mis comprobaciones, la menor laguna en la inflexible sucesión de mis observaciones, me creería un simple alucinado, juguete de una extraña visión. Después de todo, ¿quién sabe?

Estoy en la actualidad en una casa de salud; pero he entrado en ella voluntariamente, por prudencia, ¡por miedo! Un solo ser conoce mi historia. El médico de aquí. Y voy a escribirla. No sé muy bien para qué. Para

* *Qui sait?,* publicado en *L'Écho de París,* 6 de abril de 1890.

desembarazarme de ella, pues la siento en mí como una intolerable pesadilla.

Hela aquí:

Siempre he sido un solitario, un soñador, una especie de filósofo aislado, bondadoso, que se conformaba con poco, sin acritud contra los hombres y sin rencor contra el cielo. He vivido solo, siempre, a consecuencia de una especie de molestia que me inspira la presencia de los demás. ¿Cómo explicar esto? No podría hacerlo. No me niego a ver gente, a conversar, a cenar con amigos, pero cuando los siento cerca de mí desde hace un buen rato, incluso a los más íntimos, me hartan, me cansan, me ponen nervioso, y experimento unos deseos crecientes, obsesivos, de verlos marcharse o de irme yo, de estar solo.

Este deseo es más que una necesidad, es un impulso irresistible. Y si la presencia de las personas con quienes me encuentro se prolongase, si debiera, no digo escuchar, sino oír mucho más tiempo sus conversaciones, me daría sin duda un ataque. ¿De qué clase? ¡Ah!, ¿quién sabe? ¿Acaso un simple síncope? ¡Sí, probablemente!

Me gusta tanto estar solo que ni siquiera puedo soportar la cercanía de otros durmiendo bajo mi techo; no puedo vivir en París porque sería una perpetua agonía. Muero moralmente, y también me atormenta el cuerpo y los nervios esa inmensa muchedumbre que hormiguea, que vive a mi alrededor, incluso cuando está dormida. ¡Ah!, el sueño de los demás me resulta aún más penoso que sus palabras. Y jamás puedo descansar cuando sé, cuando siento, detrás de una pared, que hay otras existencias interrumpidas por esos regulares eclipses de la razón.

¿Por qué soy así? ¿Quién sabe? Quizás la causa sea muy sencilla: me cansa muy pronto todo lo que no ocurre en mi interior. Y hay mucha gente en mi mismo caso.

En la tierra existimos dos razas. Los que necesitan a los demás, a quienes los demás distraen, ocupan, descansan, y a los que la soledad agobia y anonada, como la ascensión de un terrible glaciar o la travesía del desierto, y aquellos a quienes los demás; por el contrario, hartan, aburren, molestan, fatigan, mientras que el aislamiento los calma, los baña de reposo en la independencia y la fantasía de sus pensamientos.

En suma, se trata de un fenómeno psíquico normal. Unos están dotados para vivir hacia afuera, otros para vivir hacia adentro. Yo tengo una atención externa breve y pronto agotada, y, en cuanto llega a su límite, experimento, en todo el cuerpo y en toda la inteligencia, un intolerable malestar.

El resultado de eso es que me ligo, que me había ligado mucho a los objetos inanimados que asumen, para mí, la importancia de los seres, y mi casa se ha convertido, se había convertido, en un mundo donde vivía una vida solitaria y activa, entre cosas, muebles, chucherías familiares, tan simpáticos a mis ojos como los rostros. La había llenado poco a poco con ellos, la había engalanado, y me sentía allí contento, satisfecho, muy feliz, como entre los brazos de una mujer amable cuyas caricias habituales se han convertido en una apacible y dulce necesidad.

Había mandado construir aquella casa en un hermoso jardín que la aislaba de los caminos, y a las puertas de una ciudad donde podía encontrar, llegado el caso, los recursos de la sociedad cuando a veces sentía el deseo. Todos mis criados dormían en una edificación algo apartada, al fondo de la huerta, rodeada por una alta tapia. La envoltura oscura de las noches, en el silencio de mi gran mansión perdida, escondida, ahogada bajo las hojas de los grandes árboles, me resultaba tan descansada y grata que todas las noches vacilaba, durante muchas horas, antes de meterme en la cama, para saborearla más tiempo.

Aquel día, habían representado *Sigurd* en el teatro de la ciudad. Era la primera vez que oía ese hermoso drama musical y mágico, y me produjo un vivo placer.

Regresaba a pie, con paso alegre, la cabeza llena de frases sonoras y la mirada cargada de lindas visiones. Estaba oscuro, oscuro, tan oscuro que apenas distinguía la carretera principal y estuve a punto, en varias ocasiones, de caer a la cuneta. Desde el fielato hasta mi casa hay cerca de un kilómetro, quizás algo más, o sea veinte minutos de marcha lenta. Era la una de la madrugada, la una o la una y media; el cielo se aclaró un poco ante mí y apareció una media luna, la triste media luna del cuarto menguante. La media luna del cuarto creciente, que se alza a las cuatro o a las cinco de la tarde, es clara, alegre, salpicada de plata, pero la que se alza después de medianoche es rojiza, tétrica, inquietante; es la verdadera media luna del Aquelarre. Todos los noctámbulos han debido de hacer esta observación. El creciente, aunque sea delgado como un hilo, arroja una débil luz gozosa que regocija los corazones, y dibuja en la tierra sombras netas; el menguante difunde apenas una luz moribunda, tan apagada que casi no forma sombras.

Divisé a lo lejos la masa oscura de mi jardín, y no sé de dónde me vino una especie de malestar ante la idea de entrar en él. Aflojé el paso. Hacía muy buen tiempo. El gran montón de árboles semejaba una tumba en la que mi casa estaba sepultada.

Abrí la barrera y me adentré por la ancha avenida de sicomoros, que avanzaba hacia la vivienda, una bóveda arqueada como un alto túnel atravesaba los macizos opacos y bordeando el césped donde los parterres de flores ponían, bajo las empalidecidas tinieblas, manchas ovaladas de matices indistintos.

Al acercarme a la casa, me asaltó una rara turbación. Me detuve. No se oía nada. No corría entre las hojas ni un soplo de aire. «¿Qué es lo que me pasa, pues?», pensé. Hacía diez años que regresaba de aquella manera sin que jamás me hubiera rozado la menor inquietud. No tenía miedo. Nunca tengo miedo, de noche. La visión de un hombre, de un merodeador, de un ladrón, me habría puesto furioso y hubiera saltado sobre él sin vacilar. Iba armado, además. Tenía mi revólver. Pero no lo tocaba pues quería resistirme a aquella influencia de temor que germinaba en mí.

¿Qué era? ¿Un presentimiento? ¿El presentimiento misterioso que se apodera de los hombres cuando van a ver algo inexplicable? ¡Puede ser! ¿Quién sabe?

A medida que avanzaba, me pasaban escalofríos por la piel, y cuando estuve ante los muros, con los postigos cerrados, de mi vasta mansión, sentí que me sería preciso esperar unos minutos antes de abrir la puerta y entrar. Entonces me senté en un banco, bajo las ventanas de mi salón. Y allí me quedé, un poco vibrante, la cabeza apoyada en la pared, los ojos abiertos sobre las sombras del follaje. Durante esos últimos instantes no observé nada insólito a mi alrededor. Me zumbaban un poco los oídos; pero eso me ocurre a menudo. A veces me parece que oigo pasar trenes, que oigo sonar campanas, que oigo caminar a una muchedumbre.

Pero pronto los zumbidos se volvieron más claros, más precisos, más identificables. Me había equivocado. No se trataba del bordoneo habitual de mis arterias, que me metía en los oídos tales rumores, sino de un ruido muy especial, aunque muy confuso, que procedía, sin la menor duda, del interior de mi casa.

Lo percibía a través de las paredes, ese ruido continuo, más una agitación que un ruido, un vago removerse de montones de cosas, como si estuvieran sacudiendo, desplazando, arrastrando suavemente todos mis muebles.

¡Oh! Dudé, durante bastante tiempo aún, de lo que me decían mis oídos. Pero al pegar la oreja a un postigo para percibir mejor aquella extraña perturbación de mi vivienda, me convencí, tuve la seguridad de que en mi caso ocurría algo anormal e incomprensible. No tenía miedo, pero estaba... cómo expresarlo... pasmado de asombro. No monté mi revólver –pues adiviné a la perfección que no lo necesitaba para nada–. Esperé.

Esperé un buen rato, sin poder decidirme a nada, con la mente lúcida pero locamente ansioso. Esperé, de pie, sin dejar de escuchar el ruido que crecía, que parecía convertirse en un gruñido de impaciencia, de cólera, de misterioso motín.

Y después, de pronto, avergonzado de mi cobardía, cogí el manojo de llaves, elegí la que necesitaba, la metí en la cerradura, le di dos vueltas y, empujando la puerta con todas mis fuerzas, envié la hoja a chocar contra el tabique.

El golpe sonó como una detonación de fusil, y a ese ruido de explosión le respondió, de arriba abajo de la vivienda, un formidable tumulto. Fue tan súbito, tan terrible, tan ensordecedor que retrocedí unos pasos y, aunque sabía que seguía siendo inútil, saqué el revólver de la funda.

Seguí esperando, ¡oh, poco tiempo! Percibía, ahora, un extraordinario pisoteo en los peldaños de mi escalera, en el entarimado, en las alfombras, un pisoteo no de calzado, de zapatos humanos, sino de muletas, de muletas de madera y de muletas de hierro que vibraban como címbalos. Y he aquí que vi de repente, en el umbral de mi puerta, un sillón, mi gran sillón de lectura, que salía contoneándose. Se marchó por el jardín. Lo siguieron otros, los de mi salón, y después los sofás, arrastrándose como cocodrilos sobre sus cortas patas, después todas mis sillas, con brincos de cabras, y los pequeños taburetes que trotaban como conejos.

¡Oh, qué emoción! Me deslicé hasta un macizo donde me quedé agazapado contemplando aquel desfile de mis muebles, pues se marchaban todos, uno tras otro, despacio o deprisa según su tamaño y su peso. Mi piano, mi gran piano de cola, pasó con un galope de caballo desbocado y un murmullo de música en el costado, los objetos menudos se deslizaban por la arena como hormigas, los cepillos, la cristalería, las copas, en las que el claro de luna prendía fosforescencias de luciérnagas. Las telas reptaban, se desplegaban en charcos a la manera de los pulpos de la mar. Vi aparecer mi escritorio, un valioso mueble del siglo pasado, y que contenía todas las cartas que he recibido, toda la historia de mi corazón, ¡una historia antigua con la que he sufrido mucho! Y dentro iban también las fotografías.

De pronto, ya no tuve miedo, me abalancé sobre él y lo atrapé como se atrapa a un ladrón, como se atrapa a una mujer que huye; pero llevaba una marcha irresistible y, pese a mis esfuerzos, pese a mi cólera, no pude detener su avance. Cuando me resistía como un desesperado contra aquella fuerza espantosa, caí al suelo luchando con él. Entonces me arrolló, me arrastró por la arena, y ya los muebles que lo seguían empezaron a marchar sobre mí, pisoteando mis piernas y magullándolas; después, cuando lo solté, los otros pasaron sobre mi cuerpo al igual que una carga de caballería sobre un soldado desmontado.

Por fin, loco de espanto, pude arrastrarme fuera de la avenida principal y ocultarme de nuevo entre los árboles para ver cómo desaparecían los objetos más ínfimos, los más pequeños, los más modestos, los más ignorados por mí, que me habían pertenecido.

Después oí a lo lejos, en mi vivienda, tan sonora ahora como las casas vacías, un formidable ruido de puertas que se cerraban. Sonaron portazos en toda la casa, de arriba abajo, hasta que la del vestíbulo, que yo mismo, insensato, había abierto para aquella partida, se cerró por fin, la última.

Huí también yo, corriendo hacia la ciudad, y sólo recobré mi sangre fría en las calles, al encontrarme con gente rezagada. Fui a llamar a la puerta de un hotel donde me conocían. Me había sacudido, con las manos, la ropa, para quitarme el polvo, y conté que había perdido mi manojo de llaves, que incluía también la de la huerta, donde dormían mis criados en una casa aislada detrás de la tapia que preservaba mis frutales y mis verduras de la visita de los merodeadores.

Me tapé hasta los ojos en la cama que me dieron. Pero no pude dormir, y esperé que se hiciera de día escuchando los latidos de mi corazón. Había ordenado que avisasen a mi personal en cuanto amaneciese, y mi ayuda de cámara llamó a la puerta a las siete de la mañana.

Su rostro parecía trastornado.

–Esta noche ha ocurrido una gran desgracia, señor –dijo.

–¿El qué?

–Han robado todo el mobiliario del señor, todo, todo, hasta los objetos más pequeños.

La noticia me agradó. ¿Por qué? ¿Quién sabe? Yo era muy dueño de mí, estaba seguro de que debía disimular, no decir a nadie lo que había visto, ocultarlo, esconderlo en mi conciencia como un espantoso secreto. Respondí:

–Entonces, son las mismas personas que me robaron las llaves. Hay que avisar en seguida a la policía. Voy a levantarme y me reuniré con usted dentro de unos instantes.

La investigación duró cinco meses. No se descubrió nada, no se halló el más insignificante de mis objetos, ni el más ligero rastro de los ladrones. ¡Pardiez! Si hubiera contado lo que sabía... Si lo hubiera contado, me habrían encerrado, a mí, y no a los ladrones, sino al hombre que había podido ver semejante cosa.

¡Oh! Supe callar. Pero no volví a amueblar mi casa. Era inútil. Habría vuelto a empezar la cosa. No quise regresar a ella. Y no regresé. No volví a verla.

Me vine a París, a un hotel, y consulté a los médicos sobre mi estado de nervios, que me preocupaba mucho después de aquella noche deplorable.

Me animaron a viajar. Y seguí su consejo.

2

Empecé por una excursión a Italia. El sol me sentó bien. Durante seis meses vagué de Génova a Venecia, de Venecia a Florencia, de Florencia a Roma, de Roma a Nápoles. Después recorrí Sicilia, tierra admirable por su naturaleza y sus monumentos, reliquias dejadas por los griegos y los normandos. Pasé a África, crucé pacíficamente ese gran desierto amarillo y tranquilo, por el que yerran camellos, gacelas y árabes vagabundos, donde, en el aire leve y transparente, no flota ninguna obsesión, lo mismo de día que de noche.

Regresé a Francia por Marsella, y a pesar de la alegría provenzal, la luz menguada del cielo me entristeció. Sentí, al volver al continente, la extraña impresión de un enfermo que se cree curado y al que un dolor sordo advierte que el foco del mal no se ha extinguido.

Después regresé a París. Al cabo de un mes, me aburría. Era otoño, y quise hacer, antes del invierno, una excursión a través de Normandía, desconocida para mí.

Empecé por Ruán, claro, y durante ocho días vagué distraído, encantado, entusiasmado por aquella ciudad de la Edad Media, por aquel sorprendente museo de extraordinarios monumentos góticos.

Ahora bien, una tarde, hacia las cuatro, al meterme por una calle inverosímil por la que corre un río negro como la tinta llamado «Agua de Robec», mi atención, centrada por entero en la fisonomía curiosa y antigua de las casas, se vio atraída de repente por la vista de una serie de tiendas de chamarileros que se sucedían de puerta en puerta.

¡Ah! Habían elegido bien el lugar, aquellos sórdidos traficantes de antiguallas, en aquella fantástica calle, sobre aquel curso de agua siniestro, bajo aquellos techos puntiagudos de tejas y pizarras en los que rechinaban aún las veletas del pasado.

Al fondo de los oscuros comercios se amontonaban arcones tallados, loza de Ruán, de Nevers, de Moustiers, estatuas pintadas, otras de roble, cristos, vírgenes, santos, ornamentos de iglesia, casullas, capas pluviales, hasta vasos sagrados y un viejo tabernáculo de madera dorada del que Dios se había mudado. ¡Oh! ¡Qué singulares cavernas en aquellas altas casas, en aquellas grandes casas, llenas, de los sótanos a los desvanes, de objetos de todo tipo, cuya existencia parecía terminada, que sobrevivían a sus poseedores naturales, a su siglo, a su tiempo, a sus modas, para ser comprados, como curiosidades, por las nuevas generaciones!

Mi ternura por las chucherías se despertó en aquella ciudad de anticuarios. Iba de tienda en tienda, cruzando, en dos zancadas, los puentes de cuatro tablas podridas tendidas sobre la nauseabunda corriente del Agua de Robec.

¡Misericordia! ¡Qué sacudida! Uno de mis más hermosos armarios se me presentó al borde de una bóveda atestada de objetos y que parecía la entrada de las catacumbas de un cementerio de muebles antiguos. Me acerqué temblando con todos los miembros, temblando tanto que no me atrevía a tocarlo. Alargué la mano, dudé. Era él, empero: un armario Luis XIII único, reconocible para cualquiera que lo hubiese visto una sola vez. Poniendo de pronto los ojos algo más lejos, hacia las profundidades más sombrías de aquella galería, vi tres de mis sillones tapizados de *petit-point,* y después, aún más lejos, mis dos mesas Enrique II, tan raras que hasta de París venían a verlas.

¡Imagínense! ¡Imagínense mi estado de ánimo!

Y yo avanzaba, anonadado, agonizante de emoción, pero avanzaba, porque soy valiente, avanzaba como un caballero de los siglos tenebrosos al penetrar en una mansión de sortilegios. Encontraba, a cada paso, todo lo que me había pertenecido, mis arañas, mis libros, mis cuadros, mis telas, mis armas, todo, salvo el escritorio lleno de cartas, que no vi.

Marchaba, descendiendo a oscuras galerías para volver a subir luego a los pisos superiores. Estaba solo. Llamé, nadie respondió. Estaba solo; no había nadie en aquella casa vasta y tortuosa como un laberinto.

Llegó la noche, y tuve que sentarme, entre las tinieblas, en una de mis sillas, pues no quería marcharme. De vez en cuando gritaba: «¡Eh! ¡Eh! ¿No hay nadie?».

Llevaba allí, seguramente, más de una hora, cuando oí unos pasos, pasos ligeros, lentos, no sé dónde. A punto estuve de escapar; pero, poniéndome rígido, llamé de nuevo, y distinguí un resplandor en la habitación contigua.

–¿Quién anda por ahí? –dijo una voz.

Respondí:

–Un comprador.

Replicaron:

–Es muy tarde para entrar así en una tienda.

Proseguí:

–Le estoy esperando desde hace más de una hora.

–Podía usted volver mañana.

–Mañana me habré marchado de Ruán.

No me atrevía a avanzar, y él no venía. Seguía viendo el resplandor de su luz que iluminaba una tapicería donde dos ángeles volaban sobre los muertos de un campo de batalla. También me pertenecía. Dije:

–¿Qué? ¿No viene usted?

Él respondió:

–Le estoy esperando.

Me levanté y fui hacia él.

En el centro de una gran estancia había un hombre muy bajo, bajito y gordísimo, gordo como un fenómeno, un repelente fenómeno.

Tenía una barba rala, de pelos desiguales, escasos y amarillentos, ¡y ni un solo pelo en la cabeza! ¿Ni un pelo? Como sostenía la vela alzada todo lo que le daba el brazo para verme, su cráneo me pareció como una pequeña luna en aquella vasta habitación atestada de viejos muebles. La cara era arrugada y abotargada, los ojos imperceptibles.

Regateé por tres sillas que eran mías, y le pagué en el acto una buena suma, dando simplemente el número de mi habitación en el hotel. Tenían que entregármelas al día siguiente antes de las nueve.

Después salí. Me acompañó hasta la puerta con gran cortesía.

Me dirigí en seguida a ver al comisario jefe de la policía, al que le conté el robo de mi mobiliario y el descubrimiento que acababa de hacer.

El comisario pidió sobre la marcha informes por telégrafo al juzgado que había instruido las diligencias del robo, rogándome que esperase la respuesta. Una hora después, ésta llegó, plenamente satisfactoria para mí.

–Voy a mandar que detengan a ese hombre y a interrogarlo de inmediato –me dijo–, pues podría haber concebido alguna sospecha y hacer desaparecer lo que le pertenece. Tenga la bondad de irse a cenar y vuelva dentro de dos horas, lo tendré aquí y le someteré a un nuevo interrogatorio delante de usted.

–Encantado, caballero. Se lo agradezco de corazón.

Me fui a cenar al hotel, y comí mejor de lo que me había imaginado. Estaba bastante contento, por lo demás, lo habíamos cogido.

Dos horas después, regresé a ver al funcionario de policía, que me esperaba.

–¡Pues bien!, caballero –me dijo al verme–. No hemos encontrado a su hombre. Mis agentes no pudieron echarle mano.

–¡Ah! –me sentí desfallecer.

–Pero... ¿Han encontrado ustedes la casa? –pregunté.

–Perfectamente. E incluso va a ser vigilada y custodiada hasta su regreso. Pero lo que es él, ha desaparecido.

–¿Desaparecido?

–Desaparecido. Suele pasar las veladas en casa de su vecina, chamarilera también, una especie de bruja, viuda de Bidoin. No lo ha visto esta noche y no puede proporcionar ningún informe sobre él. Habrá que esperar a mañana.

Me marché. ¡Ah! ¡Qué siniestras me parecieron las calles de Ruán, turbadoras, pobladas de aparecidos!

Dormí muy mal, con pesadillas que interrumpían mi sueño.

Como no quería parecer demasiado inquieto o apresurado, esperé hasta las diez, al día siguiente, para ir a la policía.

El comerciante no había reaparecido. La tienda seguía cerrada.

El comisario me dijo:

–He hecho todas las gestiones necesarias. El juzgado está al tanto del asunto; vamos a ir juntos a esa tienda y hacerla abrir, y usted me indicará todo lo que le pertenece.

Un cupé nos llevó. Había unos agentes estacionados, con un cerrajero, ante la puerta de la tienda, que fue abierta.

No vi, al entrar, ni mi armario, ni mis sillones, ni mis mesas, ni nada, nada de cuanto había amueblado mi casa, nada de nada, mientras que la noche anterior no podía dar un paso sin encontrar uno de mis objetos.

El comisario jefe, sorprendido, me miró al principio con desconfianza.

–¡Dios mío!, caballero –le dije–, la desaparición de estos muebles coincide extrañamente con la del comerciante.

Sonrió:

–¡Es cierto! Cometió usted un error al comprar y pagar objetos de su propiedad, ayer. Eso lo puso en guardia.

Proseguí:

–Lo que me parece incomprensible es que todos los lugares ocupados por mis muebles están ahora llenos de otros.

–¡Oh! –respondió el comisario–, tuvo toda la noche, y cómplices, sin duda. Esta casa debe de comunicarse con las vecinas. No tema, señor, voy a ocuparme muy activamente de este asunto. El bandido no se nos escapará durante mucho tiempo, ya que custodiamos su guarida.

....

¡Ah! ¡Mi corazón, mi corazón, mi pobre corazón, cómo latía!

....

Me quedé quince días en Ruán. El hombre no volvió. ¡Pardiez! ¡Pardiez! ¿Quién habría podido molestar ni sorprender a aquel hombre?

Ahora bien, al decimosexto día, por la mañana, recibí la extraña carta que aquí recojo, de mi jardinero, guarda de mi casa saqueada y vacía:

«Señor:

»Tengo el honor de informar al señor de lo que ha ocurrido, la noche pasada, algo que nadie entiende, ni mucho menos la policía. Han vuelto todos los muebles, todos, sin excepción, todos, hasta los más pequeños objetos. La casa es ahora igualita a lo que era la víspera del robo. Es como para perder la cabeza. La cosa pasó la noche del viernes al sábado. Los senderos están llenos de baches como si lo hubieran arrastrado todo desde la barrera a la puerta. Así estaban el día de la desaparición.

»Esperando al señor, de quien soy muy humilde servidor,

»PHILIPPE RAUDIN».

¡Ah, no! ¡No, no! ¡Ah, claro que no! ¡Claro que no! ¡No regresaré!

Le llevé la carta al comisario de Ruán.

–Es una restitución muy hábil –dijo–. Hagámonos los romos. Ya pescaremos al hombre un día de éstos.

....

Pero no lo han pescado. No. No lo han pescado, y yo tengo miedo de él, ahora, como si fuera un animal feroz soltado en mi persecución.

¡Imposible de encontrar! ¡Es imposible de encontrar, ese monstruo de cráneo de luna! Jamás lo cogerán. No volverá a su casa. Qué le importa. Sólo yo puedo encontrarlo, y yo no quiero.

¡No quiero! ¡No quiero! ¡No quiero!

Y aunque regresara, aunque volviera a su tienda, ¿quién podría probar que mis muebles estaban allí? En su contra sólo está mi testimonio; y me doy perfecta cuenta de que empieza a resultar sospechoso.

¡Ah! ¡No! Aquella existencia ya no era posible. Y yo no podía guardar el secreto de lo que vi. No podía seguir viviendo como todo el mundo, con el temor de que recomenzaran semejantes cosas.

Vine a ver al médico que dirige esta casa de salud, y se lo conté todo.

Tras haberme interrogado un buen rato, me dijo:

–¿Accedería usted, caballero, a quedarse algún tiempo aquí?

–Con mucho gusto, señor.

–¿Tiene usted dinero?

–Sí, señor.

–¿Desea usted un pabellón aislado?

–Sí, señor.

–¿Le gustaría recibir amigos?

–No, señor, no, a nadie. El hombre de Ruán podría atreverse a perseguirme hasta aquí, para vengarse.

....

Y estoy solo, completamente solo, desde hace tres meses. Estoy más o menos tranquilo. Sólo tengo un miedo... Si el anticuario se volviera loco... y si lo trajeran a este manicomio... Las propias cárceles no resultan seguras.